Agua y Aceite

Gina Peral

© Derechos de edición reservados.
© Gina Peral, 2016
Ediciones El gato negro

1.ª edición Abril 2016
2.ª edición Mayo 2018

Diseño de portada: © Alicia Vivancos
Diseño logo: © Jorge Fornes
Maquetación y diseño de interiores: © Gina Peral
Corrección: Dana Roberts

ISBN: 978-84-608-7200-9

Para mi madre, porque esta es mi primera novela
y ella la primera en mi corazón.
Te quiero mama.

1
La graduación

Estoy de mal humor, algo típico en mí, al menos por la mañana. Soy una persona nocturna a la que no le gusta irse a dormir pronto, y mucho menos madrugar. Anoche estuve hasta las tantas jugando al "The last of us" y, cuando Nayara viene a despertarme, no hay manera. No deja de repetir una y otra vez con voz alegre: "Vamos Sarah, es la graduación". Es cierto, lo es. Por fin se acabaron las clases y tengo un proyecto de futuro que llevar a buen puerto, pero primero hay que pasar por este suplicio.

Todo el mundo estará con sus familias y sé que me sentiré sola. A pesar de eso, no he invitado a mi padre. ¿Para qué? Mejor sola que mal acompañada. Llevo casi año y medio sin hablarme con él y no tengo intención de que eso cambie.

Finalmente, casi a rastras, Nayara consigue sacarme de la cama y meterme debajo de la ducha. Mientras estoy allí, no puedo dejar de darle vueltas a la cabeza, pensando en mi madre y en mi padre. Se me hace un nudo en el estómago solo de imaginar que mi padre se haya enterado y se presente con buenas intenciones.

Cuando salgo de la ducha todo es un caos total: cuatro chicas que quieren estar perfectas y solo un cuarto de baño. Todas revolotean: Nayara la estricta, Laura la madrugadora y Carla la perfeccionista. Después, estoy yo: ¿Sarah la desastre? ¿Sarah la dormilona? ¿Sarah la pasota?

El piso es de Nayara, un regalo de sus padres para cuando acabara la carrera, pero se lo regalaron antes de que la empezara. Me parece perfecto, ellos pueden permitirse eso y muchísimo más.

Nayara y yo somos amigas de toda la vida. Mi padre trabaja para el de ella y nos hemos criado juntas. Al acabar la ESO dejamos el instituto atrás y fuimos juntas a un internado donde cursamos bachillerato. Cuando acabamos y vi el panorama que me esperaba en casa, decidí irme a una casona de la familia de mi madre, pero mi padre no dejaba de agobiarme y decidí cambiar de aires totalmente y poner la mayor distancia posible. Así que me vine con ella a Barcelona.

Nayara conoció a Laura en una fiesta y, poco tiempo después, se instaló en casa. Laura es de clase media, como yo; tiene un carácter risueño y fiestero que adoramos. A pesar de gustarle tanto la fiesta, es un cerebrito; sin duda, la persona más inteligente que he conocido. Ha estudiado matemáticas puras y, aunque no le pone mucho empeño, los resultados son inmejorables. Su aspecto es algo excéntrico; lleva el pelo de color caoba casi rojo, al estilo cabaret, cortado por la barbilla con un flequillo recto sobre unos enormes ojos azules muy expresivos y bonitos. Parece que quiere ser una muñeca, con su tez nívea y sus mejillas sonrojadas, siempre con vestidos y faldas, excepto cuando hace deporte, cosa que le encanta.

Casi un año después, llegó Carla. Ella no se gradúa hoy, como nosotras, ni siquiera hace carrera. Nayara y yo ya la conocíamos y, aunque es un par de años mayor que nosotras, viene del mismo pueblo y allí se conoce todo el mundo. Nayara y ella se encontraron en un bar, estaba destrozada porque acababa de romper con su novio, así que también se acopló en casa, a pesar de que tenía un pisazo para ella sola. Se tomó un año sabático para superar la ruptura de una relación de poco más de medio año y después dejó la carrera para hacer un ciclo de diseño y confección. Esa es Carla, sofisticada y siempre a la última moda. Es muy vanguardista, excepto con su pelo; lleva una rubia melena interminable y, a pesar de que es mayor que nosotras, parece más joven. Es cariñosa y algo dependiente; a veces me siento mal por ella. Trata a Nayara como a una líder, sin darse cuenta de que, con Nayara, menos es siempre más.

Nayara decide planchar mi indomable melena castaña. Dice que tengo que estar perfecta en un día tan importante como este. Deseo preguntarle si su padre le ha dicho al mío que hoy nos graduamos, pero no lo hago, tengo miedo de su respuesta.

Al salir de casa nos espera una limusina, todo es demasiado ostentoso. Miro a Laura, que pone los ojos en blanco, sé que está pensando lo mismo que yo y se me escapa la risa. La limusina es un regalo de los padres de Nayara. Yo nunca lo hubiera elegido para mí, no me gusta llamar la atención, pero tanto ella como Carla están encantadas.

Me paso el trayecto callada, mirando por la ventana las calles de Barcelona. A pesar de lo poco que me gustaba al llegar creo que, cuando me marche con mi madre a un sitio más tranquilo, echaré de menos la Ciudad Condal. Las otras tres no dejan de parlotear y reír, están eufóricas. Pero yo no lo estoy porque, aunque deseaba acabar tanto como ellas, la idea de que no habrá nadie allí por mí me entristece.

La graduación es un éxito: es al aire libre y el sol brilla con fuerza. A pesar de ello no hace un calor sofocante, y eso que estamos a principios de Julio. Me siento feliz, no solo no ha venido mi padre, sino que además ha venido Aleix, un compañero de trabajo que se ha convertido en un buen amigo.

—Estoy orgulloso de ti —me dice de manera teatral cuando me acerco para saludarlo.

—No sabía que ibas a venir —digo abrazándolo con fuerza.

Me siento reconfortada entre sus brazos, no sé si tiene idea de lo feliz que me ha hecho al venir a verme.

—¿Cómo no iba a venir? —dice separándose de mí sin llegar a soltarme—. Tengo que hacerte la pelota para que me hagas las consultas de Dona gratis —añade guiñándome un ojo.

Me echo a reír. Dona es su perra, una preciosa pastor catalán de color gris y negro, tan cariñosa y simpática como su dueño, aunque mucho más obediente. Los dos trabajamos como camareros en un restaurante en Paseo de Gracia. Yo, a diferencia de mis amigas, no tengo el apoyo económico de mis padres. No porque mi padre no pueda dármelo, sino porque no quiero nada de él. Aunque Nayara no me deja pagar un alquiler como a las demás, de algo tengo que vivir. Cuando llegué a Barcelona empecé a servir copas allí y, desde entonces, estoy compaginando mi carrera con las prácticas y mi trabajo. No se me da mal, no tengo tiempo para aburrirme y, ahora que viene el verano, con el turismo, las propinas son muy generosas.

—Esto es para ti —dice tendiéndome una bolsa de regalo.

No había visto la bolsa y estoy muy sorprendida de que se haya tomado la molestia de regalarme algo, creo que es el primer regalo que me hace en más de cuatro años que nos conocemos. Le sonrío y cojo la bolsa, con miedo a lo que pueda contener. Aleix es muy bromista y no sé qué esperar. Pero cuando la abro me encuentro con una bata azul marino llena de perros y huesos, incluso está el gorro a juego en el fondo.

—¡Es genial! —digo ampliando mi sonrisa. Me sorprende que recuerde que detesto el color rosa—. Gracias. —Lo abrazo de nuevo, sin saber cómo agradecerle que haya tenido la deferencia no solo de venir, sino de traer un regalo tan perfecto para mí.

—Pensé que te gustaría —dice devolviéndome el abrazo.

Miro sus ojos azules sin separarme de él. Es un chico encantador, siempre nos hace reír a todos en el trabajo. Es gracioso e ingenioso, no sé a qué espera para echarse novia. Tiene veinticinco años, solo uno más que yo, y es desgarbado y guapo, pero de una manera sutil, como si no se lo propusiera.

—Es perfecto —digo soltándolo al fin—. Esta noche damos una fiesta en casa, podrías pasarte cuando acabe tu turno.

No pensaba invitarlo. Sé que a Nayara le gusta, aunque ella lo niegue. Después de verlo, siempre está rara conmigo y eso me incomoda, por eso procuro mantener las distancias entre ellos.

—¡Claro! —dice animado, cogiéndome de la mano—. Si no acabo muy reventado, me paso.

—Sería genial, esta noche te serviré yo a ti —digo riéndome.

Veo cómo se acercan Nayara, sus padres y Carla. Le suelto la mano a Aleix y doy un paso atrás. Si Nayara me dijera que le gusta Aleix, haría lo que estuviera en mi mano para que hubiera algo entre ellos, pero ella siempre dice que son cosas mías. Aun así, delante de ella mantengo las distancias con él, no quiero que se enfade. A mí Aleix no me atrae por muy guapo y encantador que sea. Solo lo veo como a un colega y estoy segura de que él me ve a mí de la misma manera.

—¿Por qué aún no te has quitado la toga? —dice Nayara en tono crítico mientras se acerca; un tono que no tiene nada que ver con lo cariñosa y atenta que se ha mostrado toda la mañana.

Me encojo de hombros, no me había dado cuenta, la ceremonia solo acaba de terminar.

Los padres de Nayara me felicitan, su madre incluso me abraza. Estoy segura de que se compadece de mi situación familiar. Vivimos en un pueblo pequeño, en el que todo el mundo se conoce y todo se acaba sabiendo. No hay secretos en Boira y lo detesto.

—Tu madre estará orgullosa de ti —me dice la madre de Nayara, después de besarme las mejillas.

Siento un nudo en la garganta, pero no pienso llorar, a pesar de notar cómo se humedecen mis ojos de emoción. Extraño muchísimo a mi madre, apenas tengo tiempo para ir a verla, y creo que es mejor así, no me gusta ver cómo está ahora. Cuando pueda permitírmelo, la sacaré del horrible sitio donde mi padre la metió y volveremos a vivir juntas. Estoy segura de que se recuperará y volverá a ser la de antes. Todo el trabajo y esfuerzo que estoy haciendo no lo hago solo por mí, lo hago por las dos.

El padre de Nayara me habla de mi padre y siento ganas de decirle que se meta en sus asuntos, pero en Boira la gente es así, siempre se meten donde no les llaman. Carla y Nayara saludan a Aleix y oigo a Nayara invitarlo a la fiesta de esta noche. Se sorprende cuando se entera de que ya lo he hecho yo y parece molesta. Cuando la miro a los ojos, de ese extraño marrón verdoso, veo el reproche, la conozco muy bien, puede que demasiado, y sé que está cabreada. Tendré que hablar con ella y no me apetece volver a discutir sobre ese tema.

—Nos vemos en casa —dice cogiendo a su madre del brazo.

—Vale —contesto confusa.

El plan era comer juntas, con sus padres y Carla, pero con cuatro palabras acaba de dejarme fuera. No me gusta pensar en ella como una líder, pero en momentos como este me doy cuenta de que tiene dotes para serlo y puede que lo sea. Aunque no voy a dejar que sus niñerías me arruinen el día. Me quito la toga y los observo alejarse. Aleix y yo los seguimos al exterior del recinto, caminando con calma.

—¿Comes conmigo? —le pregunto a Aleix cuando se han ido.

—Tengo que ir a trabajar —mira la hora—, pensaba que irías con ellos.

—Yo también, pero al final va a ser que no, y no me importa —digo con sinceridad, mirándolo a los ojos—. Si su padre vuelve al tema del mío, acabaré cabreándome… Es mejor así.

Cuando salimos a la calle, nos encontramos con Laura y sus padres. Al final, acabo yéndome a comer con ellos y con el hermano mayor de Laura que, por cierto, está cañón. Sé que Nayara se va a picar, pero estoy cansada de ir con pies de plomo con ella.

Pasamos la tarde paseando por el centro de Barcelona, perdiendo el tiempo en el Triangle, mirando los puestecitos de Paseo de Gracia y adentrándonos en Portal del Ángel hasta llegar a una tienda esotérica que a mí me da mal rollo, pero por la que Laura siente curiosidad. Allí compra a saber qué porquería mientras yo voy a por unos helados y seguimos hasta Ramblas.

Me lo paso genial con Laura, le explico lo sucedido con Nayara y ella se muestra de acuerdo conmigo en que le gusta Aleix. Pero en lugar de hacer un drama, empieza a hacer leña del árbol caído y, aunque no quiero, no puedo dejar de reír con sus comentarios malintencionados.

Me gusta el carácter de Laura, con ella puedo hablar de cualquier cosa y, si algo le molesta o le ofende, te lo dice sin tapujos, sin rencores. Me gustaría ser como ella. Yo soy más de úlcera, es decir, trago y trago hasta que exploto.

Desde hace tiempo Laura se convirtió en mi mejor amiga. Siempre he estado muy unida a Nayara, pero creo que llevamos demasiado tiempo juntas. La quiero, la quiero mucho, pero tiene cosas que me sacan de quicio, y creo que es recíproco. Como, por ejemplo, lo que ha pasado hoy. Sin duda lo ha hecho a mala idea. Su comportamiento empieza a cansarme.

Antes de ir a casa, paramos en el súper de al lado y compramos bebida para la noche. Laura, como siempre, tiene ganas de fiesta y su entusiasmo es contagioso. En el súper coquetea con uno de los cajeros, que está coladito por ella, y le pasa un par de botellas de extranjis.

Llegamos a casa riéndonos por lo sucedido. Laura no para de reírse, no sé qué tenían los helados, pero las dos estamos con ganas de cachondeo y nos reímos por cualquier tontería.

Vamos de camino a la cocina cuando Nayara sale del comedor y se cruza de brazos mirándonos con cara de auténtico cabreo. Me pregunto qué le molestará ahora.

—¿Dónde estabais? —demanda con un tono de voz chillón.

—¿Ha pasado algo? —le pregunta Laura de camino a la cocina—. Hemos comprado bebida para esta noche —dice mostrando las bolsas.

—¿Por qué? —sigue en el mismo tono crítico—. Sabes que ya compré yo.

—Me quiero pillar un buen ciego. ¿Qué más te da? —dice Laura sin perder la sonrisa.

Laura entra en la cocina y empieza a meter todo en el congelador. Pienso que, en cualquier momento, se puede venir abajo de lo lleno que está. La sigo y dejo las bolsas sobre la mesa. Vuelvo al pasillo con intención de hablar con Nayara, pero ella ya está en el umbral de la puerta.

—¿Cómo ha ido la comida? —le pregunto para entrar en materia.

—Si querías saberlo, haber venido —me contesta molesta.

¡Esto ya es el colmo! El buen humor se me pasa de golpe y me cabreo. Laura cierra el congelador dispuesta a ver el espectáculo. Sé que en su interior hay una animadora coreando «movida, movida». Odio mis cambios de humor, cómo en un momento estoy arriba y al siguiente abajo. Por eso siempre intento calmarme y controlarme, pero Nayara hoy se lo está ganando a pulso.

—Esa era la idea, pero tú me has excluido. «Nos vemos en casa» —la imito con bastante poco acierto—. ¿Qué querías que hiciera? ¿Que fuera detrás de ti, suplicándote que me dejaras ir contigo?

—¿Pero qué dices? Estás de la olla, espero que no hayas empezado a fumar lo que esta —dice señalando a Laura, que arquea una ceja—, porque a ti no te sienta igual.

—¿Esa es tu defensa? ¿Que estoy fumada? —pregunto incrédula.

Miro sus ojos, sabe que no tiene razón pero quiere tenerla. Nayara siempre quiere que su verdad sea única y absoluta.

—Pensaba que te ibas a comer con Aleix —dice con gesto desafiante.

Siento ganas de reír de nuevo y, acto seguido, la cojo de los hombros para que me preste toda su atención.

—Nayara, por favor, si te gusta Aleix, ve a por él —le pido—; es mi amigo y no quiero nada con él. Nunca podría enamorarme de alguien que se lo toma todo a broma —le aseguro—. No me interesa, te lo he dicho por activa y por pasiva, no me gusta.

—A mí tampoco me gusta —me contesta ella con cabezonería.

Miro al cielo negando con la cabeza, pero las carcajadas de Laura hacen que me gire para mirarla.

—Venga, Nayara, qué mentira más grande —dice sin dejar de reírse Laura—. Estás coladita.

Nayara nos mira a una y a otra y acto seguido se va totalmente ofendida. Laura sigue llenando el congelador sin parar de reírse. Me pregunto a cuánta gente ha invitado para haber comprado esa cantidad de bebida.

La respuesta llega a las diez de la noche, en oleadas de gente de todo tipo. El noventa por ciento vienen de parte de Laura. Carla, a pesar de que no se ha graduado, también ha invitado a unas pocas personas. Me alegra saber que está haciendo amigos en su nueva travesía estudiantil. Nayara lleva un séquito que va tras ella a cada paso que da, como una líder y la anfitriona perfecta.

Mi invitada me ha fallado y mi invitado no está confirmado, así que me quedo en un rincón, desde donde lo veo todo. Observo cómo la gente se agrupa mientras bebo mi copa con calma. No sé de dónde ha sacado Laura a toda esa gente, pero estoy segura de que no son estudiantes de matemáticas. Aunque, quién sabe, tampoco nadie lo diría de ella.

De vez en cuando viene alguien a hablarme y me distraigo. Después, observo a mi alrededor y, mientras las cervezas corren, la noche va pasando y el calor va subiendo al igual que los decibelios. El piso, a pesar de solo tener un cuarto de baño, es grande: más de 150 m cuadrados sin contar la terraza privada que tenemos arriba, con un gran comedor, donde hemos apartado los muebles y ahora debe haber como sesenta o setenta personas apiñadas.

Laura me rescata y empieza a presentarme gente. Acabo en la cocina con ella y tres de sus amigos bebiendo chupitos. Carla se une con sus amigos y uno de ellos, que es gay, se pega a mí como una lapa, es andaluz y muy simpático. No deja de tocarme la cara y de decir que le gusta la simetría. No sé qué quiere decir con eso, pero no puedo dejar de reírme. Tengo la impresión de que está tomando medidas de mi cuerpo para hacer un vestidito, pero no me quejo, me estoy riendo mucho con él.

Suena el timbre y mi pensamiento se dirige a Aleix. No estoy borracha ni mucho menos, pero llevo un punto de alegría en el cuerpo. Estoy cansada de fingir que no soy su amiga para no molestar a Nayara. Es mi único invitado y me apetece pasar el rato con él. Abro la puerta pero no es a él a quien me encuentro, sino la vecina de abajo con los rulos y en camisón. Me pregunto dónde se ha dejado a Felipe, el terrier que siempre la acompaña. Me fijo en su aspecto y solo tengo ganas de reírme en su cara. Aun así, aguanto como puedo.

Discutimos durante un par de minutos en los que yo intento ser educada y respetuosa mientras le explico la situación, pero ella no quiere entenderla y lo comprendo. La que está montada en casa no es pequeña. Nayara, que me ve en la puerta del recibidor, viene a socorrerme. Sin ninguna sensibilidad, le dice que si no le gusta que llame a los Mossos y, acto seguido, le cierra la puerta en las narices.

—Tienes razón —me dice con voz perjudicada, pasando un

brazo por mi hombro.

—¿Sobre qué? —quiero saber.

—Aleix me gusta un poco —me dice; tengo ganas de cantar aleluya. ¡Por fin!—. Pero no es eso lo que me molesta —arrastra las palabras—, me molesta que lo prefieras a él como amigo antes que a mí.

Levanto la cabeza y la miro a los ojos. Mi fuerte y decidida amiga. Sus barreras han caído a causa del alcohol y muestra sus inseguridades sin avergonzarse. Me siento mal por ella. Está un poco pálida, aunque tiene las mejillas sonrojadas y vuelve a parecerme esa niña que fue una vez, excepto por su aliento a vodka y sus ojos brillantes.

—Eres tú la que me aleja con tu comportamiento —le digo con sinceridad.

—¿Le hablarás de mí?

—¿A Aleix? —afirma con la cabeza y yo le sonrió—. Claro que sí —me encojo de hombros.

Volvemos a la cocina, creo que la música cada vez está más y más alta. El piso está bien insonorizado, pero me da la sensación de que los cristales tiemblan al ritmo de *Don't stop the music*, de Rihanna. Estoy segura de que la vecina ya ha llamado a la Policía, es cuestión de tiempo que la fiesta se acabe, así que intento disfrutar de ella.

El amigo andaluz de Carla y yo estamos bailando en el comedor cuando el timbre vuelve a sonar. Está sonando *When love take sover*, de David Guetta y Kelly Rowland. Me gusta esta canción, así que paso de la puerta, que abra otra. Antes de que la canción acabe, entran los Mossos d'Esquadra y la gente empieza a irse en oleadas, tal y como llegaron. El comedor se vacía en apenas unos minutos y bajo el volumen de la música.

Me siento en el sofá sofocada, mientras Nayara y Laura que, para mi sorpresa, parece serena, discuten con ellos en el pasillo, junto al comedor. En ese momento llega Aleix, mira a las chicas hablando con los mossos, pasa junto a ellos y se acerca hasta mí.

—¿Llego tarde? —me pregunta sentándose en el sofá a mi lado.

—Llegas en el mejor momento, justo para recoger —le contesto mirando a mi alrededor.

Lo cierto es que, con la cantidad de gente que había aquí hace un momento, podría ser cien veces peor. A simple vista no veo nada roto.

—¿Ha valido la pena?

—Supongo —contesto indiferente—. ¿Por qué has tardado tanto? —pregunto en tono acusatorio.

—He ido a casa a ducharme y después la moto no arrancaba.

—Excusas, excusas —canturreo.

Me fijo en que Nayara ha dejado de prestarle atención a los Mossos y nos mira a nosotros desde el pasillo.

—Si te digo que le gustas a una de mis amigas, ¿cuál querrías que fuera? —le pregunto como el que pide la hora.

Aleix me mira y se pone a reír.

—¿A quién le gusto? —me sonríe.

—Yo he preguntado primero.

Lo piensa un minuto mientras mira al pasillo, donde Carla se ha unido a las otras dos hablando con la policía.

—Laura es atlética, se nota que hace deporte y eso me pone. Tiene unos ojos bonitos, pero es una listilla. Carla es muy guapa, pero creo que le falta personalidad, me aburriría con ella. Y Nayara, Nayara tiene esas curvas de escándalo, pero es demasiado coqueta.

—Vaya —digo sorprendida por esa contestación, solo quería un nombre—. ¿Qué opinión tienes de mí?

—Creo que deberías cambiar de amigas o nunca te comerás un rosco.

Lo miro un momento sorprendida y después no puedo dejar de reír. Me está diciendo que soy la que menos le gusta o la más fea. ¿Debería ofenderme? La verdad es que no. Me siento agradecida por ello, él a mí tampoco me interesa, a pesar de lo que piense Nayara.

—Sin embargo —sigue hablando—, también creo que eres inteligente, nada frívola y con mucha personalidad —dice chocando nuestro hombros amistosamente—. ¿Vas a decirme a quién le gusto?

—¿Tú qué crees, listillo? —enarco una ceja retándolo.

—Nayara.

—No es coqueta —le explico—, coquetea contigo porque está interesada, pero te advierto —le amenazo señalándolo con el dedo índice— que es mi mejor amiga. Como le hagas daño, te partiré las piernas. Te di una paliza al Call of Duty y puedo darte una paliza en la vida real.

—Tenía la gripe, Al Capone —se defiende con una sonrisa incrédula—, pero lo tendré en cuenta.

Quiero preguntarle si a él le gusta Nayara, pero la susodicha y Carla vienen hacia nosotros.

—¿Cómo ha ido, chicas? —pregunta Aleix alegre.

—Una multa —contesta Carla—. Laura ha ido a por bebida para celebrarlo —continúa, sentándose en el sofá a mi lado.

Laura vuelve cargada con una olla llena de sangría casera hecha por ella misma. No sé dónde la habrá escondido, pero se arrodilla en el suelo y empieza a llenar vasos de plástico. Con satisfacción, compruebo que está buenísima, además de fresquita. Entra de muerte.

—¿Te ha gustado la fiesta Aleix? —le pregunta Laura dándole un vaso de sangría.

—Me han dicho que he llegado en el mejor momento, justo para recoger.

—Pasa de ella —le contesta Laura peinándose el flequillo con los dedos—, ahora es momento de paz y relax.

—¿Qué te has fumado ya? —le pregunta Carla, que está tan sorprendida como yo por lo serena que parece.

—No me he fumado nada, pero creo que ha llegado el momento, os veo muy apalancados.

Se levanta del suelo, donde estaba arrodillada pasando los vasos de sangría, y sale por el pasillo.

—No vas a fumar eso en el comedor —salta Nayara, que parecía dormida en el suelo. Me fijo en ella. Tiene la cabeza apoyada sobre las piernas de Carla, mientras esta acaricia su melena negra.

—No lo hará, sabe que te molesta —le digo levantándome—. Anda, siéntate aquí, mañana te dolerá el cuello.

Le sonrió con complicidad y le cambio el sitio. Espero que le quede claro que no me interesa Aleix. Veo a Laura volver por el pasillo, y viene con la bolsa de la tienda esotérica de esta tarde; me temo lo peor.

—¿Por qué no jugamos? —dice sacando una tabla de ouija de

la bolsa.

Miro la tabla. No puedo creer que Laura haya comprado eso y que lo haya metido en casa.

Hace años, cuando mi familia aún era normal, una noche recibí la visita de mi abuela. Yo dormía y ella me despertó. Dijo que venía a despedirse, que solo podía hablar conmigo, pero que le dijera a mi madre que estaba orgullosa de ella, como aseguró lo estaba de mí. Yo no entendí por qué se despedía y ella no me dijo más, solo que se iba con el abuelo. Al día siguiente, descubrí que había muerto. No hablé de lo ocurrido hasta años después, con Nayara y Mariona. Nunca se lo dije a mi madre.

Ahora, diez años después, echando la vista atrás, no estoy segura de si fue un sueño o algo que imaginé y he ido alimentando con el tiempo, hasta al punto que parezca real. Pero, si algo tengo claro, es que no me gustan esas cosas; solo tener esa tabla en casa ya me da mal rollo.

—¿De dónde has sacado eso? —pregunta Carla con los ojos como platos.

—La compré esta tarde con Sarah —dice tan tranquila, sentándose en el suelo a mi lado.

—A mí no me metas en esto, yo paso de esas cosas. ¿Acaso no has visto el exorcista? —le digo intentando no mostrar el miedo que solo la tabla ya me provoca.

—Eso es solo una película; yo no creo en estas cosas y tenía curiosidad, podríamos probarlo.

—Yo, cuando era un adolescente, la hice en un par de ocasiones —interviene Aleix.

—¿Funcionó? —le pregunta Nayara demasiado interesada.

—Sí —contesta él centrándose por un momento solo en ella—; bueno, entonces éramos unos críos —explica—. Estábamos jugando, no estaba seguro de si funcionó o alguien la hizo funcionar —dice poniéndose serio y mirando a las demás.

—¿Quién salió? —pregunto yo con aprensión.

—El abuelo de uno de mis colegas.

Se me pone el vello de punta. No quiero jugar con esa mierda, no quiero creer en estas cosas. Supongo que, después de la muerte, hay algo, pero que los muertos se comuniquen me da escalofríos.

—¿Qué os dijo? —pregunta Laura con curiosidad.

—Que lo echaba de menos y que tuviese cuidado con la moto —niega con la cabeza e, inconscientemente, mis ojos se agrandan mirándolo. El vello se me eriza de nuevo y él sigue con su historia—. Recuerdo que acababan de regalarle la moto, después de aquello nadie quería subirse con él, él también le cogió miedo y dejó de usarla —dice en tono de misterio, mirándonos a todas una por una—. Pasaron los años y empezó a salir con una fanática de las motos, así que se compró una.

—¿Y qué pasó? —me roba la pregunta Nayara de los labios.

—Años después, se casó con esa chica. Habían planeado ir a Zaragoza, a ver a la abuela de su mujer, que estaba muy enferma. Antes de irse me llamó, me dijo que la abuela le había dicho por teléfono que tuviera cuidado con la moto y se acordó de aquello. Por eso me llamó, le había dado un mal presentimiento y, cuando me lo explicaba, yo también lo tuve —todo mi vello vuelve a ponerse en guardia temiendo lo peor, «por favor solo quiero que acabe»—. El día que tenían que salir estaba cayendo un aguacero, así que cogieron el coche —suspiro pensando que no pasará nada—, por lo visto no se veía nada en la carretera, cuando de repente y saliendo de la nada apareció una moto. Frenó de golpe y dio un volantazo para no darle al motorista, perdió el control del coche y cayó por un acantilado. Su mujer milagrosamente sobrevivió, él no.

Mi corazón se acelera mientras los escalofríos recorren mi columna vertebral, tengo más miedo que cuando vi por primera vez The ring, y ese día casi me meo encima del miedo. Esto es verdad y peor. Aleix, que siempre está de cachondeo, por una vez habla en serio y, a pesar de las veces que me he quejado de que con él nunca se puede hablar en serio, prefiero al bromista.

—Estás de coña —dice Laura restándole importancia a su historia.

La miro sorprendida, pensando en cómo puede ser tan insensible después de lo que Aleix acaba de explicar. Pero Aleix se echa a reír y vuelvo a mirarlo.

—Solo al final. No sé qué fue de él, después del instituto no lo volví a ver —dice riéndose—. Pero te aseguro que nunca nos montamos en su moto —vuelve a reírse.

Tengo ganas de levantarme del suelo y estrangularlo, no puedo creer que se haya inventado toda esa historia y, tonta de mí, me la he tragado enterita.

Cuidado con la moto, me repite una voz siniestra en la cabeza. A pesar de saber que es una broma, no se me pasa el miedo.

—¿Quieres jugar entonces? —le pregunta Laura a Aleix.

Miro a Laura, que está en el suelo a mi lado, acusándola con la mirada. Es muy lista. Si Aleix dice que sí, Nayara también lo hará y, por consiguiente, Carla. Estoy perdida, no me hace ninguna gracia que jueguen a eso en la casa donde tengo que vivir.

—Claro, será divertido —contesta Aleix.

—¿Qué decís, chicas? —nos pregunta a las demás.

—¿Estáis locos o qué os pasa? —exclamo viendo cómo Carla espera la respuesta de Nayara—. No se debe jugar con estas cosas.

—No pasará nada, Sarah —dice Aleix.

—Eso no lo sabes —le contesto molesta.

Aleix frunce el ceño mirándome y yo le devuelvo la mirada, por lo que empezamos una guerra de miradas y ceños fruncidos que no estoy dispuesta a perder.

—Yo siempre he querido hacerlo —dice Carla para mi sorpresa y consternación.

—Pues hagámoslo —accede Nayara mirándome—. Venga Sarah, no pasará nada, quizás ni funcione.

—No se debe jugar con estas cosas, a los muertos hay que dejarlos tranquilos.

—No debes tener miedo —me dice Aleix como si se compadeciera de mí, cuando en realidad solo quiere picarme.

—No tengo miedo —miento desafiándolo con la mirada a que vuelva a contradecirme.

—Decidido, voy a por unas velas —interviene Laura.

Miro a Laura, que se levanta del suelo y va a su habitación, que después de la de Nayara es la más cercana al comedor. La mía está al final del pasillo, apartada de las demás, delante del cuarto de baño y al lado de un trastero.

En un momento, Laura y Carla lo llenan todo de velas, apagan las luces y la música, mientras Nayara y Aleix intentan convencerme.

No quiero parecer una cobarde, pero tengo un mal presentimiento. No quiero hacerlo, me sudan las manos y, como ha dicho Aleix, tengo miedo. Aunque no lo quiera admitir, estoy asustada.

Todo queda en penumbra, las velas crean sombras y no me dejan ver más que lo que tengo justo delante. El comedor es demasiado grande, quedan muchos rincones oscuros y eso hace que mi cobardía aumente. Ahora no parece mi comedor, parece otro lugar, un lugar frío y oscuro que no tiene nada que ver con el cálido hogar que es.

Alguien deja la tabla en el suelo, delante de mí, y todos se sientan en torno a ella. Agacho la cabeza y, por primera vez, me fijo en ella. Al menos no se parece a la del exorcista. Es cuadrada, de madera, hay un círculo con todo el abecedario de color negro. En el centro aparece el dibujo de un sol, a cada lado de este las palabras "SI" y "NO"; arriba, un semicírculo con los números del 0 al 9, debajo del sol "HOLA" y "ADIÓS" y entre esas palabras más abajo "NO LO SÉ". Eso es todo.

Laura deja el puntero que sí que es igual que el de la dichosa película en el centro. Puedo ver el sol a través del agujero redondo que tiene.

—Cogeos de las manos —dice Laura como si supiera lo que está haciendo—. Hagamos un minuto de meditación y después dejemos la mente en blanco. Cerrad los ojos.

Laura coge mi mano derecha con decisión y Carla la izquierda con suavidad. Miro a la segunda y me sonríe para después cerrar los ojos. Todos cierran los ojos y yo los miro. Nunca he sabido dejar la mente en blanco, y menos en un momento como este. Intento convencerme de que no funcionará, recordarme que yo no creo en estas cosas. Cierro los ojos e intento relajarme, no pasará nada. Me concentro en mi respiración, como me ha enseñado Laura cuando practicamos yoga en la terraza. Suele decir que estoy muy estresada, ¿cómo no voy a estarlo con la agenda que llevo?

Respiro por la nariz y solo siento el olor de la colonia de Carla, a fresa y coco, una mezcla agradable sin llegar a ser empalagosa. Poco a poco, siento el latir de mi corazón. Cada vez puedo oírlo más alto y me concentro en ese sonido. No puedo oír nada nada más que eso y las respiraciones de los que están a mi lado. Ahora que se ha ido todo el mundo se nota el fresco del aire acondicionado. Cada vez me siento mejor, más relajada.

—Ahora, poned el dedo índice en el indicador —dice Laura haciendo estallar mi burbuja de tranquilidad.

Miro sus enormes ojos azules, que están clavados en el suelo. Carla suelta mi mano y observo cómo todos ponen el dedo en el indicador triangular. Vuelvo a mirar a Laura sin soltar su mano.

—Si no quieres hacerlo, puedes solo mirar Sarah —me dice Laura con voz serena.

Todos me miran y yo no sé qué hacer. No creo en estas cosas, o al menos no quiero creer, pero me da muy mal rollo. Las manos empiezan a sudarme de nuevo. No quiero parecer una cobarde, pero tengo miedo y todos lo saben. Suelto la mano de Laura y arrastro mi culo hasta apoyar la espalda en el sofá. Estoy fuera. Laura y Carla se juntan un poco y entre los cuatro hacen un círculo alrededor de la tabla. Cojo mi vaso de sangría y bebo, está dulce y fresca, sienta de maravilla. A mi alrededor todo me sigue pareciendo tétrico y siniestro, pero no digo nada.

—Volvamos a relajarnos. Dejad la mente en blanco, alejad todos los pensamientos negativos, el miedo y las dudas —dice Laura, que no entiendo desde cuándo es una experta en el tema.

Ahora que estoy fuera, a pesar de que ellos siguen, me siento mejor al no participar y me da igual ser la cobarde del grupo. Cierro los ojos y vuelvo a concentrarme en mi propia respiración, ajena a lo que ellos están haciendo. El ambiente es frío gracias al aire acondicionado, demasiado frío; no se oye un solo ruido, solo mi respiración y los latidos de mi corazón.

—Estamos aquí reunidos de forma respetuosa —oigo que dice Laura—. Si hay algún espíritu que quiera comunicarse con nosotros, nos sentiríamos honrados por hablar con él.

Sigo con los ojos cerrados. Esto es una estupidez, no sé por qué tenía tanto miedo, no va a ocurrir nada. Yo no creo en estas cosas, ya no siento la aprensión que sentía antes, ni siquiera me siento tentada a abrir los ojos, sé que no va a pasar nada.

Pasado un rato largo, Laura vuelve a repetir la misma retahíla de mística profesional, pero la ignoro. Estoy tan relajada que empiezo a sentirme cansada, mi cuerpo pesa y siento cómo mi mente se separa de la realidad; estoy a punto de dormirme. Debería levantarme e irme a la cama, pero extrañamente siento que no puedo hacerlo, debo estar aquí.

Oigo una exclamación silenciosa de alguien, el raspado de algo moviéndose, pero no sé si es producto de mi imaginación, si mi subconsciente me está jugando una mala pasada.

—¿Quién eres? —dice Laura.

¿Ha funcionado? Me alarmo. Abro los ojos y alargo el cuello mirando el tablero, el indicador se pone sobre la C, nada más. Aleix debería tener más imaginación, eso no hay quien se lo crea.

—¿Cuánto llevas muerto? —demanda Laura.

Alguno de ellos está moviendo el indicador. En un principio, había pensado en Aleix, pero me fijo en su dedo y es el que menos presión parece ejercer, así que lo descarto. Escruto con la mirada a Aleix y a Nayara y me percato de que el primero tiene cara de sorpresa y la segunda de terror. Miro hacia la tabla y el indicador señala el 8 y después, una por una, con mucha lentitud, marca las letras hasta formar la palabra AÑOS. Mi tranquilidad se ha volatilizado; miro a Nayara y ella me mira mí. Ocho años, sé que está pensando lo mismo que yo y mi corazón se encoge dolorosamente.

—¿Conoces a alguno de nosotros? —pregunta Nayara mirándome.

Dejamos de mirarnos y el indicador va a la palabra NO. Con dolor de estómago debido a la tensión, expulso el aire que he mantenido en mis pulmones desde que he abierto los ojos.

—¿Quién lo está moviendo? —pregunto incapaz de creer que esto sea real.

Ellos se miran unos a otros, yo los miro a todos. El indicador vuelve a moverse. A medida que se va poniendo sobre las letras, mi corazón se va acelerando cada vez más. Siento que me cuesta respirar conforme el indicador pone mi nombre: Sarah.

—¡Esto no tiene ni puta gracia! —exclamo levantándome del suelo y mirándolos uno a uno.

Cuando me molesto me sale una vena macarra que no sé de quién he heredado, no puedo evitarlo.

—Yo no soy, Sarah —se defiende Aleix con mirada suplicante—. De verdad, te lo juro.

—Con estas cosas no se juega, Sarah. Nadie lo está moviendo —me dice Carla.

No sé qué pensar. No creo que sea Laura, ella ha visto el miedo que me da, cómo apretaba su mano con la mía sudada a causa de la tensión. No puedo creer que me haga esto. La cara de Nayara es un poema, la conozco de toda la vida y sé que no es tan buena actriz.

—¿Conoces a Sarah? —pregunta Laura.

Miro la tabla aterrorizada. Respiro entrecortadamente, como si acabara de correr un maratón, mientras siento que mi corazón va a salírseme del pecho. El indicador rápidamente va al NO y después al HOLA. ¿Me está saludando? ¿De verdad voy a creer que un espíritu me está saludando? Debo estar volviéndome loca si pienso que esto es real.

Que no me conozca no me hace sentir más tranquila o más

segura. No estoy segura de si alguien lo está moviendo, si alguno de ellos quiere jugar a «veamos cuánto tarda Sarah en tener un infarto», pero no me hace gracia. Quiero que lo dejen, quiero que esa cosa salga de mi casa en este momento.

—¿Cómo moriste? —pregunta Carla para mi consternación.

Me quedo estática, de pie, mientras todos están en el suelo y esa cosa cada vez tiene más velocidad deletreando la palabra ASESINATO. ¡Genial! Un escalofrío que sube por mi columna vertebral me congela la sangre y todo el vello se me pone en guardia. Es peor que cuando Aleix explicaba su historia. De repente empiezo a tener frío, mucho frío.

Nayara quita el dedo y veo su cara de terror. Todos se miran unos a otros y eso se pone en marcha otra vez. Rápidamente deletrea: SARAH, BUSCA A ERIC 41G23M47SN2G08M46SE.

No sé quién es Eric, no conozco a nadie que se llame así, ni qué quieren decir esos números y letras. Me da igual, estoy aterrorizada y ya no lo aguanto más.

Con decisión y sin pensarlo me agacho y cojo la tabla y el puntero. Todos me miran con terror, alguien me habla, incluso creo que me cogen, pero necesito deshacerme de eso, lo he aguantado demasiado rato. Yo ni siquiera estaba jugando, no entiendo por qué tiene que ser mi nombre, por qué tiene que referirse a mí. Sin pensar en mis actos, abro las ventanas y lo tiro todo al exterior.

—¿Estás loca? —dice Carla soltándome el brazo y asomándose a la ventana.

Un golpe de aire procedente de la ventana abierta apaga las velas y nos quedamos completamente a oscuras. Alguien grita, un grito agudo y penetrante que me hace dar un salto del susto, creo que es Nayara. Yo cojo la muñeca de Carla, que está a mi lado. No quiero quedarme sola y a oscuras después de lo que ha pasado. Por la ventana apenas penetra la luz al interior del comedor.

—Que alguien encienda la luz —dice Aleix con calma.

Segundos después, se enciende la luz. Laura está al lado del interruptor casi en el pasillo y creo ver una sombra que se mueve detrás de ella. Una sombra que me provoca tal escalofrío que tiemblo. Mi corazón está a punto de salírseme del pecho cuando la bombilla literalmente explota y todas damos gritos. Carla y yo nos abrazamos muertas de miedo y Aleix enciende un mechero. Observo cómo su cara se deforma con la luz y cierro los ojos abrazándome a Carla, que es la más bajita de todas. Creo que nunca he sentido tanto pánico como en este momento, estoy completamente aterrorizada.

—No deberías haber hecho eso; ahora el espíritu ha podido quedar anclado a esta casa —dice Laura.

Abro los ojos. Laura ha encendido la luz del pasillo y va en dirección al sofá. Enciende la lamparita que hay al lado del mismo. Parece tranquila; en cambio, yo estoy temblando en los brazos de Carla. Aleix rodea los hombros de Nayara con un brazo y veo que está llorando. Todos me miran a mí. Parece que todos piensan que esto es culpa mía, cuando han sido ellos los que querían jugar, no yo.

—¿Qué? —exclama Nayara con voz chillona.

—¡La culpa es tuya! —le digo a Laura—. Tú no deberías haber traído esa mierda a casa.

—Lo mejor sería que bajáramos a buscar la tabla y cerráramos la sesión —interviene Aleix.

—¡No! —exclama Nayara—. Se acabó, no quiero eso de nuevo aquí, se acabó.

—¿Quién es Eric? —dice Carla mirándome sin soltarme.

Niego con la cabeza, no tengo ni idea, no conozco a nadie que se llame así.

—¿Por qué Sarah? —dice Aleix—. Ella ni siquiera estaba jugando; además ha dicho que no la conocía. ¿Por qué ha dicho Sarah busca a Eric? Si era una broma, creo que es un buen momento para decirlo y que todos nos riamos.

—¿Lo ha sido? —le pregunta Nayara mirándolo.

—No —niega en rotundo—, yo no lo he movido.

—¿Habéis sido vosotras? —pregunta a Carla y Laura.

Carla niega con la cabeza y miro a Laura, que está sonriendo. Agrando los ojos pensando que ha sido ella, la muy cabrona nos ha tomado el pelo a todos y casi hace que me dé un infarto.

—Impresionante —dice satisfecha—, no pensé que fuera a funcionar.

—¿Has sido tú? —la acuso con la mirada.

—¡Claro que no! —exclama encima indignada—. Ha sido muy raro, tenemos que averiguar qué eran esos números y letras; yo te ayudaré Sarah —me dice muy convencida.

¿Está de coña? No pienso averiguar qué son esos números y letras, no voy a buscar al tal Eric.

—Si esto va en serio, ese tío murió asesinado y, quizás, Eric fuera quien lo hizo —dice Nayara serenándose—. Sarah no buscará a nadie, olvidemos que esto ha pasado.

—¿Qué dices? Nos ha pedido ayuda y nosotros debemos ayudarlo —dice Laura, que parece emocionada con la situación.

—Yo no quiero saber nada, he pasado mucho miedo —apunta Carla, con la que estoy completamente de acuerdo—. Me voy a la cama. Vosotros deberíais hacer lo mismo.

—¿Puedo dormir contigo? —le pregunto sin pensarlo.

No quiero ir a mi habitación, es la que está más alejada del resto. Es la segunda más grande, por eso la elegí, pero ahora no quiero estar sola en la otra punta de este piso tan grande. Si pasa algo, la habitación más cercana es la de Carla, que cuando duerme es como si estuviera inconsciente, no se entera de nada y, aunque se enterara, nos separan un trastero y el recibidor, eso sin contar lo gordas que son las paredes.

Carla no contesta y la miro. No quiere que duerma con ella, pero es compasiva y accede, ella tampoco quiere estar sola. Me coge de la mano y nos vamos a la cama.

Me paso toda la noche en vela. Cuando al fin me duermo, sueño con bosques espesos.

Alguien me sigue y me cerca; yo corro, huyo, intento escapar, pero mis piernas no van lo suficientemente rápido. Me está acechando como a una presa. Me duelen los pulmones, pero sigo corriendo, debo esconderme o me hará daño.

De pronto lo veo, solo puedo ver unos ojos brillantes y azules en la oscuridad. A pesar de ser de un color claro, son oscuros y siniestros. Están enfadados, desprenden odio e ira hacia mi persona. Huyo sin poder escapar de esa mirada de hielo.

2

Secretos

El tiempo pasa y cada día me siento más agotada. Ahora que no estoy haciendo prácticas y he acabado la universidad, tengo más tiempo que nunca para estar en casa. Pero en casa no me siento cómoda desde la graduación.

Allí pasan cosas raras, pero parece que soy la única que se da cuenta. Las demás actúan como si nada y yo cada día me siento peor, más incómoda, agotada, inquieta y exaltada. Laura dice que estoy sugestionada, que esas cosas solo pasan en mi cabeza y yo las proyecto. No dejo de soñar con ese bosque, con esos ojos fríos como el hielo que me acechan y me persiguen.

Le he pedido a mi jefe que me dé jornadas dobles en el restaurante para no estar en casa; quiero estar ocupada y no pensar en ruidos raros, sensaciones de frío ni sentirme observada.

Aleix y yo llevamos una semana sin hablarnos, ya que él tiene una gran responsabilidad en lo que pasó. Si él no hubiera querido jugar con eso, seguramente no lo habrían hecho y no estaría en la situación en la que me encuentro. Los primeros días intentó arreglarlo, pero ahora ya pasa de mí; se hace el ofendido, como si fuera culpa mía que no nos hablemos. Tremendo hipócrita.

Espero al metro para ir a casa y de nuevo me siento observada, creo que me estoy volviendo loca. Miro a mi alrededor y no hay nada. Mi nuca está erizada de forma constante. Cada vez que estoy sola, me siento inquieta. Vuelvo a mirar alrededor pero nadie me mira, nadie me presta atención.

Llego a casa agotada y me encuentro a Laura, Carla y Nayara esperándome en el comedor. Sé que me están esperando porque están las tres sentadas en el sofá hablando, con la tele apagada y, cuando me acerco, se callan.

—¿Qué tal el día? —me pregunta amablemente Nayara.

—Bien —digo dudosa, esperando saber qué es lo que quieren y que no tenga nada que ver con la ouija.

—Ven, siéntate —dice Carla poniendo el puf delante de ellas.

Dejo el bolso sobre la mesa, cruzo el comedor y me acomodo en el puf rojo a juego con el sofá. Me siento como en un tribunal a punto de ser juzgada. Las tres me miran, pero ninguna dice nada, y eso me inquieta aún más.

—¿Qué pasa? —demando ansiosa por saber qué pretenden.

—Sarah, esto no puede seguir así —me dice Laura—. No puedes seguir durmiendo en la habitación de Nayara, debes tranquilizarte —me pide—. No hay nada en casa que quiera hacerte daño. Ni dentro ni fuera —añade rápidamente.

Mierda, no quieren hacer la ouija, pero Nayara pretende que vuelva a mi habitación. Si están las tres es porque han hablado de ello en mi ausencia y las otras no me darán refugio. Entiendo lo que intenta que haga Laura: quiere que afronte mis miedos, que pase página y todo vuelva a la normalidad. Yo quiero lo mismo, pero nada es normal en mi vida desde que hace una semana se dedicaron a jugar a las espiritistas.

—No hay nada en casa, Sarah. Si te tranquilizaras, te darías cuenta —dice Carla cogiendo mi mano.

—Apenas duermes por la noche y, cuando lo haces, no paras de moverte y repetir el nombre de Eric una y otra y otra vez —dice Nayara con cara de culpabilidad.

¿Qué? Tengo ganas de gritar. No puedo creerme que lleve una semana diciendo ese nombre en sueños y no haya tenido la deferencia de decírmelo. ¡Ha sido capaz de hablarlo con las demás antes que conmigo! ¿En serio?

—¿Por qué no me habías dicho nada de esto? —pregunto molesta.

—Porque estás paranoica, Sarah —contesta muy seria, sin rastro de arrepentimiento ante esa afirmación incierta—; estás obsesionada. Pensé que era mejor dejarlo correr, que se te pasaría, pero no se te pasa. Nos vamos de vacaciones y no quiero dejarte así, necesito que estés bien.

Los nervios se instalan en mi estómago, pesados como toneladas. Había olvidado por completo sus vacaciones. No quiero quedarme sola, siento ganas de llorar de pánico ante la idea de quedarme aquí sola.

—¿Seguís con los planes de vacaciones? —pregunto consternada.

—Sabes que está todo reservado, Sarah —dice Laura—. Ven con nosotras, salir te vendrá bien.

—Tengo que trabajar, en verano trabajo toda la semana. Ya os dije que no iría. No podéis dejarme aquí sola, alguien tiene que quedarse conmigo —les suplico egoísta—. Por favor, no me dejéis aquí.

Se miran las unas a las otras. Sé que no debería pedirles que renuncien a sus vacaciones, llevan meses planeándolo, pero realmente no quiero quedarme aquí sola. Nadie dice nada. Se van a ir, en ningún momento han pensado en la posibilidad de no hacerlo. No puedo culparlas.

—Sarah, el miedo que sientes es anormal —sigue Laura ignorando mis suplicas—. He pensado que podríamos hacer otra sesión, escuchar a ese espíritu o lo que sea que tiene que decirnos y despedirlo. Quizás así te sientas más tranquila y dejes de tener pesadillas.

Me levanto del puf como un resorte. Están chifladas si piensan que voy a acceder. ¡Ni loca vuelvo a meterme en eso! Justamente por ese motivo estoy en el estado de nervios en el que me encuentro.

—¡No! No quiero que volváis a hacerlo. ¿Me estáis oyendo? —las miro desde arriba—. Nunca más.

Cojo mi bolso y me voy a mi habitación ofuscada. ¡No puedo creer que se estén planteando volver a jugar! En casa pasan cosas raras. Las bombillas explotan y la luz viene y va con ese zumbido que me eriza el vello. Ayer vino un electricista y dice que todo está normal. Es producto de haber hecho la ouija. Todas lo sabemos, pero parece que soy la única capaz de afrontar la verdad.

Me doy una ducha y me meto en la cama sin cenar. Miro a mi alrededor, esa sensación de que me observan vuelve a sacudir mis nervios. Estoy agotada, llevo una semana durmiendo poco y mal, pero no creo que pueda relajarme lo suficiente como para dormir.

Miro mi habitación, todo está en su lugar, desorden total. Es el mismo sitio cálido y caótico que solo yo entiendo, el mismo de siempre, pero ya no lo siento así. Veo sombras por todas partes. Me fijo en el armario abierto y, un segundo después, me levanto de la cama para cerrarlo, me da mal rollo. Mientras lo hago, la bombilla estalla y me quedo completamente a oscuras. Grito presa del pánico.

Me meto en la cama mientras oigo ruidos en el pasillo. Parece que me han escuchado gritar y alguna de ellas viene a ver qué ha pasado, pero la puerta no se abre.

De repente, siento como si alguien se sentara junto a mí en la cama. Todo está oscuro como la boca del lobo, pero sé que no hay nadie porque la puerta sigue cerrada y nadie la ha abierto.

Me llega un olor extraño y desconocido, algo que no estaba hace un momento. Huele a tierra húmeda, a humedad, a bosque. Tiemblo, tengo mucho miedo. Meto la cabeza bajo la fina sábana de verano aterrorizada y cierro los ojos con fuerza mientras mi corazón bombea a toda máquina.

Me quedo muy quieta escuchando cualquier ruido, esperando cualquier señal de que alguien viene a socorrerme, pero no viene nadie. Puede que me desmaye del miedo. Debería salir corriendo, pero soy incapaz de mover un solo centímetro de mi cuerpo.

Los minutos pasan de manera angustiosa y, aunque mi respiración vuelve a la normalidad, no lo hace mi corazón cuando siento cómo las sábanas dejan de hacer presión en la cama, como si realmente hubiese habido alguien sentado y se hubiese levantado.

Oigo algo caer al suelo, pero sigo sin moverme mientras el olor poco a poco se va desvaneciendo. Pasadas las horas, consigo dormirme y vuelvo a mis pesadillas recurrentes.

Todo está oscuro y él quiere atraparme. No sé quién es o qué quiere de mí, pero no quiero averiguarlo. Sigo corriendo, salgo del camino y me interno más en el bosque. Me apoyo en un árbol con el pulso y la respiración acelerados, intentando no hacer ruido, no quiero que me encuentre y me atrape.

—¿Me estabas buscando? —me dice una voz de hombre ronca al oído.

Doy un grito y despierto.

—Tranquila, Sarah —dice Nayara a mi lado en la cama, tocándome la frente húmeda.

—¿Cuánto llevas aquí? —pregunto confusa, apartando su mano de mi cara.

Miro hacia la ventana y descubro que ha subido la persiana, de ahí viene la luz que ilumina toda mi habitación.

—Estaba intentado despertarte, no quería asustarte. Llegarás tarde al trabajo.

—¿Qué hora es? —pregunto confusa e inquieta.

—Pasan de las diez y media.

—Mierda.

Me levanto corriendo y en el suelo veo el único marco que tengo en mi habitación. Eso fue lo que se cayó anoche por arte de magia. No quiero ni mirarlo. Me ducho corriendo.

Mientras me visto en mi habitación y preparo la bolsa con la ropa del trabajo, Laura me pide que pare, que necesita hablar conmigo, pero llego tarde y no puedo permitírmelo. En el trabajo me siento segura.

Salgo del trabajo a media tarde, tengo tres horas hasta empezar el otro turno. Me gustaría meterme en la cama, pero paso de ir a casa, así que decido dar un paseo hasta el Triangle. Quizá haya salido alguna película interesante, o encuentre algún nuevo juego con el que distraerme cuando ellas se marchen de vacaciones, dejándome sola con mi histeria.

Cuando salgo del trabajo veo a Laura hablando con Aleix. Indudablemente es ella; con su pelo rojizo por la nuca y su flequillo perfectamente recto parece una cabaretera. Me parece que están discutiendo, así que paso de acercarme. Laura anoche se metió donde no la llamaban y Aleix y yo seguimos sin hablarnos. Esta noche nos toca trabajar juntos, y no poder bromear con él le da más tensión a mi vida. No obstante, quiero que admita su culpa.

—¡Eh, Sarah! —me llama Laura.

Me paro y la miro. La observo despedirse de Aleix con dos besos y viene a por mí.

—Tenemos que hablar.

—Lo sé —contesto cansina—, ya lo has dicho esta mañana.

—Te estaba esperando, Aleix dice que no le hablas.

—Paso de él, como debería hacer contigo —le advierto—; después de la encerrona de ayer… —digo iniciando la marcha de nuevo.

—Venga, no te cabrees —me coge del brazo y me sigue—. No dejabas dormir a Nayara y no sabía cómo decirte que debías volver a tu habitación.

—Anoche había alguien en mi habitación, alguien se sentó conmigo en la cama, te lo juro Laura. Podía sentirlo, no sé qué voy a hacer cuando os vayáis y me abandonéis aquí —le digo angustiada.

Paramos en el semáforo para cruzar. Hace bochorno y, aunque el aire se mueve, lo siento caliente y cargado. Este calor me fatiga, como si no me sintiera suficientemente cansada. Bostezo esperando que el maldito semáforo cambie de color y entrar en algún sitio con aire acondicionado.

—No digas eso, ni que fueras un perro al que dejamos desatendido por vacaciones.

—Habéis metido un fantasma en casa, un fantasma que por lo visto está obsesionado conmigo, ya que solo me pasan cosas raras a mí. Y ahora, os vais a Ibiza como si no pasara nada, y yo me tengo que quedar aquí comiéndome el marrón —al fin el semáforo se pone en verde y cruzamos.

—Creo que el problema es que no lo despedimos, fuiste tú quien tiró la tabla por la ventana.

—Tu no deberías haber metido eso en casa —la reprendo de nuevo mirándola.

Esto es un bucle, siempre acabamos reprochándonos lo mismo.

—He descubierto algo. Quizá si buscas a Eric, como te pidió, dejen de pasar cosas.

—No sé quién es Eric —empiezo a perder la paciencia—, ni sé dónde debería buscarlo.

Llevan toda la semana preguntándome quién es Eric; un día lo hace una y otro día otra, pero siguen dale que te pego con el tema. Ahora, sabiendo que lo llamo en sueños, no me extraña que piensen que lo conozco, pero no es así. No tengo ni idea de quién es.

—Pero yo sí sé dónde deberíamos buscar y estoy dispuesta a ir contigo, ahora mismo si quieres.

Paro en medio de la calle mirándola y un japonés que mira la casa Batlló distraído choca conmigo. Laura me coge del brazo y me aparta fuera del tráfico de gente.

—¿Cómo sabes dónde buscar? —pregunto con un nudo en el estómago.

—He descifrado los números y letras de la ouija —dice alegremente Laura mirándome.

La miro de arriba abajo, preguntándome cómo ha podido descifrar ese sinsentido. ¿Cómo ha recordado aquella larga combinación?

Sus astutos y enormes ojos azules miran los míos, llenos de temor.

—¿Qué? —pregunto con aprensión.

—Se trata de coordenadas, debería haberme dado cuenta antes: 41G23M47SN2G08M46SE, 41 grados, 23 minutos, 47 segundos norte y 2 grados, 08 minutos, 46 segundos este —me explica.

—¿Lo recuerdas de memoria? —demando incrédula.

—Por supuesto —dice muy pagada de sí misma.

—¿A dónde corresponden? —pregunto con aprensión.

No sé si quiero saberlo, pero la pregunta ya ha salido de mi boca. Estoy segura de que corresponden a un bosque, uno frondoso y oscuro. Saca su móvil e introduce las coordenadas en la barra de búsqueda de Google Earth. La tierra se acerca y, para mi sorpresa, señala el centro de Barcelona.

—Calle Muntaner. Es aquí mismo, en Barcelona. Barrio de Sant Gervasi —dice orgullosa de sí misma—. Incluso tenemos el número, hagamos lo que ha pedido y se acabó.

Miro la pantalla que me enseña; no conozco la zona, pero será fácil llegar hasta allí.

—¿Qué pasa si es su asesino?

—No creo que lo sea —dice restándole importancia.

—¿Cómo puedes saberlo? —casi le grito. Yo estoy histérica y ella mantiene tal calma que aún me pone más nerviosa—. Si yo muriera asesinada, lo primero que haría es indicar quién es mi asesino.

Laura lo piensa durante un momento, ella sabe que tengo razón.

—Quizá deberíamos llamar a la Policía, que se encarguen ellos —le propongo, porque la verdad es que no quiero ir.

—No sabemos si ha sido él. Vayamos a su casa, averigüemos si allí vive ese tal Eric y volvamos. Ni siquiera tenemos que verlo, cuando sepamos que vive allí ya pensaremos qué hacer.

No lo tengo nada claro. Laura para un taxi y, a pesar del atasco que hay en el centro, llegamos en menos de quince minutos. Está mucho más cerca de lo que había pensado. Me paso el camino restregándome las manos, nerviosa, las tengo sudadas. Cuando el taxi para delante del número que Laura le ha dado, estoy rozando el histerismo.

Bajamos y vamos hasta el portal. Laura llama a uno de los pisos más altos y utiliza el típico truco de publicidad, pero no cuela. Llama a otros dos sin obtener respuesta y, al cuarto intento, alguien nos abre sin siquiera preguntar quién es. Laura me sonríe y abre la puerta.

—¡Qué emocionante! —exclama mientras yo la miro sin creer que se esté divirtiendo—. ¡Oh, vamos! No pongas esa cara —se queja entrando en el amplio portal lleno de espejos—. Solo buscaremos el nombre de Eric. —se acerca hasta los buzones.

—¿Y si está? —pregunto sin querer buscar.

—Si está, nos marcharemos y pensaremos qué hacer. Después de todo, solo dijo que lo buscaras.

Mira uno por uno los buzones y yo miro mis pintas en el espejo. En casa, cuando me miro en un espejo, siempre tengo la impresión de que aparecerá alguien detrás de mí. Ahora no estoy en casa, es de día; Laura, para bien o para mal está conmigo, y me doy cuenta de la falta que me hace mirarme más a menudo, estoy horrible. Mis ojos se ven tristes y apagados, mi rostro pálido y ojeroso. No entiendo cómo Dani, mi jefe, me deja atender a los clientes con esta cara de zombi.

—No está —dice Laura girándose para mirarme.

—Lo hemos intentado. ¿Nos vamos? —le digo a través del espejo. Solo deseo salir de aquí.

—¿Qué mirabas? —me pregunta ella.

—Nada —me giro hacia ella dispuesta a cogerle de la mano—, vámonos de aquí.

—Quizá deberíamos hablar con algún vecino —sugiere.

—Laura, vámonos, es un potencial asesino, no deberíamos estar aquí.

La cojo del brazo y nos vamos. Me convence para ir a casa y acabamos en la terraza haciendo yoga. La última vez que dijo lo de dejar la mente en blanco me salió muy caro, pero ahora estoy a plena luz, hace un cálido día de verano y puedo oír el lejano tráfico diez pisos más abajo; ese sonido me relaja y me siento tranquila.

Cuando acabamos con el yoga, me tiendo en una de las tumbonas. Estoy tan cómoda que no quiero irme, me siento bien, estoy relajada y deseo que eso se refleje en mi cara.

Laura baja a por unas bebidas y yo me quedo allí impregnándome de vitamina D. Estoy tan cansada que podría dormirme a pesar del sol y el calor. En cambio, miro el reloj y me levanto; tengo que ducharme, si no me doy prisa llegaré tarde.

Cuando bajo al piso, oigo que están hablando en la cocina. Escucho cómo Laura explica lo sucedido esta tarde, lo que yo le conté en la calle y pareció importarle un comino. No hago ruido, quiero enterarme de todo.

—Quizá solo quiera llamar la atención —oigo que dice Nayara.

—O quizá tenga un brote, como su madre —le contesta Carla.

Cuando oigo decir eso, la sangre empieza a hervirme de pura rabia.

—Estuve un año internada en Irlanda y, cuando volví, mi padre me dijo que no me acercara a ella. Era mi ginecóloga, pero ya no trabajaba, decían que se había vuelto loca de repente y que había desaparecido y nunca había vuelto a ser la misma. También me dejó claro que no debía decir nada sobre su desaparición, porque no querían que su hija se enterara —sigue Carla.

¿Era eso cierto? No puedo creer que mi madre desapareciera en mis narices y no me diera cuenta. Yo ya no era una niña; estuve muy preocupada por Mariona, pero si mi madre desapareció, debí darme cuenta.

—¿Qué pasó? —pregunta Laura.

—Le diagnosticaron esquizofrenia —oigo que dice Nayara—. Tenía trastornos delirantes, paranoia, estaba obsesionada creyendo que la perseguían y querían matarla. El padre de Sarah se lo explicó al mío, nadie sabía dónde había estado metida durante la semana que desapareció. Sarah no lo sabe, mi primo me pasó la varicela y yo se la pasé a ella; a mí apenas me salieron cuatro granitos, pero ella pasó días con unas fiebres altísimas. Su padre la llevó a mi casa, le dijo que tenía que quedarse allí hasta que se le pasara porque podía contagiar a su madre, que no la había pasado. En realidad, su madre estaba desaparecida. Días después la encontró un guardabosques y la llevó al hospital, donde el padre de Sarah la recogió. Después de aquello, ya nunca volvió a ser la misma.

—¿Por qué? ¿Qué lo provocó? —pregunta Laura, buscando las piezas que faltan en el puzle.

Me quedo quieta sin mover ni un músculo, escuchando anonadada. Yo creía que en Boira no había secretos, pero parece que los hay y saben guardarlos muy bien. ¡No puedo creer lo que oigo!

—No se sabe, gradualmente se fue separando de la realidad, atentó contra su vida y no quería a Sarah cerca. Su padre, temeroso de que le hiciera algo a Sarah, la mandó a un internado en Vic, así que le supliqué a mi madre que me llevaran a mí también. Ahí fue donde cursamos bachillerato. Sarah estaba resentida con su padre por separarla de casa —hace una pausa y suspira—. Carla tiene razón, quizás a Sarah le esté pasando lo mismo, quizá debamos llamar a su padre —sigue Nayara.

¿Mi madre intentó suicidarse? No comprendo cómo no sé nada de todo esto. Carla cree que estoy loca y por lo visto Nayara también. Me siento mareada, así que me dejo caer al suelo y sigo escuchando. No puedo creer que Nayara sepa cosas de mi familia que yo no sé y que no haya sido capaz de contármelas durante todos estos años.

—No podemos hacerlo, Sarah lo odia —interviene Laura.

—Su odio es injustificado —dice Nayara para mi sorpresa—. Su padre y el mío trabajan juntos; su madre empeoró, intentó suicidarse otras dos veces y se vio obligado a internarla. Sarah nunca le ha perdonado que lo hiciera, pero ella no lo sabe todo. Cuando la oigo hablar de sus planes de sacar a su madre del psiquiátrico para empezar una nueva vida, me siento culpable por todo lo que no le he dicho.

—Nunca he creído que su padre le permitiera sacar a su madre de allí fácilmente —dice Laura.

—No lo hará —dice Nayara muy segura.

—Y antes de eso, ¿su madre era normal? —insiste Laura.

—Completamente normal —asegura Nay—. Era encantadora, se podía hablar con ella sin tapujos.

—Ese verano fue muy extraño… —interviene Carla—. Fue el mismo verano que desapareció vuestra amiga, quizá ella le hizo algo.

—No, Mariona se fue un par de semanas antes. Además, no desapareció. Se escapó con su novio.

—¿Quién era su novio? —pregunta Carla.

—Nadie lo sabe. Ni siquiera nosotras, que nos pasábamos el día juntas. Decía que era un chico mayor, pero nosotras no la creíamos. Mariona tenía mucha imaginación, siempre inventaba historias… Recuerdo que, dijera lo que dijera, yo siempre la creía, pero después venía Sarah y la descubría —oigo una sonrisa nostálgica en su voz, que a pesar de mi malestar, se traslada a mis labios al recordar a Mariona—. Cuando nos habló de ese novio, pensamos que era una de sus historias, no la creíamos, nos hizo jurar que no le hablaríamos a nadie de él, decía que no quería que nadie supiera de su existencia. Un día lo vimos de espaldas y nos dimos cuenta de que era verdad, pero nunca le vimos la cara. Poco tiempo después dijo que iba a escaparse con él e intentamos convencerla de que no debía irse, solo teníamos quince o dieciséis años. Ese final de curso Mariona estuvo muy rara; cuando empezaron las vacaciones de verano sus rarezas se intensificaron, desaparecía por horas y les decía a sus padres que estaba con nosotras. Una noche estaba aún más rara de lo que ya empezaba a ser normal en ella. Cuando nos despedimos en casa de Sarah, decía cosas sin sentido, como si no fuéramos a volver a verla, y así fue porque, al día siguiente, se había ido.

La sensación de ser observada me golpea. Me he hecho un moño para tomar el sol y siento el aliento gélido de alguien en la nuca. Dejo de escuchar la conversación de la cocina. Cierro los ojos, petrificada y aterrorizada. Ni siquiera puedo respirar, aunque percibo ese olor a tierra mojada. Mi corazón va a explotar por latir tan deprisa. Quiero darme la vuelta, convenciéndome de que no hay nadie detrás de mí, pero temo girarme.

En un instante, siento una caricia muy sutil en el cuello, como si me acariciaran con la yema de los dedos. No me cogen, tan solo es una suave caricia, casi imperceptible. Sea lo que sea lo que está detrás de mí, me está tocando y tengo mucho miedo.

"Eric", siento un susurro en mi oído y grito.

Me arrastro por el suelo del pasillo sin levantarme hasta llegar a mi habitación. Cierro la puerta de una patada y trepo hasta la cama, donde abrazo la almohada. Oigo pasos en el pasillo, esa cosa viene a por mí de nuevo. El marco con la foto de mi infancia vuelve a caer al suelo delante de mí y grito aún más fuerte. En ese momento, se abre la puerta y vuelvo a gritar. Mis compañeras de piso me miran.

—¿Estás bien? —me pregunta Nayara.

Me quedo callada, con los ojos como platos, llenos de lágrimas que deforman la imagen que tengo delante. Nayara se acerca, se agacha y coge el marco. Vuelve a ponerlo en su sitio y yo me quedo mirando la foto. Siento cómo Nayara se sienta conmigo, pero no aparto la mirada de la foto.

Esa foto la tomó mi madre en la casa del lago, creo que hace como diez u once años. En ella salimos Nayara, Mariona y yo;

apenas hemos dejado de ser unas niñas y estamos sentadas sonrientes en la rama de un árbol. De fondo se ve el lago, incluso un trocito de la casa que mis padres tienen o tenían allí, no sé si mi padre la habrá vendido. El lago está rodeado por un bosque frondoso, como el de mis sueños, pero yo no conozco el bosque, siempre prefería quedarme a jugar en el agua que pasear por el bosque, como hacían mis padres.

—¿Qué ha pasado? ¿Por qué has gritado en el pasillo y has salido gateando? —pregunta Nayara.

—Dabas mucho yuyu —interviene Carla desde la puerta con cara de miedo.

Carla me tiene miedo. Lo sé porque, cuando me quedo mirándola, da un paso atrás. Parece que quiere huir de mí, piensa que estoy loca y seguro que también piensa que puedo ser peligrosa. Saber que no soy la única que tiene miedo en esta casa me consuela un poco. Si no estuviera en la situación en la que me encuentro, me echaría a reír.

—¿Cómo se llamaba el novio de Mariona? —pregunto mirando la foto de nuevo.

—No sé, creo que nunca lo dijo, siempre decía mi novio. ¿A qué viene eso? —demanda Nayara.

La miro a los ojos y en los suyos veo vergüenza, sabe que la he escuchado hablar. Debería decirle cuatro cosas, debería recriminarle que no me haya dicho nada de lo que le he escuchado decir en la cocina, pero mi rabia ha quedado aplacada por el terror.

—Esto no viene a nada, tengo que ir a trabajar —digo con tono derrotado.

Suelto la almohada y bajo de la cama. Laura se aparta para dejarme pasar y Carla se va. Cuando salgo al pasillo, oigo cómo el marco vuelve a caer al suelo, ni siquiera me giro a ver si ha sido eso, estoy segura.

—Poned la foto en su sitio, por favor —digo entrando en el baño.

Mientras me ducho, sigo pensando en esa foto. Aún tengo miedo, pero mi corazón va más despacio. No sé si ese susurro era de hombre o de mujer, pero lo he oído mientras hablaban de Mariona, mientras yo misma revivía lo sucedido. Y esa foto que no deja de caer una y otra vez es la única foto que tengo de ella aquí. Quizá Eric era el novio de Mariona. Tengo que averiguarlo, mañana volveré a ese piso y preguntaré a los vecinos.

Cada vez que pienso en que eso me ha tocado se me eriza el vello… Si puede tocarme, puede hacerme daño. Estoy aterrada. Para tranquilizarme, me recuerdo a mí misma que no lo ha hecho, no me ha hecho daño, tan solo me ha acariciado. Por lo que se ve, no quería hacerme daño, tan solo llamar mi atención. Al menos de momento. Tomo la decisión de intentar estar más alerta a sus señales, procuraré no tener miedo.

No pienso volver a explicarle a nadie nada de lo que me pase, no estoy loca y me molesta que piensen lo contrario.

Cuando voy a salir para irme a trabajar, Nayara me pide que hablemos. Estoy enfadada con ella. Todos estos años ha sabido que mi madre había desaparecido, ha sabido que no me quería cerca. También tenía constancia de sus intentos de suicidio y nunca, jamás, me ha dicho nada. Me da igual si lo ha hecho por protegerme o no, es una mala amiga y ya no puedo confiar en ella.

3

Sigue tu instinto

Cojo el coche de Nayara y las llevo al aeropuerto. Me parece que hace una eternidad que no conducía. En un coche como este es un lujo, las marchas van suaves como la seda y el volante parece que se mueva con solo rozarlo; había olvidado lo mucho que me gusta conducir.

En el aeropuerto la despedida es bastante seca; ni siquiera meto el coche en el parking, porque las dejo en las puertas de embarque de la terminal 1. Me bajo del coche por cortesía, pero no las ayudo con el equipaje, no puedo creer que me dejen sola ante el peligro. Mi amigo Casper (de alguna manera tengo que llamarlo) parece encantado. Los días pasan y todo parece ir a más, creo que se alimenta del miedo y ahora, estando sola en casa, se va a poner las botas.

En dos semanas he olvidado lo que es vivir sin miedo por las noches. Ahora que la tele se enciende sola, los grifos se abren solos y se oyen pasos por todo el piso, no solo en la alejada parte donde está mi habitación, parece que cunde el pánico y no estoy tan loca. Aunque Carla sigue manteniéndose alejada de mí, como si yo hiciera esas cosas con la mente o algo así.

La otra noche, por arte de magia, como empieza a ser habitual que pasen las cosas en casa, se encendieron todas las luces de todas las habitaciones. Todas salieron despavoridas de sus habitaciones, preguntándose qué pasaba. Yo me quede en la mía, esperando ver caer la foto. Y cayó, claro que cayó. Está obsesionado con esa foto y, aunque sigo teniendo miedo, prefiero que las luces se enciendan a que se apaguen.

He comprado un marco nuevo y he puesto una foto del día de

la graduación. Las cuatro salimos genial y yo parezco mucho más joven que la mujer que me mira en el espejo por las mañanas. A Casper no le gusta esa foto, solo juega con la otra y no puedo dejar de preguntarme si tiene algo que ver con Mariona, pues Nayara y yo salimos en ambas.

Para ellas salir de casa es una bendición, solo deseo que Casper viaje con ellas y me deje en paz.

—No hagas fiestas en casa —bromea Nayara.

—¿Por qué no? La última fue la bomba —ironizo cabreada—. Casper me lo recuerda a diario.

—¡Sarah, ya está bien! —grita Carla, que no aguanta que hable del tema—. Deberías tener un poco más de respeto.

—Sí, claro —escupo rabiosa—, el mismo que tuvisteis vosotras cuando os dije que no hicierais eso en casa. ¡O no! Mejor el que demostrasteis cuchicheando que estaba loca a mis espaldas. O mejor, la guinda del pastel, largaros a Ibiza. ¡Viva la fiesta! Y yo mientras me como vuestro marrón.

—Nosotras también te echaremos de menos —dice Laura con la misma ironía que yo.

—Seguro que sí.

—Sarah, si te lo piensas mejor puedes venirte cuando quieras —interviene Nayara, que después de una tremenda discusión está más suave que un guante—. En el cajón del recibidor están todos los datos y, si pasa cualquier cosa, puedes llamarnos.

—Disfrutad de vuestras vacaciones —digo subiéndome al coche.

Arranco el motor y me largo. No me despido. Quizá no las vuelva a ver, quizá cuando vuelvan me haya dado un ataque en una de las visitas de mi nuevo amigo, o me haya vuelto loca del todo y esté haciéndole compañía a mi madre. En ese caso, intentaría negociar, puede que le hagan un dos por uno a mi padre, todo es cuestión de hablarlo.

Me dirijo a Lleida para ver a mi madre. Con el lío de los exámenes finales y mi tesis hace mucho que no la veo. Además, ayer soñé con ella. En el sueño, ella estaba en el bosque conmigo. Al principio huíamos juntas, pero después dejaba de correr, yo tiraba de ella desesperada, intentando que siguiera corriendo, pero no lo hacía y al final alguien me cogía por detrás y… desperté.

Aún de camino a Lleida, recibo un mensaje de Nayara. Dice que ya han llegado a Ibiza. Felicidades.

Cuando ya estoy llegando, el dial de la radio se mueve solo. Vaya, eso es nuevo. Vivo en un estado de alerta constante, todo me exalta y asusta. Ahora no estoy asustada, solo inquieta. He leído mucho sobre el tema. Durante mis horas de descanso me quedo en el trabajo, donde estoy más relajada que en mi propia casa, leyendo libros sobre fantasmas, testimonios y el "más allá" que he comprado.

Empieza a sonar una canción, con ese sonido a disco de vinilo viejo.

«Yo soy aquel, que cada noche, te persigue…»

Conozco la canción. «Yo soy aquel», de Raphael, excelente elección para acabar de trastornarme. Detesto a Raphael, y no será porque no lo he escuchado a lo largo de mi vida. A mi padre le gusta. Y después la loca es mi madre, con dos cojones. Cada Navidad, cuando sale en la tele para cantar «El Tamborilero», me da un poco más de asco. Otro motivo para odiar la Navidad.

Escucho la canción y tengo ganas de llorar, quiero echarme a llorar de verdad. Es una canción de amor, de un hombre enamorado y obsesionado que está aquí, aquí y aquí, y no quiero tener un fantasma enamorado de mí. La canción acaba y el dial vuelve a los Cuarenta Principales. Gracias. Justo después, aparco en el parking, que por cierto, es enorme.

Debo reconocer que el sitio es bonito, al menos por fuera, ya que tiene unos grandes y cuidados jardines. Pero por dentro…, por dentro es deprimente.

Antes de ver a mi madre voy a ver a Mercedes, su psiquiatra. Me está esperando, pues avisé de que vendría. Con la nueva información que tengo, hablo con Mercedes. Le digo de pasada que estoy contemplando la posibilidad de llevármela a casa y se niega en redondo.

Había intentado sobrellevar mi mal humor y mi falta de sueño con ironía y sarcasmo, incluso para mí misma. Después de hablar con esta mujer, me siento completamente deprimida. Me acompaña hasta al jardín donde está mi madre y pronto la veo sentada de espaldas a nosotras, en un banco donde da la sombra. Después de pedirle a Mercedes que me deje ir sola con ella, esta se despide de mí y se marcha.

Al acercarme, la oigo tararear una canción. Cuando estoy en el banco detrás de ella y oigo qué canción es, me siento tentada de darme la vuelta, desahogarme y volver. ¿De todas las canciones que hay en el mundo, por qué tiene que ser la misma de Raphael que sonaba en el coche?

—No deberías estar aquí, Sarah —dice sin girarse.

No sé cómo me ha visto acercarme, quizá haya alguna cristalera donde me haya visto reflejada, pero no veo ninguna.

—Hola, *mama* —digo rodeando el banco y sentándome a su lado, sin tocarla—. ¿Qué cantabas?

La miro y parece más mayor que nunca: su cabello se ve desvaído y su mirada tan perdida como el primer día que ingresó en este sitio que detesto. Era tan joven y dicharachera y ahora parece tan mayor...

—«Yo soy aquel», de Raphael, y tú estás aquí, aunque deberías estar en otro sitio.

—¿Dónde estaría mejor que contigo? —sonrío buscando su mirada.

—Buscando a alguien.

¡Mierda! ¿Esto va en serio? Como diga Eric, juro que me meo encima.

—¿A quién *mama*? —pregunto con aprensión.

—Tú ya lo sabes —dice sin mirarme.

—¿A Eric quizá?

—Él debe protegerte.

—¿Tú sabes quién es Eric? —demando nerviosa, buscando su mirada esquiva.

—No lo sé.

—¿Por qué me hablas de él entonces?

—Tú has hablado de él.

—Solo porque tú has dicho que no debería estar aquí, que debería estar buscando a alguien.

No contesta y mis nervios están en la cuerda floja. Llevo días bajo un escudo de indiferencia, intentado hacer ver que nada me afecta o me importa. Y no solo para los demás, ahora finjo hasta para mí misma. ¡Patético! No creo que pueda soportarlo mucho tiempo más, lo último que mi madre necesita es que a su hija le dé un ataque de histeria delante de ella.

—¿Por qué debe protegerme?

—¿Quién? —me pregunta sin inmutarse.

—No lo sé. Eric supongo, dímelo tú —digo intentando buscar sentido a lo que me ha dicho.

Espero su respuesta con aprensión. Intento recordarme que mi madre no está bien, no debería creer en lo que me diga. Pero justamente me ha dicho que busque a alguien, de todo lo que podría haberme dicho. Siento que ella tiene respuestas que darme, y yo necesito alguna.

—Ayer vino tu padre —cambia de tema—, viene todos los fines de semana, incluso hace alguna escapada entre semana. Él todavía me quiere. Quisiera que no lo hiciera, que rehiciera su vida, pero no lo hará.

Estoy flipando, mi madre parece más lúcida de lo que ha estado en los últimos años. Cuando vengo, apenas le saco más que monosílabos y, ahora, me habla de mi padre con esa congruencia.

—¿Quién debe protegerme, *mama*? —insisto en lo mío.

—Miras pero no ves, Sarah. A tu padre le pasa lo mismo. Solo espero que tu mente sea tan fuerte como la suya para lo que te espera.

¿Lo que me espera? ¿Me espera algo más de lo que ya me está pasando? Mi madre nunca me ha dado miedo, nunca, pero ahora mismo estoy acojonada de verdad.

—¿Qué es lo que me espera, *mama*? —digo mientras un escalofrío recorre mi cuerpo, no creo que quiera saber la respuesta a esa pregunta.

—Debes observar, lo tienes delante. Ahora debes irte, te esperan en casa. Y llama a tu padre; sé que lo harás, porque yo te lo he pedido. Si lo escuchas, él puede ayudarte.

—Acabo de llegar —intento razonar con ella—. Además, nadie me espera en casa, mis compañeras se han ido de vacaciones, estoy sola.

—Ya no estás sola, mi pequeña. Sigue tu instinto y, cuando este no te diga nada, espera.

Hacía años que no me llamaba así, me pregunto si está volviendo a ser ella. Me levanto del banco y me pongo en cuclillas delante de ella para que me mire a los ojos, pero esquiva mi mirada, como siempre.

—¿Tú sabes qué es lo que me está pasando? —sigo buscando su mirada, pero ella no me mira, no recuerdo cuándo fue la última vez que lo hizo.

—Debes temer a los vivos, no a los muertos.

—¿Entonces sabes lo que me pasa? —vuelvo a insistir acongojada.

—Estoy cansada Sarah, voy a ir a dormir, es la hora de la siesta. Sabía que vendrías, por eso estoy aquí.

—¿Te lo dijo Mercedes? —pregunto extrañada—. ¿Te ha dicho ella que iba a venir?

—Ya sabes que no. —¿Cómo?—. Llama a tu padre, él no tiene la culpa de nada.

—¿Qué te ha dicho él?

—Me habla mucho de ti —me explica mientras su pelo sin vida se mece por la suave brisa—, está muy orgulloso. Y yo también —añade—. A veces me habla de los viejos tiempos, tiene una memoria excelente.

Se levanta del banco y yo del suelo. Hace el amago de irse y la cojo del brazo, a pesar de saber que no le gusta que la toquen. Temo su reacción, la última vez que la toqué liamos una buena; fija su mirada en mi mano.

—Ve con cuidado, cielo —dice palmeando la mano con la que la agarro.

Mis ojos se humedecen. ¡Me ha dejado tocarla! ¡Incluso ella me está tocando a mí! La emoción inunda mi pecho, tengo ganas de llorar. Quisiera poder abrazarla y llorar entre sus brazos como hacía cuando era una niña. Pero no voy a hacerlo.

—¿Me echas de menos? —pregunto intentando esconder un puchero.

—Desde hace ocho años.

—¿Por qué no me quieres cerca entonces? —intento tragar el nudo que se ha formado en mi garganta.

—Solo quería protegerte, pero ahora ya eres grande y yo no puedo hacerlo. Ha llegado tu momento.

Me mira a los ojos con tristeza, su mirada es vacía y afligida. Todavía me parece más mayor, me parece una anciana gastada y derrotada. Sus labios secos dibujan una sonrisa, pero es mi madre y aún recuerdo cómo solía sonreír. Esto es más de lo que he recibido en los últimos años, pero sigue siendo un garabato comparado con lo que una vez fue, con la luz que desprendían sus ojos con cada sonrisa sincera.

—Busca a esa persona y ayudaos mutuamente. El tiempo corre Sarah, todavía tenéis tiempo.

—¿Tiempo para qué? —demando nerviosa, creyendo que ella sabe más de lo que debería saber.

—Yo no puedo decirte eso hija, tú misma debes descubrirlo. Tienes a alguien que te indica el camino, alguien que puede enseñarte cómo debes trazarlo; y otro que te protegerá mientras lo haces.

¿Qué? ¿Quién se supone que es esa gente? Quiero que me diga lo que sabe. No quiero acertijos ni enigmas. Quiero la verdad sin más, a pelo. He pasado por un infierno estas dos semanas y creo que merezco respuestas, no más incógnitas e interrogantes.

—¿A dónde fuiste cuando yo tuve la varicela? —demando desesperada por saber la verdad.

—Si trazas bien el camino —dice pausada, con calma—, encontrarás todas las respuestas que anhelas y mucha dicha. Recuerda todo lo que te he dicho, es importante y puede ayudarte.

—Por favor, *mama* —le digo con los ojos anegados de lágrimas.

Coge mi mano con suavidad y la aparta de su brazo, me besa en la mejilla y me quedo paralizada.

—El valiente no es el que no tiene miedo; es el que, a pesar de tenerlo, lo afronta —me susurra en el oído.

Se va, la veo alejarse y no hago otra cosa que seguirla con la mirada, hasta que se pierde dentro de su pabellón.

Derrotada, me siento en el banco y por millonésima vez me pregunto por qué mi madre está así, por qué pasó de ser una madre cariñosa y atenta a alguien incoherente y sin sentido, qué la hizo enloquecer de un día para otro. Ahora sé más de lo que sabía hace un par de semanas: sé que no enloqueció de un día para otro, sino que estuvo una semana desaparecida, una semana en la que pasó algo, algo que la hizo cambiar para siempre. Ella, de alguna manera, sabe lo que me pasa, sabe mucho y me pregunto si lo que le sucedió a ella es lo mismo que me está pasando a mí. Inevitablemente, me pregunto si yo acabaré igual, si mis amigas tienen razón y tengo un brote, si por eso ahora parece que estoy en sintonía con ella.

Vuelvo al coche y me quedo allí, con el aire acondicionado a todo dar. Pienso en la conversación que hemos tenido. Parecía tan segura…, tan coherente a pesar de saber que lo que ha dicho no tiene coherencia alguna. Sin embargo, extrañamente, creo que tiene razón, que lo que ella me ha dicho es otra pista para llegar a algún sitio. Confío en mi instinto, me fío de ella y es una locura.

La radio vuelve a sonar y doy un bote en el asiento. Recuerdo de repente lo que me acaba de decir mi madre cuando se ha despedido: el valiente no es el que no tiene miedo, es el que a pesar de tenerlo lo afronta.

Creo saber qué debo hacer, pero no sé si seré capaz de hacerlo. Bajo el volumen de la radio y busco en mi agenda el número. Está apagado y salta el contestador. Ya contaba con ello, tiene turno doble.

—Cuando salgas de trabajar por la tarde te espero en mi casa. No nos llevará más de una hora. Te espero —voy a colgar, pero añado—: Me lo debes.

Cuelgo el teléfono y me dirijo a toda velocidad a Barcelona, a mi casa. Tardo mucho menos de las dos horas que he empleado en llegar a Lleida. Paso de todas las señales de velocidad. Tengo prisa, si Aleix llega a casa y no estoy, se irá.

Al llegar, voy directa a mi habitación. La foto del lago vuelve a estar en el suelo. La recojo y vuelvo a ponerla en su lugar. Cojo uno de mis cuadernos de clase y escribo todo el abecedario con letras grandes, los números del 0 al 9 y las palabras hola, adiós, sí, no y no lo sé.

Voy a empezar a recortarlo cuando Aleix me envía un escueto mensaje de texto: "media hora".

Lleno la bañera y me pongo los auriculares en el móvil. Estoy muy nerviosa, necesito relajarme si pienso pasar por esto de nuevo. Lo único que me consuela es que Aleix se niegue a jugar, eso significaría que lo he intentado, quizá entonces Casper vaya a por él y me deje tranquila a mí.

Medio disco de Bruno Mars más tarde, salgo de la bañera arrugada como una pasa y con los nervios aún a flor de piel. Todo el suelo está lleno de agua. El baño está medio inundado, el grifo de la pica está abierto. Al mirar el espejo tiemblo; está empañado y han escrito en él con el efecto del vaho:

41°23'47.70n 2°08'46.99e

BUSCA A ERIC, C.

—¡Mierda! —exclamo cubriéndome con la toalla y mirando a todas partes.

Miro el mensaje espantada. Cojo mi móvil con manos temblorosas. ¡Ni un baño tranquila puede darse una en esta casa! Creo que debería mudarme. Entiendo lo de «afronta tus miedos», me ha quedado claro por partida doble, pero no creo estar hecha para hacerlo.

Le hago una foto al espejo y, por si acaso, copio el mensaje y se lo mando todo a Laura con un: ¡¡¡¡URGENTE!!!!

El timbre suena y, de lo alterada que estoy, pego un salto sobre mí misma que provoca que el móvil se me caiga a la pica llena de agua. Lo miro desesperada. No me puede pasar esto, no puede pasarme. Cierro el grifo y voy a abrirle a Aleix. Lo espero en la puerta, no quiero acercarme al baño ni a mi habitación.

—¡Vaya recibimiento! —dice mirándome de arriba abajo—. Si querías echar un polvo no necesitas toda una hora; espero que tengas condones, porque no pensé que era eso lo que querías.

—Muy gracioso.

Cojo su mano y con la otra agarro la toalla para que no se me caiga. Lo arrastro hasta la puerta de mi habitación.

—Espera aquí. Por favor, Aleix —le digo con vehemencia—, no te muevas de la puerta.

Le suplico con la mirada que no me falle y él se apoya al lado de mi puerta. Entro en la habitación y me visto como lo haría si estuviera con alguien que no quiero que me vea desnuda. Me pongo algo cómodo, de estar por casa. Cuando giro el pomo de la puerta para salir, el marco con la foto del lago vuelve a caer, lo miro de reojo y salgo.

Aleix sigue donde lo he dejado. Voy a la cocina a por la fregona y el cubo y él me sigue.

—¿Qué pasa ahora, Sarah? —me pregunta de manera cansina.

—¿Que qué pasa ahora? —respondo con una voz chillona que ni siquiera parece la mía.

—Tus amigas no hace ni medio día que se han ido, y ya parece que estés al borde de un ataque de nervios.

—Qué amable por tu parte —le contesto con ganas de darle con la fregona en la cabeza—. Ven, te voy a enseñar lo que pasa.

Entramos en el baño y todo sigue inundado, pero el mensaje ya no está en el espejo, el vaho se ha evaporado.

—Casper me ha dejado un mensaje, estaba aquí —digo señalando el espejo.

—¿Casper? —pregunta con cara de incredulidad.

—Sí, Casper, el fantasma, ya sabes...

—Cuando Nayara me pidió que te echara un ojo, pensé que sería en el trabajo, no que eso me supondría un trabajo a tiempo completo.

—Ya, Nayara parece que le está cogiendo el gusto a hablar de mí a mis espaldas.

—Está preocupada por ti —la defiende.

—¡Que no se hubiera ido! —exclamo molesta.

Me pongo a fregar el exceso de agua, le quito el tapón a la pica y cojo mi móvil. Ahora tendré que comprarme uno nuevo, no puedo tener más mala suerte.

—Llama a Laura, le he enviado un mensaje, necesito saber qué dice.

—No tengo el número de Laura.

—¿Por qué? Yo no me lo sé de memoria —me quejo.

—Llamaré a Nayara —coge el móvil del bolsillo trasero y llama—. Hola guapa —no sé qué le dice Nayara, pero pone cara de extrañado—. ¿Cómo lo sabes? —sigue escuchándola con cara de no comprender nada—. ¿Qué foto? Te llamaba porque a Sarah se le ha caído el móvil al agua y dice que necesita hablar con Laura.

Le quito el móvil de la oreja y me pongo.

—¿Sabes si ha recibido Laura mi mensaje? —demando acelerada.

—Sí, y da muy mal royo; creo que Carla se ha cagado de miedo.

—¿Por qué? —pregunto sin comprender.

—¿Por qué va a ser? Por el hombre que hay detrás tuyo en la foto. No sabíamos que estabas con Aleix, tampoco parece que sea él, es como una sombra oscura, no sé, algo muy raro y terrorífico.

Si quería tranquilizarme, no debería haber dicho eso. Una lengua de escalofríos recorre todo mi cuerpo de arriba abajo. Nervios, me cojo la cruz egipcia que llevo al cuello. No es que crea que vaya a protegerme o algo así, pero necesito tener algo entre las manos y ese es mi amuleto de la suerte. Quizá debería volver a Egipto a pedirles la hoja de reclamaciones, en vista de cómo me va.

—Aleix no estaba aquí cuando he hecho la foto —digo despacio—. ¿De verdad hay alguien en ella?

La línea se queda muerta unos segundos y vuelvo a tener ganas de llorar. Dije que no le contaría a nadie nada de lo que me pasara, para que no siguieran tomándome por loca, pero no me lo puedo guardar todo para mí o explotaré.

—No te preocupes, seguramente será el efecto del flash delante del espejo.

—¿Hay un hombre o no hay un hombre Nay? —pregunto intentando mantener la calma.

—Parece que lo hay, es mucho más alto que tú, te saca una buena cabeza, pero no se le ve bien… No lo sé, Sarah —se queja—, no debería haberte dejado ahí, créeme que lo siento —la creo, parece arrepentida—. Por favor, ven con nosotras. Puedo cogerte un vuelo, haces una maleta y te vienes.

Me siento tentada a hacerlo, a dejar tirado a Dani en el trabajo e irme con ellas. Sé que en esta casa hay algo, o puede que Casper venga conmigo a donde yo vaya. Ya sabía que estaba conmigo, pero que salga en una foto me aterra, lo hace mucho más real, es como si pudiera tocarlo. Ahora, menos que nunca, quiero quedarme aquí sola.

—¿Laura ha descifrado el mensaje?

—Dice que son coordenadas. Misma calle, diferente número, tan solo dos números calle abajo. Te lo ha enviado al móvil.

—Acabo de quedarme sin móvil.

—Ve a la tienda a que te hagan un duplicado de tarjeta. En mi escritorio, por los cajones, tengo móviles que ya no uso, coge el que quieras.

—Gracias.

—¿Te cojo el vuelo para esta noche? —me apremia.

—No, de momento no. Envíame esa dirección al móvil de Aleix, iré a buscar al tal Eric.

—¿Estás segura, Sarah? Da muy mal rollo, es enorme. Yo no sé cómo serán los fantasmas, pero este es enorme y oscuro —me contesta alterada—; no creo que debas ir a buscar a nadie. Vente con nosotras, buscaré a alguien que limpie la casa mientras no estamos, algún espiritista o algo así… no lo sé, algo pensaremos.

—No creo que sea problema de la casa —intento ser realista.

—¿Por qué dices eso?

Me siento tentada a explicarle lo que he hablado con mi madre, pero no lo hago.

—Hazme un favor: haz una lista de contactos que pueda necesitar y envíamela, incluye el móvil de mi padre.

—¿El móvil de tu padre? —oigo la incredulidad en su voz.

—Sí —contesto segura—; por si acaso, mándame esa dirección.

—No quiero que vayas.

—Envíamela —le contesto seca.

Le devuelvo el teléfono a Aleix. Ellos siguen hablando y, por lo que oigo, creo que han empezado algo juntos. Es mi mejor amiga, yo debería estar al corriente de algo así, nada le gusta más a una chica que cotillear sobre chicos, pero lo cierto es que últimamente solo estoy pendiente de Casper.

Además, mi relación con Nayara no pasa por su mejor momento. Entiendo que no me dijera lo de mi madre, lo hizo por mí, solo quería protegerme. Pero aun así, me duele que no me lo dijera, no puedo evitarlo.

Dejo de escuchar la conversación y me concentro en mis propios pensamientos mientras friego el baño. No sé qué hacer. Puedo quedarme aquí con Aleix e intentar hacer la ouija o puedo buscar a Eric, que peor que un espíritu no puede ser. A no ser que sea un asesino, entonces sí que sería peor. Si es el asesino y empiezo a hacer preguntas, irá a por mí. Vuelvo a repasar la conversación con mi madre. No puedo creer que vaya a guiarme por lo que ella me ha dicho, no está en un psiquiátrico porque sí. ¡Mierda! Estoy muy confusa.

Ella me ha dicho que debía buscarlo; a continuación, que me protegería, pero después no sabía quién era Eric. Para rematar, me ha dicho que debo temer a los vivos, no a los muertos. No sé cómo he podido pensar que lo que me ha dicho significaba algo. Es todo una contradicción que aún me confunde más. ¿Qué debo hacer entonces?

Sigue tu instinto, me digo en mi cabeza ¿Qué dice mi instinto? Que tengo miedo. Me río en voz alta irónicamente, estoy perdida.

4

Primer encuentro

Miro el enorme portal que tengo delante. Mide cuatro o cinco metros y es de color negro con la fachada gris granito. No es un edificio demasiado alto, más o menos como en el que vivimos nosotras, o puede que uno o dos pisos menos.

No he vuelto a saber nada de Casper desde el episodio del baño. Ayer por la tarde vine a este mismo punto de Barcelona con Aleix. Aparcamos la moto sobre la acera, delante del portal, y nos quedamos aquí como estoy ahora, viendo entrar y salir gente. Después, me dejó en su casa y es ahí donde he dormido. Tiene un amigo en casa, así que me ha tocado dormir en el sofá. La alternativa al sofá era dormir con él, y hay confianza, pero no tanta. Además, no ha habido incidentes.

Miro mi nuevo móvil y pienso que no hay nada como tener pasta. Nayara se compró este móvil y lo usó menos de un mes, está nuevo, no tiene ni una sola rayada. Miro la hora en la pantalla. ¿Entro o me voy? No puedo alargar más esta agonía o llegaré tarde al trabajo. No he dormido casi nada mirando la foto en miniatura del baño. Anoche me la envió Laura, pero no he sido capaz de abrirla.

Decido entrar en el portal mirando el móvil. Cuando este se abre choco con alguien. Levanto la cabeza para disculparme y me encuentro con un hombre moreno que mide más de metro ochenta. Frunce el ceño molesto. Me quedo quieta y asustada miro sus ojos. ¡Sus ojos!

—Deberías mirar por dónde vas —me dice con desprecio mirando su traje impoluto.

Su voz es grave y rasgada. Conozco esa voz. Estoy paralizada.

Solo es un hombre de unos treinta años, un chico, pero sus ojos azules me provocan pavor. Todo él me aterroriza, con su altura y anchura. Lo miro con terror y él también me mira a mí.

—¿Te apartas o qué? —dice mirándome con gesto osco.

Sigo parada sin poder moverme, me siento presa de su mirada. Siento pánico. Llevo noches huyendo de él en sueños. Es él. Sé que es él quien me atemoriza en mis pesadillas. Nunca lo he visto de forma nítida, pero son sus ojos, su voz cuando me atrapa es la misma.

Hace un gesto con la mano y me encojo esperando el golpe. Sin embargo, me coge del brazo y una corriente eléctrica recorre todo mi cuerpo. Vuelvo a mirarlo con terror y él me mira con desconcierto, me aparta de su camino y me suelta. Nos sostenemos la mirada durante segundos que parecen días, entonces niega y se aleja.

Cuando se ha ido, recupero las funciones motoras. Observo cómo se aleja y siento un hormigueo allí donde me ha tocado. Veo que se mira la mano y, antes de llegar a la esquina, vuelve a mirar en mi dirección. Algo me activa y, sin pensarlo dos veces, entro en el portal.

Nada más entrar me encuentro con un largo mostrador de mármol.

—Buenos días, señorita —me saluda el portero. Por la edad que tiene debe estar a punto de jubilarse.

—Buenos días —me acerco a él de espaldas mirando de nuevo la puerta, todavía aturdida.

¿Es posible que sea él? Si ese hombre es Eric, no pienso acercarme a él. Es imponente. Vuelvo a mirar la zona de mi brazo donde me ha tocado y noto que el hormigueo aún no ha cesado. ¿Habrá sentido él la misma corriente eléctrica? Parecía que se miraba la mano cuando se ha girado para mirarme, espero que no vuelva.

—¿En qué puedo ayudarla? —la voz del portero me saca de mis ensoñaciones.

—Buscaba a alguien. Se llama Eric, creo que vive en este edificio.

Parece que lo piensa unos segundos.

—Creo que se refiere al señor Capdevila, aunque nadie lo llama Eric. Diría que se ha cruzado con él en la puerta.

Vuelvo a mirar hacia la puerta. Era él, sabía que era él.

—¿Señorita, se encuentra bien? —vuelvo a centrar mi mirada en la del portero y afirmo con la cabeza—. Supongo que es usted periodista. Le recomiendo que no venga por aquí, eso no le va a gustar. Vaya a la central y concierte una entrevista. No será fácil, pero le aseguro que, si la ve merodeando por su casa, habrá perdido su oportunidad de entrevistarlo. Incluso de trabajar, si me apura… Ese muchacho tiene mucho carácter.

¿Carácter? ¿Es la manera que tiene este hombre de suavizar que lo que tiene es muy mala hostia? Cree que soy periodista ¿Acaso Eric es famoso? El portal vuelve a abrirse y mi corazón empieza a bombear a toda máquina, atemorizada de que vuelva, pero entra una chica de unos quince años con tres perros que tiran de ella.

—¡Hola Pau! —saluda la chica al portero, aún en la puerta.

—¿Cómo ha ido el paseo, señorita? —le pregunta él amablemente.

—Muy bien, gracias.

Se acerca a mí para acceder al ascensor y los perros empiezan a ladrarme como locos. Se abalanzan a por mí y la chica apenas puede contenerlos.

—¿Qué os pasa? Vamos, ya está bien —tira de ellos fijándose en mí.

Apoyo la espalda en el mostrador, temiendo que no pueda contenerlos y me muerdan.

—Gracias por su ayuda —le digo al portero y salgo del edificio pegada al mostrador.

Cuando estoy fuera, mi corazón todavía sigue acelerado.

De camino al trabajo, cada perro con el que me encuentro me ladra y parece que quiere venir a por mí. Incluso los gatos perdidos, que merodean cerca del trabajo, me bufan y se erizan. No dejan que me acerque a ellos. No lo comprendo, esos gatos me conocen, muchas veces les doy sobras del restaurante sin que Dani se entere y nunca se han comportado así. ¿Qué pasa ahora? No lo entiendo, me gustan los animales y por lo general yo les gusto a ellos, no me he hecho veterinaria porque sí.

Me paso todo el servicio distraída pensando en Eric. Ya sé quién es y no sé si preferiría no saberlo. Ahora mi nuevo amigo debería dejarme tranquila. Solo me dijo que lo buscara y eso es lo que he hecho. Lo he buscado y lo he encontrado.

No sé si es un asesino, pero desde luego es un mal educado. Su forma de hablarme, cómo se ha mirado el traje como si le hubiera manchado solo por tocarlo, sus modales y esos ojos fríos… Me da repelús recordar su mirada.

Tengo tres horas entre servicio y servicio, así que en ese tiempo vuelvo a casa. Cuando llego, me encuentro con mi vecina, que inevitablemente va con Felipe, su terrier. Este me ladra como un loco, incluso me muerde el tobillo. La señora María se indigna conmigo, preguntándome qué le he hecho a su perro. Yo no le he hecho nada. Ese perro me adora, siempre corre a saludarme cuando me ve, a pesar de que fui yo quien le ponía las inyecciones cuando estuvo enfermo porque ella no era capaz de hacerlo.

Me quedo en la escalera derrotada. No quiero entrar. Si los animales me odian, no podré volver a ejercer de veterinaria. He tirado cinco años de mi vida a la basura, todo el esfuerzo que he hecho no ha servido para nada. Cojo mi móvil y pienso en llamar a alguien, pero no se me ocurre a quién. Me prometí a mí misma que no volvería a hablar del tema con nadie, no quiero volver a romper esa promesa.

Me armo de valor y vuelvo a casa del tal Eric. Sí, hablaré con él, quizá tenga algo que decirme, aunque no se me ocurre el qué. Por suerte, no está en casa. El portero me dice que, si quiero, puedo dejarle una nota o mi tarjeta, y él se lo hará llegar. Lo pienso durante más tiempo del necesario. No tengo nada que decirle, no lo conozco. Declino la oferta y vuelvo al trabajo.

Busco a Eric en internet. Después de todo, se supone que es famoso. No tiene Facebook, ni twitter. Bueno, tampoco esperaba que lo tuviera. No obstante, encuentro varios artículos de él en la red. Ha ganado tres años consecutivos el premio al mejor empresario del año en España. Gestiona todo tipo de empresas. Es impresionante la cantidad de cosas que mueve este tío, se mueve en muchos y muy diferentes sectores, pero no encuentro ningún dato personal de él. Solo nombres de empresas que yo desconozco, empresas que él ha ido absorbiendo hasta convertirse en el empresario más joven y rico de Cataluña, según una publicación de La Vanguardia. Hay muchos datos financieros que me dicen menos. Me topo con una pequeña entrevista en la que explica su preocupación por el cambio climático y su entusiasmo por las energías renovables, palabras de él, no mías. También habla sobre la importancia de los recursos naturales, aunque no tenía pinta de ecologista con su traje de etiqueta almidonado.

—¿Qué haces, Sarah?

Doy un bote y un pequeño grito. Estaba tan ensimismada con el móvil que había olvidado dónde estaba, aunque el problema es que últimamente me altero por nada.

—Miraba unas cosas por internet. ¿Es tarde? —pregunto mirando la hora.

—Es pronto. ¿No has ido a casa a descansar un poco? —me pregunta Dani, mi jefe.

—Ayer tuve fiesta, estoy descansada —le sonrío.

—Últimamente estás muy rara, pareces cansada Sarah. —¿Es su manera de decir que estoy hecha una pena?—. Si tienes cualquier problema, puedes hablarlo conmigo, sobre todo si es de trabajo. Pero si es algo personal y necesitas cualquier cosa, puedes contar conmigo también, creo que ya lo sabes.

—Gracias, Dani —le digo con sinceridad—. No te preocupes, todo va bien —miento.

Me encanta Dani. Cuando cogió el restaurante hizo que subiera como la espuma. Si su padre no llega a cedérselo habría cerrado hace años. Dani es un buen empresario, tiene buenas ideas y es un buen jefe, alguien justo y equitativo que no hace favores a nadie, pero sabe valorar y recompensar a alguien cuando trabaja bien y se esfuerza.

Me pongo el uniforme: un pantalón de pinza altísimo, que como pases un día sin ir al baño ya te marca barriga, y una camisa verde oscuro por dentro. Ahora que no está Carla tendré que plancharme yo la ropa, y la plancha y yo no somos buenas amigas. A ella le gusta planchar, dice que le relaja. Y después la rara y la loca soy yo...

Cuando Aleix llega, le pido que duerma en mi casa. Quiero saber que esto se ha acabado, pero no quiero estar sola. Él bromea conmigo, pero yo no me siento de humor para bromear. Me dice que no le gusta cómo me estoy volviendo y accede de mala gana.

Duerme en la habitación de Nayara con su consentimiento, claro, él mismo le ha pedido permiso para hacerlo. Esa habitación da a la calle y conecta directamente con el comedor. Yo me quedo en la de Laura, que es la primera cuando sales del comedor, la más cercana.

No ocurre nada y al día siguiente por la mañana, antes de ir al trabajo, paso de nuevo por casa de Eric. Lo veo salir. Lo recoge un coche en la esquina. Va impecablemente vestido, como el día anterior. Con la que está cayendo y él sale con su traje almidonado y su maletín. No le digo nada. Cuando se marcha, yo también lo hago.

Paso otra noche sin incidentes, así que sigo yendo a casa de Eric cada mañana antes de ir a trabajar, como una rutina.

Los animales huyen o se encolerizan a mi paso, pero en casa no hay ruidos ni cosas raras. No me siento tranquila, pero tampoco tengo motivos para no estarlo. Aleix se marcha y yo vuelvo a mi habitación.

Todo va bien varios días. Pero en el cuarto día sucede algo: Eric se me queda mirando en el portal con sus ojos azules y fríos de la misma manera que en mis pesadillas y se clavan en mí. Miro su rostro de facciones duras y me percato de que es muy masculino y atractivo. Tiene los labios carnosos, la nariz grande y recta, la mandíbula cuadrada y un mentón marcado. Parece cabreado. Mientras lo observo, mis pulsaciones se aceleran. Parece que vaya a acercarse a mí, que venga a decirme algo, pero suena su móvil; lo saca de la americana, mira la pantalla y vuelve a mirarme. Hace una mueca y se va al coche que lo espera en la esquina, como cada mañana. Creo que me he salvado por los pelos.

Por eso esta mañana me he sentado en el aparador de unas fincas que hay frente a su casa, en la otra acera. Me estoy comiendo unos donettes nevaditos cuando llega su coche. Miro hacia la puerta, tardará menos de dos minutos. Así sucede, lo veo salir y observo cómo mira a su alrededor, creo que buscándome. Su mirada me lo confirma cuando se centra en mí y no consigo hacer bajar el donette por la garganta.

Madre mía, como se acerque no sé qué le voy a decir. Aunque él tampoco sabe que lo espero a él, podría esperar a cualquier otra persona. Sigue hasta la esquina, donde lo espera el coche, sin apartar los ojos de mi dirección un segundo. De él se baja un hombre con una barriga prominente, eso es nuevo. Se saludan con un apretón de manos y hablan apenas un minuto, después se sube y se va. Me quedo mirando al otro hombre, que se ha quedado en la acera. Hace una llamada mientras me mira. Quiero irme pero no lo hago, que se vaya él primero. Cuando acaba de hacer su llamada no vuelve a mirarme y, diez minutos después, lo recoge un taxi. Miro la hora y me voy al trabajo. Suficiente.

Es viernes y tenemos bastante faena. Al mediodía lo llevo bien, pero la noche es otra historia, es una locura. No damos abasto ni en la terraza ni en el interior, que es donde está mi zona.

La mesa cuatro me está tocando la moral, por no decir otra cosa.

Uno de los niños me ha puesto la zancadilla y aún me pregunto cómo no he caído de bruces, cuando soy capaz de tropezar con una raya pintada a lápiz. Me cambian el pedido tres veces mientras el pequeño de los dos niños me tira agua con una pajita sin que sus padres le digan nada. Antes de que cambien la comanda una cuarta vez, salgo corriendo a la mesa cinco.

—Buenas noches. ¿Sabe lo que quiere? —pregunto sin levantar la cabeza del block.

Ahora no me acuerdo de lo que han pedido los padres para el hijo mayor… ¡Maldición! Estoy segura de que, si los pregunto, ni ellos mismos se acuerdan y me cambian todo el pedido de nuevo.

—Sí. Quiero saber qué quieres, Sarah.

Esa voz… Levanto la vista del block y mis ojos se agrandan tanto que creo que van a salirse de las cuencas. Delante de mí tengo a Eric, sentado en la mesa cinco, solo. ¡Mierda!

¡Mierda! me repito. ¡Joder! ¿Qué hace él aquí? ¿Cómo sabe mi nombre? ¿Cómo me ha encontrado? ¿Por qué ha venido? Intento mantener la calma, pero el boli tiembla sobre el block. Miro el movimiento e intento tranquilizarme.

—¿Qué le pongo? —sigo como si no fuera más que un cliente desconocido. Es un desconocido que ha venido a cenar, así que es un cliente desconocido. Punto.

—¿Nos conocemos? —me pregunta secamente.

Sus ojos me están perforando. ¡Mierda otra vez! Conozco muy bien esos ojos y siento que tengo que echar a correr. Va con traje, como siempre que lo he visto, pero en esta ocasión no lleva la corbata.

—No —digo mirando el block de nuevo—. Si no sabe qué quiere pedir puedo volver en un momento.

—¿Si no nos conocemos por qué merodeas mi edificio cada mañana?

No sé cómo voy a salir de esta. Cada vez parece más cabreado, sus ojos brillan con rabia y desprecio. No puedo mantenerle la mirada, así que agacho la cabeza mirando mi block. Mi pecho se mueve exageradamente, me cuesta respirar. Llevo la placa con mi nombre, por eso sabe que me llamo Sarah.

Debo mantener la calma, él no sabe nada de mí. Levanto la vista del block y lo miro, su mirada me perfora, no sé si puedo hacer esto.

—Ahora lo recuerdo —finjo naturalidad señalándolo con el boli—, un día chocamos en el portal de mi amiga. Voy a buscarla cada mañana, quizá por eso le sueno —sonrío y él ladea la cabeza mirándome.

Deja la carta sobre la mesa y aprieta los puños; yo doy un paso atrás inconscientemente.

—¿Quién es tu amiga? —pregunta en un tono demasiado duro para considerarlo cordial.

—La de los perros —suelto sin pensarlo demasiado, con una voz que delata lo asustada que estoy.

—¿Eres amiga de Isabel? —dice poniéndose un puño cerrado en la boca.

—Sí —afirmo con la cabeza como si así fuera más creíble—. ¿Qué quiere que le traiga?

—En mi bloque no vive ninguna Isabel. Me estoy cansando de este juego, Sarah —da un puñetazo en la mesa y yo doy un pequeño salto, asustada—. Pau, el portero de mi edificio, me dijo que eras periodista, pero no lo eres, así que quiero saber por qué me buscas, por qué rondas mi casa. No me digas que no es por mí. Has preguntado por mí, vienes, me esperas y, cuando me voy, tú también.

¿Cómo narices sabe eso? Creo que se va a levantar, pero no voy a dejar que me atrape.

Me doy media vuelta y voy a la cocina casi corriendo. Apoyo mi espalda contra la pared, me inclino con las manos apoyadas en mis rodillas mirando el suelo, empiezo a hiperventilar, sollozo. Este tío me acojona, nunca debí buscarlo, nunca. Aleix entra cantando una nota, levanto la cabeza y lo cojo de la camisa desesperada.

—¿Qué pasa, Sarah? —pregunta alarmado.

—Está aquí —le digo atemorizada.

—Tranquila —dice apartando los mechones marrones de mi cara—. ¿Quién está aquí?

—Eric, Eric está en la mesa cinco. Es el asesino de Casper y viene a por mí, sabe que yo lo sé.

—¿Cómo sabes que es él? —demanda incrédulo.

—Porque llevo toda la semana yendo a su casa —respondo acelerada.

—¿Volviste a su casa sola? —afirmo con la cabeza—. ¿Por qué

no me lo dijiste? —me reprocha.

—No lo sé. Aleix, atiéndelo tú —le pido al borde de las lágrimas—; dile que se vaya, por favor.

Aleix sale de la cocina y yo los observo desde la barra. Veo cómo Aleix señala en dirección a la barra, pero no puedo ver a Eric, él lo cubre. Sé que no se ha levantado; es mucho más alto que Aleix, por lo que si se levantara lo vería.

—¿Qué te pasa, Sarah?

Aparto la mirada de Aleix y miro a Dani. Esta es la mía, tengo que largarme de aquí.

—Dani, no me encuentro bien —suelto sin pensarlo dos veces.

—Estás muy pálida —comenta mirándome.

—He vomitado —invento—. Tengo náuseas, me vienen todo el rato. ¿Puedo irme? —le pregunto desesperada.

—Esto está a tope, Sarah —se queja—. ¿No puedes aguantar un poco?

Miro en dirección a Aleix y vuelvo a mirar a Dani.

—No, no puedo —le aseguro—, acabaré vomitándole a alguien encima.

—Has trabajado mucho, te dije que tenías que descansar —dice con renuncia—. Vete a casa. Ya veremos cómo nos las arreglamos —siento ganas de besarlo por liberarme. Niega con la cabeza y añade—. Está claro que estás agotada, últimamente no te veo bien, seguro que es una bajada de tensión. Es una faena, los sábados estamos a tope, pero mañana no vengas, llámame para saber si puedo contar contigo el domingo.

—Mañana vengo Dani. No te preocupes, estaré como nueva.

—No, mañana no vengas, quédate en casa. Necesitas descansar y yo te necesito en plena forma.

De verdad, quiero besar a este hombre. Sé lo que supone para él tener una camarera menos un viernes o un sábado en pleno mes de julio. Él ha dicho que es una faena, pero Dani es muy diplomático; en realidad es una putada, y de las gordas. Pero cuando alguien trabaja bien sabe recompensarlo y yo, aparte de dormirme alguna vez que otra, nunca le he dado ningún problema, nunca falto y, si me tengo que quedar más de lo que me toca, nunca me quejo.

—Déjale a Sonia los pedidos y vete.

Tiro a la basura el pedido de la mesa cuatro, la de los niños. No tengo ni idea de qué han pedido. Le resumo brevemente como está todo, voy al vestuario y recojo mis cosas, ni siquiera me cambio de ropa. Ojalá este local tuviera puerta trasera, pero no la tiene y me toca salir por la de los clientes.

Quiero agacharme por si Eric me ve, pero Dani está en la barra y, si me ve hacer cosas raras, sabrá que he mentido y me sabe muy mal por él, no se lo merece. No obstante, siento que mi vida corre peligro.

Salgo del restaurante deprisa, sin correr pero sin detenerme. Cuando estoy fuera echo una ojeada al interior: la mesa de Eric está vacía, lo que quiere decir que está en la calle. Alarmada, miro en todas direcciones, podría estar viéndome en este momento.

La calle está atestada de gente. Ya ha oscurecido, pero la gente se mueve de un lado a otro. Algunos tranquilamente, paseando, disfrutando del frescor de la noche y otros con prisa, gente joven que se va de fiesta, turistas despistados… No veo a Eric por ninguna parte. Corro hasta el metro y me voy a casa hecha un manojo de nervios y mirando constantemente a mi alrededor, pero no está.

Mientras espero el tren caminando de un lado a otro del andén, le envió un mensaje a Aleix. Mi pierna va sola a toda máquina cuando me siento en el tren, esperando una contestación que no llega. Necesito saber qué le ha dicho Eric, si lo ha convencido para que me deje tranquila. Le envío otro mensaje antes de llegar a casa, sigue sin contestar. Intento llamar, pero en el ascensor no tengo cobertura. Cuando estoy llegando a la última planta, la mía, la décima, hago rellamada y enseguida salta el contestador.

—Aleix necesito que hablemos, llámame cuando salgas del trabajo —apoyo el móvil en el hombro buscando las llaves, con los nervios las he vuelto a guardar en el bolso—. Tengo que saber qué le has dicho. Casi me muero de miedo, lo juro, gracias por echarme una mano. Estamos en paz.

Abro la puerta de casa y, cuando voy a entrar, alguien me tapa la boca y rodea mi cuerpo. El bolso cae y yo dejo de tocar el suelo. Me mete dentro de casa mientras intento gritar en vano, aterrada. La puerta se cierra, supongo que la ha cerrado él con el pie.

Oscuridad total, no puedo ver nada. Cojo la mano de carne y hueso que cubre mi boca, intentado apartarla para que mi grito no quede mudo. Le araño, pero no me suelta y me falta el aliento. Estoy hiperventilando otra vez muerta de miedo. Me duele el corazón de lo deprisa que bombea. El único sonido que oigo es mi propio corazón y la voz de mi madre en la cabeza: Debes temer a los vivos, no a los muertos.

Las lágrimas corren por mis mejillas para morir en esa mano grande de hombre. Eric me ha encontrado y ha venido a matarme.

5

¿Qué quieres de mí?

—Enciende la luz —susurra pegado a mi oreja.

Es igual que en mis pesadillas: todo está oscuro y su voz ronca me habla al oído. Pero ahora no voy a despertar, no va a desaparecer.

Siento su aliento en mi oreja y el olor de su cuerpo inunda mis fosas nasales. Forcejeo, pataleo, intento que suelte su presa. Quiero tirarle del pelo con fuerza y arañarle la cara, pero no llego porque su brazo tiene los míos prisioneros y, cuanto más forcejeo, más me aprieta, dejando mis brazos en una posición anormal. Estoy segura de que, como siga así, me va a partir alguna costilla.

—Si intentas herirme saldrás mal parada. En cambio, si te estás quietecita, no te haré daño —me amenaza.

Su voz suena rasgada y contenida muy cerca de mi oreja, haciendo que su aliento roce mi cara cuando me habla. Sigo forcejeando, pero no voy a conseguir nada; ambos lo sabemos, así que me quedo quieta.

Me deja en el suelo y me suelta la cintura, seguramente buscando el interruptor de la luz. La adrenalina corre por mi sistema dándome agallas. Intento darle un pisotón, le doy un codazo con todas mis fuerzas y oigo un quejido cuando mi codo le da en el abdomen duro. Pero no me suelta la cara. Pataleo como un caballo desbocado e intento girarme para darle un rodillazo, pero su presa no me lo permite, y entonces enciende la luz.

Al verlo a través del enorme espejo del recibidor me quedo quieta. Se ha quitado la americana, ahora solo lleva la camisa blanca y me parece más enorme que nunca pegado a mí. Me devuelve la mirada en el espejo, sus ojos azules de hielo se clavan en los míos y en ellos se reflejan el odio y la ira.

Coge mi muñeca izquierda y me la pone en la espalda retorciendo mi brazo. Siento punzadas de dolor en el codo y el hombro. Me apoyo en el mueble del recibidor con el brazo derecho, intentando que su presión no sea tan dolorosa.

—¿Hay alguien en casa? —niego con la cabeza, aterrada—. Buena chica. Si te suelto…, ¿gritarás? —vuelvo a negar. Retuerce mi brazo y yo muevo mi cuerpo inclinándome hacia delante, para que no me haga tanto daño—. ¡No me mientas! —alza la voz—. En el restaurante lo he intentado por las buenas, tú has querido que fuera por las malas; volvamos a intentarlo. Si te suelto…, ¿gritarás?

¿Qué espera que le diga? ¡Claro que gritaré! Me ha atacado, me está haciendo daño y se ha colado en mi casa. ¡Quiere matarme! Por supuesto que gritaré, haré lo que haga falta por salvar mi vida.

Se queda callado y sigue mirándome un rato. Veo nuestro reflejo en el espejo. Nunca me he sentido tan sometida por nadie. Mi cuerpo está inclinado hacia abajo, como si le hiciera una reverencia, intentando que no me parta el brazo; él está tan solo un poco inclinado detrás de mí, muy cerca, mirando a su presa. Es enorme a mi lado, no tengo nada que hacer contra él. Nunca me he sentido más desprotegida y sola que en este momento.

—Te lo voy a poner fácil —dice al fin—. Si te suelto y gritas, te rompo el brazo y entonces tendrás un buen motivo para gritar. En cambio, si no lo haces, podremos hablar. ¿Vas a gritar?

Corto el contacto visual y miro mis ojos marrones asustados. Habla en serio y no quiero que me haga daño. Niego con la cabeza, gritar no va a servir de nada y creo que es capaz de romperme el brazo sin pestañear. Poco a poco aparta la mano de mi boca, pero no me suelta el brazo.

Su mirada azul recorre mi cara mientras hago muecas con mi pequeña boca recuperando la sensibilidad en mi mandíbula. Podría haberme asfixiado, pero no lo ha hecho.

—¿Vas a ser sincera conmigo, Sarah?

—No me hagas daño, por favor. No sé nada, no me hagas daño —le suplico en la misma posición.

La presión en mi brazo se suaviza, me sujeta con firmeza pero no presiona lo suficiente para hacerme daño.

—Si no me mientes no lo haré, pero debes decirme la verdad —me advierte.

—No sé nada. Por favor, te juro que no sé nada —vuelvo a suplicarle.

—Te creo. Pero has venido a mi casa preguntando por mí, me observas salir al trabajo y después te marchas y quiero saber por qué.

No sé qué contestarle. No puedo decirle que es la única manera que he encontrado para que Casper me deje tranquila.

—No volveré. Si me sueltas y te vas, te juro que lo olvidaré todo. Olvidaré que has estado aquí, olvidaré tu casa, todo. No volverás a verme en la vida, te lo juro Eric —intento razonar con él.

—Nadie me llama Eric —comenta con gesto contrariado.

—Ese es tu nombre, ¿no? —pregunto desconcertada.

—Muy pocos me llaman así, la gente me respeta. Sé hacerme respetar.

No lo dudo. Como trate así a todo el que le llame Eric, no me extraña que nadie lo haga.

—¿Qué quieres, Sarah?

—No lo sé —empiezo a llorar de nuevo.

No quiero hablarle de Casper. Él es su asesino y, si se entera que lo sé, estoy muerta. Me mira en el espejo y ladea la cabeza de nuevo mientras frunce el ceño.

—¿Por qué merodeas por mi casa?

—No lo sé.

—Lo sabes. Te voy a contar un pequeño secreto, encanto —dice con desprecio—; sé cuándo alguien me miente y cuándo no. Tú sí sabes por qué vienes a mi casa. Si vuelves a mentir, haré presión en el brazo y, cuanto más mientas, más daño te haré. Y repetiré el proceso hasta que te lo rompa y, cuando eso pase —me advierte—, volveremos a intentarlo con el otro. No creo que puedas seguir sirviendo comidas con los brazos rotos.

Su tono de voz es tan frío como su mirada, aunque habla con calma. Su ceño sigue fruncido, lo estoy cabreando y habla en serio, sé que lo hace. No quiero que me haga más daño.

—Por última vez. ¿Por qué merodeas mi casa?

—Alguien me dijo que te buscara —contesto a la desesperada con sinceridad.

—¿Por qué? —achica sus ojos, mirándome sin cuestionar mi respuesta.

—No lo sé.

—¿Quién?

—No lo sé.

—¿Cómo se llama?

—No lo sé.

—¿Un hombre o una mujer?

—No lo sé —agacho la cabeza pensando que no me va a creer.

—¿Qué quiere?

—¡No lo sé! —grito levantando la cabeza llena de frustración.

Con cada respuesta pienso que va a hacerlo, que va a romperme el brazo. No lo hace. Ni siquiera ejerce más presión sobre él, sigue mirándome con cara de cabreo y la mandíbula apretada.

—¿Me estás diciendo que alguien que no conoces te ha dicho que me buscaras sin decirte por qué debes hacerlo, sin darte una explicación, y tú simplemente lo haces? —pregunta entrecerrando los ojos de nuevo.

Pienso en su pregunta. Básicamente sí. Va a pensar que soy imbécil y no me extraña; si no lo fuera, no estaría en esta situación.

—Sí —contesto con aprensión esperando el dolor.

—¿Por qué? —pregunta con incredulidad.

—Porque cuando te encontré me dejó tranquila, así que he ido cada mañana a tu casa con la esperanza de que no volviera.

—¿Quién? —eleva el tono de voz cada vez más cabreado.

—No lo sé, no lo sé —las lágrimas escapan, esperando un dolor que no llega—, te juro que no lo sé.

Las lágrimas corren de nuevo por mis mejillas. Esa pregunta ya me la ha hecho antes, está perdiendo la paciencia y yo no sé qué decirle.

—No llores —me exige en un tono autoritario que no parece admitir réplica.

Vuelvo a mirar sus ojos de hielo. No lo dice como si se compadeciera de mí: es una orden, no una petición. Me limpio las lágrimas con la mano que tengo libre y me pongo recta, los dos estamos frente al espejo. Él está detrás de mí y me saca más de una cabeza. Tiene el pelo moreno despeinado y una expresión feroz en la cara.

No dice nada y todo está en silencio. No se oye nada excepto mi corazón, que retumba a toda máquina en mi caja torácica, haciendo que la sangre circule deprisa por mi cuerpo. Poco a poco, mi respiración también se calma, a pesar de que sigo respirando rápido. Por lo menos ya no sollozo, aunque esta calma aparente no relaja mis nervios, todo lo contrario.

—¿Te ha hecho daño esa persona? —pregunta en un tono de voz más calmado, pero igualmente frío.

—No físicamente.

—¿Qué te hace?

—Me acosa, no me deja vivir tranquila.

—¿Y no sabes quién es?

—No.

—¿Por qué tú?

—No lo sé.

No puedo evitar sonreír, estoy histérica. Esa pregunta me la he hecho un millar de veces, veo cómo aparecen los hoyuelos en mis pómulos marcados y su mirada se clava en mi boca.

—¿Por qué sonríes? —me pregunta, parece confundido y no me extraña.

—Porque llevo tres semanas haciéndome la misma pregunta una y otra vez, sin encontrar la maldita respuesta.

En el pasillo se oye un ruido y mi sonrisa se esfuma mientras miro su reflejo en el espejo con aprensión. Sé qué es ese ruido, pero no parece que suene como lo hace siempre. He oído caer tantas veces ese marco al suelo que creo que lo reconocería en cualquier parte.

—Me has dicho que no había nadie —retuerce mi brazo.

—Mis compañeras están de vacaciones —me inclino de nuevo para que no me haga daño—. ¡Me estás haciendo daño! —me quejo y deja de presionar.

Mira en dirección al pasillo y acto seguido me coge de la nuca y me lleva hacia allí. La bombilla del recibidor explota con un fuerte ruido que nos deja completamente ciegos. Doy un salto asustada y pego mi espalda a su cuerpo. Él me da mucho miedo, pero temo más lo que no veo ni comprendo.

—¿Qué cojones…? —le oigo blasfemar en voz baja.

La luz de mi cuarto se enciende y yo me quedo quieta. Casper indica el camino, pero ese camino debe trazarlo él, no yo. Quería que lo buscara y se lo he servido en bandeja sin pretenderlo. No quiero saber qué nos espera en mi habitación. Si Casper quiere cobrarse su venganza por asesinarlo, que lo haga, pero yo no quiero estar en medio.

—¿Qué hay ahí? —pregunta soltando mi brazo al fin.

—Mi habitación.

—Hay alguien —dice empujándome por la nuca.

—No, no hay nadie —anclo mis pies al suelo.

—Vayamos a verlo.

Me giro y quedamos cara a cara. Apenas llega luz de la habitación hasta nosotros y, aunque su rostro en la sombra me da pavor, me obligo a mirarlo a los ojos. Niego con la cabeza, su mano se queda en mi cuello por delante y deja de presionar, aunque no de tocarme. Siento otra vez esa corriente eléctrica mientras nos miramos, juraría que puedo verla moverse de un cuerpo a otro.

—No pienso ir —le aseguro—, ve tú si quieres, yo ya sé lo que hay ahí.

—No voy a dejarte aquí para que huyas y llames a la policía —vuelve a mirar hacia la habitación.

—¿Qué pasará entonces? Vas a matarme a mí también, ¿verdad? —trago saliva ruidosamente.

—¿También? —pregunta con una mueca, mirándome de nuevo—. ¿A quién se supone que he matado?

—Eso tampoco lo sé.

—Pero crees que he matado a alguien.

No es una pregunta, aun así afirmo con la cabeza. Él niega con la suya repetidas veces y al fin me libera al soltar mi cuello. Pero mi libertad dura segundos. Me coge del brazo y me arrastra hacia mi habitación. Intento zafarme de su agarre, pero me coge con más fuerza mientras literalmente me arrastra por el suelo de parqué. Intento soltar la presa de su mano, pero eso solo consigue que me apriete más. Para en la puerta de mi habitación, estoy a su lado y oigo caer el marco. Ese sí que es el ruido correcto.

Eric me mira con desconcierto, yo le devuelvo la mirada. Baja su mano por mi brazo y siento otra vez esa corriente. Me pregunto si él también lo habrá notado, porque sus ojos siguen el recorrido de su mano hasta dejarla en mi muñeca, y después me vuelve a clavar su mirada.

Me empuja detrás de él y da dos pasos metiéndose en mi habitación. Mira a su alrededor, yo no veo nada con su enorme espalda delante.

—Aquí no hay nadie.

—Ya te lo he dicho.

Me suelta la muñeca y recoge los dos marcos. Es mi oportunidad de huir: puedo salir corriendo y gritar escaleras abajo; si llego al exterior puede que tenga una oportunidad. No he sacado la llave del cerrojo y él no creo que lo haya hecho tampoco, no ha podido hacerlo, no le ha dado tiempo.

Si lo encierro puedo pedir ayuda y llamar a la policía. ¡Mi bolso! Se me cayó cuando él me cogió, mi móvil está allí fuera. Tengo que moverme, tengo que hacerlo ya, pero mi instinto me dice que me quede, que observe.

Es una locura, pero me quedo quieta en el marco de la puerta. Tengo al asesino de Casper delante y, en lugar de huir, me quedo a mirar. ¿Habré perdido ya la cabeza?

—¿Quiénes son? —dice enseñándome el nuevo marco, el de la graduación, el cebo de Casper.

—Mis compañeras de piso y yo.

—Parece una foto reciente.

—Es el día en que me gradué, hace tres semanas.

Me acerco a él y cojo el marco. Observo la foto pensando que salimos muy bien y me fijo en mí. Eso fue antes de que mi vida se torciera del todo. Estoy sonriendo de oreja a oreja y mis ojos parecen felices a pesar del miedo que sentía aquella mañana. Creo que no he vuelto a sonreír así desde ese día. Seguramente no vuelva a hacerlo.

Levanto la cabeza y veo a Eric mirando la foto del lago. La está mirando muy de cerca, me pregunto qué está buscando. Tiene la boca entreabierta, parece sorprendido, algo de esa foto ha conseguido aflojar su mandíbula, aunque su ceño sigue fruncido.

—¿Y esta? —dice sin dejar de mirar la foto.

—Mis amigas y yo en la casa del lago de mis padres.

Levanta la cabeza y se acerca con el marco. Doy un paso atrás temiendo que vuelva a hacerme daño, pero no lo hace, se pone a mi lado ignorando mi gesto asustado.

—¿Quiénes son tus amigas?

—La del centro soy yo, esta es Nayara —digo señalando la foto—, y esta es Mariona.

—¿Seguís en contacto? —dice mirándome de nuevo.

—Nayara y yo llevamos juntas toda la vida, este piso es suyo, es esta de aquí —le señalo la foto de la graduación.

Mira la foto que le enseño y nos mira una por una con esmero.

—¿Y la otra?

—No, a Mariona la perdimos hace mucho tiempo.

—¿Está muerta? —pregunta clavando su mirada de hielo en mí.

—¡No! —exclamo—. Claro que no lo está.

—¿Sigues en contacto con ella entonces?

—No —niego confusa—, ella tenía un novio, se escapó con él y supongo que nos olvidó.

—¿Os olvidó? ¿Cuánto hace de eso?

—Mucho tiempo.

—¿Cuánto? —dice usando todo el dominio de su voz.

—Ocho años —contesto al momento.

Cierra el puño y se lo lleva a la boca. En el restaurante ha hecho el mismo gesto, me pregunto qué quiere decir.

—¿Conocías a su novio?

—No, solo lo vi una vez de lejos. Además, estaba de espaldas, así que no sé quién es. Sé que era mayor que ella, nosotras teníamos quince o dieciséis años. Él era mayor de edad, se escaparon juntos. —Lo miro y empiezo a recordar ese momento—. Era moreno, muy alto, con la espalda ancha…

¿Puede Eric ser el novio de Mariona? No es la primera vez que lo pienso. Cuando oí a mis amigas hablar de mí en la cocina, salió el tema de la huida de Mariona. Casper por primera y única vez me habló. Al día siguiente volví a casa de Eric dispuesta a enfrentarlo, pero no era la casa correcta. Ahora lo tengo delante y encaja a la perfección con mi recuerdo borroso de aquella noche en que lo vi.

—Eres tú, se fugó contigo. ¿Le has hecho algo? ¿Por qué nunca se puso en contacto con nosotras?

—Yo nunca he salido con tu amiga. Lo siento, te confundes de persona.

—¿Seguro?

—No intentes jugar a mi juego —me advierte serio—, te va a salir el tiro por la culata. Si te digo que no, es que no. No soy ningún mentiroso como tú.

Me da el marco y mira a su alrededor. Me pregunto qué está buscando y a qué estoy esperando para huir. No puedo confiar en él. Puede que el asesino de Casper y el novio de Mariona sean la misma persona: Eric. Puede que Casper sea Mariona. La idea encoje mi corazón, me niego a que Mariona esté muerta. Además, en la sesión dijo que no conocía a nadie, así que no es ella.

—¿Quién te está acosando, Sarah? —dice mirando el desorden de mi habitación.

—Quiero que te vayas —digo tragando saliva.

Espero su reacción y no demora en llegar.

—¿Debo retorcerte el brazo para que respondas a mis preguntas? —dice acechándome con su enorme cuerpo.

Vuelvo a tragar saliva. Intento mostrar una seguridad y fortaleza que no siento en absoluto.

—No te tengo miedo —le digo aguantando el glaciar de su mirada sin moverme.

—Mientes —asegura—. No necesito de mi talento para saberlo. Háztelo mirar, mientes más que hablas.

—Lárgate o llamaré a la policía —lo amenazo procurando sonar tan segura como él.

—Sabes que no dejaré que lo hagas.

—Tú no sabes nada de mí, no me conoces, así que no me trates como si me conocieras o supieras una mierda de mí. ¿Qué piensas hacer conmigo? ¿Vas a retenerme aquí para siempre?

—Solo quiero que me digas la verdad.

—¡Ya te la he dicho! —exclamo exasperada—. Te estoy dando una oportunidad de marcharte y olvidarlo todo. Si te vas ahora, no te denunciaré. Te prometo que no volveré a cruzarme en tu camino nunca más.

Sus ojos se mueven de un lado a otro mirando los míos tan cerca como está y le suplico con la mirada que me crea. Parece que este tío realmente tiene un don para saber cuándo miento y cuando no. ¿Cómo lo hace? Ni idea. Pero ahora le estoy diciendo la verdad y él debe darse cuenta. Aparta la mirada de mí y mira por encima de mi cabeza.

En esas estamos cuando la puerta da un fuerte portazo y yo grito.

—¿Qué ha sido eso? —pregunta mirando la puerta

—No lo sé.

Siento cómo el ambiente se enrarece y vuelve el olor a tierra húmeda de nuevo. Me siento mal, cansada y enfadada.

—No me obligues a hacerte daño, no quiero hacerlo —dice mirándome de nuevo.

—¿Por qué me amenazas ahora? —pregunto en un suspiro cansado que me nace de dentro.

Este tío es un borde, un abusón y entre él y Casper me tienen harta.

—Porque no eres sincera conmigo.

—¿Quieres que sea sincera contigo? ¿Eso quieres? —digo en forma de amenaza.

—¡Es lo que llevo pidiéndote toda la noche! —grita hastiado.

—¡Muy bien! —digo tan enfadada como aterrorizada—. El tema no está en quién me ha pedido que te busque, sino en qué. Cosas como eso —digo señalando la puerta—, cosas como las que han pasado esta noche son las que me han obligado a buscarte. Luces que se encienden y se apagan, bombillas que explotan, cosas que caen al suelo solas —digo levantando los marcos—. Mensajes en espejos, golpes, pasos, sensaciones y fotos en las que sale gente que no estaba allí.

Ya lo he dicho, ahora pensará que estoy loca, como los demás, y por fin se irá. Casper tiene que dejarme tranquila. He hecho lo que me ha pedido, lo tiene aquí, si quiere darle una patada en el culo es su oportunidad.

—¿Me estás diciendo que tu acosador, la persona que te ha

mandado a buscarme sin una explicación —pregunta con una mueca de incredulidad en su cincelada y atractiva cara— es un espíritu?

—Tómame por loca si quieres —lo encaro, harta y hastiada de todo—, mis amigas piensan igual. Pero yo no he sacado tu dirección y tu nombre de mi cabeza, no he hecho explotar la bombilla, no he encendido la luz de la habitación desde el recibidor y, desde luego, no muevo cosas con la mente.

Se me queda mirando con la mandíbula apretada de nuevo, suspiro y aparto mi mirada de él. Me pongo a colocar los marcos en su sitio.

—¿A quién crees que he matado?

Desde luego, esa no es la pregunta que esperaba. Si hace tres semanas alguien me dijera lo que yo acabo de soltar, tendría cien preguntas que hacerle. Él, sin embargo, o no me cree o pasa del tema. No lo entiendo.

—A Casper, el fantasma que amarga mi existencia.

—¿Casper? Creía que no sabías cómo se llamaba.

—No se llama Casper. Casper es el simpático fantasma de ojos azules de la película —le explico.

—¿Cómo se llama?

—Si lo supiera no lo llamaría Casper. Te aseguro que no es simpático ni gracioso como él, nada que ver.

—Es una falta de respeto que llames así a un difunto —dice molesto.

¿Una falta de respeto? ¿Acaso él me respeta a mí? Se me calienta la sangre y sé qué va a pasar a continuación. No debería perder los papeles con un asesino, pero estoy harta.

—Una falta de respeto es meterse en mi casa a darme sustos de muerte, meterse en mi cabeza mientras duermo para que sueñe contigo —lo señalo harta e histérica—, hacer que todos los animales del mundo me odien cuando soy veterinaria. ¡Eso es una falta de respeto!

—No me grites —me advierte.

—No me toques más los cojones y lárgate de una puta vez —le señalo la puerta.

—No seas mal hablada.

—No me provoques —digo encolerizada bajando el brazo.

—A mí nadie me dice lo que debo hacer y menos alguien como tú —dice con desprecio.

Esa es la gota que colma el vaso, no soporto a este tío un segundo más. No aguanto que sea tan borde, su desprecio, su soberbia, su frialdad y su poca sensibilidad hacia a mí, cuando en cambio sí la tiene para un muerto que seguramente él mató. El que no respeta nada es él, no yo, y no tiene ningún derecho a hablarme así.

—¿Alguien como yo? Te juro que si vuelves a menospreciarme te comes el marco —le digo poniéndome de puntillas, aunque para quedar a su altura debería subirme a la cama.

Para mi sorpresa, sonríe. Me fijo en su sonrisa, que hace que todo su rostro se dulcifique. Aun así, sigue siendo igual de varonil. El mismo hombre atractivo del restaurante, aunque elevado al cuadrado. Tiene una sonrisa muy blanca y recta con los dientes perfectamente alineados. No puedo dejar de mirarla y unas mariposas se instalan en mi estómago.

Sé lo que significan esas mariposas y, cuando me doy cuenta de que lo estoy adorando, me encolerizo todavía más. Creo que me va a dar un ataque de rabia. Este tío me vacila, me amenaza en mi propia casa, me hace daño y yo, como una imbécil, me quedo embelesada mirando cómo se ríe de mí.

—¿De qué mierda te ríes? —pregunto fuera de mí.

—Me parece increíble que pienses que he asesinado a alguien y, a pesar de eso y de que puedo hacer de ti un cromo en dos segundos, te atrevas a amenazarme.

Quiero abofetearlo, juro que quiero darle tal bofetada que se le quede esa cara de payaso para siempre.

—Creía que había quedado claro que estoy loca, soy peligrosa —le digo enrabietada.

Suelta una carcajada y ya no puedo contener más la rabia. Mi mano va a darle una bofetada con todas las ganas, desde abajo. Antes de que ni siquiera me acerque, me coge de la muñeca y me retuerce el brazo en la espalda. Quedo de espaldas a él y ahora no tengo un espejo donde mirarlo.

—Ni se te ocurra intentar tocarme de nuevo —al menos ya no se ríe de mí. Su tono de voz vuelve a ser contenido. Este tío es bipolar e irascible—. Deduzco —pega su boca en mi oreja de nuevo, rozándome con su aliento—, que crees que he matado al espíritu que, según tú, te acosa.

¿Según tú? Joder, tiene un ego tan grande que solo se oye a sí mismo.

—Si yo muriera y pudiera comunicarme, indicaría quién me mató. ¿Me sueltas el brazo, por favor?

Hace que me dé la vuelta, me molesta que me mueva a su antojo. No soy una persona dócil o sumisa, que haga conmigo lo que quiera me hace detestarlo todavía más.

—Escúchame bien, pequeña mentirosa —dice acercando su rostro al mío—, yo nunca he matado a nadie, aunque contigo puede que haga una excepción.

—Tú mismo —lo amenazo—, Aleix sabe dónde vives y sabe que has venido al trabajo a acosarme. Sabrá que me has seguido y que has sido tú. Además, perseguiré a mis amigas de por vida por meterme en este lío, y no seré críptica como Casper, diré claramente: chicas, ha sido Eric. ¡A por él!

—¿Te crees muy graciosa?

—No, el humor no es mi fuerte, aunque tengo mis momentos —enarco una ceja chuleándolo. Me ha llevado al límite y mi carácter habla por mí—. ¿Me sueltas el brazo de una puta vez?

—Esa boca —me advierte sin soltarme.

—¿Tú vas a enseñarme modales a mí? —Uso el mismo tono de desprecio que emplea él—. ¿De verdad?

—Eres desesperante.

—No te digo lo que yo opino de ti porque me tiraba toda la noche poniéndote a caldo.

—Nadie me falta el respeto como lo estás haciendo tú —niega exasperado.

—Si tratas así a todo el mundo, quizás no lo hagan a la cara, pero seguro que te odian en silencio.

Frunce todavía más el ceño. Es increíble, no parecía que pudiera fruncirlo aún más, pero así es.

—Nos vamos —dice pasados unos segundos.

—¿Perdona? Tú te vas —le contradigo segura—, yo no voy a ir a ninguna parte y menos contigo.

No lo dice en broma, realmente quiere llevarme a saber dónde.

Seguramente a un sitio alejado y tranquilo, donde mis gritos no se oigan y pueda torturarme durante horas, quizá días, hasta matarme.

—Tienes muchas cosas que contarme.

—Ya te he contado todo lo que sé.

—Me has contado una parte. Hay mucho más. Detalles que, seguramente, no crees importantes y lo son.

—Eric, no voy a irme contigo a ninguna parte —intento calmarme.

El marco con la foto del lago vuelve a caer y acto seguido la puerta se abre de par en par. Tiene que ser una broma.

Eric me suelta el brazo y recoge la dichosa foto, la mira y me la enseña.

—Ya tenemos el destino. Yo que tú me cambiaría de ropa, tienes cinco minutos.

Sale por la puerta y tiene la cortesía de cerrarla para darme intimidad. Qué amable.

6
La casa del lago

Me quedo mirando la puerta por la cual ha salido. No sé qué pensar sobre lo sucedido.

Parece que ha creído lo que le he dicho, aunque sea una verdadera locura. Eso me hace plantearme si él está loco, si realmente tiene la capacidad de saber cuándo alguien le miente o no.

Todos estamos un poco locos, pienso mientras me siento en la cama.

Miro el hueco vacío donde debería estar la foto del lago. Casper quiere que vayamos allí juntos. Me dijo que buscara a Eric y lo he encontrado. Ahora quiere que sigamos. Vuelvo a mirar la puerta y pienso en mi madre. El día antes de ir a verla soñé con ella, por eso fui hasta Lleida. Casper quería que fuera. Había cuatro personas haciendo la ouija, pero yo no participé. Sin embargo, él me eligió a mí: la única que tenía acceso a mi madre.

Pienso en la conversación que mantuve con ella el lunes. Dijo que debía buscar a alguien, sé que hablaba de Eric. Si realmente era él, se supone que Eric debe protegerme. No obstante, me desprecia y yo le odio. Sinceramente, no creo que, de haber algún peligro, él cuide de mí. Es un maltratador y un abusón, no hay más que ver cómo me ha tratado.

También dijo que era necesario que recordara todo lo que habíamos hablado. Si Eric es quien debe protegerme, Casper es el que marca el camino. No me queda ninguna duda después de lo que acaba de pasar. Casper ha hecho que la foto cayera de nuevo y ha abierto la puerta para que nos pongamos en marcha.

¿Cómo podía saber eso mi madre? Me pregunto si ella es

consciente de todo lo que va a pasar, si sabía que íbamos a encontrarnos. Dijo que si trazaba bien el camino, encontraría todas las respuestas que anhelaba, y también la dicha. Eso debe significar que sabe más de lo que dice. Quizá no esté tan loca como todos piensan, o seguramente todos lo estemos un poco, no lo sé. Todo esto me está superando.

Me levanto de la cama decidida, no puedo creerme que vaya a hacer esto. Aunque seguramente tampoco tengo otra opción; ese tío es capaz de atarme y meterme en un coche a la fuerza. Mejor de esta manera que al modo Eric. Me asomo a la puerta y lo veo en el pasillo hablando por teléfono.

—Exacto —oigo que dice—, déjala en el maletero del todoterreno y tráemelo ahora mismo —dice autoritario—. A casa de la chica. Si no estás aquí en quince minutos, ya puedes ir buscando trabajo.

Parece que no solo es borde conmigo, sino que es un déspota con todo el mundo, o al menos con sus subordinados. Procuraré recordarle que yo no soy uno de ellos.

—Me importa una mierda el tráfico, tienes quince minutos.

Se gira y me mira.

—¿Estás lista? —pregunta.

—Deberíamos salir mañana —le contesto.

—No, nos vamos ahora.

—No tengo la llave de la casa —le explico—, y tiene una alarma que está conectada con la policía. Debemos pasar antes por casa de mis padres a buscar las llaves.

—Está bien, iremos antes a casa de tus padres.

—Cuando lleguemos allí serán más de las dos de la mañana. Mira Eric, voy a ir contigo —intento ser razonable—, es una locura, lo sé. Pero ir esta noche es una pérdida de tiempo, saldremos mañana.

—Iremos ahora.

No quiero ponerme en plan terca a pesar de que lo soy un rato. Cuando tengo razón detesto que me contradigan.

—No, iremos mañana. ¿Tú escuchas cuando te hablan?

—Aquí el que da órdenes soy yo, tú solo debes acatarlas. He dicho que vamos ahora.

—No voy a llamar a la puerta de mi padre de madrugada.

Además, no sé cómo tratarás a la gente en tu vida diaria, pero yo no voy a permitir que me mangonees a tu antojo. Eso no va conmigo.

Me mira y se lleva el puño de nuevo a la boca, espero no haber vuelto a desatar su ira. Este hombre no va a defenderme de nada, como mucho me matará de una paliza. Todavía no sé si es el asesino de Casper o no. Ha dicho que no había matado a nadie, pero si fuera un asesino tampoco creo que lo dijera.

—Le llamarás ahora y le dirás que vamos a ir a recoger las llaves esta noche.

—No voy a hacerlo.

No me apetece ver a mi padre o hablar con él. Es inevitable, lo sé, pero no me apetece hacerlo, y mucho menos esta noche. Prefiero reflexionar sobre ello, madurarlo en mi cabeza, prepararme.

—¿Quieres que esto acabe? ¿Quieres tener una vida tranquila y normal? —me pregunta en tono acusatorio.

No aguanto que haga juicios sobre lo que estoy pasando. No tiene ni la más mínima idea de cómo está afectándome todo esto.

—¡Claro que quiero! Yo no he buscado esta situación.

—Tú me necesitas a mí, no al revés. Procura no olvidarlo —hace una pausa y niego—. Algo lo ha provocado y aún no me has dicho el qué, pero tienes todo el camino para contármelo.

—No esta noche —insisto con cabezonería—, iremos mañana.

—Iremos ahora —asegura él.

—No te diré dónde es —me cruzo de brazos con decisión.

—No lo necesito —dice muy seguro—, tu padre vive en la misma casa donde te criaste y tengo la dirección, en un pueblucho perdido llamado Boira.

Le miro perpleja y sorprendida, él me devuelve la mirada. No es un farol, lo sabe. Conoce mi pueblo, ese que no sale ni en los mapas de pequeño que es. ¿Cómo es posible que él sepa eso?

—¿Cómo lo sabes? —le pregunto descruzando los brazos, perdiendo convicción.

—¿Cómo crees que he llegado a tu casa antes que tú?

—¿No me has seguido?

—No, te estaba esperando.

—¿Cómo?

—Iremos esta noche —dice autoritario.

Me doy la vuelta y vuelvo a mi habitación cerrando de un portazo. Me pongo una camiseta de tirante ancho blanca, unos tejanos oscuros y las deportivas. Si tengo que salir corriendo quiero estar preparada. Cojo una sudadera azul marino con capucha, estoy segura de que la necesitaré.

No quiero ver a mi padre. ¿Qué voy a decirle?

Eric llama a la puerta, voy hasta allí y la abro.

—Nos vamos —me dice en ese tono que no admite réplica.

Paso junto a él y me meto en el baño. Cojo mi pequeño neceser de viaje, es práctico y me cabe en el bolso, que aún debe estar en el rellano. Cuando salgo, él me tiende el bolso, me lo cuelgo al hombro y salimos de mi casa. Abajo nos espera un chico que debe tener mi edad y que se pone nervioso mientras nos acercamos. No me extraña, he oído cómo le hablaba Eric por teléfono.

—Señor Capdevila, tiene la bolsa en el maletero, dentro he dejado el expediente, como me ha pedido —me echa una ojeada curiosa y le da la llave del todoterreno negro, que está aparcado en doble fila frente a la puerta—. No he tenido tiempo de llenar el depósito, disculpe.

—Contigo todo son excusas —dice en tono agrio.

Eric coge las llaves del coche sin darle las gracias. Menudo maleducado, yo no podría trabajar para un déspota como él. Me parece increíble que llame a ese chico pasadas las doce de la noche para que le traiga el coche, que encima este se disculpe y no sea capaz de darle las gracias.

Me quedo mirando al chico y él mira a Eric, quien se acerca a una moto que hay aparcada sobre la acera y le da las llaves al chaval.

—Llévala directamente a casa y, como le hagas algún arañazo —le advierte—, más te vale que no vuelva a verte.

—Sí señor —dice el otro obediente.

Esto es increíble, no salgo de mi asombro.

—Nos vamos —dice cogiéndome del brazo y llevándome al coche.

Mañana voy a tener el brazo amoratado por culpa de sus malos modos. Abre el todoterreno con el mando a distancia y me abre la puerta. Subo en él y cierra. Una vez se ha sentado frente al volante, arranca el vehículo.

—Deberías ser más amable —le digo observando al chico que mira en nuestra dirección.

Inicia la marcha y salimos de mi calle.

—Es lo que hay; si no le gusta, puede irse cuando quiera.

—Yo no lo aguantaría —niego mirando al frente.

—No es por nada, encanto —lo miro de reojo—, pero aquí estás y a ti ni siquiera te pago.

—No estoy aquí por gusto. Eres la última persona en el mundo con la que me gustaría estar.

Por el rabillo del ojo veo que me mira, pero yo sigo con la vista fija sobre la ciudad dormida. Sus ojos me perturban, cuanto menos los mire mejor. Así, aunque conozco su voz dura y rasgada, puedo olvidar con quién estoy y mis nervios se relajan.

—Tú tampoco me agradas a mí en absoluto, Sarah. Estoy deseando deshacerme de ti desde que has abierto la boca. La gente mentirosa no me gusta —me confiesa.

Oigo la melodía de un IPhone, lo están llamando. Quizá, a pesar de su carácter, tiene a alguien que lo espera en casa. Pobre de la chica que acabe con él. Saca el teléfono del bolsillo de su pantalón, mira la pantalla y cuelga la llamada.

—Tu supuesto novio es un poco pesado. No deja de llamar a pesar de haberle mandado un mensaje para que deje de hacerlo.

—¿Qué? —lo miro—. ¿Ese es mi móvil? —demando incrédula.

—Sí, te lo habías dejado en el rellano de la puerta olvidado.

—Dámelo —le exijo extendiendo la palma de la mano.

—¿Vas a decirle a tu enamorado a dónde vamos? —dice guardándoselo en el bolsillo.

—Aleix no es mi enamorado —le digo frunciendo el ceño, como hace él.

—¿No lo sabías?

—¿Saber el qué? —este hombre me exaspera.

—Que está enamorado de ti.

—No lo está. Somos buenos amigos. Entiendo que alguien como tú no tenga claro el concepto de amistad, dudo que tengas un solo amigo, pero yo si los tengo y muy buenos.

—Ya te he dicho que sé cuándo alguien me miente y cuándo no. Sé que él no es tu novio, aunque dijera que lo es. Eso es lo que él quisiera, a saber por qué… —dice mirándome de reojo—. Quizá el chaval sea masoquista o algo así. Si no, no lo entiendo.

Me cruzo de brazos enfadada mirando al frente. No me gusta cómo me trata este hombre ni cómo me hace sentir. No estoy acostumbrada a que me menosprecien de esta manera.

Los chicos normalmente suelen tratarme de otra forma. No soy una sex-symbol ni nada de eso, pero soy resultona, tengo mi encanto y soy legal. Además, me encanta jugar a videojuegos y eso encandila a cualquier chaval de mi edad. Les pone saber que puedo darles una paliza a cualquier juego.

La gente, por lo general, me trata bien. Pero Eric me trata como si fuera un despojo, quiere que me sienta inferior porque él se cree el rey del mundo, y consigue hacerme sentir mal.

Dejamos Barcelona atrás y mi móvil sigue sonando de vez en cuando. Cada vez que lo oigo, mi cabreo va en aumento. Antes de incorporarse a la A-2, paramos en una gasolinera. Sale del coche y llena el depósito. Le veo entrar en el interior de la gasolinera, supongo que a pagar el combustible. Sin embargo, no solo ha pagado la gasolina, sino que vuelve cargado con un par de bolsas que deja en el asiento trasero.

Pienso que nos vamos a incorporar pero, en lugar de eso, vuelve a parar en un área de descanso.

—¿Has cenado? —dice parando el motor de nuevo.

Siento su mirada sobre mí. No le contesto, sigo con los brazos cruzados mirando hacia delante y noto cómo mis labios se fruncen de enfadada que estoy. Seguramente los tenga blancos de tanto apretarlos.

—Yo he ido a cenar a paseo de Gracia —sigue hablando como si nada—, pero qué mal servicio dan en ese restaurante… He tenido que irme sin cenar.

Pongo los ojos en blanco y sigo ignorándolo. Enciende el estéreo del coche y empiezan a sonar las teclas de un piano.

Coge la bolsa que ha dejado en la parte trasera y yo me aparto para que no me toque, no quiero ni que me roce. Saca del interior de la bolsa un vaso de plástico cerrado y me lo tiende.

—Es café.

Me giro hacia la ventana y me pregunto qué hago yo aquí, cómo pude pensar que estaría mejor con este ser mal educado y arrogante que sola. Lo oigo resoplar, deja los dos cafés en el reposavasos y se baja del coche. Coge algo del maletero y vuelve a sentarse. Empieza a toquetear la radio y, al mirar de reojo, compruebo que está poniendo mi dirección en el GPS incorporado del coche. La dirección la ha sacado de una carpeta verde que sostiene en las manos. Me pregunto de dónde ha salido esa carpeta y qué más contendrá.

El teléfono vuelve a sonar y él resopla de nuevo.

—Déjame cogerlo —le digo tendiendo la mano—, no va a parar.

—¿Vas a decirle a dónde vamos?

—No.

—De verdad, pareces tonta… —se queja—. Tendré que hacerte algo cada vez que mientes para ver si así aprendes. Como si fueras una rata en un laboratorio, seguro que ellas aprenden antes que tú.

¿Me está comparando con una rata? Lo miro, parece que habla en serio, realmente parece que quiere hacerme daño para que no mienta. Estoy cansada de sus insultos, sus insinuaciones y sus amenazas. Él me devuelve la mirada.

—Claro que voy a decirle que estoy contigo y a dónde vamos. No me fío de ti y alguien tiene que saber de mí. Si me encuentran por la mañana muerta, quiero que sepan que has sido tú.

Es lo que pienso y se lo digo. Me mira a los ojos fijamente, dándole profundidad a su mirada demoledora. Entonces recuerdo por qué me impone tanto, no debería haberlo mirado a los ojos.

—Tu padre me verá contigo esta noche, sabrá a dónde vamos. Además, no voy a matarte por más que me apetezca cerrarte la boca.

—No quiero ir a ver a mi padre —me giro hacia la ventana.

—¿Por qué?

—No me hablo con él, no puedo presentarme de madrugada por las buenas.

—¿Desde cuándo no habláis?

—Desde hace mucho tiempo, casi dos años creo.

—¿Por qué?

—Eso no es de tu incumbencia.

—Tú eres la que se ha metido en mi vida, así que ahora lo es.

—¿Qué estás diciendo? —lo miro incrédula—. Que vaya un par de veces por tu casa no es meterme en tu vida. Además, eres tú el que ha decidido venir a acosarme.

—Que más quisieras tú que yo te acosara. Tendrás que conformarte con chicos mediocres, como tu amiguito.

—Lo prefiero un millón de veces antes que a ti.

—Haces bien, no puedes aspirar a más.

Coge mi teléfono y me lo tiende.

—Toma, habla con tu padre, ya está llamando.

—¿Qué? —pregunto mirando el teléfono.

No lo cojo, solo lo miro a él. Acabo de decirle que no me hablo con mi padre, pero claro, a él le importa una mierda. Este tío no es un hombre, es un ser sin sentimientos ni empatía. Pone el altavoz.

—¿Sarah? ¡Sarah! ¿Estás ahí? —oigo la voz angustiada de mi padre.

Le arranco el teléfono de la mano de mala gana, el mal ya está hecho. No me queda otra que ponerme y hablar con él. Quito el altavoz y me pongo el teléfono en el oído.

—Hola. Sí, estoy aquí —contesto incómoda, removiéndome en el asiento de cuero.

De reojo, veo cómo coge el vaso de plástico, lo destapa y se pone a beberlo tan tranquilo, mirando el espectáculo.

—¿Ha pasado algo? —demanda mi padre alarmado— ¿Estás bien?

—Sí, todo va bien. —Joder, qué difícil es esto—. Solo quería decirte que pasaré esta noche a buscar las llaves de la casa del lago —me rasco la nuca. Estoy incómoda.

—¿Por qué quieres ir allí? —pregunta confundido.

—¿La has vendido? —me temo lo peor.

—No, claro que no. No podría hacerlo, hemos pasado muy buenos momentos en esa casa… Si la vendiera, no podría perdonármelo. Aunque no he vuelto a ir después de lo que le pasó a tu madre.

—¿No has vuelto a ir?

—No Sarah, es doloroso. Solo vería todo lo que he perdido: primero a tu madre y después a ti.

No sé qué decirle, las cosas no son exactamente como yo creía que eran. Sigo cabreada porque me ha mentido, por todos esos secretos a gritos de los que yo no tenía la más mínima idea. Me ha escondido tantas cosas… Por otro lado, también entiendo por qué ha tomado las decisiones que ha tomado. No puedo seguir culpándolo por eso, aunque eso no significa que ya no esté enfadada.

—El otro día la *mama* me pidió que te llamara —me muerdo el labio. Me emociona recordarlo.

—¿Por eso lo has hecho? —me pregunta él.

—No, ahora no es el momento, solo necesito la llave. Un amigo —digo, por no decir un potencial asesino sin corazón— y yo queremos pasar allí el fin de semana. Siento llamarte tan tarde.

—Sarah, la casa está prácticamente abandonada. Todos los suministros están cerrados desde hace años. Allí no encontrarás más que polvo. Puede que incluso esté ocupada. No lo creo, pero podría estarlo. ¿Por qué no vienes con tu amigo a casa? Puedes enseñarle esto y tú y yo podríamos hablar también.

—¿Qué pasa con la alarma? —ignoro todo lo demás.

—Ya no hay alarma, supongo que eso puede haber ahuyentado a los ocupas; nadie me ha dicho que los haya, pero podría haberlos. Ven a casa, Sarah —me pide en una súplica.

Eso quiere decir que puedo ir sin pasar por casa de mis padres. Si no hay alarma, podremos colarnos con facilidad y cruzar los dedos para que no haya ocupas.

—En ese caso, nos quedaremos por aquí. Siento haberte llamado tan tarde. Creo que hay muchas cosas de las que debemos hablar, pero este no es el momento. Cuando pueda, pasaré por allí.

—¿Me lo prometes?

—Sí, tenemos que hablar. Me he enterado de algunas cosas que me han dado mucho en lo que pensar.

—¿Puedo llamarte algún día?

—*Papa* —no creía que volvería a llamarlo así—, no te preocupes. Pasaré a hablar contigo, ahora tengo que dejarte. Ya hablaremos.

—De acuerdo, te quiero hija.

Cuelgo el teléfono disgustada, emocionada y sintiéndome una

extraña.

—¿Cómo ha ido? —pregunta Eric.

—No necesitamos las llaves para entrar —simplifico, no me apetece hablar y menos con él.

—Mejor para nosotros —deja el café en el apoya-vasos y arranca el motor—, llegaremos antes.

Cogemos la A-2. La conversación con mi padre me ha dejado absorta en mis pensamientos. Eric sigue conduciendo sin abrir la boca y lo prefiero así, porque cuando dejo de estar alterada o enfadada por algo siempre me quedo apática y aletargada. Así me siento ahora. Además, esta música que ha puesto en el coche me deprime. Hace que me sienta fuera de servicio.

Pienso en mi niñez, en cómo eran las cosas antes de lo que le pasó a mi madre. Mis padres y yo teníamos muy buena relación, estábamos muy unidos. Miro por la ventanilla la noche cerrada. Ahora que hemos salido de las luces de la ciudad, deberían verse las estrellas.

En Barcelona, el cielo no se puede apreciar con tanta contaminación lumínica. Echo de menos las estrellas, ya nunca me paro a mirar el cielo.

Recuerdo que, de niñas, Nayara, Mariona y yo solíamos tumbarnos en el tejado de la casa de Nayara a mirarlas. Incluso inventábamos nombres para ellas.

A Mariona le encantaba mirarlas. Sus padres le regalaron un telescopio y pasaba noches enteras buscándolas en los libros. Solía decir que, algún día, ella les pondría nombres reales, nombres con los que todo el mundo las conocería y le pondría los nuestros a las más bonitas y unidas. Dos lágrimas silenciosas bajan por mis mejillas al recordarlo.

Mi móvil empieza a sonar sobre mi regazo. Estaba tan abstraída en mis pensamientos que doy un brinco y vuelvo a la realidad. Siento la mirada de Eric sobre mí de nuevo, pero esta vez no me increpa, ni siquiera abre la boca. Me limpio las lágrimas de un manotazo y descuelgo la llamada, es Aleix.

—Hola —carraspeo intentando aclarar mi voz, sorbiéndome la nariz.

—¡Sarah! —exclama—. Llevo dos horas llamándote, estaba preocupado. Estoy en tu casa, ábreme.

—No estoy en casa, pero no te preocupes. Todo va bien —

miento de nuevo.

—¿Dónde estás? ¿Qué te pasa? —está preocupado, no era un farol.

—He llamado a mi padre y estoy un poco *chof*, eso es todo. Voy camino a la casa del lago de mis padres.

—¿A dónde? Nunca me has hablado de ese sitio. ¿Por qué vas allí a estas horas?

—Tengo que ir. Pero quédate tranquilo y mejor no le digas nada a Nayara, no quiero que se preocupe. Nos veremos el domingo en el trabajo.

—¿No vas a venir mañana a trabajar?

—Le he dicho a Dani que no me encontraba bien y me ha dicho que no fuera —exhalo el aire, debo decírselo—. Aleix, no quiero que te alteres o te cabrees, pero tengo que decirte que estoy con Eric. Vamos…

No me deja acabar de hablar.

—¡¿Estás loca?! — me grita en el oído y tengo que apartar el teléfono para que no me deje sorda—. Dame la dirección, ahora mismo iré a buscarte. No deberías estar con ese tío, siempre has pensado que es un asesino. ¿Qué haces con él?

—Ya lo sé, por eso te lo digo. Si me pasara algo, quiero que sepas que me fui con él. Nada más que eso. No me va a hacer daño, pero quería que lo supieras. Ni se te ocurra llamar a Nay, sé lo que hago.

—Dame la dirección, ese tío no es normal Sarah. He hablado con él y te digo que no es normal.

—Ya, me he dado cuenta —lo miro de reojo y vuelvo a girarme hacia la ventana—, pero no importa. Mira, Aleix, tú no lo entiendes. Necesito que esto acabe, necesito que mi vida sea normal, no puedo seguir viviendo en este estado de nervios y miedo constante. Esto no es vida.

—Iremos a ver a esa mujer que dijiste que podía ayudarte. Creo que es una charlatana, pero estoy dispuesto a acompañarte.

—Ya es tarde, aunque te lo agradezco. No te rayes, porfa —le pido—. Todo irá bien —aseguro.

—¿Cómo quieres que no me raye? —me grita.

—Vamos a entrar en un túnel, se va a cortar. Nos vemos el

domingo.

Le cuelgo y apago el teléfono. No quiero seguir hablando con él, solo quería que supiera que estaba con Eric. No es una garantía de que estaré bien, pero necesitaba que alguien lo supiera y nadie mejor que Aleix. Él sabe dónde vive y el aspecto que tiene.

—No debiste haberle dicho a dónde vamos, no quiero que meta la nariz — me dice con voz contenida.

—Él no sabe dónde es —le contesto sin mirarlo.

—Eso espero, por su propio bien —niego con la cabeza. No sabe hacer otra cosa que amenazar, es un abusón de primera categoría—. Dame la dirección, la pondré en el GPS.

Toqueteo la radio y pongo la dirección del pueblo más cercano, ya que antes había puesto la de casa de mis padres. La casa no tiene dirección, está pérdida en medio de la nada, situada dentro de ese bosque. El bosque de mis pesadillas.

Pensar que voy de camino a una pesadilla de la que no puedo escapar solo con despertar me provoca aprensión. Intento convencerme de que allí no habrá nada, que no tengo nada que temer. Excepto a Eric, claro. Aunque le haya plantado cara y esté aquí con él, aparentemente tranquila, lo último que este hombre me transmite es tranquilidad.

—¿Cuándo empezó a pasar esto? —me pregunta sacándome de mis pensamientos.

—Hace tres semanas —digo mirándolo.

—¿Sabes qué lo provocó? —me mira y yo aparto la mirada.

—Mis compañeras de piso y Aleix hicieron una ouija en casa.

—¿Y tú? —me pregunta él.

—No, yo solo estaba allí, no participé. Cuando dijo mi nombre me enfadé, pensaba que lo hacían ellos. Entonces me dijo que te buscara y una serie de números y letras —niego, todo me parece increíble—. Podría haber indicado la dirección. Sin embargo, puso aquello que para mí era un sin sentido. Una semana después, mi amiga Laura descubrió que eran coordenadas. Nos llevó a dos casas antes de la tuya y, lógicamente, allí no estabas. Días después, recibí otro mensaje. Lo había escrito en el cristal del baño y había más números, comas y puntos en lugar de letras. Laura lo buscó y Nayara me dio la dirección. Fui con Aleix, pero no quería entrar. Al día siguiente, me armé de valor y lo hice. Cuando chocamos en el portal sabía que eras tú, lo supe en cuanto abriste la boca.

—¿Cómo lo supiste? —me mira.

—Casper me ha hecho soñar contigo. No conocía tu aspecto, pero sí tu voz.

—¿En qué consisten esos sueños?

No estoy segura de que deba hablarle de eso, quizá sea una premonición. Teniendo en cuenta a dónde nos dirigimos, es probable que, de serlo, se cumpla esta misma noche.

—Estoy en un bosque —trago saliva—, está todo muy oscuro. Es de noche y apenas veo por dónde corro. Es un bosque muy frondoso, no puedo ver el cielo. Tú me buscas y yo huyo. No puedo verte, pero veo tu mirada y al final siempre me acabas cogiendo por mucho que corra. Y cuando me coges, despierto. Da igual si es hora de levantarme o no. Cuando me coges, siempre despierto.

Delante de mí veo una tormenta, nos dirigimos hacia ella. No llueve, pero puedo ver los rayos claramente. Va a caer una buena, de ahí que no pudiera ver las estrellas, el cielo está encapotado. No me gustan las tormentas.

Nos pasamos todo el camino hablando. Bueno, más bien él me interroga y yo contesto. En todo momento le digo la verdad y él no duda de mi palabra ni una sola vez por más inverosímil que sea lo que le cuento.

Me resulta tan extraño que crea en todo lo que digo… Cree en todas las cosas raras que me pasan. Es difícil digerir que ni siquiera mis amigas me crean, a pesar de saber que pasan cosas en casa, y él me crea sin más, además de seguir formulando una pregunta tras otra sin cuestionarme ni llamarme mentirosa.

Antes de llegar al pueblo, le indico el desvío. Poco a poco nos internamos en el bosque por una carretera mal asfaltada. Pero poco después la carretera se acaba y tenemos que seguir por un camino. Tenemos la tormenta justo encima: rayos y relámpagos que iluminan más que los faros del todoterreno. Eso me inquieta. Cuento los segundos y cada vez hay menos diferencia entre el relámpago y el rayo.

Nos encontramos con una valla que no nos deja avanzar.

—Eso antes no estaba ahí —le digo.

—¿Queda mucho?

—Sí, al menos otros quince minutos en coche. Vámonos —le pido—. Volveremos mañana. Va a caer una buena, no podemos seguir andando.

—¿Hay algún otro acceso?

—No que yo sepa. Vámonos Eric, por favor —le pido mirándolo.

Tengo un mal presentimiento. El acceso cortado, la tormenta y la música que él lleva en el coche que me está poniendo de los nervios. Yo pensaba que la música clásica era tranquila, serena, pero esta ha dejado de serlo y me suena a la banda sonora de mi muerte.

—No podemos irnos ahora. Quizá, si cruzamos el bosque, haya algún atajo. Tú debes saberlo.

—No lo sé. Si nos metemos en el bosque lo único que conseguirás es que nos perdamos en él.

Niega y se lleva su puño derecho a la boca. Mala señal. Abre la puerta del coche y me viene ese olor a tierra mojada. Siempre que he sentido ese olor, Casper me ha hecho algo.

Se baja del coche y yo lo miro desde dentro. Todavía no está lloviendo, no debería oler así. Me bajo del coche, no quiero estar sola.

—Apártate, no me dejas ver —se queja malhumorado, así que me pongo detrás de él—. ¿Por qué no te has quedado en el coche?

—A lo mejor puedo ayudarte —le ofrezco.

—Si puedo abrir este candado, podremos pasar —dice mostrándomelo.

—¿Sabes abrir un candado? —le pregunto interesada—. ¿Sabes forzar una cerradura?

—¿Tu sí? —gira la cabeza mirándome.

—No.

—Entonces vuelve al coche, no puedes ayudarme.

Me lo quedo mirando. ¡Qué ser más borde! No vale la pena hablar con él, pero no pienso volver al coche. Va al maletero y vuelve con un pequeño extintor.

—No creo que eso sea buena idea —le digo mientras se acerca.

—¿No te he dicho que te metieras en el coche?

—Supongo que estás acostumbrado a dar órdenes y que la gente las obedezca, pero conmigo no cuentes.

Mientras se acerca, nos aguantamos la mirada mutuamente. Se ha arremangado la camisa y tiene a la vista sus brazos fuertes y fibrosos. Se queda a un paso de mí con su mirada fija en la mía. Sus ojos me impresionan. Aprieta la mandíbula y niega.

—Apártate.

Me aparto de su camino, de todas maneras no puedo aguantarle la mirada. Pone el candado encima del pequeño poste y se lía a golpes con él. Me apoyo en el coche mientras él sigue dando golpes. Al final se hará daño, lo estoy viendo.

Desde aquí puedo oír muy flojo las notas locas de un piano en el interior del coche. Me paro a escuchar y no se oye nada más, no hay ningún ruido a nuestro alrededor. Debería oírse algo en medio de la vegetación, pero todo está en completa calma.

De nuevo siento ese olor, el olor a tierra mojada que pone mis nervios en marcha. Miro a mi alrededor y oigo unos pasos en los helechos. Algo se acerca, no sé si será una persona, un animal o algo peor.

Me giro y me acerco a la puerta del piloto, que está más cerca. Estoy dispuesta a encerrarme dentro del coche cuando un rayo lo ilumina todo y veo una figura negra a mi lado, donde no se ve con los faros del coche. Doy un grito tan fuerte que creo que debe haberse oído en Barcelona.

Abro la puerta desesperada por entrar en el coche, pero estoy tan aterrada y nerviosa que me doy con ella en la frente y caigo al suelo de culo.

—¿Qué pasa? —se acerca Eric corriendo. Cuando llega, se arrodilla en el suelo frente a mí.

—Hay alguien —digo con la respiración agitada mirando detrás de él—, hay alguien ahí —señalo detrás de él y veo cómo mi mano tiembla.

Eric gira la cabeza y mira en la dirección que le he dicho.

—Métete en el coche —dice con su tono severo—, ahora mismo.

Me levanto del suelo y entro en el vehículo. Estoy temblando de los pies a la cabeza. Desde dentro, veo cómo Eric saca una linterna del maletero. Apago la música, que me da más sensación de psicosis, pongo el seguro y me pongo el cinturón dispuesta a largarme y dejarlo tirado si hace falta.

No deberíamos estar aquí, le he dicho cien veces que viniéramos mañana, de día, no ahora en plena noche. Ilumina donde le he señalado con la linterna mientras yo observo desde dentro. No hay nada ni nadie.

Había alguien, lo he visto. Estaba justo delante de donde él está ahora. Se agacha, no sé qué está haciendo, no puedo verlo. Apaga la linterna y vuelve a la valla.

No puedo creer que haya dejado de buscar. Debe haberse escondido detrás de algún árbol, pero ahí había alguien. Otro rayo vuelve a iluminar el cielo y sigo mirando con aprensión. Eric se pone delante de la ventana y doy otro grito.

Quito el seguro del coche, abre la puerta trasera y deja la linterna y el extintor. Me quito el cinturón y me pongo en mi asiento, lista para irme de aquí. Se sube a mi lado y enciende la luz del interior del vehículo.

—¿Estás bien? —pregunta mirándome a los ojos.

Algo en los suyos ha cambiado, parecen más cálidos. Es más, si no llevara toda la noche maltratándome y supiera que no tiene sentimientos, pensaría que está preocupado por mí.

—No, no lo estoy —le contesto histérica—, quiero irme de aquí ahora mismo, Eric. Vámonos, te juro que hay alguien ahí fuera —vuelvo a mirar hacia su ventana.

—No hay nadie, Sarah —me toca la frente y centro mi mirada en sus ojos azules—. Te va a salir un chichón —dice acariciándome la frente.

Cada vez que me toca siento esa corriente que recorre mi interior.

—No bromeo, Eric. Vámonos de aquí, por favor. Por favor, si quieres que te suplique lo haré, pero vámonos.

—Dime una cosa, Sarah —dice acariciándome la cara.

—¿Qué? —vuelvo a mirar la ventanilla, pero no veo nada.

—¿Alguna vez te ha hecho daño? —le miro interrogante—. Ese espíritu, ¿te ha hecho daño?

—No —contesto rotunda—, y no quiero darle la oportunidad de hacerlo.

—No quiere hacerte daño. Si quisiera hacerlo, lo habría hecho.

—Eso tú no lo sabes —niego con la cabeza—. Se está haciendo fuerte y, cuando lo sea, lo hará.

—No, tranquilízate. Te está indicando qué debes hacer. Si no estuvieras así de histérica, te darías cuenta de las señales.

Deja de tocarme, no me había dado cuenta de que seguía haciéndolo hasta que mi cara ha empezado a hormiguear por la falta de su contacto. Mira hacia delante y arranca el coche. Yo miro en la misma dirección y la valla está abierta de par en par.

—¿Cómo la has abierto?

—Señales —me muestra una llave y para de nuevo—. Estaba debajo de una piedra, justo en el punto donde has señalado.

Pone el freno de mano y abre la puerta. No quiero que se baje, no quiero que me deje sola.

—¿Dónde vas? —pregunto agarrando su brazo.

—Voy a cerrarla, tranquilízate de una puta vez. Me estás poniendo nervioso —dice perdiendo cualquier signo de calidez.

—No la cierres. Vamos, Eric. Aún estamos a tiempo, vámonos ahora.

Se lleva el puño a la boca otra vez y yo le suelto el brazo. Quiero saber por qué hace ese gesto. Cuando alguien repite un gesto tanto como él, es que algo lo provoca. Algún sentimiento le hace hacer ese gesto y me gustaría saber cuál. Sea el que sea, estoy segura de que no es algo positivo. De eso no tengo ninguna duda.

—Sé que estás asustada, pero eres muy valiente Sarah. Puedes hacerlo. Él solo te está pidiendo ayuda, no deberías asustarte así. Fíjate, estás temblando.

—No me hables como si fuera una mocosa que tiene miedo de su sombra —le advierto enfadada.

—Estas semanas no han sido fáciles, sé que has tenido mucho miedo, que nadie te creía y te has sentido muy sola, casi puedo entenderlo. —¿Casi? Enarco una ceja—. Ahora no estás sola; pase lo que pase, yo te protegeré. No dejaré que nadie te haga daño.

Le observo anonadada. Mi madre dijo que él me protegería. La he mantenido al margen de la conversación que hemos tenido de camino aquí, pero ella lo dijo. Aunque cuando le pregunté por Eric no supiera de quién le hablaba.

—¿De verdad? ¿Vas a protegerme? —me siento obligada a preguntarle.

—Yo nunca miento.

—¿Y crees que soy valiente? —pregunto esperanzada.

—Bueno, casi nunca miento.

¿Eso es una broma? ¿Acaba de hacer una broma? No puedo creerlo.

Lo miro a los ojos y veo que no son tan fríos como en casa. Después de todo lo que le he explicado, creo que se compadece de mí. Me he desahogado bien con él todo el camino, creo que me he ahorrado un pastón en terapia solo por el hecho de haber dejado salir todo lo que he estado aguantándome estas semanas dentro.

Me pregunto quién va a protegerme de él, pero no se lo digo.

—Déjala abierta por si tenemos que salir huyendo.

Creo que va a discutir, pero lo piensa mejor mientras niega con la cabeza y vuelve a cerrar la puerta. Apaga la luz interior y seguimos el camino, que en este tramo hace pendiente hacia abajo.

El camino está mucho peor de lo que recordaba. Es muy irregular, pero el coche indudablemente tiene una buena amortiguación. Cuando llegamos a la bifurcación, donde el camino se divide, giramos a la derecha. Sigue sin llover, pero tenemos la tormenta justo encima de nuestras cabezas y es terrorífico. Los truenos suenan muy fuertes, hacen eco con las montañas y estoy aterrada.

—Gira a la derecha —le digo a Eric y enseguida puedo ver la casa a lo lejos—. Es esa.

Eric la rodea con el coche y para justo delante de ella, iluminándola con los faros.

Parece que no hayan pasado los años, está igual que la recordaba. La única diferencia es que el porche está lleno de hojas secas y los cristales muy sucios.

Cae otro rayo que me hace dar un brinco mientras todo se ilumina. He venido infinidad de veces aquí, a todos nos gustaba venir. Mi madre se sentaba en el porche a leer y mi padre iba a pescar. A mí me gustaba jugar en el lago. Incluso aprendí a nadar aquí… Mi padre, con una paciencia de santo, me enseñó cuando mi madre desistió y dijo que el agua no era lo mío. Tengo muchos recuerdos de este sitio, pero ahora no me parece el mismo.

Eric apaga el motor pero no las luces del coche, así que cuando la luz interior se enciende, nos miramos.

—Debemos entrar —me dice.

Tiene razón, si hemos llegado hasta aquí es que algo nos espera dentro, aunque me da miedo saber el qué.

Siento mis nervios retorciéndome las tripas. Aquí ha pasado algo, mi intuición me lo dice. Este sitio ya no es el mismo, y no es por culpa de la noche o la tormenta, sino por algo que ha pasado dentro de esa casa de madera.

Eric baja del coche y coge la linterna del asiento de atrás. Lo rodea y abre mi puerta, incluso me tiende la mano y me ayuda a bajar. Cuando estoy fuera, cierra la puerta e intenta soltarme la mano, pero yo cojo la suya con fuerza, necesito saber que no estoy sola.

Miramos a través de los cristales, pero están muy sucios para ver algo. Eric me suelta la mano e intenta abrir la puerta, pero está cerrada.

Me fijo en el columpio del porche, el cojín verde no está. Mi madre siempre lo guardaba cuando nos íbamos para que no se estropeara. En ese columpio estrené mi GameBoy, fue mi perdición. Después de eso, he pasado muchas horas muertas jugando a los videojuegos. El sonido de un cristal al romperse me saca de mis recuerdos.

—Haré que alguien venga a arreglarlo —dice Eric metiendo la mano dentro de una ventana.

Saca el seguro, la abre y se cuela por ella. Yo intento hacer lo mismo, pero mi pie se encalla y, si no caigo de cabeza dentro de la casa, es porque él me sujeta; me coge en brazos y me ayuda a entrar.

Mis pies tocan el suelo y nos miramos un segundo a los ojos. Me está rodeando con sus brazos, solo puedo verlo a él. Las luces del coche iluminan su rostro, el condenado es guapo a rabiar, aunque desearía que no lo fuera. Me pone nerviosa que sea tan atractivo. Siento que me rodea por completo y vuelve esa corriente, esa que siento cada vez que me toca. Me muero por preguntarle si él también puede sentirla, pero me suelta y la corriente desaparece.

—Ten más cuidado —dice volviendo a su tono duro.

Me da la espalda y recorre la estancia con la linterna. Cojo su mano, se gira y mira nuestras manos entrelazadas. A través de la luz que entra de su coche veo cómo gira sus ojos hacia el cielo.

No debería confiar en él, pero ha dicho que me protegerá, y creo que lo hará, aunque sé que no me protegerá de sí mismo, eso debo hacerlo yo sola.

Observo el comedor allí donde la luz de la linterna alumbra. Está todo desordenado y sucio. Dos sillas están en el suelo y la mesa de cristal que hay delante del sofá está hecha pedazos; ese cristal era muy gordo. Lo recuerdo muy bien, me di muchos golpes cuando era pequeña y sé el daño que hacía.

—Aquí ha habido un forcejeo.

Se agacha delante de la mesa de cristal y yo me agacho con él, poco dispuesta a soltarlo. La casa huele a humedad, el ambiente está enrarecido, no creo que haya entrado nadie en muchos años.

—¿Me devuelves la mano, por favor?

No quiero hacerlo, pero lo suelto. Coge un cristal lleno de polvo del suelo y lo alumbra con la linterna. Lo limpia en su pantalón negro de pinza y se ven las manchas.

—¿Eso es sangre? —pregunto con aprensión.

—Yo diría que sí —deja el cristal en el suelo de nuevo.

Se incorpora y yo también, pegándome a su espalda. Mira a su alrededor y va a la mesa. Sobre ella hay dos tazas de café. Coge una y la mira de cerca mientras la alumbra y compruebo que el interior está lleno de moho, a saber desde hace cuánto tiempo. ¡Qué asco!

—Pintalabios de mujer, parece rojo, aunque es difícil de saber.

—Mi madre usaba el pintalabios morado —digo mirando la marca—, parece morado Eric.

Examina la otra taza y la deja sobre la mesa.

—Tal y como yo lo veo, aquí había dos personas sentadas tomando café —dice iluminando los sitios donde están las tazas—. Alguien entró por la puerta —la señala— y los sorprendió. Por eso esta silla está caída —dice señalando la silla que tiene delante. Se acerca a la otra silla, que está en el suelo, más alejada de la mesa—. La persona que estaba ahí sentada se levantó porque lo vio acercarse. Sin embargo, la mujer del pintalabios no se percató hasta que lo tuvo encima. Esta silla ha dado un golpe contra la pared, ¿ves? —dice alumbrando la pared—. Seguramente forcejearon y la tiró sobre la mesa de cristal, que se rompió. ¿Ves cómo está rota? Alguien cayó encima, este cristal es muy grueso. Debió caer con mucha fuerza para romperlo si suponemos que tenía una altura media y el peso de una mujer de constitución normal.

—¿Cómo sabes eso? —pregunto impresionada.

—He ido a muchos campamentos y siempre se me ha dado bien rastrear. No sé si era una mujer o no, pero esa silla corresponde a la taza manchada —vuelve a la pared y la toca—. Alguien golpeó aquí con la cabeza. Antes de tirarla a la mesa pelearon, aunque este golpe está muy alto. Quizá tiró al hombre sobre la mesa y la mujer se subió a su espalda, entonces el agresor golpeó contra la pared de espaldas y la dejó KO.

Mira sobre el aparador, el viejo tocadiscos está abierto. Mi madre nunca lo hubiera dejado así.

—Estaban escuchando música —limpia el disco—. Es un disco de Raphael.

—Yo soy aquél —digo sin verlo.

—¿Cómo lo sabes? —se gira para mirarme.

—Cuando dejé a mis amigas en el aeropuerto, el dial de la radio se volvió loco y sonaba esa canción.

—Pues en el momento de la reyerta estaba sonando aquí.

—¿Crees que Casper fue asesinado aquí?

—¡No lo llames Casper, Sarah! —me reprende exasperado.

—No sé cómo se llama —me defiendo.

—Pues di el espíritu o el difunto, pero no Casper. Es una falta de respeto.

—A él no le molesta.

—Eso no lo sabes y a mí sí que me molesta.

Vamos a la cocina. La puerta está cerrada y, al abrirla, el hedor es insoportable, tengo ganas de vomitar. Yo no puedo entrar ahí. Eric se cubre con la manga de la camisa y entra mientras me quedo en la puerta, cubriendo mi nariz y boca con la sudadera. Los ojos me lagrimean.

La ventana se abre con un golpe de aire. Doy un brinco, ese olor a tierra mojada. Ahora no, no puedo entrar en esa cocina. Mi corazón se acelera. Me parece ver algo que se mueve detrás de la puerta de entrada. La corriente no debería haber movido esa zona. Ahí hay algo que se mueve, seguramente una rata.

—Eric —lo llamo.

—¿Qué pasa? —cierra la puerta de la cocina, pero el olor ya ha salido.

—¿Hueles a tierra húmeda?

—No. Huelo a lo que hay en esa cocina, yo que tú no entraría ahí.

—En la puerta se ha movido algo, creo que es una rata —le digo con aprensión, no me gustan los roedores.

Se acerca con la linterna y yo le sigo. Cuando llegamos, en el suelo hay algo, pero no es una rata sino un papel arrugado. Eric lo recoge del suelo y me mira.

—¿Cómo sabías que había algo aquí? —me pregunta—. La luz del coche no ilumina este rincón.

—He olido la tierra húmeda y después he visto que algo se movía.

—Sarah, es normal que huela a tierra húmeda, estamos en el campo.

—¿Un olor tan fuerte que supera el hedor que salía de la cocina? —le pregunto irónica.

Ilumina el papel y se queda mirándolo, yo miro en todas direcciones. Casper debe estar por aquí, el olor a tierra húmeda le delata. Aunque Eric diga que no quiere hacerme daño, sino darme señales, no lo creo. Sé que acabará haciéndome daño y no puedo evitar tener miedo.

—Nos vamos —dice Eric cogiéndome del brazo con su dulzura habitual.

—¿Cómo? —pregunto sin comprender.

No es que no quiera irme, es lo que más deseo, pero hemos hecho casi tres horas de viaje para no estar aquí ni diez minutos.

—Volveremos mañana; de día es posible que encontremos algo, ahora no se ve nada.

Básicamente lo que yo le había dicho. Me gustaría decirle que yo tenía razón, pero no quiero provocarlo.

Fuera ha empezado a llover, está cayendo un aguacero. Sale por la ventana y yo le sigo. Mi pie vuelve a encallarse en la ventana y esta vez no está para sujetarme, así que paro el golpe con las manos, raspándomelas. Me enfoca con la linterna y niega al verme en el suelo. Se acerca y me levanta por el brazo, como si fuera un saco inerte. Ni siquiera le doy las gracias y lo sigo hasta el coche.

7
La verdad duele

Nos metemos en el coche corriendo para huir de la lluvia. Me tiende el papel arrugado que ha cogido del suelo. Lo acepto y lo miro con los ojos entrecerrados: es un papel viejo y ajado, pero la letra se puede leer clara como el día que se escribió y, aunque me es familiar, no sé de quién es; no es la de mi madre, eso seguro.

Cuando veo quién lo firma, mis ojos se agrandan y lo leo a toda velocidad:

"Mi amor,

He visto a alguien que conozco y no sé si sabe que me están buscando. Le he pedido que no le diga a nadie que me ha visto, pero no he podido ser suficientemente convincente, no sé qué me pasa... No sé si lo hará, puede decírselo a él y entonces vendrá a por mí, no puedo quedarme aquí.

Te dije que no lo haría, pero he llamado a mis amigas... No te enfades, por favor. Sé que no debo meterlas en esto, pero no sabía qué otra cosa hacer. No estaban en casa, pero la madre de Sarah ha dicho que vendría a buscarme. Ella nos ayudará. Sabe lo que me ha pasado, aunque nunca le he dicho quién lo hizo, eso no puedo decírselo a nadie, solo tú lo sabes.

Espero que hayas tenido suerte con tu hermano y pronto vengas a buscarme. Nos reuniremos en la casa que tiene Sarah en el bosque, detrás te dibujo un pequeño mapa.

Te quiero, Mariona"

Giro el papel y miro la parte trasera con manos temblorosas y los ojos llenos de lágrimas. Detrás hay una serie de indicaciones y un dibujo del puño y letra de mi madre. Vuelvo a leerla otra vez, y otra más. Las lágrimas corren libres por mis mejillas sin que nada las detenga y tengo el corazón en un puño mientras leo las palabras de mi amiga.

Vuelvo a preguntarme si Casper es Mariona, aunque nunca he pensado que ella estuviera muerta, me niego a pensar solamente en esa idea. Pero quizá no es más que una negación porque no quiero que lo esté. Ella y mi madre estuvieron en la cabaña, seguramente las tazas eran de ellas; la del pintalabios era la de mi madre, ahora no tengo ninguna duda; la otra debía ser de Mariona. Si esta nota llegó hasta la cabaña, significa que el novio de Mariona también lo hizo. Ella estaba asustada, le tenía miedo a alguien, no le preocupaba que la encontraran sus padres, le preocupaba que la encontrara "él" y yo me pregunto quién es él y por qué nunca me habló de eso. No obstante, yo no sabía lo que estaba pasando, pero mi madre sí.

Mi madre desapareció un par de semanas después de Mariona y, a pesar de que la nota no está fechada, seguro que fue por eso por lo que se marchó. Se fue para ayudarla y, como dijo Eric, alguien las sorprendió.

Si las suposiciones de Eric son correctas, quien fuera esa persona la hizo caer sobre la mesa de cristal. Mariona intentaría defenderla subiéndose a la espalda del individuo, ¿sería su novio? Pero este la golpeó en la cabeza contra la pared dejándola KO. A mi madre no la encontraron hasta una semana después. ¿Dónde estuvo? ¿Mariona estaba con ella?

Eric sigue conduciendo en silencio, sumido en sus propios pensamientos, al igual que yo. A pesar del chaparrón, veo que se pasa el desvío para ir a Barcelona. El navegador da indicaciones de la ruta a seguir, pero yo lo ignoro. No puedo sacarme de la cabeza que mi madre y Mariona estaban juntas y que lo que le pasó a mi madre fue a causa de intentar ayudarla a ella. Si mi madre está así después de una semana, no sé cómo debe de estar Mariona, en caso de que esté viva.

Niego con la cabeza. Ella está viva, siempre he pensado que lo está. Quizá quien la persiguiera aún la tiene escondida o quizá consiguiera escapar. Ahora más que nunca me pregunto quién es Casper, porque si no es Mariona…, ¿quién es? No me eligió solo por mi madre, también por Mariona; ambas están relacionadas, pero…, ¿dónde encaja Eric?

—¿A dónde vamos? —le pregunto mirando la carretera comarcal que apenas se ve por el diluvio.

—¿Has visto el logotipo de la hoja?

Me fijo en él, es el de un hotel: La Guineueta, carretera BP 2121, La Llacuna.

—¿Has estado alguna vez en La Llacuna? —me pregunta.

—No, no tengo ni idea de dónde está —digo encogiéndome de hombros.

—No está lejos de Barcelona. Es un sitio muy verde, rodeado de bosques y parques. Es un buen sitio para hacer senderismo.

—No me gusta caminar por caminar.

—Despeja la mente —opina él.

—¿Tú has estado allí? —lo miro.

No puedo adivinar mucho de su perfil, la carretera por la que viajamos apenas está iluminada.

—Hace muchos años.

—¿Conoces el hotel?

—No.

Llegamos al hotel, prácticamente está a pie de carretera. Es una enorme casona de dos plantas de piedra con unos balcones muy mediterráneos y todo rodeado de árboles.

—¿Cuál es el plan? —le pregunto antes de bajar del coche.

—Cogeremos dos habitaciones, tenemos que descansar. Mañana a primera hora hablaremos con el gerente para que nos diga en qué habitación estuvo tu amiga y después revisaremos la habitación.

—¿Crees que encontraremos algo después de ocho años?

—¿Se te ocurre algo mejor?

Me muerdo la lengua y no contesto. Detesto el tono que usa conmigo.

Corremos hasta la recepción para resguardarnos de la lluvia. Eric abre la puerta. Espero que tenga la cortesía de dejarme pasar primera, como un caballero; pero Eric no es un caballero, entra y suelta la puerta. Yo, que esperaba que al menos la sujetara, me doy con ella. Se gira para mirarme, suspira y niega con la cabeza, como si fuera culpa mía que él no tenga educación.

—Buenas noches —nos dice un joven y sonriente recepcionista. Parece que aguanta bastante bien el sueño.

—Queremos dos habitaciones —dice Eric tajante.

—¿Tenían una reserva? —demanda intentando mantener la sonrisa.

—¿A ti qué te parece? —le pregunta Eric súper borde.

El chico se queda mirando a Eric con cara de no saber dónde meterse; me compadezco de él.

—Supongo que no —dice en tono irónico, teclea en el ordenador y se pone color granadina.

—Estamos cansados, querríamos que fuera para antes de que amanezca —le increpa Eric.

Por favor, siento vergüenza por sus modales. Miro al chico y me parece que hasta se ha puesto a sudar.

—Lamento informarles que solo tenemos una habitación disponible.

—¿Qué clase de hotelucho es este? —alza la voz Eric.

—Lo lamento, señor, pero es temporada alta —dice el chico nervioso.

—Ese es tu problema, no el mío. Queremos dos habitaciones ahora, no dentro de diez minutos, cuando hable con tu jefe y estés en la calle. Ahora —el chico lo mira con espanto. Después me mira a mí, que debo tener una cara similar a la de él —. ¿Me has oído?

Giro la cabeza mirando a Eric, se cree el rey del mundo. ¡Es detestable!

—Señor, de veras que lo lamento, pero no tengo más habitaciones libres.

Veo que Eric va a contestarle y lo cojo del brazo para que se calle de una vez.

—Eric, déjalo ya, él no puede hacer nada, no tiene la culpa. —Eric me mira con su habitual mirada matadora y aprieta la mandíbula. Me giro hacia el recepcionista—. ¿Es de dos camas esa habitación?

No me apetece en absoluto compartir habitación con él. Casi preferiría dormir con una docena de hienas que con el arrogante señor Capdevila creyéndose mejor que nadie.

—No, señorita —dice el joven con aprensión.

—¿Sería posible poner una de esas camas supletorias? —intento salvar la situación desesperada.

El chico parece dudar y yo le suplico con la mirada que me ayude, consiguiendo que me sonría tímidamente.

—Yo mismo puedo encargarme de ello.

Expulso el aire que estaba conteniendo.

—¡Solucionado! —intento aparentar normalidad—. Nos quedamos con esa habitación. Muchas gracias por tu ayuda, Arnau —digo mirando su placa distintiva.

—A usted, señorita —dice mirándome como si fuera su heroína, y no me extraña.

Eric no vuelve a abrir la boca mientras nos registramos. No tengo ni idea de qué es lo que más le molesta: que me haya metido en medio, tener que compartir habitación conmigo o que haya salvado la situación. Lo descubro en cuanto llegamos a la habitación, que está en la planta de arriba.

—Que sea la última vez que yo estoy hablando y me interrumpes de esa manera —dice nada más cruzar la puerta.

—¿Perdona? —le digo flipando.

—Ya me has oído.

Esto es el colmo.

—Mira Eric, te lo voy a dejar bien clarito para que nos vayamos conociendo y entendiendo: detesto las injusticias y los malos modos, yo no soy uno de tus empleados, así que si no tienes respeto por ellos, sí lo vas a tener conmigo —me muestro firme como el acero—. No voy a tolerarte que me trates así. Estamos en esto juntos, ni tú por encima de mí, ni yo de ti, a la par.

Quizá me he pasado. No sé qué pinta él aquí, ni por qué parece dispuesto a ayudarme.

Siempre he pensado que mejor sola que mal acompañada, como es el caso. Pero en esta ocasión no quiero quedarme sola. Él tiene un instinto del que está claro que yo carezco, así que lo necesito.

—Mira, Sarah —dice en tono agrio siguiendo mi ejemplo—. Tú eres una camarera de tres al cuarto, yo soy un empresario prestigioso con un nombre que abre todas las puertas que quiera. Así que no estamos a la par; cuando yo hable, tú te callas y me dejas hacer. Si me hubieras dejado hablar con el gerente, no tendría que seguir aguantándote ahora mismo, cada uno tendría su habitación y no tendríamos que compartir nuestro espacio, como está claro que a ninguno nos apetece.

Voy a mandarlo a paseo cuando llaman a la puerta. Se gira para abrirla y yo me voy al balcón a relajarme. Será mejor que me tranquilice antes de decirle cuatro cosas a este arrogante insoportable y clasista.

Ha dejado de llover. Me siento en unas de las mecedoras de madera del balcón y miro el cielo. La tormenta se ha disipado. La dejamos atrás, junto a la casa del lago y los secretos que oculta en su interior.

Le oigo gritar indignado, por lo visto el señor quiere cenar y no entiende que la cocina está cerrada a las cinco de la mañana. Esto es un hotel rural, no uno de cinco estrellas en los que te besan el culo y te dan la razón en todo, como seguro él está acostumbrado.

Niego con la cabeza buscando las estrellas entre las nubes. Madre mía, no creo que pueda soportarlo mucho tiempo. No entiendo cuál es su conexión en esta historia, qué pinta él aquí o por qué me ayuda. Lo soportaré porque quiero saber dónde está Mariona y si está bien. Quiero saber qué le pasó y por qué le habló de ello a mi madre, en lugar de a sus amigas. Necesito saber qué le ocurrió a mi madre, dónde estuvo esa semana que desapareció y qué pasó.

Por todo eso lo soportaré. Tendré que hacer de tripas corazón. Él puede ayudarme y necesito ayuda. Pero si no fuera por todos esos motivos lo mandaría a la mierda gustosamente…, realmente deseo hacerlo de todos modos. No obstante, no puedo. Lo primero es lo primero.

Para mi sorpresa, cuando vuelvo a la habitación él está en el catre, en el que apenas cabe. Me ha dejado la cama de matrimonio a mí. ¿Un gesto de amabilidad? No puedo creerlo.

Dejo la sudadera sobre la silla del escritorio de madera. Este sitio, si no fuera por los motivos que me han traído hasta aquí, podría gustarme. La habitación es amplia y rústica, toda de madera, y la cama incluso tiene dosel. Me quito las deportivas y los calcetines y me acuesto sobre la cama con la ropa puesta.

A pesar de mis nervios por todo lo que está ocurriendo, me duermo en cuestión de segundos. Estoy agotada, y no solo físicamente.

Tengo mucho miedo. No veo nada, todo está completamente

oscuro, no puedo ver nada de lo que tengo a mi alrededor. Quiero huir, pero no encuentro la salida. Me pego a la pared buscando la puerta, la salida. Siento una respiración en mi oído.

—Abajo —me dice.

Grito, grito muy fuerte con la esperanza de que alguien me encuentre, no quiero morir.

Oigo cómo alguien me llama en la lejanía, conozco esa voz. Me pego a la pared e intento seguirla Alguien me coge del brazo y grito, grito tan fuerte que me duele el cuello.

Despierto. Abro los ojos. Tengo el corazón acelerado, estoy muy agitada y veo a Eric sentado junto a mí. Me incorporo en la cama. Era un sueño, no era más que un sueño, pero la sensación de desesperación no desaparece.

No lo conozco, no me cae bien, pero estoy tan desesperada que quiero abrazarlo. Necesito sentirme protegida, necesito un apoyo para que la desesperación y el miedo se vayan. Intento recordarme que no era más que un sueño, pero eso no hace que me sienta mejor.

—¿Estás bien? —me pregunta. Aunque afirmo con la cabeza, no, no estoy bien. ¡Claro que no estoy bien!—. Me has despertado —se queja—, gritabas en sueños. ¿Otra vez el bosque?

—No, no era el bosque. —me restriego los ojos intentando calmarme.

Está muy cerca de mí. Doy gracias de que sea tan repelente, físicamente es un portento. Atrayente y guapo, como si fuera la clase de hombre que solo ves en las revistas o en televisión. Es una pena que siempre tenga esa expresión, como si tuviera un palo metido en el culo. No tiene aspecto de acabar de despertarse, desde luego estoy segura que yo no tengo el mismo aspecto que él.

—¿Dónde estabas? —se levanta de la cama y vuelvo a mirarlo.

Entonces me fijo en él de verdad. Hasta salivo. No lleva camiseta y, madre mía, ¡cómo está Eric! Tiene un cuerpo muy definido y atlético, estoy segura de que le echa muchas horas de entrenamiento a ese cuerpo. Su pectoral, lleno de un fino y oscuro vello, se ve fuerte. Tiene los abdominales definidos y unos oblicuos de escándalo. Desde el ombligo baja otro rastro de vello hasta donde el pantalón le cubre.

—Sarah —me dice con impaciencia, sacándome del embobamiento.

—No lo sé —me tapo la cara con las manos. Me he puesto roja, estoy abochornada de que haya tenido que llamar mi atención por quedarme embelesada mirando su cuerpo. Su cuerpo hecho para el pecado y no apto para cardíacas—. Estaba todo negro, no había nada de luz, no podía ver nada.

—Solo era un sueño, vuelve a dormirte. Todavía es pronto.

Se aleja dándome la espalda mientras lo sigo con la mirada. Coge su ordenador portátil del maletín y se sienta frente al escritorio. Estoy sudada y pegajosa, no quiero seguir durmiendo, no puedo. Tengo muchísimo calor y no solo por la pesadilla, el cuerpo de Eric también tiene algo que ver.

Por el balcón de la habitación entra luz. Miro la hora, son las ocho de la mañana. Apenas debemos haber dormido tres horas. A pesar de ello, me levanto y me meto en la ducha e intento relajarme.

Mientras me ducho, me pregunto si Eric tendrá novia. No está casado, al menos no he visto que lleve un anillo. Si no fuera por ese carácter que tiene, estoy segura de que las mujeres caerían a sus pies. Tiene un cuerpo digno de verse, admirar, lamer y adorar; además, es muy atractivo. Sus cejas, rectas y oscuras, realzan el azul de su mirada, y su nariz está en perfecta sintonía con sus labios carnosos. Cuando ayer le vi sonreír… ¡Madre mía, que Dios nos coja confesados! Su belleza se eleva al cubo. Tiene una sonrisa encantadora. Es una lástima que ese carácter le dé tan pocas oportunidades de mostrarla, aunque supongo que es mejor así. Lo que menos necesito o me conviene es colgarme de Eric. Menos mal que es un gilipollas insufrible, ni siquiera debería estar pensando en él.

Salgo de la ducha y me cepillo los dientes. Vuelvo a ponerme la misma ropa sudada. Asqueroso, lo sé, pero es lo que hay.

Al volver a la habitación, Eric no está. Ni siquiera se ha tomado la molestia de decirme que iba a salir, se ha largado sin más. ¿Qué otra cosa esperaba? Por cosas como esta, sé que estoy a salvo de sentirme atraída por él. Por más que el envoltorio sea inmejorable, detesto tanto su forma de ser como su trato.

Salgo de la habitación a la vez que una pareja sale de la habitación de al lado. Son jóvenes y van vestidos para hacer deporte. Cargan con dos mochilas, seguramente van a hacer senderismo. Ayer vi carteles de rutas y excursiones por parte del hotel. Supongo que es lo que hace la gente que viene aquí.

No recuerdo que a Mariona le atrajera el senderismo. De niñas solíamos salir a pasear en bici por el campo, pero durante la adolescencia perdimos el interés por eso. Pero presiento que Mariona no estaba aquí por placer, huía de algo y me muero por tener las respuestas que tanto anhelo.

Llegamos a la escalera. Hay un hombre de mantenimiento pintando la pared, por lo que el olor a pintura lo impregna todo. Bajo la escalera fijándome en la pareja que tengo delante: parecen muy enamorados, van cogidos de la mano y no dejan de susurrarse cosas al oído.

El hotel ahora tiene vida, no como cuando llegamos anoche de madrugada, que parecía un hotel fantasma. Ahora hay ruido por todas partes. Unos niños me adelantan corriendo mientras su padre les riñe para que no corran por la escalera.

Un trabajador del hotel se pone a hablar con el pintor y me fijo en ellos: el pintor se me queda mirando y yo lo miro a él. Sus ojos me resultan familiares, pero no creo conocerlo.

Pierdo el interés en él cuando siento cómo el olor de la pintura se desvanece y lo sustituye un fuerte olor a tierra húmeda. Poco a poco se intensifica. Sé lo que significa ese olor. Paro y me cojo a la barandilla de la escalera, completamente quieta. No tengo miedo: he decidido que no voy a seguir temiendo a Casper; él quiere ayudarme o quiere que lo ayude yo. Me da igual el motivo mientras me lleve hasta Mariona, o al menos a saber que ella está bien. Eric tenía razón, son señales y yo debo seguirlas. Además, como dijo mi madre, debo temer a los vivos, no a los muertos.

Un escalofrío recorre mi columna vertebral, todo mi vello se pone en guardia mientras siento que me observan. El bullicio a mi alrededor desaparece. Lo acallo con mi mente, me siento transportada. Cierro los ojos intentando sentirlo, y entonces lo oigo en mi oído; es un susurro muy débil: abajo.

Doy un respingo y abro los ojos. No quería tener miedo, pero admito que mis pulsaciones se aceleran y no me siento para nada tranquila. Vuelvo a sentir el bullicio que me rodea y el olor a pintura vuelve a impregnarlo todo. Me siento un poco confundida y termino de bajar las escaleras. Parece que todo el mundo se dirige al mismo sitio, así que los sigo aturdida, como una oveja más en el rebaño. Oigo el ruido de platos y cubiertos y el olor de la comida abre mi estómago.

Desayuno en la terraza exterior, que está junto a la piscina. Detrás de ella se ven hectáreas y hectáreas de árboles.

Cuando termino de engullir un abundante desayuno, me doy cuenta de que me he quedado prácticamente sola en la terraza, a excepción de una pareja mayor con un perro labrador.

Vuelvo a la habitación y, cuando llego, descubro a un Eric que está al teléfono dando voces.

—¡Me da igual! No me toques los cojones…

Parece muy enfadado, así que decido salir al balcón, no me apetece oírlo vociferar. Me coge el brazo cuando paso por su lado y me retiene. Me mira con odio, como si yo le hubiera hecho algo, y me pregunto qué pensará que le he hecho ahora. Me fijo en él. Se ha cambiado de ropa. Ahora lleva un tejano oscuro y una camiseta de manga corta blanca. ¿Y por qué yo tengo que continuar con esta ropa sudada?

—Quiero un informe detallado —dice al teléfono mirándome—. Quiero saber quién la ha cagado y lo quiero fuera de la empresa —la persona al otro lado contesta y parece que consigue cabrearlo más, aunque parezca imposible—. ¡Sois un atajo de inútiles! Estaba todo cerrado, solo tenías que hacer que firmaran. Si no podéis hacer ni eso sin mí, no sé por qué os pago el dineral que os pago. Espero que rueden cabezas. De no ser así, el lunes, cuando llegue al despacho, espero encontrar tu carta de renuncia —cuelga el teléfono—. ¿Tú dónde estabas? —sigue con el mismo tono agresivo.

—A mí no me hables así —lo encaro.

—Te hablaré como yo crea conveniente.

—No entiendo cómo alguien te aguanta. Debes pagar muy bien para que la gente te soporte; si no, no lo harían, eso es muy triste.

—No deberías juzgarme, no me conoces.

—No me hace falta. Te crees mejor que nadie, no valoras el esfuerzo de las personas y juegas con el empleo de la gente como si no tuviera importancia…, cuando de esos empleos dependen familias.

—No hables de lo que no sabes. Acabo de perder una inversión de millones de euros, millones, no es que alguien se haya equivocado al pasar un pedido a la cocina.

Le sonrío, no porque esté de humor, sino porque eso ha sido un golpe bajo.

—Tengo un trabajo muy digno y estoy orgullosa de él, no me importa que lo menosprecies. Si esa es tu manera de intentar hacerme daño, estás a años luz de conseguirlo. Ahora, suéltame el brazo —le advierto—, ya te dije anoche que yo no soy uno de tus empleados. No voy a permitirte que me hables y me trates como te dé la gana. A mí me respetas.

Me mira con el ceño fruncido y yo lo miro igual. Si quisiera hacerme daño lo habría hecho anoche, no hubiera esperado a estar en un lugar donde puedo gritar y alguien vendría a socorrerme. Me suelta el brazo pero no relaja su ceño.

Sigo mi camino y salgo al pequeño balcón, dejándolo allí plantado. Creo que está tan acostumbrado a que la gente agache la cabeza y le dé la razón que no sabe qué hacer conmigo. Podría ser la horma de su zapato. Esa idea me gusta y sonrío, esta vez de verdad.

Enciendo mi móvil. Si no doy señales de vida, Aleix puede enviar la señal de alerta hasta Ibiza. No quiero que las chicas se preocupen por mí y darles las vacaciones. En cuanto lo enciendo, veo que es tarde para eso: tengo cuarenta y dos llamadas perdidas de Aleix, veintitrés de Nayara y dos de Laura. Al menos, Laura sabe del servicio de entrada de mensaje cuando el móvil se enciende. Estoy revisando mis mensajes cuando Nayara me llama.

—¿Sarah? ¿Estás bien? ¿Dónde estás? ¿Estás con él? ¿Te ha hecho algo? —dispara una pregunta tras otra sin dejarme responder.

—Nay, tranquila. —le pido con calma—. Estoy bien, todo va bien.

—¿Que todo va bien? —pregunta fuera de sí. La conozco muy bien, sé que está muy preocupada por mí y eso es justo lo que yo no quería.

—De verdad que sí. Estoy con Eric, él es... —intento buscar las palabras adecuadas para tranquilizarla, pero no me viene ninguna—. Él no va a hacerme daño —eso espero—, esto se ha liado un poco...

De momento no quiero hablarle de Mariona, lo haré cuando sepa algo seguro.

—¿Dónde estás?

—Estoy cerca de Barcelona. Cuando esto acabe te lo explicaré todo. Tú procura disfrutar de tus vacaciones, te las has ganado. No te preocupes por mí.

—No puedo disfrutar sin saber si estás bien, sin saber qué es ese todo que debes explicarme.

Eric se asoma al balcón y se me queda mirando. Yo lo miro a él un momento.

—Todo va bien Nay, no te preocupes —digo volviendo la mirada hacia la arboleda que hay frente a mí.

—Cuando alguien repite una y otra vez que no te preocupes es cuando debes preocuparte. Es igual que cuando alguien empieza una frase con un «no te ofendas», sabes que te vas a ofender.

Me echo a reír, ella tiene razón.

—No dramatices —le pido con una sonrisa que quiero que la tranquilice—. Oye, tengo que dejarte. Te llamaré en un par de días. Dile a Aleix que has hablado conmigo y que estaba bien.

—Él dice que Eric le amenazó, que es peligroso y que sabía muchas cosas de ti. No te fíes de ese tío Sarah, no es de fiar, no lo conoces. ¡Podría ser el asesino y tú te vas con él a saber dónde!

—Ya lo sé…

—¿Entonces por qué estás con él?

—Fuerzas mayores, supongo. Pero nada que tú puedas resolver. Así que deja de rayarte y disfruta las vacaciones. Te llamaré. —Le cuelgo antes de que me impida hacerlo y vuelvo a apagar el móvil.

Vuelvo a mirar a Eric.

—Tenemos que hablar —me dice.

—Tú dirás —digo meciéndome.

Se sienta en la otra mecedora y se inclina hacia delante apoyando los codos en las rodillas. No parece relajado: cierra el puño y se lo lleva a la boca, mira hacia delante y después vuelve a mirarme.

—¿Dónde has estado esta mañana? —pregunta en tono sosegado.

—Cuando he salido de la ducha no estabas, así que he bajado a desayunar.

—Has tardado mucho —sigue con ese tono ronco y calmado que podría amansar fieras.

—Si no hubieras desaparecido, podríamos haberlo hecho juntos. Así podríamos haber hablado sobre cómo vamos a averiguar en qué habitación estuvieron Mariona y su novio y de cómo vamos a conseguir entrar para revisarla. ¿Dónde estabas tú?

—He bajado a hablar con el encargado. He hablado con el hijo del dueño del hotel, no nos hemos caído bien.

—Si le has hablado como lo haces con todo el mundo, no puedo decir que me sorprenda. ¿Le has dicho tu nombre? —le digo en tono de burla—. Creía que tu nombre abría todas las puertas.

Arquea una ceja aún con el ceño fruncido. ¡Vaya, no sabía que eso podía hacerse! Voy a practicarlo delante del espejo en cuanto tenga un momento. Sigue igual de serio, pero parece que sus ojos son más cálidos ahora que hace un momento, cuando discutíamos en la habitación.

—Me entran ganas de comprar este jodido hotel y tirarlo abajo. Solo por el placer de ver su cara.

—Si le has dicho eso, no me extraña que no quiera ayudarte —niego con la cabeza.

—Pero tengo un plan B.

—¿Entro yo en ese plan B o piensas dejarme fuera de nuevo?

—Tú vas a ser la estrella, encanto.

—No me gusta cómo ha sonado eso.

—No tienes de qué preocuparte.

—Como acaba de decirme mi amiga, cuando alguien te dice que no te preocupes, hazlo —eso me hace recordar algo—. ¿Qué le dijiste a Aleix? Mi amiga ha hablado con él y dice que le amenazaste.

—Nada del otro mundo.

No sé ni para qué me he molestado en preguntarle, ni que no supiera cómo le habla a todo el mundo. ¿Por qué iba a ser diferente con Aleix? ¿Acaso no me amenazó a mí anoche? Y, sin embargo, aquí estoy con él.

Debo estar volviéndome loca, pero estoy demasiado preocupada por Mariona como para preocuparme por mí misma.

—Creo que Mariona estaba en una de las habitaciones de la planta baja.

—¿Y eso?

—Cuando bajaba a desayunar, el espíritu me ha hablado al oído. Solo lo ha hecho dos veces.

—¿Qué te ha dicho?

—Abajo.

—¿Nada más?

Niego con la cabeza recordando el momento. He desconectado de todo y me he centrado solo en él. Me siento muy orgullosa de mí misma por no haber tenido miedo, o al menos haberlo gestionado.

—Esta noche lo sabremos. El hijo del dueño me ha mentido

sobre si guardan los registros de hace ocho años. Sé que están en el ordenador, solo debemos acceder a ellos.

—No creo que sea tan fácil —digo desanimada—. Primero, estoy segura de que no se registraron con el nombre de Mariona, era ella la que huía de algo; segundo, será como buscar una aguja en un pajar, porque no tenemos la fecha exacta y tercero, no sé cómo vamos a acceder al ordenador sin más.

—Yo me encargo de todo.

Lo miro sorprendida, parece muy seguro de sí mismo. Él es así, fuerte y seguro. Otro motivo por el que le necesito a mi lado, aunque me pese.

—Creo que deberíamos hablar de tu madre, tu amiga la mencionaba en la nota.

—Mi madre no está bien. Ella estuvo desaparecida durante una semana y después nunca volvió a ser la misma. Eso me hace plantearme que, si Mariona y ella estuvieron juntas, y aquello que pasó lo sufrieron las dos… ¿Cómo debe estar Mariona? —suspiro y agacho la cabeza—. Siempre pensé que ella estaba bien, pero lo dudo seriamente… —levanto la vista, vuelvo a centrar mi mirada en sus ojos—. La foto, el lago, la nota… Todo tiene relación con ella.

—En la nota decía que tu madre sabía lo que pasaba. ¿Por qué ella lo sabía y tú no?

—No tengo ni idea. He pensado en ello, pero la verdad es que no lo sé. Se suponía que Mariona confiaba en nosotras, pero no sé de qué estaba hablando, de verdad.

—¿A qué se dedicaba tu madre cuando estaba bien?

Me sorprende que no haya indagado más sobre por qué mi madre no está bien. Yo lo hubiera hecho, no me habría conformado solo con eso. Eric parece bastante minucioso, pero ha dado la respuesta por buena y ha pasado a la siguiente.

—Mi madre era ginecóloga.

—Joder… —dice llevándose el puño a la boca de nuevo y respaldándose en la mecedora.

Ahora lo entiendo. Duele, duele mucho comprenderlo. Lo miro con espanto, pero él no me está mirando, mira hacia la arboleda que hay frente a nuestra habitación.

—La violaron —digo con los ojos llenos de lágrimas y un nudo en la garganta que me impide hablar con normalidad—. Por eso mi madre lo sabía, ella debió darse cuenta en alguna revisión. Pero Mariona nunca quiso decirle quién había sido. Por eso, cuando se escapó se prestó a ayudarla.

Las lágrimas bajan por mis mejillas rápidamente. Ella alguna vez comentó algo, pero entonces éramos niñas. Hablaba de que alguien la tocaba y le decía cosas desagradables, no le gustaba. Nayara y yo pensábamos que lo hacía por llamar la atención. Cuando se hizo mayor y ocurrió lo peor, no nos lo dijo. Seguro que pensó que no la creeríamos y se tragó ella sola todo ese horror.

Me siento la persona más sucia del mundo, la más ruin del universo. Hace un momento le estaba dando una charla moralista a Eric y ahora descubro que yo soy cien veces peor que él.

—Yo debí darme cuenta. Aunque ella no me lo dijera, yo debí darme cuenta de eso.

—No es culpa tuya, Sarah. No debes culparte, el único culpable es quien lo hizo —dice Eric mirándome de nuevo.

Lo miro con una mezcla de espanto, tristeza y horror.

—¿Quién fue? —me pregunto en voz alta—. Debió ser alguien de su entorno. Su padre o quizá su hermano mayor —empiezo a divagar—. Su padre siempre me pareció una buena persona, todavía más siendo político. Era un buen hombre, nunca vi que Mariona lo rechazara de algún modo. No, no creo que fuera capaz de hacerle eso a su hija. Su hermano nunca estaba en casa, se llevaban ocho años y en cuanto cumplió los dieciocho salió huyendo del pueblo, como hacemos todos. Él no estaba, a no ser que lo hiciera durante alguna visita… ¿Crees que quien lo hizo la retiene? —pregunto espantada.

Se incorpora en la mecedora y me acaricia las rodillas en un intento de consolarme, supongo. Me mira a los ojos, ahora los suyos no me parecen tan fríos, sino tristes. Así me siento yo al menos.

—No lo sé, Sarah. —Al decirlo parece abatido—. Pero llegaremos al fondo del asunto, te lo prometo —asegura con vehemencia—. No llores, ahora tienes que ser fuerte.

8
Hotel pesadilla

Comemos en el restaurante del hotel y ninguno de los dos hace comentario alguno, ya que ambos estamos absortos en nuestros propios pensamientos. No puedo dejar de dar vueltas a la conclusión a la que llegamos esta mañana y me atormenta saber que estoy en lo correcto, saber que no me equivoco.

Después de comer volvemos a la habitación. Eric se pone a trabajar con el portátil y yo a mirar la tele, aunque en realidad no la veo. La imagen de la dulce, cariñosa y bondadosa Mariona forzada, hace que lo único que quiera hacer sea taparme con una manta, a pesar del calor, y llorar hasta que no me queden lágrimas.

Eric recibe una llamada y sale de la habitación. Me quedo observando sus cosas y atisbo esa carpeta verde asomando por su maletín. De ahí sacó la dirección de casa de mi padre, dijo que no me había seguido a casa, sino que me estaba esperando. La respuesta a cómo sabe esas cosas sobre mí está en esa carpeta. Solo tengo que levantarme de la cama y echar una ojeada.

Cuando me decido a hacerlo, entra por la puerta y no viene solo. Le acompaña una mujer de unos treinta y tantos, con un pelo rubio platino corto, todo peinado hacia un lado. ¿Es su novia? Vienen cargados de bolsas. Ella, además, también porta una maleta de viaje. No quiero que ella esté merodeando por aquí, esto es cosa nuestra. No quiero que nadie más meta la nariz. Además, solo será una distracción para él.

—¿Esto es todo, Estefanía? —le pregunta Eric dejando las bolsas sobre la cama.

—Sí, señor Capdevila. He traído todo lo que me pidió.

114

¿Señor Capdevila? No es su novia. ¿Quién es? Se fija en mí y me mira de arriba abajo con un descaro que no me gusta un pelo. La miro igual que ella a mí y no escondo mi irritación cuando lo hago.

—Soy Estefanía —dice acercándose a mí y tendiéndome la mano.

—Sarah —le estrecho la mano que me ofrece.

—¿Una treinta y seis? —me pregunta cuando me suelta, volviendo a mirarme de arriba abajo.

—¿Cómo? —no sé de qué me está hablando.

—Creo que ha acertado con la talla —dice girándose hacia Eric.

—Tengo muy buen ojo —le contesta Eric—. ¿Has encontrado el vestido de la foto que te envié?

¿De qué va esto? No entiendo nada.

—Por supuesto —contesta ella.

Coge la maleta y la tiende sobre la cama. Al abrirla, saca una bolsa gris; la abre y saca un hermoso vestido rojo, corto y estrecho con pedrería. Es precioso. ¿Se supone que es para mí?

—¿De qué va esto, Eric?

La tal Estefanía se me queda mirando y yo miro a Eric, el cual se acerca a Estefanía y coge el vestido.

—Este es para el plan B —dice dándome el vestido—. Pruébatelo.

—¿Por qué? ¿Cuál es el plan B?

—Lo hablaremos después. Ahora, por favor, Sarah —parece que la palabra por favor se le atraganta—, ve al baño y pruébatelo. No tienes por qué discutir o cuestionar cada cosa que te diga.

Le cojo el vestido, a pesar de que lo hago de mala gana, y se debe a dos motivos: el primero, porque ha intentado ser educado y el segundo, porque quiere dejar a esa fuera y eso me gusta.

—Toma, Sarah —interviene Estefanía sacando una caja de zapatos de la maleta—. Nada mejor para ese Dior que unos Loubouttin —dice Estefanía tendiéndome una caja de zapatos.

Entro en el baño y miro el vestido. Es precioso, muy suave, seguramente debe ser de seda. Parece muy fresco y no quiero estropearlo. Antes de probármelo me doy una ducha rápida. Me queda como un guante. Se ajusta al cuerpo, realza mi cintura y así parece que tenga más curvas de las que en realidad tengo. Abro la caja de los zapatos y, si el vestido me ha gustado… ¡Los zapatos son la leche! De color negro y con cintas para ajustarlos al tobillo. La parte delantera tiene plataforma y la trasera un tacón de aguja altísimo, con la suela roja. Miro la talla y es justo mi pie. Me pregunto si también pondrá mi número de pie en esa carpeta verde. ¿Qué más debe poner? Tengo que hacerme con esa carpeta.

Salgo a la habitación. Eric está sacando toda la ropa de las bolsas y no hay rastro de Estefanía. Se queda mirándome. Por un momento parece sorprendido, mirándome de arriba abajo. Estoy impresionante, sé que lo estoy. Además, estos zapatos hacen que mis piernas parezcan interminables.

—Tendrá que servir —dice indiferente, volviendo a la ropa.

—¿Servir para qué?

—¿Viste cómo te miraba anoche el pardillo de recepción? —Arqueo una ceja temiéndome lo peor—. Espero que, si tienes alguna dote de seducción, la despliegues con él esta noche.

—¿Quieres que me ofrezca a él como una puta? —pregunto incrédula.

—No —frunce el ceño y niega—. Solo quiero que lo saques de la recepción con algún pretexto, que lo entretengas el tiempo suficiente para que yo pueda colarme.

—No necesito este vestido para hacerlo —contesto muy segura—, así solo desentonaré.

—Yo creo que sí que lo necesitas.

Ignoro su pulla y me pongo a mirar toda la ropa que hay sobre la cama.

—¿Dónde está tu amiga?

—No es mi amiga, es mi asistente personal.

—Ya me extrañaba que tuvieras amigas… —que haya ignorado sus pullas no significa que no vaya a devolvérselas.

—¿Quieres seguir con la misma ropa?

—No.

—Entonces muéstrate un poco más respetuosa y agradecida. Le he pedido que también trajera ropa para ti, así como un par de pijamas, para que no tengas que dormir con la ropa puesta.

—Gracias —digo buscando su mirada, lo digo muy en serio.

Recoge todas sus cosas y las mete en el armario. Después, se pone delante del ordenador.

Observo el precio de uno de los tejanos y casi me caigo de culo. Con ese dinero yo lleno mi armario dos años enteros. ¡Qué locura!

—No creo que vaya a usar todo esto —le digo pensando que no voy a poder pagarle el dineral que hay aquí invertido.

—Es tuyo. Lo que quieras, te lo quedas y lo que no, puedes tirarlo —dice sin mirarme.

—Aquí hay mucho dinero en ropa, no puedes tirarlo.

—Ya está pagado. Quítate el vestido antes de mancharlo. Elige lo que quieres y lo que no, así estarás un rato calladita y me dejarás trabajar.

Tengo ganas de decirle que es un gilipollas, pero me quedo haciendo lo que me ha dicho que haga. Hay ropa para semanas. Todas las prendas son muy femeninas y carísimas. Hay de todo tipo. Me alegro cuando encuentro la ropa interior y los pijamas. Dentro de la maleta hay un enorme estuche de maquillaje, cremas, colonia, desodorante, productos para el pelo, gafas de sol, bolsos, zapatos, deportivas… de todo.

Lo organizo todo y me doy otra ducha. Me pongo un tejano de tubo negro y una blusa roja de gasa trasparente. Vuelvo a ponerme los zapatos. Me siento poderosa con estos zapatos; cuando me miro en el espejo, me siento sofisticada y sexy. Acto seguido, me maquillo y me arreglo el pelo en bucles.

Salgo a la terraza y me siento en la mecedora. Me quedo allí un largo rato pensando en mis cosas. Pienso en Mariona, sobre todo. Mientras, miro cómo cae la noche, con el potente ruido de la vegetación que nos rodea.

Eric me ofrece que salgamos a cenar fuera del hotel. Se acaba de duchar y afeitar y se ha vestido con un tejano oscuro y un polo negro de manga corta, que marca sus considerables bíceps. Su pelo está perfectamente despeinado y está muy guapo, a pesar de su rictus habitual.

Vamos a cenar a una brasería y acompañamos la cena con un vino tinto afrutado delicioso. Mientras cenamos, me explica lo que quiere que haga esta noche. No es nada del otro mundo: debo coquetear un poco con el recepcionista, sacarlo de la recepción y darle el tiempo necesario para que él se cuele. Después, vendrá a por mí y juntos iremos a la habitación.

Es un plan sencillo y funciona a la perfección. Le digo a Arnau, el recepcionista, que tengo una duda que necesito que resuelva y lo llevo al exterior. Me disculpo por el comportamiento de Eric de la noche anterior, me intereso por su vida y apenas debo coquetear con él, pues está interesado y no parece tener ninguna prisa por volver a sus obligaciones. Eric viene a recogerme y volvemos a la habitación.

—¿Tienes el número? —demando al entrar en la habitación.

—La número doce. Está en la planta baja, como tú dijiste.

—¿Sabes si está ocupada?

—Sí, lo está. Pero mañana entraremos en ella y la revisaremos.

—¿Cómo? ¿Te has hecho con una llave? —pregunto emocionada.

—No.

—¿Entonces cómo? —intento no desanimarme.

—Hablaremos con las personas que la ocupan.

—¿Crees que nos van a permitir registrarla por las buenas?

—Puedo ser muy persuasivo.

—Permíteme que lo dude —digo desanimada.

Si el entrar depende de la persuasión de Eric, me parece que lo tenemos claro.

—Vamos a dormir, mañana hay que madrugar.

—Duerme tú en la cama de matrimonio, yo dormiré en la pequeña.

Espero que sea cortés y se niegue. No es que quiera que me insista en que duerma yo en la cama buena, lo hago porque anoche apenas descansó por mi culpa. Además, casi no cabe en ese catre. Cuando salgo del baño con el pijama y la cara limpia, ya está en la cama. Me tumbo sobre el catre mirando el techo, estoy inquieta por todo lo que está pasando y por lo que mañana encontremos en la habitación. Aunque… si no encontramos nada, no sé qué haremos.

Doy vueltas y vueltas en el catre. No consigo relajarme lo suficiente para poder dormir. No recuerdo cuándo fue la última vez que dormí ocho horas seguidas, sin preocupaciones o pesadillas.

Me levanto cansada de dar vueltas y, en silencio, me acerco hasta la cama y le echo una ojeada a Eric, que parece dormido. Ni dormido parece relajado.

De puntillas, voy al escritorio donde están sus cosas. No debería hacer esto… Como me pille, tendré que soportar su ira. Pero me muero de curiosidad.

Cojo la carpeta verde que está dentro de su maletín. Sin hacer ruido, me voy al pequeño balcón. Cierro las cortinas para que no entre la luz y la enciendo. Me siento en la mecedora y miro la carpeta: no tiene nombre. La abro y empiezo a revisar los papeles. Tiene fotos mías de ayer por la mañana, están tiradas de zoom y en ellas se me ve sentada en las fincas que hay delante de su casa. Hay una pequeña foto mía grapada a una hoja de papel. Leo la hoja intrigada y descubro toda clase de datos sobre mí: fecha de nacimiento, número de DNI, numero de la seguridad social, mi dirección, la de mis padres, nombre de mis padres, lugar de trabajo, la fecha desde que estoy allí, mis estudios, el nombre de mis compañeras de piso…, todo. Tiene mi vida resumida en un solo folio. Me parece triste que todo lo que soy quede resumido en una hoja de papel. Miro el resto de papeles impactada. Tiene mi contrato de trabajo, mi expediente académico, dónde he cursado las prácticas… No entiendo cómo se ha hecho él con todo esto. Lo que más me conmociona es que tiene la solicitud de ingreso de mi madre en el psiquiátrico, incluso tiene un informe de su situación.

¡Esto es el colmo! Me siento iracunda. Que hurguen en mi vida no me hace gracia, pero que lo hagan en la de mi madre me encoleriza. Leo toda la información y me quedo mirando la oscuridad que tengo delante. Del bosque emanan toda clase de ruidos nocturnos, pero todo lo demás se mantiene en completa calma.

Poco a poco, yo también me calmo. Las ganas de entrar en la habitación y despertar a Eric a carpetazos para pedirle una explicación disminuyen. No vale la pena. Me quedo allí mirando la oscuridad, las estrellas, pensando en Mariona y en mi madre. Al final, consigo dormirme.

Creo que estoy en una cueva o algo así. No hay luz, no veo nada. Me ahogo, es como si me faltara el oxígeno. Intento buscar la salida pero, al moverme, me doy cuenta de que mi tobillo está atado en algún sitio, es como una esposa que lacera mi piel. Cuanto más intento zafarme de ella, más dolor me provoca. Grito desesperada. Necesito salir, siento mucho miedo. A pesar de que no veo nada, siento que las paredes me aprisionan cada vez más. Mi respiración se acelera intentando buscar aire, me ahogo. Me estoy ahogando, voy a morir. Me despierto aturdida y alterada.

Miro a mi alrededor, me he quedado dormida en la mecedora

y aún es de noche. Cojo una bocanada de aire, llenando mis pulmones de este aire tan puro, tan libre de la contaminación de una gran ciudad como Barcelona. Poco a poco, olvido el sueño. No obstante, la sensación de desesperación no acaba de pasar y no quiero volver a dormir. Me visto con sigilo y dejo la maldita carpeta verde donde estaba.

Bajo a recepción y el recepcionista me invita a café. Justo lo que yo iba buscando. Así, nos hacemos compañía el uno al otro. Es un buen chico, estoy segura de que si le hubiera pedido que buscara la habitación de Mariona hace ocho años, la habría buscado para mí sin cuestionarme.

Cuando acaba su turno, nos vamos a la terraza y desayunamos juntos. Es tan agradable y atento que me siento muy cómoda con él. Es lo contrario a Eric y así da gusto. La pareja mayor con la que me quedé ayer prácticamente sola salen a desayunar muy temprano con el perro. Entonces algo me sorprende, y es que el perro no me ladra. Ayer no me fijé, pero se sientan en la mesa de al lado y el perro viene a saludarme. Le acaricio, feliz de que no me odie.

Cuando la terraza empieza a llenarse, veo que Eric sale y me busca con la mirada. Paso de hacerle alguna señal para que vea dónde estoy. Lo ignoro mientras acaricio al perro labrador, que es muy cariñoso. Entretanto, Arnau y yo seguimos hablando.

—¿Por qué no me has despertado? —interrumpe Eric a Arnau, que está hablando.

—Buenos días a ti también —contesto indiferente sin mirarlo.

—No me toques los cojones de buena mañana.

La pareja mayor se lo queda mirando con espanto. Yo arqueo una ceja y me acabo el quinto o sexto café. A pesar del cansancio, me siento muy acelerada, por lo que será mejor que me vaya o la voy a liar.

—Gracias por todo —le digo a Arnau levantándome de la mesa.

—Gracias a ti por hacerme compañía, Sarah —contesta el chico amablemente.

—Quizá nos veamos esta noche.

—Será un placer.

Eric me coge del brazo con rudeza y volvemos al interior del hotel. Mientras me arrastra, intento contar para relajarme. No quiero liársela y llamar la atención.

—¿Has pasado la noche con ese?

—No tenía sueño.

—Mientes —dice en tono contenido.

Paro en medio del pasillo, y con un gesto brusco, me libero de su agarre.

—No soy la única que miente, así que no me toques tú los cojones a mí.

Se me queda mirando con la mandíbula apretada. Se está conteniendo para no decirme o hacerme algo. Se lleva el puño a la boca, pero ya poco me importa por qué lo hace. Está cabreado y subir a la habitación no es lo más inteligente, lo sé, pero yo también lo estoy. Además, me siento muy acelerada y necesito que me diga de dónde ha sacado esa carpeta. Subo la escalera y voy a nuestra habitación.

—¿Quién te dio esto? —digo cogiendo la carpeta y tirándola sobre la cama.

—¿Eso es lo que te preocupa? —da un portazo.

—¿Quién? —no pienso amilanarme por él.

—Pedí que te investigaran. Tú venías a mi casa y quería saber por qué, pero eso no me dio la respuesta que yo quería —se cruza de brazos y respira por la nariz, conteniendo su enfado.

—¿Cómo consiguieron todo esto? Sé lo que contiene esa carpeta.

—Sé con quién debo hablar y pago bien. Además, no tengo por qué contestar a tus estúpidas preguntas. Que sea la última vez que tocas mis cosas. Cuando quieras algo, me lo pides. No tengo por qué esconderte nada. Si querías saber qué había en la carpeta, solo tenías que preguntarlo, estaba esperando que lo hicieras. Debí prever que alguien como tú lo haría a hurtadillas, como una ladrona.

—¿Alguien como yo? —¿Otra vez va a empezar con lo mismo? ¿Acaso tengo que recordarle cada día que él no es superior a mí?

—Una mentirosa patológica.

—Yo no soy ninguna mentirosa —le digo enfadada.

—¿Por qué te has ido de madrugada con el de recepción?

—He tenido otra pesadilla —me siento en la cama, dispuesta a decirle la verdad. Con Eric no existen las mentiras piadosas, es blanco o negro, no sabe lo que son los tonos grises—. No lo soporto, lo paso muy mal y cuando despierto la sensación de miedo y desesperación no desaparece.

—No son más que pesadillas —su tono suena más ligero y levanto la cabeza mirándolo.

—No lo creo, empezaron la noche que hicieron esa estúpida ouija. El escenario ha cambiado, pero la sensación de tener que huir y la desesperación es mucho peor —niego con la cabeza—. Pero eso ya me da igual. Quiero dar con Mariona, saber que ella está bien, averiguar qué le pasó a mi madre.

—Tu madre sabe lo que pasó, deberíamos ir a hablar con ella cuando revisemos la habitación.

—Ya sabes dónde está. Ella no está bien, no va a decirnos nada.

—Ya lo veremos.

—No voy a permitir que trates a mi madre como me tratas a mí —le digo poniéndome en pie.

Intento marcar territorio, no quiero estar por debajo de él, pero físicamente es imposible. Incluso con mis súper zapatos sigue siendo mucho más alto que yo, y eso que yo no soy bajita.

—Vayamos a la habitación, veamos si encontramos algo y después ya veremos.

La planta baja del hotel está dividida por unos pasillos en forma de cruz. Las habitaciones son apartamentos, me lo dijo anoche el recepcionista, dan a la parte trasera y se entra desde la calle.

Llamamos a la habitación número doce. Eric me ha pedido que mantenga la boca cerrada y eso haré. Se cree muy listo, veamos cuánto tarda en cagarla. Si esto no funciona, intentaré hablar con el recepcionista para ver si puede echarnos una mano, porque como dependa del buen carácter de Eric, lo llevamos claro.

De la habitación sale un chico de la edad de Eric, más o menos unos treinta años.

—¿Qué desean? —dice sin acabar de abrir la puerta.

—Necesitamos registrar su habitación —dice Eric a las claras mientras yo lo miro anonadada por su sutileza.

—¿Son del hotel? —pregunta mirándonos.

—No, unos amigos se hospedaron aquí hace algún tiempo y se dejaron algo en la habitación. Queremos registrarla. Marque un precio y déjenos entrar.

Un soborno, algo tan fácil como un soborno. Esa es su táctica de persuasión. Prefiero eso a que le haga lo mismo que a mí y acabemos en comisaría.

—¿Es una broma? —pregunta el hombre confundido.

—No —contesta Eric frío como el acero.

—¿Qué pasa, cariño? —se acerca una mujer rubia.

—Quieren registrar la habitación —dice sorprendido.

—¿Mil euros por media hora? ¿Dos mil? —sigue Eric.

—¿Está de broma? —dice la mujer mirando a su marido.

—Yo nunca bromeo.

—Doy fe de ello —digo volteando los ojos. Siento la mirada de Eric sobre mí, no se la devuelvo.

—Deme su número de cuenta —vuelve a mirar al hombre—, puedo hacerle una transferencia en este mismo momento.

—¿Va a darnos dos mil euros por revisar la habitación? —habla la mujer.

—Eso es lo que he dicho —dice mirando a la mujer—. ¿Le interesa o no?

—De acuerdo, le daremos el número. Pero hasta que mi marido no compruebe que están en la cuenta, no le vamos a dejar entrar, y serán tres mil, no dos mil —dice muy segura de sí misma.

—Tres mil. Hecho —dice Eric sacando su móvil del bolsillo.

—Nosotros nos quedaremos dentro mientras lo hacen —sigue la mujer. Sin duda sabe negociar—. No vamos a dejarles aquí solos con nuestras cosas.

—No hay problema —contesta Eric indiferente.

—Dale el número —dice la mujer, dejando claro quién lleva los pantalones en casa.

El hombre le da el número de cuenta, Eric lo apunta en su móvil y llama a Estefanía. Por lo visto, se lo ha enviado por email, ella debe hacer la transferencia. Hoy es domingo y aún no son ni las diez de la mañana. Me pregunto si esa mujer tiene algún día libre. Mientras Eric habla con ella, veo cómo la negociadora mira mis pies con envidia. Mis zapatos son lo más, lo sé.

—Me gustan sus zapatos.

—Sí, son muy bonitos ¿verdad? —digo orgullosa.

—Parecen nuevos.

—Lo son, los estrené anoche.

—¿Qué pie tiene?

Esta mujer es una hiena, un buitre carroñero. Me encantan estos zapatos, me quedan bien, son altos, cómodos y sofisticados. Nunca he tenido un par igual, así que no pienso desprenderme de ellos.

—¡No voy a darle mis zapatos! —exclamo.

—Son suyos —dice Eric colgando el teléfono—. El dinero ya está en su cuenta si quiere comprobarlo.

Me lo quedo mirando, no pienso darle mis zapatos a nadie. En la maleta hay un par más, pero estos me encantan. Con ellos me siento estilizada, guapa y poderosa, no voy a dárselos a esta alimaña. Que se compre unos con los tres mil euros que acaba de llevarse por la cara.

—Tenemos el dinero cariño —dice el marido sonriendo incrédulo.

—Tiene media hora —dice abriéndonos la puerta—. No toquen nuestras cosas.

Entramos al interior de la habitación. El mobiliario es similar al nuestro, pero la habitación no tiene nada que ver. Es más grande pero no tan espaciosa. Al lado de la puerta hay una ventana y debajo de ella está la cocina, que está sucia y desordenada, por cierto. Llena de migas de pan, un reclamo perfecto para las hormigas.

Frente a ella hay una mesa redonda con cuatro sillas, también llena de comida y de cosas. La verdad es que está desordenado como lo estaría mi habitación si no tuviera que compartirla con Eric. Junto a la mesa está la cama. Es rústica, pero no tiene dosel. Frente a ella hay un escritorio igual que el de nuestra habitación y, al lado, el armario.

—Voy a revisar el baño —dice Eric mirándome un momento—, tú empieza por aquí.

Cojo una de las sillas y la planto delante del armario, empezaré por aquí. La mujer me sigue.

—No toque nuestras cosas.

No vas a quedarte mis zapatos, zorra.

La ignoro y abro el armario. Me subo sobre la silla y miro sobre el armario. Solo encuentro un montón de polvo. Me parecía que ese era un buen sitio para esconder algo, pero no hay nada. Decido mirar dentro: empiezo por las baldas de arriba, que están vacías, y encuentro una bolsa de plástico y una percha rota, nada más. Bajo de la silla. Esto no me resulta cómodo, allanar el espacio de otra persona y hurgar en sus cosas. Retiro toda la ropa a un lado y después al otro, no hay nada. Abro los cajones y saco la ropa dejándola sobre la silla. La mujer no se despega de mí, me está poniendo de los nervios. ¡Como si no estuviera demasiado excitada ya por la cafeína!

—¿Qué es lo que buscan? ¿Es algo valioso? —pregunta mirando cómo reviso los cajones.

Buitre.

—Depende lo que se entienda por valioso —contesto.

—Debe ser muy caro si han pagado tres mil euros, quizá no hayamos hecho un buen trato.

No le contesto, me agacho delante del armario. Bajo él solo veo polvo; aun así, meto la mano. Nada. Cierro el armario y miro sobre el mueble de la tele. Retiro la tele, miro detrás de ella, abro todos los departamentos del mueble, incluso retiro la pequeña nevera que hay dentro. Nada.

Eric sale del baño, descuelga todos los cuadros y mira detrás de ellos. A mí no se me hubiera ocurrido.

—¿Has mirado aquí? —dice señalando la cama.

—No, he mirado el armario y este mueble —le explico señalando el mueble del televisor.

—Lo retiraremos, puede haber algo detrás de él.

La mujer le dice a su marido que le ayude a retirar el mueble. Parece ansiosa, está muerta de curiosidad por saber qué buscamos. Pero detrás del mueble no hay nada y vuelven a ponerlo en su sitio. Los cuatro parecemos decepcionados. Sigo con el escritorio, en los cajones no hay nada ni de Mariona ni de esta gente, están vacíos. Retiro una enorme lámpara con la pantalla verde, hay algo grabado en la madera.

—¡Eric! —exclamo, siguiendo las iniciales con mi dedo índice.

—¿Qué pasa? —al momento está a mi lado.

Lo miro y él está mirando la madera grabada.

M ♥ C SJ

—¿Qué significa SJ? —me pregunta.

—Siempre juntos —le contesto sin dudar.

Lo que más llama mi atención, sin embargo, es la C. ¿La C de Casper? Cuando el espíritu puso las coordenadas en el espejo, también firmó como C, incluso en la ouija. ¡Lo había olvidado por completo! ¿Quiere eso decir que el espíritu es el novio de Mariona? De ser así, fue asesinado. Si a él lo mataron, nada me garantiza que Mariona corriera otra suerte, pero me niego a pensar eso.

—Estuvieron aquí, Eric —digo con sensación de desasosiego—, esta era su habitación.

—Retiremos el escritorio —contesta él—, quizá haya algo grabado detrás de él.

Entre los dos lo retiramos y yo me meto detrás de él ansiosa por hallar algo, alguna nueva pista que me indique el camino. C me dijo abajo y estamos en su habitación, abajo, aquí tiene que haber algo. Sin embargo, no hay nada.

—Aquí no hay nada —digo abatida, mirándolo a los ojos.

—Sigamos buscando.

Lo revisamos todo, absolutamente todo. Yo soy cuidadosa, pero Eric no lo es en absoluto. Retira el colchón y quita las sábanas. Por momentos pienso que va a coger un cuchillo de la cocina y va a rajarlo. Retira la cama y vacía los cajones de la mesita de noche sobre el colchón vacío. En dos ocasiones la mujer le dice que vaya con cuidado, pero Eric le dice a las claras que ha pagado para eso. No encontramos nada, me siento muy decepcionada y creo que Eric siente lo mismo que yo.

—Estoy pensando que, si se fueron de repente, como parece que hicieron, lo importante no es lo que hay en la habitación, sino lo que había, lo que dejaron.

—¿Lo que dejaron? —le pregunto, no sé adónde quiere ir a parar.

—Objetos perdidos —aclara—. Tienen que tener un sitio donde guardar las cosas por si alguien vuelve a buscarlas.

Una nueva esperanza. Ocho años, han pasado ocho años, no hay muchas posibilidades, pero es lo único que nos queda. Vamos a salir por la puerta cuando la mujer dice:

—¿Qué pasa con mis zapatos?

Eric me mira y yo lo miro a él. Ahora mis zapatos carecen de importancia, pero me resulta humillante tener que dárselos.

—Un trato es un trato, Sarah —me dice Eric.

Me desabrocho las tiras de los zapatos, cabreada, me los quito y los miro. Miro a la mujer que los observa como Gollum miraba el anillo. Me apetece tirárselos a la cara, pero no lo hago, los tiro encima de la cama y salgo de la habitación.

Eric me alcanza en el pasillo.

—Para —dice cogiéndome del brazo—. Te harás daño en los pies, yo te llevaré en brazos.

—No debiste dárselos, se supone que eran míos —digo parando frente a él.

—Solo son zapatos —dice perdiendo la paciencia.

—No te correspondía a ti la decisión. No me gusta ser un cero a la izquierda. Ya sé que tú me ayudas a mí, no al revés, ya me lo dejaste claro. Ni siquiera me atrevo a preguntarte por qué lo haces, pero no todo tiene que ser siempre a tu manera. ¡Eran míos! ¡No era decisión tuya!

—El problema no son los zapatos —me atraviesa con su preciosa mirada azul.

—No vamos a encontrar nada —me derrumbo—. Han pasado ocho años y, si había algo, ya no estará. Ya has visto cómo es la gente —señalo el pasillo del que venimos—, no habrán dejado nada.

—Ya lo sé, pero no se me ocurre nada más. Es eso o hablar con tu madre.

—No vas a sacar nada de ella —vuelvo al pasillo del que venimos. Me siento en un banco de madera. Delante nuestro queda la terraza, donde aún hay algún rezagado desayunando. Más adelante, la piscina y, al final, el bosque. Él se sienta a mi lado—. El lunes estuve allí.

—Pero entonces no sabías esto, Sarah. Tu madre estaba con tu amiga, estaban juntas en la casa del lago, ella tiene que saber lo que pasó.

—Ella sabe mucho más que eso —me aparto el pelo de la cara.

—¿Qué quieres decir?

Le miro a los ojos. No debería haber dicho eso, ahora solo tendrá más ganas de ir y yo ni siquiera sé si puedo confiar en él o no. No ha vuelto a hacerme daño o amenazarme desde la noche del viernes. Prometió protegerme y el gesto de traer ropa para mí es algo que le agradezco, no sé cómo hubiera aguantado tres días en pleno verano con la misma ropa asquerosa y sudada. Por otra parte, mi madre me dijo que siguiera mi instinto, pero debo tenerlo atrofiado, porque este me dice que confíe en Eric.

—Cuando fui, me dijo que no debía estar allí, sino que debía estar buscando a alguien. Al momento pensé en ti, creo que hablaba de ti. Me dijo que tú me protegerías, como si supiera lo que iba a pasar… —niego con la cabeza y miro el bosque—. Me dijo que miraba pero no veía, que debía temer a los vivos, no a los muertos, y que si hacía bien el camino, encontraría todas las respuestas que anhelaba y mucha dicha —vuelvo a mirar sus ojos azules—. ¡Eso tiene que ser Mariona! Nada me haría más feliz que encontrarla, saber que ella está bien —me siento una estúpida. Eric sabe que mi madre está en un psiquiátrico, lo que quiere decir que ella no está bien.

—¿Qué más te dijo? —pregunta sin cuestionarme.

—Que tenía todo lo que necesitaba, que fuera valiente, que no estaba sola. Y, por último, que tengo a alguien que me protege, alguien que me indica el camino y alguien que me ayudará a trazarlo.

—Si yo debo protegerte, ¿quién se supone que son las otras personas?

—Creo que el espíritu es C, el novio de Mariona, él es el que indica el camino. Él nos llevó a la casa del lago, nos trajo aquí y me dijo abajo, cuando no sabíamos cuál era, la habitación. Pensé que encontraríamos algo, confiaba en que lo haríamos —tengo ganas de llorar.

Vuelvo la vista al bosque mientras siento cómo el poder de la cafeína abandona mi cuerpo. Necesito otra dosis, me duele la cabeza, estoy agotada. Llevo semanas sin dormir bien, pero estos dos últimos días no he dormido ni tres horas. Además, a todo eso, debo sumarle todo este estrés emocional.

—Nos queda una persona, Sarah. ¿Quién puede ayudarnos a trazarlo?

—No lo sé.

—¿No te dijo nada más?

Intento recordar toda la conversación, pero lo cierto es que tengo el cerebro colapsado.

—Nada relevante. Desde que se puso así, ella no mira a nadie a los ojos, ni tolera que nadie la toque. Ese día no solo me tocó, sino que me miró a los ojos e hizo el intento de sonreírme. Me pareció más lúcida de lo que la he visto desde que está así. Cuando voy a verla apenas habla, parece que esté en otro sitio. El lunes, todo fue diferente, me habló sobre mi padre y todo, me dijo que hablara con él.

—Podría ser él.

—No lo creo, mi padre debe haberle dicho que no nos hablábamos —recuerdo lo que me dijo respecto a mi padre—. ¡Es cierto, Eric! —exclamo y vuelvo a mirarlo—. Puede ser él; dijo que, si le escuchaba, él podría ayudarme, que tenía muy buena memoria.

—Podemos ir a verlo y volver por la noche.

9
Recuerdos

He llamado a mi padre para decirle que me dirijo hacia Boira con un amigo. Parecía nervioso y emocionado de que vaya a verlo. La verdad es que yo también me siento nerviosa, aunque no demasiado emocionada.

Cuando llegamos al pueblo todo sigue igual que siempre. Las mismas calles estrechas, las mismas casas, las mujeres haciendo corrillos en las calles sentadas en sus sillas esperando que pase algo emocionante que comentar, los hombres en la plaza mayor recordando tiempos pasados que no volverán…

Este pueblo está anclado en el pasado, creo que la media de edad es de unos setenta u ochenta años. Nuestros padres aguantaron, pero las generaciones siguientes abandonamos el barco como ratas. Así que Boira es un pueblo abocado al fracaso. Seguramente acabará siendo un pueblo fantasma, pues entre lo rápido que huyen los jóvenes y cómo van cayendo los mayores, no creo que tarde mucho en ocurrir.

Paramos delante de la casa de mi padre. Eric apaga el motor y me mira.

—¿Estás bien? —me pregunta.

—¿Qué esperas que te diga? —le pregunto mirando hacia la casa.

—Siempre espero que me digas la verdad —su voz es rasgada, pero su tono es suave.

Lo miro, sus ojos parece que se descongelan de forma intermitente. Ahora en ellos veo sinceridad y una pizca de preocupación.

—¿Sabes lo que es una mentira piadosa? —pregunto devolviéndole la mirada.

—Una mentira es una mentira, Sarah —contesta con calma—. Las mentiras piadosas no son más que excusas para no ser sincero con los demás. Y, lo más preocupante, con uno mismo.

—No todo es blanco o negro, también hay tonos grises.

Niega con la cabeza como si fuera imposible hablar conmigo. Agua y aceite, estamos en diferentes frecuencias, destinados a no entendernos, a chocar.

Nos bajamos del coche. Me siento nerviosa y cansada, como una bomba de relojería cargada de cafeína y apunto de hacer ¡boom! Estiro la falda de mi vestido palabra de honor, arrugado del viaje en coche. Voy demasiado arreglada para la ocasión, pero este vestido es veraniego y muy bonito, me apetecía mucho ponérmelo.

Me planto delante de la puerta. Eric se queda un paso detrás de mí. Llamo y, dos segundos después, mi padre nos abre. Estoy segura de que ha escuchado acercarse el coche y estaba en la puerta esperando que llamáramos, para no abrir antes de hora y parecer el ansioso que ha demostrado ser de todos modos.

Casi dos años hacen mella en las personas, aunque a mí no creo que se me noten tanto como a él. Se ha dejado barba y parece más mayor de lo que en realidad es. Además, ha engordado y todo le ha ido a la tripa. Sus ojos se ven brillantes y emocionados y yo no sé cómo actuar. He erigido tantas barreras entre nosotros que ahora no sé dónde hay un túnel para entrar. Él también parece incómodo, como si no supiera cómo debe actuar conmigo.

—Hola *papa* —me acerco para darle dos besos y me abraza.

Me mantiene entre sus brazos durante un momento que me parece eterno e incómodo. Al final, me separa de él. No obstante, no me suelta. Me coge de los brazos, como si temiera que pudiera salir corriendo de un momento a otro, y me mira de arriba abajo.

—Pareces tan mayor… —dice emocionado—. Estás muy guapa. Me alegra mucho que hayas venido, Sareta.

—Él es Eric —digo mirando hacia Eric, que no se ha movido del sitio.

Me suelta un brazo y le ofrece la otra mano, aún sin soltarme.

—Soy Ricard, un placer conocerte. Vamos, entrad.

Entramos al interior de la casa y vamos hasta el comedor. A

mi casa le pasa igual que al pueblo: todo sigue igual, anclado en el pasado. Sobre la chimenea veo una foto nueva. Es del día de graduación, me acerco a ella y la miro. Mi padre se pone a mi lado y la mira conmigo.

—Me siento muy orgulloso de ti, Sarah. Me hubiera encantado ir a verte, pero la última vez que hablamos estabas tan enfadada conmigo que tenía miedo de ir y estropearte el día.

Hizo lo correcto. Si hubiera venido, me hubiera estropeado el día, pero no hay motivo para decírselo.

—¿Cómo la has conseguido? —pregunto imaginando la respuesta.

—El padre de Nayara, él siempre me cuenta cómo os van las cosas. Me lo dijo y me pasó todas las fotos que os hicieron.

Afirmo y me siento en el sofá. Miro a Eric, esperando que se siente a mi lado. Él, como si leyera mis pensamientos, lo hace. Mi padre se sienta en su sillón reclinable delante de nosotros.

—¿Cómo va todo?

—Las cosas van bien. Lamento la llamada del viernes noche, no fue correcto llamarte a esa hora.

—Me diste un susto de muerte —sonríe—, pero ahora estás aquí, eso me hace muy feliz.

—Como te dije —voy a lo mío, no quiero entrar en sentimentalismos—, mamá me pidió que hablara contigo. En mi última visita la vi más lúcida, aunque cuando hablé con la psiquiatra no me habló de ninguna mejoría.

—En las últimas semanas yo también la he visto más sociable —contesta mirándome a los ojos—. No se puede decir que esté bien, pero al menos habla y no parece que lo único que quiera sea huir.

No sé cómo abordar el tema que en realidad me ha traído aquí.

—El otro día Nayara y Carla, mi otra compañera de piso, comentaron algo sobre ella. Algo que yo no sabía y que quizá, de haberlo sabido, todo hubiese sido diferente contigo —incómoda, me aclaro la garganta—. Creo que me hubiera ayudado a comprender mejor las cosas —siento un nudo en la garganta al recordar cómo me sentí.

—El pasado es mejor dejarlo atrás, Sarah. Háblame de ti, cuéntame cómo te van las cosas.

—Preferiría hablar de mamá, quisiera que me aclararas qué ocurrió.

—No lo sé, nadie sabe qué le ocurrió —dice perdiendo la sonrisa.

—Ya, eso ya lo sé, pero sabías que quería quitarse la vida, por eso la metiste en el psiquiátrico y nunca me lo contaste —no puedo evitar reprochárselo.

—No quería que pensaras que para ella no éramos suficiente. No quería que te sintieras como yo lo hacía, fue muy duro... —Mi padre es un hombre mayor y abatido, me duele verlo así—. Cuando la ingresé, me apunté a un programa que me ayudó a superar todo esto, a entender que ella ya no era la misma, que estaba enferma. No quería que tú pasaras por lo mismo, Nayara no debió hablarte de eso.

—Dijo algo más que eso. Ella estuvo una semana desaparecida y yo no sabía nada de eso, y quiero que me cuentes todo lo que recuerdes.

—Han pasado muchos años, Sarah... —se remueve incómodo en el sillón—. Ya no lo recuerdo bien.

—Miente —dice Eric en tono duro y giro la cabeza para mirarlo.

Hasta el momento había estado callado como una tumba. Inclina las cejas mirándome.

—¿Cómo te atreves, jovencito? —dice mi padre molesto y sorprendido.

¿Cómo se le ocurre llamar a Eric jovencito? ¿Acaso no se ha fijado en él?

—Su hija necesita saber lo que ocurrió. Es suficientemente fuerte para saber la verdad y, después de tantos años, merece saberlo —dice Eric con una simplicidad pasmosa, como si creyera lo que dice.

Mi padre se envara, no quiero que discuta con Eric. Discutir con Eric es inútil, lo he intentado.

—*Papa*, me duele la cabeza. ¿Podrías traerme una pastilla, por favor?

—Claro, ahora mismo —dice levantándose y mirando a Eric como si fuera el enemigo.

Espero a que salga del comedor, me giro en el sofá y miro a Eric.

—No deberías ser tan agresivo —le recrimino.

133

—Te ha mentido —se encoge de hombros—. Sí que se acuerda.

—Si lo atacamos, no sacaremos nada —intento razonar con él—; debemos ser más inteligentes.

—¿Prefieres que le deje mentirte a la cara como si nada? —pregunta sorprendido.

—No, claro que no. Cuando mienta, haz un gesto. Yo controlaré la situación.

—Como quieras, es tu padre. Pero no dejes que su sentimentalismo te haga olvidar el motivo de nuestra visita.

—En absoluto —contesto resuelta a llegar hasta el fondo de la verdad.

Mi padre vuelve y me tiende una aspirina y un vaso de agua fresca. Me lo tomo mientras él se sienta en el sillón. Para mi sorpresa, Eric pasa el brazo por mi espalda y me acaricia la parte alta, donde mi piel no está cubierta por el vestido. Es agradable y, a la vez, me pone nerviosa que me toque con esa confianza y familiaridad. Además, eriza mi vello y mi piel hormiguea allí donde acaricia.

—¿Qué vas a hacer ahora que has terminado la carrera? —pregunta mi padre cambiando de tema.

—No quiero hablar de eso, *papa* —digo tajante—. Admito que me he equivocado contigo, que te acusé de cosas que no debí, pero lo hice porque tú no fuiste sincero conmigo, porque no me dijiste toda la verdad. Tienes la oportunidad de resarcirte, de ser sincero conmigo. Quiero saber la verdad —me muestro firme—. Ya no soy una niña y creo que merezco saberlo.

Mi padre resopla. Sigo siendo tan cabezota como lo era hace años y él parece que se da cuenta de que eso no ha cambiado. Cuando tengo algo claro, voy a por ello a toda costa.

—Ocurrió un sábado —me explica, sin dedicarle una sola mirada a Eric—. Tú estabas con Nayara. Habíais ido a ver al doctor Ventura, su primo le había pasado la varicela. Alguien llamó a casa y tu madre se puso muy nerviosa. Le pregunté qué pasaba, quise ir con ella, estaba muy alterada. Me dijo que me quedara en casa, que volvería a la hora de cenar —niega—. No lo hizo, no la volví a ver hasta el domingo de la semana siguiente. Cuando volvió, ya no era la misma persona, tú lo sabes.

—¿Ella volvió por sus propios medios?

—Más o menos.

Eric me aprieta en la nuca, lo miro y afirma con la cabeza. Mi padre me está mintiendo.

—¿Qué quiere decir más o menos?

—Bueno… —se remueve incómodo, no quiere hablar de eso. Lo comprendo, pero es lo que hay. Necesito respuesta y espero que él tenga alguna—. Yo la recogí —admite—, ella quería volver a casa.

—¿De dónde la recogiste?

Suspira ruidosamente. Esto no es fácil para él, no quiere seguir hablando del tema.

—Me llamaron de un hospital.

—¿La habían agredido? —ahora me remuevo yo en mi asiento—. ¿Alguien le había hecho daño?

—No.

Eric vuelve a apretarme el cuello.

—¿Entonces por qué estaba en un hospital?

—Estaba desorientada, muy confusa, no recordaba cómo había llegado allí o qué había pasado. Les dio el número de casa, sus datos y ellos me llamaron.

—¿La habían violado? —pregunto mientras mi pecho se acelera.

La mano de Eric detiene su recorrido, puedo sentir su mirada sobre mi rostro. No quiero saber la respuesta a esa pregunta, pero es necesario.

—¿Qué clase de pregunta es esa, Sarah? —pregunta mi padre molesto y contrariado.

—¿Lo hicieron?

—No.

Giro la cabeza hacia Eric y lo miro con aprensión. Él niega con la cabeza apretando la mandíbula, me pregunto si ha cambiado de parecer respecto a las mentiras piadosas.

—Pero la habían agredido, ¿no es cierto? —vuelvo a mirar a mi padre.

—Sarah, llevamos años sin vernos. Esto no es algo de lo que me guste hablar o revivir.

—Pero yo necesito saberlo —insisto.

—No fue concluyente —me contesta después de pensarlo—. Cuando ingresó en el hospital, estaba catatónica. Los médicos dijeron que tenía amnesia disociativa debido a un trauma, a un alto estrés psicológico. Si la agredieron, ella aparentemente no lo recordaba. Había indicios para pensar que sí. Pero, como te digo, no fue algo concluyente.

Eric vuelve a acariciar mi espalda.

—¿Cómo llegó hasta el hospital?

—La encontró un agente rural.

—¿Dónde? —demando ansiosa.

—Cerca de Camarasa. Es una zona montañosa. Ese agente rural la encontró cerca del pantano.

—¿Alguna vez hablaste con él?

—Sí, claro que sí. Estaba muy conmocionado por lo ocurrido. Dijo que tuvo mucha suerte de que la encontrara. No la estaban buscando. Había denunciado su desaparición, pero estaba muy lejos de casa. Además, estaba en una zona deshabitada. Yo no la conozco, pero él me dijo que hay muchos excursionistas por allí, aunque ella estaba dentro del bosque, lejos de cualquier camino.

—¿Tienes el número de ese hombre?

—No.

Eric vuelve a apretarme.

—Quiero que me lo des —ignoro su respuesta—, necesito hablar con él.

—No lo tengo, Sarah —insiste él y su mirada me suplica que lo crea. No lo hago.

—Sí lo tienes, *papa* —insisto yo.

—¿Por qué quieres remover el pasado, Sarah? —se remueve inquieto—. La Policía investigó y no encontraron nada. Tú tampoco lo harás. Lo que le pasó a tu madre fue una desgracia, nunca sabremos lo que pasó. Debes hacerte a la idea y seguir adelante, no se puede vivir en el pasado.

—Tiene gracia que eso me lo digas tú —contesto en tono ácido.

Sus ojos se entristecen todavía más, me he pasado. No debería hacerle revivir esto a mi padre. La alegría que sentía cuando hemos llegado se ha ido. Lo veo en su mirada de anciano, a pesar de que no lo es. Me siento mal por él, espero que pueda encontrar lo que busco y esclarecer lo ocurrido.

—Lo siento.

—No importa.

—Quiero ese número —insisto.

—Lo buscaré.

—¿Puedes hacerlo ahora?

—Supongo que sí —dice levantándose de la butaca con desánimo.

Eric sigue acariciándome la espalda, a pesar de que mi padre se ha ido y ya no es necesario.

—Menos mal que no debíamos ser agresivos —me dice en voz baja.

—Tú no debías serlo —giro la cabeza para mirar su apuesto rostro—. Hablaremos con el agente rural. Veamos dónde la encontraron. Es posible que la soltaran para que muriera o que se escapara. Creo que Mariona sigue por la zona, en algún lugar oscuro, sin ventilación, un lugar húmedo.

—¿Por qué crees eso?

—Creo que el lugar con el que sueño es un sitio así, puede que sea una cueva o algo parecido.

Mi padre vuelve y nos quedamos callados. Me tiende la tarjeta y yo la cojo. Vuelve a sentarse en su sillón y nos mira sin decir nada.

—¿Qué pasó cuando volvió a casa? Has dicho que ella quería venir.

—¿A qué viene esto?

—Ya te lo he dicho, necesito saber lo que ocurrió. Ella me dijo que hablara contigo, que tenías buena memoria.

—¿Ella quiere que te lo cuente? —pregunta incrédulo.

—Ya te he dicho que cuando estuve el lunes la vi más lúcida, ella me dijo que hablara contigo.

—Es extraño —dice reclinándose en el sillón.

—¿Qué es extraño? —pregunto ansiosa.

—Cuando ayer fui a verla, como cada sábado, le conté que me habías llamado y me pidió que fuera sincero contigo, que necesitabas mi ayuda. Cuando le pregunté en qué debía ayudarte, parecía que no sabía de qué le hablaba. Y ahora vienes tú, con todas estas preguntas —niega con la cabeza.

—Cuéntame todo lo que pasó.

—No sé lo que pasó, Sarah.

—Ya lo sé —contesto impaciente, necesito cafeína—, pero cuéntame todo lo que recuerdes.

—Los médicos no querían darle el alta, ella insistía en que quería irse a casa y al final el medico cedió. Pensó que, con tranquilidad y paciencia, quizá podría recordar esos días perdidos en su memoria. Así lo hice, la traje a casa. Pero ya no era la misma, nunca volvió a serlo —niega con la cabeza y veo sus ojos vidriosos—. Después empeoró. Empezó su psicosis: decía que alguien la perseguía, que querían hacerle daño, que la querían matar, tenía alucinaciones con alguien que entraba en casa y que yo dejaba entrar a esa persona para hacerle daño, tenía delirios. Se encerró en casa y dejó de salir. No se relacionaba, no hablaba, no quería que nadie la tocara, solo quería estar sola en la habitación… Esto no va a ayudarte en nada, Sarah. ¿Seguro que quieres que siga? —afirmo con la cabeza—. No te quería cerca, quería que te mantuviera lejos de ella, te quería lejos de casa —siento que me cuesta respirar, pero necesito saber la verdad, así que me mantengo callada mientras él sigue hablando—. Un día, al volver del trabajo, estaba encerrada en el baño y no quería abrirme. Cuando conseguí abrir la puerta, estaba tirada en el suelo: se había tomado todos los medicamentos que le habían recetado. La llevé al hospital y le hicieron un lavado de estómago. Le supliqué que me contara qué la había llevado a hacer algo así, que me dijera qué estaba pasando, le recriminé lo que había hecho. Ahora sé que no debí hacerlo —niega con la cabeza—. Ella se puso histérica, incluso violenta: me arañó la cara y me agredió. Vino a verla un psiquiatra. Decidimos que volvería a casa e iría a unas sesiones; le cambió la medicación y le diagnosticaron esquizofrenia. No quería que tú vivieras todo aquel infierno y ella seguía insistiendo en que tenías que irte, decía que estabas en peligro, que "Él" vendría a por ti. Fue entonces cuando te mandé al internado. Se suponía que todo mejoraría, pero eso nunca pasó. Su psiquiatra me recomendó que la internara y, aunque yo no quería hacerlo, después volvió a hacerse daño, varias veces…, así que me vi obligado a ingresarla. Yo no podía cuidarla las veinticuatro horas y tenía miedo de que al final lo consiguiera.

Se queda callado mirándose las manos. Las lágrimas caen de mis ojos mientras Eric no deja de acariciarme la espalda.

—¿Nunca pensaste que alguien quería hacerle daño?

No eran delirios, alguien la cogió de la casa del lago y se la llevó. Alguien le hizo daño y ella, traumatizada, bloqueó el recuerdo. Supongo que, al volver a casa, empezó a recordar. Estoy segura. Por eso empezó su psicosis. No creo que ella se lo imaginara, ella conocía al agresor. Incluso es posible que mi padre, sin saberlo, le dejara entrar en casa. Tenía que ser alguien del pueblo... ¿Pero quién?

—Claro que lo pensé, pero ella decía que yo también estaba involucrado. Me di cuenta de que no era más que una paranoia. Cuando ingresó en el psiquiátrico, estuvo un tiempo sin poder recibir visitas. Cuando volví a verla, estaba fuera de onda, en otro lugar, otro sitio, pero al menos parecía en paz. Allí nunca ha vuelto a hacerse daño, así que creo que fue la decisión correcta. Aunque tú me odiaras por ello, aunque yo mismo lo hiciera por romper nuestra familia.

Me encuentro fatal, siento que me voy a caer redonda de un momento a otro. Me he mostrado fuerte, pero todo es fachada, por dentro me siento rota y abatida.

—No es culpa tuya, ojalá algún día podamos saber lo que ha pasado en realidad —le digo.

—Hace tiempo que renuncié a eso. Malgasté mucho tiempo sin conseguir nada, no quiero que tú hagas lo mismo.

Necesito un café, ya tengo lo que he venido a buscar y algunas conclusiones que mi cerebro embotado no es capaz de reconocer. Me siento agotada, vacía.

—Tenemos que irnos *papa*, te llamaré la semana que viene.

Me levanto y Eric se levanta a mi lado y deja de tocarme. Me siento mareada y un sudor frio me recorre al momento.

—Acabas de llegar y no hemos podido hablar sobre ti, Sarah — se queja mi padre levantándose.

—Ya lo sé —contesto con el mundo girando de forma confusa— En otra ocasión.

—No quiero que sigas enfadada conmigo, Sarah —me implora—. No debí mentirte, no debí esconderte todo esto, pero solo quería lo mejor para ti, hija. Quería protegerte, que no sufrieras.

—Ya lo sé, lamento haberte hecho revivir lo que pasó, *papa*.

—¿Por qué no os quedáis a comer? Puedo preparar algo, ahora me defiendo bien en la cocina.

—Tenemos que irnos —insisto.

Siento que las piernas me flaquean, no puedo quedarme de pie mucho tiempo más. Me estoy mareando y tengo ganas de vomitar por el esfuerzo de tenerme en pie. No sé cuánto tiempo llevamos hablando, pero las reservas de cafeína han caído en picado y el cansancio hace mella en mí.

—¿Estás bien? —pregunta mi padre acercándose—. Te has puesto pálida, cariño —se preocupa.

—Me he mareado al levantarme —digo sin apenas convicción—. Eso es todo.

—¿Qué te pasa? —dice Eric cogiéndome del brazo y girándome para que lo mire.

El movimiento hace que mi mareo aumente. Miro sus ojos, no sé si él se mueve o lo hago yo, pero todavía me marea más, creo que me voy a desmayar.

—Necesito refrescarme —digo salivando.

No quiero vomitar o caer redonda al suelo. Necesito refrescarme y cafeína.

—Ven, cariño —me coge mi padre del otro brazo y me acompaña al baño.

Tengo que apoyarme en él para poder llegar. Entro en el baño y él se mete conmigo, no puedo impedirlo y no tengo energías para decirle que se vaya. Me mojo la cara con agua, me refresco los hombros y la nuca. No se me pasa, necesito sentarme y lo hago sobre el inodoro.

—¿Estás embarazada? —pregunta mi padre para mi total consternación.

—¡No! —exclamo indignada—. Es una bajada de azúcar. ¿Puedes traerme una Coca Cola?

—Si estás embarazada, la cafeína no es buena para el bebé —dice analizando mi cuerpo.

¿Parezco embarazada? Me pregunto horrorizada.

—¡No estoy embarazada! No tengo novio, ni relaciones. No te preocupes; tráeme el refresco, por favor.

Mi padre niega con la cabeza dispuesto a discutir, pero finalmente se va. Entonces entra Eric, a él no puedo mentirle.

—¿Qué ha pasado?

—No me encuentro bien —me tapo la cara con las manos.

—Eso ya lo veo —se acuclilla delante de mí, me coge las manos—. ¿Qué síntomas tienes?

—No es nada —niego, apenas puedo seguir hablando. Aparta mis manos para mirarme a la cara.

—¿Qué hemos dicho sobre mentir? —me pregunta como si fuera una niña de cuatro años.

—Enseguida se me pasará —insisto perdida en el cielo de su mirada clara.

Eso no es una mentira, en cuanto mi cuerpo reciba cafeína se reactivará. He estado sometida a mucho estrés, muchas preocupaciones, la falta de sueño sobre todo. Es una bajada de tensión, estoy segura. Siento ansiedad, cansancio, ganas de vomitar, no me puedo poner de pie y estoy tan baja de energías que ni siquiera discuto con Eric por haber entrado en el baño conmigo.

Mi padre vuelve con la Coca Cola. Eric se levanta y se aparta mientras la cojo. Le doy un buen sorbo, esto servirá. Miro el suelo esperando que se me pase, pronto me encontraré mejor.

Me siento fatal por mi padre. Primero, le llamo a las tantas de la noche; luego le hago revivir lo peor que le ha pasado en la vida y ahora, enfermo delante de él.

Poco a poco se me pasa el mareo. No me siento bien, pero me encuentro mejor. Dejo de mirar al suelo y les veo a los dos mirándome en la puerta. Mi padre parece muy preocupado y, si no conociera a Eric como creo conocerlo, diría que él también lo está.

—Ya se me pasa —me pongo de pie y voy al pasillo.

—¿Esto te pasa a menudo? —pregunta mi padre preocupado.

—Claro que no, hace calor y me ha bajado la presión, eso es todo.

—Quedaos a comer, por favor. Seguro que, si comes algo, te sientes mejor.

Podría quedarme, no tenemos planes hasta la noche, pero quiero hablar con Eric, saber si él ha llegado a alguna conclusión después de lo que mi padre ha contado. Además, no sé de qué voy a hablar con mi padre, nuestra relación está enrarecida, no voy a sentirme cómoda comiendo con él.

—No podemos quedarnos, pero pronto te llamaré y ya quedaremos.

—Me gustaría que lo hicieras —contesta mi padre.

—Claro que lo haré.

Eric me pasa mi bolso, que estaba en el comedor. Juntos recorremos el pasillo y me despido de mi padre en la puerta con otro eterno e incómodo abrazo.

Cuando entramos en el coche, Eric no dice nada y yo tampoco. De vuelta al hotel, para en un restaurante a pie de carretera para comer. Pide vino y yo otra Coca-Cola. El alcohol es un depresor, lo que menos necesito en este momento.

—¿Vas a contarme qué te ha pasado?

—He dicho que no es nada.

—Como quieras —dice con hastío.

Me quedo mirándolo, preguntándome si realmente se preocupa por mí, aunque solo sea un poquito.

Después de un largo silencio, cuando nos traen la comida, hablamos sobre lo que nos ha explicado mi padre. Los dos hemos llegado a la misma conclusión: mi madre no está tan loca como todos pensábamos. El médico dijo que la amnesia podía ser producto de un trauma, de una situación de intenso estrés psicológico. Si, como creo, el novio de Mariona es C, es posible que mi madre lo viera morir. Si eso no es una situación de intenso estrés psicológico, no sé qué puede serlo.

Los dos estamos de acuerdo en que su paranoia y sus alucinaciones no lo eran. Eric opina que mi madre conocía al asesino, que cuando ella recordó, se convirtió en un cabo suelto para él. Opina que quizá él mismo fue el que la ayudó a recordar, que debía conseguir que mantuviera la boca cerrada. De ahí que mi madre no me quisiera cerca, cree que la amenazó conmigo. Por eso me quería lejos del pueblo, lejos de ella y de esa persona. Creo que tiene razón. Lo más seguro es que conozca al asesino, en Boira nos conocemos todos, no hay más de 250 habitantes.

Después de comer, me tomo dos cafés con hielo. Cuando me pido el segundo, Eric me mira mal, pero no hace ningún comentario.

Al llegar al hotel, vamos a la habitación y enciendo el móvil. Vamos a llamar al agente forestal.

—¿Crees que nos ayudará? —le pregunto a Eric mientras se enciende.

—Estoy seguro. Averiguaremos dónde encontraron a tu madre.

Deberíamos comprar un mapa antes de reunirnos con él. Él podrá decirnos si hay alguna cueva o algún sitio que se ajuste a tu descripción.

Lo miro y estiro los labios, su seguridad me transmite seguridad a mí también. Antes de poder llamar, entra una llamada de Nayara. Le cuelgo y voy a la marcación. Llamo al tal Ernest Vidal y pongo el manos libre. No contesta. Sin embargo, cuando voy a desistir, un hombre descuelga.

—¿Qué? —contesta gritando. Parece bastante molesto.

—Hola, buenas tardes, quería hablar con el señor Ernest Vidal —digo acobardada.

—Ya puede ser importante para llamar un domingo a la hora de la siesta —contesta el hombre.

—Lamento molestarle, señor.

—¿Quién es? ¿Qué quiere?

Miro a Eric y afirma con la cabeza.

—Verá, hace ocho años usted encontró a una mujer en el bosque. Esa mujer es mi madre y quería saber si sería posible que nos reuniéramos. Querría saber qué pasó, si es posible que me enseñe el lugar donde la encontró, que me explique algunas cosas de la zona… ¿Cree que sería posible?

La línea se queda en silencio. Quizá haya ido demasiado lejos y este hombre no recuerde el sitio, aunque también es probable que no le interese hacer de guía, cosa que comprendo.

—¿Cuándo quiere hacerlo?

Doy un saltito, feliz.

—Mañana mismo si a usted le viene bien —digo emocionada.

—Ahora estoy jubilado y no me gusta madrugar.

—Podemos reunirnos donde usted diga a la hora que le vaya mejor.

—Nos veremos mañana en Sant Llorenç de Montgai. Si va por la LV-9047, encontrará un camping cerca de la presa, camping La Noguera. Le espero allí a las diez de la mañana o el calor no nos dejará ir demasiado lejos.

—Muchísimas gracias, señor —le digo muy agradecida. No se imagina cuánto.

—Sea puntual

—Como un reloj —le aseguro—. No se preocupe. Gracias por su ayuda.

—Hasta mañana, señorita.

Cuelga el teléfono y miro a Eric. Me siento con esperanzas renovadas. Tiene que ser ahí, por ahí es por donde debe estar Mariona. Me siento decidida a encontrarla y sé que la voy a encontrar, lo sé.

—No quiero estallar tu burbuja de felicidad, pero eso no nos garantiza nada —dice Eric intentando hundir mi humor.

—La encontraremos, lo sé —digo sin que sus palabras me afecten.

—Estás muy segura, ¿no?

—Lo estoy —aseguro afirmando con vehemencia.

Nayara vuelve a llamar y hablo con ella un momento. No quiero explicarle lo que está pasando, lo haré llegado el momento, no ahora. Se muestra preocupada y sobreprotectora conmigo, pero yo me mantengo firme en que todo va bien y en que no debe preocuparse.

Por la noche salimos a cenar y después vamos a hablar con el recepcionista. Nos dice que no guardan las cosas después de tanto tiempo, pero le insisto un poco y nos enseña lo que tienen en objetos perdidos.

Como creía, no encontramos nada que pueda relacionarse con Mariona. No me importa, no pensaba encontrarlo. Mis esperanzas están puestas en Sant Llorenç de Montgai y en Ernest Vidal.

Llega el momento de dormir y físicamente me siento cansada, pero mi cerebro sigue funcionando con toda la cafeína que he bebido durante el día. Hoy me toca a mí dormir en la cama, pero insisto en que lo haga Eric. No pienso dormir, puedo aguantar el día de mañana con cafeína. No quiero seguir con esas pesadillas, la angustia me supera y ahora estoy esperanzada, así que no quiero volver a ese pozo negro.

Cuando creo que Eric está durmiendo, me escabullo de la habitación. Paro en una máquina dispensadora para coger otra Coca-Cola y me voy a recepción. Me siento en uno de los sillones de recepción para no gastar energías. Estoy cansada. Creo que a pesar de toda la cafeína, si cierro los ojos puedo quedarme dormida aquí mismo, pero aguanto como puedo.

—¿Qué cojones haces aquí de nuevo, Sarah? —dice Eric a mi espalda.

—Estamos charlando —digo girándome y señalando a Arnau, el recepcionista.

Se acerca a mí con paso decidido. Ha vuelto a vestirse, lleva un tejano y un polo oscuro. Me coge de la muñeca con fiereza y me levanta del sillón. Si me da otro tirón así puede que me desmonte.

—¿Tú te crees que yo soy tonto o qué? —dice muy enfadado.

—No, claro que no —contesto sorprendida por su genio.

—¿Acaso piensas que no sé lo que te ha pasado hoy? Nos vamos a la cama —tira de mi brazo.

—Ve tú —me planto en el suelo, a pesar de que tira fuerte de mí—. Yo subiré en un rato.

—Tú subirás ahora —me dice fiero y enfadado—, si sabes lo que te conviene.

¿Me está amenazando otra vez? Estoy cansada de sus malditas amenazas.

—Si empiezas con las amenazas, no conseguirás nada de mí —le advierto enfadada.

—¿En qué habíamos quedado? —da un paso hacia mí sin soltarme el brazo—. Tú me necesitas a mí, no al revés —niega y se lame los labios—. No voy a discutir esto aquí, delante de este pardillo.

—No te pases —digo soltándome de su mano.

—Será por las buenas o por las malas.

Se agacha delante de mí y me carga al hombro. No me da tiempo a reaccionar, de repente estoy tocando el suelo y al segundo siguiente estoy boca abajo. Me lleva hacia la escalera.

—¡Bájame ahora mismo! —grito dando patadas al aire y golpeando su espalda.

Me coge las piernas impidiéndome moverlas y me lleva a la habitación sin abrir la boca mientras yo sigo gritando y golpeándolo. Todo está en silencio en el hotel, solo se escuchan mis gritos. Estamos dando el espectáculo pero, por suerte, no hay nadie para verlo. Al llegar a la habitación, me deja en el suelo.

—¿De qué vas? —pregunto rabiosa golpeándolo en el pecho. Rápidamente me doy cuenta de que ha sido en vano, porque no se mueve ni un centímetro.

Me arrincona con su enorme cuerpo. Está muy enfadado, pero yo también lo estoy.

—¡Eso iba a preguntar yo! —me grita sin cortarse un pelo—. Mañana será un día duro, tendremos que caminar mucho y estás agotada. Puedes disimular las ojeras con maquillaje, pero no los síntomas. Pensé que no podías dormir por las pesadillas, pero te has pasado el día hinchándote a cafeína y no porque no puedas dormir, sino porque no quieres. ¿Crees que te voy a llevar a algún sitio así? No quiero cargas. Como no duermas esta noche y descanses —me advierte—, te juro que mañana te quedas en tierra.

Habla en serio, este tío no bromea.

—No puedes impedirme ir —le reto con la mirada. Tengo ganas de golpearlo. No soy una persona violenta, de verdad, pero tengo ganas de patearle la cara.

—Claro que puedo. Yo tengo coche, tú no —dice muy ufano—. Sé dónde es la cita y no voy a cargar contigo. Si te caes redonda, no serás más que un problema, y yo los problemas los corto de raíz.

—No vas a dejarme aquí —contesto cada vez más molesta, porque sé que es capaz—. ¡Ni lo sueñes!

—Agotas mi paciencia.

—¿Acaso sabes lo que es la paciencia? —lo increpo.

—No voy a seguir discutiendo. Si duermes, vendrás. Si no lo haces, te dejo aquí tirada. Tú eliges.

Habla muy en serio, es capaz de dejarme aquí. Él sabe todo lo que yo sé, puede seguir sin mí. Pienso que no debí confiar en él.

—Tú no lo entiendes —me quejo al borde de que me dé un ataque.

—¡Pues explícamelo! —se exaspera.

—¡No puedo dormir! —le grito—. No lo soporto, no soporto estar en ese sitio otra vez, es asfixiante, desesperante, me hace sentir muy mal —me quejo angustiada al recordarlo—. Cuando despierto, a pesar de saber que es un sueño, no me siento mejor… No lo entiendes.

Me aparto de él, que se impone ante mí, intentando acobardarme. Me siento en la cama. No quiero revivirlo otra vez, pero me niego a quedarme en tierra, él no tiene derecho a hacerme esto.

—Haremos una cosa. Dormiré contigo, tengo el sueño ligero y estoy acostumbrado a dormir solo. Si te mueves, me despertarás. Entonces, si creo que tienes una pesadilla, te despertaré y volveremos a dormirnos.

¿Se ha vuelto loco o qué le pasa? ¡Lo conozco solo hace tres días! Y en esos tres días no ha sido precisamente amable conmigo, no ha hecho otra cosa que maltratarme, a excepción de hoy en casa de mi padre.

—No pienso dormir contigo —le digo espantada por su solución.

—No voy a tocarte, no voy a hacerte nada, si es eso lo que te preocupa —dice con una mueca que destila desprecio—. No eres mi tipo. Me gustan las mujeres, no las niñas que se asustan por una pesadilla.

—¡No es una simple pesadilla, imbécil! —no puedo seguir dejando que me insulte.

—Si vuelves a faltarme al respeto —dice cabreado, señalándome con el dedo índice y una expresión fiera en su atractivo rostro—, te quedarás en tierra duermas o no. ¡Me tienes harto! Así que tú misma.

Se va al baño. No puede dejarme fuera, no tiene ningún derecho. No obstante, tiene los medios y habla en serio. Sale del baño con el pantalón del pijama y sin camiseta. Cualquier mujer querría dormir con un tío así. Si no fuera un gilipollas, hasta yo querría compartir mi cama con él, y no para dormir.

—¿Puedo confiar en que me despertarás?

Me siento como la protagonista de una de las películas de "Pesadilla en Elm Street".

—La mentirosa eres tú, no yo —dice sentándose en el otro lado de la cama.

Me levanto y rodeo la cama para poder mirarlo.

—No puedes exigir algo que no das. Si quieres respeto, deberías empezar por respetarme tú a mí.

Me doy la vuelta y voy al baño a ponerme el pijama. Al volver a la habitación, Eric ya está tumbado sobre la cama. Sigo sin creer que vaya a hacer esto, que vaya a meterme en la cama con un desconocido que, además, es un déspota.

Rodeo la cama y me meto dentro para que las sábanas hagan de barrera entre nosotros y me quedo en el borde, mirando hacia la pared.

A pesar de que no creo que pueda dormirme con toda la cafeína que corre por mi cuerpo y mucho menos con Eric en la cama, cierro los ojos y me cojo a la almohada. Antes de tener un nuevo pensamiento, estoy dormida.

10
Reconocer la zona

Delante de mí hay una carretera que parece no tener fin. El cielo está despejado, no hay una sola nube y el sol brilla en todo su esplendor, mostrándome un maravilloso día de verano. Estoy segura de que fuera del coche el calor es sofocante. Dejo de mirar la carretera y miro al hombre que parece dormido en el asiento de al lado.

Eric es increíble, incluso dormido es sexy. Ahora que tiene los ojos de hielo cerrados, puedo mirarlo sin pudor y admito que, físicamente, me encanta. Es un hombre de verdad: desprende masculinidad, ferocidad y misterio. No es mi tipo, la verdad es que es demasiado hombre para mí, pero no soy ciega e indudablemente me siento atraída por él, al menos físicamente.

Vuelvo a mirar a la carretera, recordando la primera vez que soñé con él. Todavía no entiendo por qué me ayuda, por qué se ha sumergido conmigo en esta "aventura" loca. Soy una desconocida que posiblemente está trastornada, tal y como opinan mis amigas. Pero aquí está.

Esta mañana hemos dejado el hotel, allí no encontraremos nada más. No queda nada de Mariona, así que espero que tengamos más suerte en el próximo destino.

No puedo evitar mirarlo de nuevo. Ni siquiera dormido parece relajado. Su mandíbula cuadrada está apretada, como si alguna cosa le molestara, algo que ya he descubierto que es siempre igual. A pesar de la bonita y bella sonrisa que tiene, nunca la enseña, o al menos no a mí. La sombra de su barba ha dejado de ser una sombra y solo deseo estirar el brazo y comprobar si es tan áspera como yo imagino. No lo hago. A pesar de que es un descocido, conozco su mal humor y su carácter volátil e irascible. No me gustaría provocarlo, así que me mantengo quieta, alternando mi mirada entre la carretera y él.

Todo es muy extraño, están pasando demasiadas cosas que todavía no entiendo y que es posible que no entienda nunca. Sin embargo él sigue aquí, a mi lado. No sé por qué lo hace, y eso consigue que no deje de comerme la cabeza, ahora que he conseguido dormir y mi cerebro vuelve a funcionar.

Me siento agradecida de haber podido dormir, lo necesitaba. No sé cuánto necesita el cuerpo para dejar de funcionar a causa del cansancio, pero creo que yo estaba rozando el límite. La noche anterior al fin conseguí dormir. Y, a pesar de que no me fío de él, reconozco que solo pude hacerlo porque Eric estaba a mi lado.

—¿Qué estás mirando? —me pregunta sin abrir los ojos.

Al oír su voz grave me pongo nerviosa y doy un suave volantazo. Pero enseguida recupero el control y fijo la vista en la carretera.

—Creía que estabas durmiendo —le contesto sin mirarlo de nuevo.

No dice nada más y yo no aparto la mirada de la carretera, detrás de mis nuevas gafas de sol. Su asistente personal ha pensado en todo, aunque estoy segura de que Eric no se lo agradecerá como es debido.

No sé cuánto tiempo durará esta locura, pero no pienso desfallecer hasta encontrar lo que busco, hasta encontrar a Mariona y saber qué les pasó a mi madre y a C. El novio de Mariona no ha vuelto a dar señales de «no vida». Quiero pensar que eso significa que vamos por el camino correcto. Pero todo esto no es más que una suposición.

El navegador del coche de Eric va indicándome el camino. Si pensaba que el coche de Nayara era una pasada, no es nada comparado con este cacharro. Funciona solo, es automático, te avisa de los radares, cuando superas el límite de velocidad y puedes activar el limitador de velocidad por voz; la máquina me lo ha ofrecido dos veces. Supongo que esto es la nueva generación de coches inteligentes.

Llegamos al camping antes de hora y paro cerca de la puerta. Aquí es donde hemos quedado con el hombre que encontró a mi madre. Aparco delante de un contenedor de reciclaje. Unos minutos después, un coche para delante de nosotros. Me pregunto si será él. Se baja un chico de mi edad, no es él. Sin embargo, se acerca a nosotros con una mochila que no tiene nada que ver con su uniforme.

Lo observo hasta que se detiene frente a mi ventana, la bajo y una bocanada de calor entra en el coche en segundos.

—¿No puedo parar aquí? —le pregunto.

—Buenos días —saluda sonriéndome. Tiene una sonrisa muy grande que le ocupa media cara.

—Buenos días —le contesto esperando que me diga qué quiere.

Eric se baja del coche y lo rodea por detrás. El chico inclina la cabeza en mi dirección, sonriente, y va en su busca. Me bajo del coche preguntándome de qué va esto.

—Señor Capdevila —dice el chico tendiéndole la mano, Eric se la estrecha—, es un placer conocerlo. Soy Joel.

Eric no se interesa en él, parece que todo le provoca indiferencia o hastío.

—Creo que mi asistente les ha dado las indicaciones precisas —dice abriendo el maletero.

—Por supuesto, señor —contesta el chico displicente—. Estamos preparando las dos suites según sus instrucciones y lo dejaremos todo preparado para cuando lleguen —le asegura servicial y educado.

—Eso espero —dice Eric con su bordería habitual.

—Por supuesto señor, no se preocupe. Para nosotros es un placer que ustedes estén aquí —ignora el tal Joel su falta de modales y educación—. Haremos que su estancia sea inmejorable.

—¿Tiene algo para mí, no? —resopla Eric cansado de su palabrería.

—Oh, sí, disculpe —le tiende la mochila que lleva al hombro—. Está todo lo que su asistente nos pidió, yo mismo me he encargado de ello.

Eric coge la mochila y la deja en el maletero. El chico se queda mirándolo, esperando que le diga algo más, pero Eric, con sus exquisitos modales, no le dice nada, ni siquiera le da las gracias o se despide. Pasa junto a mí y se sienta en el asiento del conductor. El muchacho descarga el maletero y yo sigo a Eric al interior del coche, por el otro lado.

—¿Quién es ese? —pregunto cerrando la puerta del copiloto.

—Un empleado —dice mirando la hora en su reloj de pulsera.

—¿A dónde lleva nuestras cosas? —le pregunto. Aunque, teóricamente, todo lo que hay en el maletero es suyo.

—Tengo un hotel por las inmediaciones. No está tan cerca como este camping, pero está cerca. No sé cuántos días tendremos que estar por la zona.

—¿Tienes un hotel aquí? —pregunto sorprendida.

—Tengo muchas propiedades. —Saca su móvil y empieza a teclear indiferente—. No he vuelto desde que lo inauguré.

—¿Lo compraste y no volviste? —demando incrédula.

—¿Para qué? El hotel funciona, tengo gente para que se encargue de que eso sea así.

Me parece increíble tener una propiedad como un hotel y no ir nunca. El chico cierra el maletero y se acerca a la ventana de Eric. Él la abre.

—Ya está todo listo, señor.

—Muy bien, espero que nuestras cosas estén en las habitaciones cuando lleguemos.

—Por supuesto, que pasen un bonito día.

Eric cierra la ventana en la cara del chaval y yo me siento avergonzada. Es tan desagradecido que dan ganas de enseñarle modales. Me pregunto quién lo habrá criado para tener esa personalidad tan altiva y desagradable.

Me quedo mirando a mi alrededor. Estamos en una zona montañosa y verde. Junto a la carretera está el pantano. Miro la hora con impaciencia, comprobando que es exactamente a la que habíamos quedado. Espero que no nos dé plantón. Esperamos en silencio durante quince minutos, solo con el sonido de la radio, donde ahora suena Beyoncé.

Cuando salimos de La Llacuna, para mi sorpresa, Eric me prestó el control en algo: el coche. No soportaba esa música clásica que llevaba y, aunque pensé que me increparía por cambiarla, no lo ha hecho.

—Deberías llamarlo, se está retrasando.

—Espera un poco —le pido—. No podemos ir atosigándolo, no tardará mucho en llegar.

—Nos está haciendo perder el tiempo —deja el móvil sobre el salpicadero y me mira—. Mi tiempo es oro; entiendo que tú, como camarera, no entiendas ese concepto.

—¡Mierda! —recuerdo de repente al oír su comentario odioso.

Busco mi móvil en el bolso. Dani va a matarme, ayer no me presenté al trabajo, ni siquiera le avisé. Estará cabreadísimo. Cuando le diga que tengo que ausentarme unos días, fijo que me despide.

—¿Qué te pasa ahora? —pregunta molesto.

—Me jefe me va a matar —digo encendiendo el móvil.

Al momento empiezan a llegarme mensajes. Cuando llevaba el móvil encendido no me llamaba ni Dios, y ahora lo apago un par de días y parece que estoy más solicitada que Paris Hilton. Ignoro los mensajes y llamo a Dani.

—¿Dónde te metes, Sarah? —pregunta molesto nada más descolgar.

—Lo siento, Dani. —me disculpo sincera—. De verdad que lo siento.

—¿Qué ha pasado? ¿Todavía no te encuentras bien? Porque ayer oí decir a Aleix que estabas por ahí, con un tío que ni siquiera conocías —me increpa.

Voy a matar a Aleix, ya podría haber mantenido la boca cerrada. Yo lo he cubierto muchas veces.

—Lo siento, Dani —no sé qué más puedo decirle.

—Estoy pensando en despedirte, así que ven ahora mismo y cuéntame qué ha pasado. Esto no es propio de ti. ¡Estoy muy enfadado!

Estoy despedida. Dani está muy cabreado, nunca me ha hablado así. Pero no es para menos… Primero finjo estar enferma, después no me presento y ni siquiera aviso y, para colmo, Aleix se va de la boca.

—No estoy en Barcelona, no podré ir a trabajar en algunos días —digo temerosa de su reacción.

—¿Te has vuelto loca? —su tono de voz se altera aún más.

—Me han surgido algunos problemas, no puedo ir.

—No puedes hacerme esto. El restaurante está a tope, ahora no puedo permitirme tener una persona menos. Estamos en pleno verano, Sarah —se queja.

Dani me cae muy bien, lamento los problemas que le estoy ocasionando y aún más perder el trabajo. Me gustaba trabajar allí, me gustaba tenerlo a él como jefe. Mucho más ahora que conozco a Eric y veo la clase de déspotas que hay por ahí sueltos.

—Te juro que lo siento muchísimo, pero tengo problemas personales y no puedo ir.

—¿Qué ha pasado?

—Es un problema familiar, no sé cuánto tardaré en resolverlo, pero hasta que no esté resuelto no puedo volver a Barcelona —la línea se queda muda—. Oye Dani, si tienes que despedirme lo entiendo. Debí avisarte, pero he estado tan metida en esto que he olvidado todo lo demás. Lo siento.

Veo cómo se acerca una furgoneta Ford y se cruza delante del coche de Eric.

—¿Es cierto lo que dice Aleix? —me pregunta mientras observo el vehículo.

—Es complicado—sentencio, observando al hombre que se baja de la furgoneta.

Es un hombre mayor, de espalda ancha y hombros caídos, con el pelo blanco. Eric coge la manija de la puerta, pero le cojo el brazo antes de que se baje y apoyo el teléfono en mi pecho esperando que Dani no me oiga.

—Intenta ser amable —le pido a Eric mirándolo a los ojos—. Sé que es imposible que lo seas pero, al menos, inténtalo.

Mira mi mano en su brazo y dejo de tocarlo. Me mira a los ojos y sus labios gruesos hacen una mueca, casi una sonrisa. Sin abrir la boca se baja del coche y vuelvo a ponerme el móvil en el oído.

—Oye Dani, ahora no puedo hablar. Entiendo que estoy despedida. Cuando todo acabe pasaré a recoger mis cosas. Lo siento —cuelgo el teléfono y lo apago, no quiero que nadie nos interrumpa.

¡Mierda! No quería perder el trabajo, no quería dejarlo hasta encontrar alguna clínica decente en la que trabajar. Tampoco quería dejar tirado así a Dani, no se lo merece.

Me bajo del coche y me acerco a ellos. Me pongo al lado de Eric y le tiendo la mano a este hombre de nariz aguileña y ojos oscuros. Le debo la vida por haber encontrado a mi madre.

—Señor Vidal, soy Sarah. Es un placer conocerlo —me estrecha la mano—. Estoy muy agradecida por lo que usted hizo por mi madre, le estaré eternamente agradecida —le aseguro.

—Señorita, yo no hice nada, solo lo que cualquier persona haría —me suelta la mano.

—Sarah, llámame Sarah, por favor —le pido—. Por supuesto que hizo y mucho. Si no hubiera sido por usted, mi madre estaría muerta. Además, le agradezco mucho su celeridad para encontrarnos.

Eric resopla y siento cómo me mira, no está de acuerdo conmigo y solo porque ha tenido que esperar veinte minutillos.

—¿Cómo se encuentra? —pregunta el hombre interesado—. Hablé con su padre mientras estuvo aquí. ¿Consiguió recuperar la memoria?

—Sí, creemos que sí, pero ella nunca nos ha dicho lo que pasó. Por eso estamos aquí, me gustaría que me enseñara el sitio donde la encontró, que me cuente lo que recuerde.

—En realidad no puedo contarle mucho —niega el hombre tranquilo—. Su madre estaba desmayada cuando la encontré. La llevé al hospital y, cuando se recuperó, no recordaba nada.

—Entiendo —digo desanimada—. ¿Podría decirme algo más de su estado?

—Tenía golpes y cortes por todo el cuerpo, su ropa estaba hecha girones y muy sucia, como si llevara varios días con ella. Estaba cubierta de barro, recuerdo que la noche anterior hubo tormenta.

—Entiendo —digo imaginándome lo que explica mientras mi corazón se estrecha.

—No se entristezca —me pide humilde y compasivo—, lo importante es que ahora ella está bien —si este pobre hombre supiera…—. Les enseñaré el lugar, fue al otro lado del pantano —señala con el dedo—, en una arboleda. Tuvo mucha suerte de que la encontrara, estaba alejada del camino.

—Supongo que usted conoce bien la zona —interviene Eric.

—Sí, claro, llevo toda la vida aquí. He trabajado en esta zona durante treinta años.

—Creemos que Roser estuvo retenida contra su voluntad por la zona, al menos tres o cuatro días. Nos gustaría saber dónde pudieron retenerla, si conoce alguna cueva.

—¡Vaya! —dice sorprendido—. Por aquí hay muchas cuevas, sobre todo al norte.

—Debería estar lo suficientemente cerca para que ella llegara a pie desde allí hasta la zona donde la encontró.

—Ella estaba inconsciente, es imposible saber cuánto tiempo llevaba caminando hasta que se desmayó.

—Marcaremos todas las cuevas en un mapa y las comprobaremos, una a una —asegura Eric.

—Pues les va a llevar un rato —conviene el hombre tranquilo—, van a necesitar ayuda.

—¿Sabe quién podría ayudarnos? —demanda Eric.

Lo piensa durante un momento.

—El hijo de mi vecino es espeleólogo, nadie conoce mejor las cuevas que hay por aquí que él.

—Entonces es perfecto —dice Eric.

—El problema es que es temporada alta y tiene una agenda apretada. No creo que pueda dedicarles mucho tiempo —niega con la cabeza—. Aunque, si ha encontrado algo en alguna, él podría decírselo.

—Queremos comprobarlo. Deme su teléfono y llegaré a un acuerdo, no tengo ninguna duda.

Yo tampoco, visto lo visto. Si pagó tres mil euros y mis preciosos zapatos por registrar una habitación durante media hora, no creo que una agenda apretada sea un impedimento para él.

—Como le digo, en verano no es una buena época, trabaja para poder vivir todo el año. Ofrece a los turistas excursiones, deportes de aventura y esas cosas que les gustan a los jóvenes de ahora.

—Si nos puede dar el teléfono nosotros hablaremos con él, no se preocupe —intervengo antes de que Eric le suelte alguno de sus comentarios.

—Pregunten en el camping —contesta el hombre—, ellos le darán su teléfono móvil.

—Eso haremos, gracias —le dedico una tímida sonrisa.

—¿Quieren ir hasta allí ahora? —nos pregunta mirándonos a uno y a otro.

—Esa era la idea —contesto—, si es posible.

Mira hacia el cielo, está pensando en el calor que hace. Yo estoy sudando desde que me bajé del coche.

—Espero que tengan agua. No queda muy lejos, pero les hará

falta. Este calor puede hacer que un paseo se convierta en una pesada caminata.

—No se preocupe —dice Eric.

—Muy bien —afirma—. Pues será mejor salir lo antes posible. Síganme con el coche.

Nos vamos a los coches. Una vez dentro, Eric se pone al mando del suyo y lo sigue.

—¿Ha mentido? —pregunto cerrando la puerta.

—No —contesta arrancando el motor—, todo lo que ha dicho es verdad.

—¿Cómo lo haces? —pregunto con curiosidad cuando inicia la marcha.

—¿El qué? —estrecha los ojos.

—Ya sabes, lo de saber cuando alguien miente. ¿Oyes un pitido que solo los perros pueden oír?

—¿Una nueva manera de insultarme? —me pregunta sin un ápice de humor.

Me echo a reír. No estoy de humor con lo que estoy viviendo estos días, pero su comentario me ha hecho gracia, aún más viniendo de él. Podría haberme ladrado al sentirse insultado, pero no lo ha hecho.

—¿Cómo lo haces? —insisto.

—No lo sé, siempre lo he sabido. Mis padres eran unos mentirosos de primera categoría, más que tú y todo… —¿eso es una broma?—. Al principio solo notaba la diferencia en la gente que conocía. Me obsesionaba, buscaba cambios de expresión, cambios en la voz… y, poco a poco, lo fui desarrollando.

—Supongo que esa habilidad debe ayudarte mucho con tu trabajo.

—Mucho —me mira un segundo y vuelve a mirar la carretera—. ¿Qué ha pasado con tu jefe?

—Puedo darme por despedida —me encojo de hombros—. Me gustaba trabajar allí, era cómodo, fácil y conocido —no sé por qué le cuento esto—. Dani es un tío genial; viendo como tú tratas a tus empleados me da pavor lo que pueda encontrarme por ahí. Supongo que esto me ira bien, será un empujoncito para espabilar. Siempre y cuando C no haga que los animales vuelvan a odiarme.

—¿C? —pregunta ignorando lo que acabo de decirle.

—El espíritu —le explico—, posiblemente el novio de Mariona.

—Es él, seguro.

—Ya... —yo también pienso igual—. Me da un poco de miedo encontrarla muerta.

—Siempre has pensado que estaba viva —dice alternando la mirada sobre mí y la carretera.

—Sigo pensándolo, pero puede que no sea más que una negación porque no quiero que haya muerto.

—¿Qué te dice tu instinto? —lo miro y él ignora la carretera mirándome.

—Que está viva —contesto observando sus ojos a través de sus rizadas y negras pestañas—. Pero mi madre me dijo que aún quedaba tiempo, así que puede que el tiempo se le esté acabando.

—La encontraremos —afirma rotundo y vuelve a mirar la carretera.

Algunas veces no es tan ogro. Siempre y cuando no le lleve la contraria o mienta, entonces aparece el imbécil. En casa de mi padre se portó muy bien conmigo, me dio las riendas, me dejó hacer las cosas a mi manera. Gracias a él tengo ropa limpia, he dormido esta noche sin pesadillas y, sin él, no hubiera llegado a ninguna parte. No sabría todas las cosas que sé ahora. A pesar de que ahora tengo muchos interrogantes que antes no tenía, estoy decidida a resolverlos, a llegar hasta el final. Aunque me queje de él y de su carácter, espero que esté conmigo al llegar a la meta.

Observo su perfil, la pregunta de por qué hace esto quema en mi boca, pero no es el momento de hacerla. Algo en mi interior me dice que llegará.

—Gracias por ayudarme, Eric —le digo con sinceridad, me mira a los ojos—. Sé que te saco de quicio. Siendo sincera, tú a mí también, sabes que no miento —le sonrío—. Pero, de verdad, te agradezco que me apoyes, que a pesar de que no te caiga bien, sigas aquí.

—No me caes tan mal, al menos cuando no mientes ni te pones cabezota.

—¿Es una declaración de amor? —digo riendo, creo que es lo más amable que me ha dicho en los tres días que llevamos pegados.

—Es lo más cercano a una que puedo ofrecerte, pero ahora no

vayas a columpiarte por ello —me advierte—. No me gusta cómo me faltas al respeto. Nunca se lo he permitido a nadie y tú no vas a ser una excepción, así que ándate con cuidado.

No puede bromear durante dos segundos seguidos, tiene el carácter así de rancio, pobrecillo.

Vemos cómo Ernest aparca. Eric aparca junto a él y bajamos del coche. Coge la mochila que le han traído antes y nos ponemos en marcha.

Seguimos un camino serpenteante. Durante el camino en coche me he fijado en lo seco que parece este lugar a pesar del pantano, pero esta nueva travesía es una zona con más vegetación. Pronto dejamos de escuchar el ruido de la carretera, lo único que puedo oír es la vida natural del bosque: grillos cantando, pájaros sobre nuestras cabezas y los pasos de los dos hombres delante de mí. Estamos rodeados de árboles a ambos lados. El camino de tierra está lleno de piedras, piñas caídas, raíces de árboles semienterradas... Me mantengo callada, mirando mis pies, fijándome por dónde piso. Caminar por una superficie lisa a veces ya me da problemas... Así que imaginaos con tantos obstáculos... Soy carne de cañón para caer de bruces de un momento a otro.

El señor Vidal tenía razón, con este calor el camino se hace pesado e interminable. Me fijo en ellos, van uno al lado del otro tan frescos. A mí me cuesta seguirles el ritmo, ellos tienen las piernas más largas y están en forma. Eric es obvio que pasa horas en el gimnasio, ese cuerpo no es solo genética, imposible. Y el señor Vidal, a pesar de su edad, se nota que ha llevado una vida sana y está fuerte como un roble. Yo, sin embargo, soy más de sofá. No me gusta el deporte. Si tengo un momento libre prefiero tirarme en la cama y jugar a la Play que ir al gimnasio, como hacen mis compañeras de piso, sobre todo Laura.

Hace semanas que no me pego un buen vicio, de esos de acabar con los ojos rojos de mirar tanto rato la pantalla, no sé cómo no tengo síndrome de abstinencia.

Eric lleva el móvil en la mano, no lo suelta en todo el trayecto. Salimos del camino y nos internamos en el bosque. Los árboles nos protegen del sol, cosa que agradezco. Sé que no me voy a quemar, tengo la piel morena, pero bajo la sombra de los arboles hace menos calor.

El camino por otro lado es más complicado, tropiezo dos veces hasta que al final caigo. El short tejano que llevo no protege mis rodillas, que acaban un poco raspadas, al igual que mis manos al intentar detener la caída. Eric resopla, como si fuera culpa mía haberme caído. Acto seguido, me recrimina que vaya tan despacio y que no mire por dónde voy. Cualquier gesto de amabilidad desaparece por su impaciencia.

Bajamos por una pendiente y no pinta bien. Ellos bajan sin problemas y yo intento seguir su ritmo, pero mis zapatillas se resbalan con las pinochas de los pinos y me voy cogiendo a los árboles como puedo. Me siento tentada de pedirle a Eric que me ayude, ya que él baja con facilidad, como si estuviera caminando por un camino llano, pero mi orgullo me impide pedirle ayuda. Me suelto de un árbol y bajo echando una carrerilla hasta el siguiente, dando pasitos muy pequeños. Todo va bien hasta que mi pie derecho tropieza con algo. Grito y bajo rodando hasta golpearme contra un árbol.

—¡Sarah! —oigo que grita Eric.

Duele. Intento no moverme y hacer un diagnóstico de daños: lo que más me duele es la espalda. ¡Cómo duele! He parado el golpe con el culo, pero toda la espalda se resiente. Eric sube corriendo y se agacha delante de mí. Hace como que quiere tocarme, pero parece que no se atreve.

—¿Estás bien? —me pregunta en tono contenido.

—Me he hecho daño —intento no sentirme tan humillada, reprimiendo las lágrimas.

—¿Puedes levantarte? ¿Te has roto algo?

—Creo que no.

Me ayuda a incorporarme y me sienta apoyada en el árbol. Llega el señor Vidal y me mira.

—¿Está bien? —me pregunta.

Afirmo con la cabeza y Eric saca un pequeño botiquín de su mochila.

—Con lo despacio que vas, ya podrías mirar al menos por dónde andas —me recrimina.

—No me he caído por placer —le contesto molesta por su poco tacto.

—Pues deberías tener más cuidado, podrías haberte hecho mucho daño.

—No me digas —ironizo mordaz.

Niega con la cabeza y se lleva el puño a la boca, otra vez ese gesto. Llena una gasa de alcohol y la pone sobre las rodillas magulladas de la anterior caída. Escuece, pero aguanto estoicamente, no estoy dispuesta a parecer tan débil como soy.

El señor Vidal se aleja mientras Eric limpia mis rodillas llenas de tierra, piedrecitas y pinochas.

—¿Dónde te duele? —pregunta centrando su mirada en la mía.

Levanta la mano y creo que va a acariciarme la cara, pero no lo hace. En lugar de eso, saca más pinochas de mi pelo. Debo tener un aspecto impresionante.

—La espalda, he parado el golpe con ella.

—Después de ver cómo te manejas por aquí, creo que iré solo a las cuevas.

—¡No vas a dejarme tirada! —le grito.

—No alces la voz —me advierte en su tono severo—. Vas muy despacio, no acabaremos nunca. Te cansas enseguida, no tienes fondo físico. Vas a ser un estorbo, una vez más —concluye.

¿Perdón? Vale, sé que tiene razón en casi todo, pero eso no le da derecho a intentar excluirme.

—Ahora ya estamos aquí. Iremos hasta allí y después hablaremos sobre ello.

Guarda el botiquín en la mochila y me tiende el agua.

—Tienes la cara llena de polvo.

Lo dice en un tono que no me gusta en absoluto, el mismo que usa cuando me llama encanto. No lo dice de forma cariñosa, sino con una mezcla de soberbia y sarcasmo, como si estuviera riéndose de mí, y no me hace ninguna gracia. Cojo la botella de mala gana y bebo de ella. Lo que queda me lo tiro en la cara sin ofrecerle ni una gota. Me mojo parte del pelo y la ropa y le reto con la mirada a que me diga algo. Con las pestañas llenas de agua, no sé si mi mirada retadora se aprecia debidamente.

Hace una mueca como si sonriera y se levanta tendiéndome una mano para ayudarme, pero yo le doy la botella vacía y me levanto por mí misma, apoyándome en el árbol.

El señor Vidal se acerca con un palo y dice que lo use de bastón. No creo que esto pueda ayudarme mucho. Eric mantiene mi ritmo, va a mi lado y en un par de ocasiones en que tropiezo me agarra del brazo. No deja de resoplar todo el camino pero yo le ignoro. El bastón es útil, o al menos me da seguridad. Además, ya no estoy tan acalorada.

Pronto llegamos al destino.

—Es ese árbol —dice el señor Vidal señalando un enorme y ancho árbol. Debe medir al menos diez metros, pero no tengo ni idea de qué árbol es. Solo sé que no es un pino, eso seguro.

Me acerco al árbol y lo toco.

—Su madre estaba aquí, boca abajo. Cuando la vi, creí que estaba muerta, no me atrevía a darle la vuelta —dice mirándome, le presto toda mi atención—. Pero, cuando al fin lo hice, me di cuenta de que aún respiraba. Le tomé el pulso y era muy bajo. Intenté despertarla, pero no reaccionó. Creo que pasó aquí la noche. Como les dije, hubo tormenta la noche anterior y tenía toda la parte delantera cubierta de fango. Avisé por walkie-talkie a mi compañero y la cargué a hombros, estaba laxa. Unos camilleros nos esperaban en el camino, de ahí la llevaron a la ambulancia y después al hospital —explica mirándome—. Al día siguiente despertó y no recordaba cómo había llegado aquí, aunque sí quién era y todo lo demás. En el hospital llamaron a su padre y vino en poco tiempo. Después de verla, hablamos un rato, pero no pude ayudarlo demasiado, igual que no puedo ayudarles a ustedes.

Miro al señor Vidal, parece un buen hombre. No debió ser fácil cargar con mi madre toda la pendiente que hemos bajado, debió costarle mucho. Sin embargo, ni lo ha mencionado. Miro al suelo sin dejar de tocar el árbol, quisiera alguna señal de que vamos por el camino correcto.

—¿Hay alguna cueva por aquí? —le pregunta Eric.

—Por aquí no. Aunque, claro, todo depende de lo que usted entienda por «por aquí».

Ellos siguen hablando y yo me siento donde estuvo ella. Esperaba que ocurriera algo, que C hiciera algo. Intento relajarme, pero no ocurre nada de nada. Los dos hombres se apartan de mí y creo que Eric lo hace a propósito, porque C normalmente actúa cuando estoy sola, pero sigue sin pasar nada.

El camino de vuelta es más pesado que el de ida, la pendiente es cuesta arriba. Eric me dice que mueva mi escuchimizado culo con más garbo. Paso de él, voy a mi ritmo sin detenerme. Apoyo parte de mi peso en el palo y admito que me gusta, es ancho y resistente.

Cuando llegamos al coche, nos despedimos del señor Vidal. La verdad es que ha sido muy educado y amable. Le estaré eternamente agradecida por haber salvado a mi madre. Nos desea suerte y se marcha.

Volvemos al camping. Eric va a su interior a preguntar por Nacho, el espeleólogo, y yo me quedo en el coche con la esperanza de que pase algo. En la radio suena «No digas nada por favor». No dejan de entrar y salir coches del camping y Eric tarda una barbaridad en volver.

Vuelve satisfecho, así que supongo que el espeleólogo le ha vendido su alma al diablo, como todos. Porque nadie parece ser inmune a la billetera de Eric. No sé qué le ha ofrecido y prefiero no saberlo. Eric dice que está todo resuelto: iremos a comer a su hotel y nos prepararemos para la tarde. Suspiro tranquila al darme cuenta de que en un principio no piensa dejarme fuera.

El hotel de Eric está solo a media hora, en la cima de una colina. Mientras nos acercamos, me doy cuenta de lo impresionante que es, impone. No parece un hotel, parece un enorme castillo de otro siglo, de otro país, casi de un lugar de fantasía, algo que no puede ser real. Sin embargo, lo es.

Es de cuatro plantas, con torreones, todo de piedra con el tejado de color azul y las chimeneas marrones.

Estaciona delante de la puerta y bajamos del coche, dejando que un aparcacoches se lo lleve.

Entramos dentro del castillo y enseguida me doy cuenta de que, si por fuera es impresionante, por dentro lo es aún más. Es majestuoso. La recepción es toda de mármol súper brillante y del techo cuelga una enorme lámpara de araña que estoy segura de que por la noche debe ser preciosa de ver.

Nos atienden enseguida y, mientras Eric habla con el recepcionista, yo miro todo a mi alrededor impresionada, preguntándome cómo puede funcionar un sitio así en medio de la nada.

Cruzamos la enorme recepción hasta la zona de ascensores. La verdad es que me siento fuera de lugar, cubierta de polvo y con mi ropa deportiva. Seguro que aquí no desentonaría nada con ese precioso vestido rojo, y entonces me acuerdo de mis zapatos robados.

Subimos en el ascensor hasta la cuarta planta, la última. Al salir hay una barandilla, por la cual me asomo y puedo ver todo el espacio abierto. Bajo la barandilla se ve la recepción del hotel y, delante, tengo la más grande y brillante lámpara que he visto, con un millón de cuentas de cristal que relucen.

—No tenemos todo el día, Sarah —dice en su tono gruñón.

Lo sigo hasta la habitación dos y la abre. ¡Vaya habitación! Es enorme, grande como un piso. Al entrar hay un recibidor, después una sala de estar con terraza y, frente a él, la habitación.

—Date una ducha rápida, bajaremos a comer y después esperaremos al espeleólogo. Se va a instalar aquí con nosotros, así no tendremos que esperarlo, no me ha parecido nada formal.

Me pregunto qué es formal para él. Se va y observo la suite: el mobiliario es clásico y a la vez cálido. Los sillones, sillas y sofás están tapizados en el mismo color crema con rayas azules que las cortinas.

Miro por el balcón y me siento cautivada por las vistas, por lo que lo abro y salgo al exterior. El cálido aire de verano me saluda, pero no me importa, me siento cómoda mirando lo que me rodea. La habitación da a la parte trasera del hotel, así que el balcón es más bien una terraza. Miro hacia abajo y descubro que tiene un enorme jardín muy cuidado, varias piscinas, dos canchas de tenis, carpas con camas como si fuera una playa. Veo también un caminito de piedra rodeado de antorchas, de noche será precioso.

Vuelvo al interior de la habitación y cierro para que no se vaya el ambiente fresco de la sala. La habitación no me decepciona, es preciosa. Tiene otro televisor, una mesa de té, otro balcón. La cama es enorme, con los mismos colores de la sala y tiene hasta un vestidor. La maleta que trajo la asistenta de Eric está en una banqueta a los pies de la cama. La abro, impresionada y maravillada por tanto lujo. Me pregunto qué debo ponerme, porque no me voy a sentir cómoda con ropa como la que llevo ahora, pero si después vamos a salir, no puedo ponerme zapatos. Si con calzado deportivo me he caído dos veces, con zapatos por el bosque puede que le cause un infarto a Eric.

En el cuarto de baño el lujo no parece acabar: hay una enorme bañera jacuzzi redonda y una ducha de hidromasaje. Me miro en el espejo y no puedo creer que me hayan dejado entrar aquí con estas pintas. Tengo la cara llena de churretes, el pelo lleno de pinochas y toda la ropa manchada. ¡Qué vergüenza! Me meto en la ducha, no quiero hacerle esperar y que se piense mejor lo de dejarme fuera. Cuando salgo, me cuesta decidir qué ponerme. Mientras decido, llaman a la puerta. Pienso que seguro que es Eric y que se va a cabrear por lo que estoy tardando.

Abro la puerta un resquicio y lo miro. Se ha duchado y afeitado y va con un tejano y un polo azul que le sienta de muerte. ¡Está tremendo! Por más que me niegue a mí misma que no me gusta, físicamente es espectacular. Es una pena que tenga cuerdas vocales…

Si no, sería perfecto.

—¿Qué haces todavía sin vestir?

—Es que no sé qué ponerme —digo con una mueca.

—¿Pero dónde cojones te piensas que vamos? —me suelta molesto—. ¡Eres ridícula!

¡Será cabrón! Le cierro la puerta en la cara de un portazo, no tengo por qué aguantar que siga vejándome e insultándome. Nunca le he permitido a nadie que me humille y mucho menos a él. Al momento, empieza a aporrear la puerta como un loco. La puerta es doble, ya puede dejarse los puños.

—¡Abre la puerta! —más golpes—. ¡Abre ahora mismo o la tiro abajo!

Si pudiera, no me cabe duda de que lo haría. Esos gritos deben oírse desde el vestíbulo, qué vergüenza. Deja de dar golpes y miro por la mirilla, tienes las dos manos apoyadas a cada lado de la puerta y me mira desde la mirilla como si fuera un demonio, que es lo que es.

—Yo bajo a comer. Si no bajas a tiempo para comer, no irás a ninguna parte.

Siento cómo la sangre corre veloz por mi cuerpo. Tengo ganas de abrir la puerta y cantarle las cuarenta y a duras penas puedo contenerme. No sé quién se ha pensado este tío que es para ridiculizarme y después tratarme como si tuviera algún poder sobre mí.

Me pongo unas mallas negras y azules y un top deportivo azul. Parece que vaya al gimnasio o a hacer footing, así que creo que voy a dar la nota. No importa.

No me seco ni el pelo, me calzo las deportivas y salgo dispuesta a enfrentarlo de nuevo. Lo encuentro sentado en la planta baja. En cuanto me ve salir del ascensor, se acerca. Está cabreado, no me sorprende, es su estado de ánimo normal. Pero… ¡Sorpresa! Ahora yo estoy más cabreada. Ya conozco la ira de Eric, ahora le toca a él conocer la mía.

—Que sea la última vez que me cierras así la puerta —dice en cuanto lo tengo delante.

—Que sea la última vez que me insultas o me dices lo que tengo que hacer.

A pesar de que no tengo ni idea de dónde está el comedor, me giro, le doy la espalda y me pongo a caminar. Me coge del brazo y me hace parar. Miro su mano como si su contacto me quemara y la intento apartar en un gesto brusco, pero él me coge con más fuerza.

—La que no debería decirme lo que tengo que hacer eres tú.

—Por mi puedes irte a la mierda, me tienes harta.

Me mira impactado, como si no creyera lo que acabo de decir. Me empuja hacia la pared y pone la mano que tiene libre al lado de mi cabeza. Me retiene con su enorme cuerpo, que no me deja ver nada que no sea él, quiere acobardarme. Con él tengo que medir cada palabra y es agotador. Por una palabra amable debo tolerar cincuenta desagradables, y me he cansado.

—¿Cuántas veces tengo que decirte que no me faltes al respeto?

—Las que hagan falta y una más, capullo. Cuando tú me respetes a mí, quizá yo lo haga.

—Sarah, te la estás ganando —me advierte.

—¿Qué harás? —le reto—. ¿Vas a pegarme? ¿Vas a amenazarme con romperme el brazo otra vez?

Mira a su alrededor y me empuja para que camine. Entramos en un gran comedor. Es precioso, me recuerda a la película de "La bella y la Bestia" con todos esos angelitos pintados en el techo y las lámparas de araña doradas. Es increíble que un sitio tan bonito pertenezca al mismísimo diablo.

—Lo lamento, señorita, pero en el comedor no puede entrar con esa ropa. Es obligatorio…

—Ella puede entrar como quiera —dice Eric en tono severo.

En cuanto el maître repara en Eric, empieza el peloteo. Es odioso, no me extraña que esté tan subidito si todo el mundo le trata de esta manera. Nos acompaña a una mesa y, entre reverencia y reverencia, nos da la carta. ¡Ni que fuera el Papa! Qué agonía.

Después de estudiar la carta, miro la gente que hay en el comedor y me percato de que nadie va vestido como yo, aunque hay gente que tampoco es que vaya con sus mejores galas. Pedimos y Eric no deja de mirarme. Debería sentirme intimidada con su increíble mirada aplastándome, pero estoy demasiado enfadada. Los puños reposan sobre su boca, los dos, no sé si eso significa que está más cabreado de lo habitual. Aunque…, siendo sincera, me importa bien poco. Bastante esfuerzo me está costando contenerme y tenerlo delante, como para preocuparme por él. ¡Bah! Como si él se preocupase por mí…

—Tu comportamiento está siendo intolerable —rompe el silencio mientras le aguanto la mirada como puedo—. Esta mañana me ha parecido que íbamos por el buen camino. Cuando me has dado las gracias eras sincera, me ha parecido que valorabas mi ayuda de verdad, y ahora me sales con esto.

—No debiste insultarme.

—¿Cuántas veces me has insultado tú a mí? —niega como si se exasperara.

—No tantas, y además no es comparable —alzo el mentón, desafiándole a que me lleve la contraria—. Yo soy una persona, siento y padezco. Tú, sin embargo…

—Y vuelves a insultarme —me echa una mirada asesina—. Deberías ser más agradecida. Si estamos aquí es gracias a mí, soy yo el que se está encargando de todos los gastos, el que va a seguir cubriéndolos, el que se preocupa de que no te falte nada.

—¡Sabía que acabarías diciéndolo! ¡Lo sabía! —exclamo furiosa—. ¿Acaso te lo he pedido? Lo has hecho porque te ha dado la gana. Que yo no tenga un trabajo como el tuyo no significa que no tenga dinero.

—No alces la voz —me advierte en tono contenido—. Lo estoy haciendo porque quiero, porque eso no supone nada para mí. Pero me gustaría ver algo de agradecimiento en ti. Que te dieras cuenta de cómo te estoy cuidando y me mostraras un poco de respeto. Al menos creo que merezco eso.

—El respeto no se compra —contesto asqueada—. Además, yo no soy tu empleada, no vas a comprarme con una suite o con un par de comidas caras, ni siquiera con pantalones de mil euros. A mí no vas a sobornarme para que puedas tratarme como un trapo.

Nos sirven la comida y, aunque tiene una pinta deliciosa, ya no tengo hambre. Me siento mal, me ha hecho sentirme sucia, como si me estuviera aprovechando de él. Y la realidad es que ha sido él el que no me ha dado otra opción que acatar todo lo que le ha dado la gana. Desde ropa a comidas o estancias.

—Tú y yo hemos acabado, no quiero volver a hablar contigo. Cuando venga el espeleólogo le pediré que me baje al pueblo más cercano y ya me buscaré la vida. No pienso tolerar que sigas haciéndome sentir como lo haces. Que te aproveche la comida.

Dejo la servilleta sobre la mesa y me levanto muy digna, a pesar de todo. Eric se levanta conmigo.

—No hemos acabado —dice clavándome sus ojos de hielo.

—Sí —contesto retirándome el pelo mojado de la cara—, no tengo nada más que decirte.

—Siéntate —le miro incrédula de que siga dando órdenes—. Por favor, Sarah —sigue—, siéntate.

Ha dicho por favor, casi no lo creo. Su mirada sigue helada, veo lo enfadado que está. Yo también lo estoy. Mi orgullo hace que me sienta dividida. Sé que sin él no llegaré a ninguna parte, él no solo tiene los medios, además tiene intuición, tiene un instinto del que yo carezco y necesito. Quiero irme, alejarme de él, pero me recuerdo que lo único que importa es Mariona, ni él, ni yo, sino Mariona.

Me siento en la silla y me cruzo de brazos con el morro torcido y Eric también lo hace. Sentarse en la silla digo, no torcer el morro. Empieza a comer pero yo no pruebo bocado, solo quiero que nos pongamos en marcha, encontrar a Mariona y que todo acabe.

—¿Piensas disculparte? —dice llevándose el tenedor a la boca con modales perfectos.

—No creo que deba hacerlo. ¿Vas a hacerlo tú?

—Ni siquiera entiendo qué es lo que te ha ofendido tanto.

Eso me cabrea. Me molesta que sea tan poco empático, que no tenga sentimientos. Él me molesta, todo él me molesta y me irrita. Creo que es la persona que peor va caerme en la vida.

—Tu comportamiento me ofende. Tu manera de tratarme, cómo me haces sentir… —enumero con los dedos exagerada, como si de alguna manera así pudiera entenderme.

—Si tienes problemas de autoestima no es culpa mía, quizá deberías buscar ayuda.

¡Pum! Un nuevo insulto. Así todo el día, no puedo aguantarlo. Yo no tengo problemas de autoestima, es que él es demasiado seguro, arrogante, déspota e insufrible. ¡Quiero gritar!

—Yo no tengo ningún problema, el único con problemas eres tú, que te crees más de lo que eres. Te crees el dueño del mundo y necesitas una buena cura de humildad. Que alguien sea capaz de decirte cuatro cosas a la cara y te baje los humos.

—¿Se supone que esa persona eres tú? —niega con la cabeza estrechando los ojos.

—Mira Eric —le digo cansada—, sinceramente, me importas

una mierda. Haz con tu vida lo que te dé la gana, a mí me da igual. Solo es un consejo, yo lo único que quiero es perderte de vista.

Creo que me he pasado, no he podido contenerme y he sido cruel y me arrepiento al momento. Entonces recuerdo que no tiene sentimientos, no se puede herir a alguien que no siente ni padece. Aun así, esto no es propio de mí. Me siento tentada a disculparme y eso hace que me sienta estúpida.

—Vete —dice en tono seco.

—¿Cómo? —pregunto confusa.

—¿Vas a comer? —niego—. Entonces lárgate. Cuando llegue el espeleólogo haré que te avisen.

Otra vez vuelve a decirme lo que debo hacer como si fuera una niña o como si tuviera poder sobre mí. Quiero quedarme solo por llevarle la contraria, pero me apetece más distanciarme de él. Me he ganado un rato de paz lejos de Eric y de sus vibraciones negativas. Me levanto y me voy al hall del hotel. No pienso ir a mi habitación y darle la oportunidad de que me deje fuera.

11

La búsqueda

Cuando llega el espeleólogo, para mi sorpresa y deleite, es opuesto a Eric. Solo necesito conversar cinco minutos con él para darme cuenta. Nacho es un chico divertido, extrovertido, habla por los codos y es un bromista, así que conectamos al instante. No es tan alto como Eric, aunque debe medir su metro ochenta. Es rubio y lleva el pelo casi por los hombros y ondulado. Su piel está bronceada de pasarse el día al sol con sus excursiones y sus aventuras. Sus ojos azules no son fríos como los de Eric, no tienen nada que ver, son muy cálidos y risueños. Al sonreír, parece que su mirada te da la bienvenida, y un poco de amabilidad es lo que llevo días esperando de Eric, así que estoy deseando que se una a nosotros.

Eric lo hace todo a lo grande. Para hacer una primera toma de contacto (como él mismo lo ha llamado), ha alquilado un helicóptero que sobrevuela toda la zona. Nunca había ido en helicóptero y la verdad es que no disfruto demasiado de la experiencia. Me da miedo y me mareo, aunque no me quejo, me quedo callada escuchando por los cascos cómo hablan entre ellos. Nacho explica qué podemos esperar de cada cueva y las marca en un mapa donde Eric previamente ya ha marcado la situación exacta donde encontraron a mi madre.

La idea es visitar las cuevas más cercanas a ese punto y poco a poco hacer el radio más grande hasta un límite de unos veinte kilómetros. Creo que son demasiados, no creo que mi madre anduviera veinte kilómetros, pero tampoco es imposible y no quiero que nos quedemos cortos.

Eric y yo no nos hemos dirigido la palabra en todo el viaje, no nos hemos vuelto a hablar. Ambos hemos hablado con Nacho. Sobre todo él, porque yo, con el mareo que sentía en el estómago, no me apetecía demasiado entablar conversación. Nacho se ha dado cuenta de que estaba mareada y ha sido amable y atento.

Quedamos en reunirnos en la recepción al día siguiente a las siete de la mañana. Eric se encargará de que nos sirvan el desayuno en la habitación y nos despierten. Es un controlador absoluto.

Nacho está en la primera planta, lo dejamos allí y nosotros seguimos subiendo. El silencio se hace incómodo y cargado, ya no me siento tan molesta con él. Sigue sin caerme bien, pero no me gusta que estemos sin hablarnos, porque estamos en esto juntos y al menos deberíamos ser cordiales.

Cuando salimos del ascensor, espero que me diga algo de la cena, que me inste a cenar con él como hace siempre, pero sale del ascensor sin abrir la boca y se va a su habitación, que está junto a la mía.

Deseo disculparme, decirle que siento lo que le dije al mediodía. No es que mintiera, porque lo que dije es verdad y él lo sabe. Pero, aun así, fui cruel y no me gusta, por eso quiero disculparme. No sé cómo hacerlo sin que me humille de nuevo. Antes de decidirme ya se ha metido en su habitación, así que yo hago lo propio.

Son las ocho de la tarde y no sé qué hacer. Tengo una oleada de sensaciones que me estresan. Me siento inquieta por la discusión con Eric, preocupada por Mariona, desesperada por encontrarla y conmocionada por todo lo que está ocurriendo. Necesito salir de esta espiral negativa en la que me he sumergido, necesito algo conocido, algo corriente que me ayude a sentirme mejor. Pienso en llamar a mis amigas. Una actividad social como hablar con una persona que me conozca sería placentera, pero me harán un millón de preguntas que no sé cómo responder; tendré que mentirles y, a pesar de lo que Eric piense, no soy ninguna mentirosa.

Pongo la tele de la habitación y hago zapping. Siento que estoy perdiendo el tiempo, debería estar haciendo algo productivo, algo que me ayude a encontrar a mi amiga.

Puede que hayamos dado cosas demasiado importantes por hechas, como que alguien la retiene, por ejemplo. A lo mejor ella está tan tranquila en una nueva vida, donde su familia, Nayara y yo, no tenemos cabida. Y yo estoy haciendo el indio, arrastrando con ello a Eric y ahora a Nacho. Mi instinto me dice que ella no está bien, que debo ayudarla, que C es su novio y que la persona que lo asesinó la retiene. Mi madre me pidió que siguiera mi instinto y que, cuando no me dijera nada, esperara, pero no me siento en posición de esperar. Necesito actuar, necesito hacer algo.

Apago la tele y salgo a la terraza de la habitación. Miro el precioso atardecer que se origina en el cielo, que está azul y naranja. Todavía hay mucha luz, pero pronto caerá la noche. Ya no hace calor y la temperatura es agradable, al igual que los sonidos de la vegetación y el olor a puro del lugar.

Me siento en el suelo y cruzo las piernas, dispuesta a realizar las clases de relajación que Laura y yo hemos practicado tantas veces. Necesito relajar mis nervios, calmar mi ansiedad, atraer energía positiva y eliminar toda la negativa. Cierro los ojos y me concentro en mi respiración, en todo lo que me rodea. Aún me duele la espalda y el culo después de la caída de esta mañana. Tiro mis hombros hacia atrás y saco pecho. Mis articulaciones crujen, así que estiro la espalda, con suavidad al principio y tensando un poco más mis músculos cada vez. Hacia delante y hacia atrás, acompañando el movimiento con los brazos. Después, estiro a ambos lados con los brazos arriba. Cuando la tensión de mi espalda se reduce, mantengo recta la espina dorsal y pongo las manos sobre mis rodillas. Muevo mi cuello, haciendo círculos y este también cruje. Estoy demasiado tensa, debería hacer esto cada noche. Intento dejar la mente en blanco, pero solo puedo pensar en lo incómodo que es el suelo. Tendría que hacerme con una esterilla de caucho como las que Laura tiene en casa.

Consigo relajarme después de un rato y, cuando mejor me siento, una voz me saca del trance.

—Siento no haberte llamado —oigo que dice Eric en la terraza de al lado.

Abro un ojo y miro de reojo hacia su balcón, que está al lado del mío. Está apoyado en la balaustrada de piedra, con el móvil en la oreja, parece que no ha reparado en mí. Debería meterme en mi habitación y no escucharlo al teléfono, pero no sé absolutamente nada de él. Solo conozco ese carácter insoportable que le precede y me sorprende que le pida disculpas a alguien.

—Sí, lo entiendo —dice con voz cansina—, pásame la factura de la hora y ya está, no hay que hacer un drama.

¿La factura de la hora? Abro los ojos y lo miro. ¿Está hablando con una prostituta? ¿Eric recurre a esa clase de servicios? Nadie lo diría. Si mantiene la boca cerrada es muy atrayente, atractivo, misterioso y guapo. Lo he visto solo con un pantalón corto, no necesita pagar para follar. Aunque con ese carácter, no debe ser fácil conseguir citas. Pero hay gente para todo en esta vida. Seguro que puede encontrar a una tontita a la que pueda humillar y pisotear mientras ella se gasta su fortuna.

—¿Quieres que lo hagamos por teléfono? —se mofa.

Estoy asombrada. Primero, por su tono de voz, que no tiene nada que ver con el que le he oído utilizar hasta ahora. Y segundo y más importante, porque no quiero escuchar esto. No creo que pueda quedarme escuchando cómo tiene sexo telefónico. Se va a tocar y puedo imaginarlo acariciándose.

Incomprensiblemente mi cuerpo se calienta al pensar en eso. Lo imagino tocándose, imagino cómo su cara se contraería presa del placer y mi bajo vientre hormiguea. Me pregunto si su miembro irá en proporción a su cuerpo y es igual de enorme y duro. Niego con la cabeza, debo de estar volviéndome loca. Demasiado tiempo de celibato, no hay otra explicación para que me excite la imagen de Eric masturbándose. Me estoy convirtiendo en una morbosa, salida y mirona. ¡Tengo que salir de aquí!

—De acuerdo. ¿Por dónde quieres empezar?

No puedo moverme. Quiero hacerlo, pero mi culo está anclado al suelo. Si hago un movimiento puede que repare en mí. O, bueno, puedo salir en plan comando. Lo he hecho un millón de veces en el CallofDutty, pero esto es la vida real, no uno de mis videojuegos.

—¿Recuerdas aquella chica de la que te hablé? —su interlocutora le contesta—. No sé ni por qué la mencioné… La cuestión es que volvió cada mañana a casa, hice que la investigaran y fui a buscarla.

¡Está hablando de mí! No me cabe ninguna duda.

—No lo sé, pensaba que era periodista, eso le dijo al portero. Pero no lo era, es una camarera. Necesitaba una explicación, ahora estoy con ella.

Da un paso atrás y mi corazón se acelera, pensando que me va a pillar. No pienso moverme, quiero escuchar lo que tenga que decir, quiero saber por qué me ayuda, quiero saber algo de él. Si me ve, estoy perdida. Es capaz de saltar el medio metro de nada que separa nuestros balcones y liármela.

—No es nada de eso, esto es tan complicado Natalia… —se queja apoyándose en la balaustrada.

Ahora sí tengo claro que quiero escucharlo. Es la primera vez que le oigo quejarse con ese tono inseguro. Gateo con sigilo hasta la pared que separa nuestros balcones y me apoyo en ella dispuesta a oír lo que tenga que decir. Sé que esto no está bien, es incorrecto e inmoral, pero quiero saber.

—¡Para nada! —suelta una carcajada, agrando mis ojos. Eric tiene la capacidad de reír, estoy impresionada—. Nos hemos declarado la guerra —una breve pausa y sigue—. Te equivocas, ella es peor que yo. Tiene agallas, me contradice en todo lo que hago o digo. Joder Natalia, me irrita como nadie. Incluso intentó darme una bofetada. Es peor que un grano en el culo, creo que va a provocarme una úlcera de estómago. Intento ser amable con ella, ponerle las cosas fáciles, pero no hay manera. Es impertinente, mentirosa y descarada. Me saca de quicio, me insulta, no me respeta… Lo que nadie ha hecho en años, lo hace ella y se queda tan pancha viendo mi cara de idiota.

¿Que intenta ser amable conmigo? Será en sus sueños. Todo lo que ha dicho es mentira, después me llama a mí mentirosa. Como dice el refrán: se cree el ladrón que todos son de su condición.

—Yo no lo creo —otra breve pausa, ojalá pudiera escuchar lo que dice ella—. Tengo que hacerlo —me pregunto qué le habrá dicho—. Si te lo contara harías que me encerraran —vuelve a reírse.

Le ha preguntado por qué sigue aquí, estoy segura. No debe confiar tanto en ella si no se lo ha dicho. ¡Mierda, quería saberlo! A pesar de eso, que no confíe en ella me produce cierto regocijo. No parece la conversación que mantendría con una prostituta. Me pregunto quién es Natalia. Aunque no debería importarme, me muero de curiosidad. Le paga por horas, pero no la trata como a los demás.

—El necesario y ni un minuto más. No me hace bien su compañía, me desestabiliza —está flipando, es él el que me desestabiliza a mí—. Eso es relativo, en cuanto me deshaga de ella, volveré a tenerlo. Es cuestión de tiempo, días, espero que horas. Necesito saber lo que le pasó —otra pausa—. Sí, todo tiene que ver con él, se lo debo. Ya sé que es difícil, pero necesito redimirme.

¿Quién es él? ¿A quién le debe algo Eric? ¿Por qué debe redimirse? No entiendo nada. Se queda callado, la mujer con la que habla le está diciendo algo. Ojalá pudiera oír la conversación completa, ya podría poner el altavoz. El teléfono de mi habitación empieza a sonar. Se oye perfectamente con las puertas del balcón abiertas pero no me muevo, me quedo quieta donde estoy. Me parece oír los pasos de Eric y oigo cómo cierra las puertas de su balcón. No sé si me ha descubierto o no. Me asomo con precaución por si ha fingido irse y solo espera pillarme infraganti. No está. Entro en la habitación con un millón de preguntas más rondando mi cabeza.

—¿Hola? —descuelgo el teléfono tirándome sobre la cama.

—¿Qué hay guapa? —es Nacho—. ¿Qué tal tu mareo?

—Pertenece al pasado.

—¿Bajas a cenar conmigo?

Tengo hambre y prefiero su compañía antes que la de Eric, pero también me sabe mal no decirle nada. Que decida Nacho si quiere que cenemos los tres juntos.

—De acuerdo. ¿Media hora?

—Nos vemos en el vestíbulo. Te diría que te pusieras guapa, pero ya lo eres, no te hace falta.

Me echo a reír, qué piropo más gratuito. Cuando voy a contestar ya ha colgado, así que me ducho sin lavarme el pelo, me visto de manera formal, pero sin dedicarle demasiado tiempo y bajo a cenar. No he comido nada desde el desayuno y entre los disgustos y el mareo me siento famélica.

Nos encontramos en la planta baja. Va vestido con unos tejanos gastados y rotos, una camiseta azul clarita y una cinta de un azul más oscuro en el pelo. Me sonríe y vamos al comedor. No ha invitado a Eric, debería sentirme mal. Pero, por otro lado, me apetece estar un rato lejos de él.

Nacho es muy hablador, prácticamente acapara toda la conversación. Es un aventurero nato. Me cuenta que con lo que le va a pagar Eric por este trabajo piensa irse a escalar no sé qué montaña de la que yo no he oído hablar en la vida. Me explica los sitios que ha visto, parece que le gusta mucho viajar y la naturaleza. Es un culo inquieto, eso mola. Creo que Laura y él podrían hacer muy buena pareja, ya que los dos son deportistas, aventureros y creo que tienen caracteres similares. Además, están solteros. Pero no creo que lleguen a conocerse, una lástima. Algún día le hablaré de él a Laura.

Eric baja al comedor y, en cuanto lo veo en la puerta, quiero esconderme. Por alguna razón, siento que lo he traicionado bajando a cenar con Nacho sin contar con él. Pasa junto a nosotros y ni siquiera nos saluda, a pesar de que su mirada está clavada en mis ojos todo el camino.

—¿Por qué no le has dicho que cenara con nosotros? —me pregunta Nacho.

—¿Por qué no lo has hecho tú? —finjo que no me ha afectado cómo me miraba.

—Yo nunca invito al que paga a acompañarme —contesta como

175

si fuera algo obvio—. Espero que decida él si quiere hacerlo. A no ser que sea una tía buena, claro.

Eso me excluye, yo no voy a financiar su viaje.

—Ni siquiera nos ha saludado. ¿Crees que se ha cabreado? —pregunta inquieto.

—Siempre está cabreado.

—He notado cierta tensión entre vosotros. ¿Qué problema tienes con tu amigo?

Creo que es una manera sutil de preguntarme si somos pareja.

—No es mi amigo —niego con la cabeza.

—¿Tu novio entonces? No quiero meterme en problemas, las mujeres suelen darme muchos —suelta una carcajada perezosa—, aunque nunca me quejo, me gusta la acción.

Me echo a reír. Ni en un millón de años, gracias.

—¿Crees que estoy loca?

—No me lo parece —dice mirándome el escote descaradamente.

—Solo una auténtica zumbada saldría con alguien como él.

—No lo entiendo. Si no es tu novio, ni tu amigo, ¿qué te une a él?

—Digamos que es mi benefactor, mi sponsor en esta... —busco la palabra correcta, moviendo el dedo índice en círculos— locura —no se me ocurre una más apropiada.

—No vamos a encontrar nada en esas cuevas, Sarah. Se lo dije, pero no parecía dispuesto a dar su brazo a torcer. Decirlo no me beneficia. Sinceramente, me conviene ayudaros e ir cobrando, pero es una pérdida de tiempo. No quiero que te hagas ilusiones, conozco el sitio como la palma de mi mano.

—¿Te ha dicho qué buscamos? —demando sin saber hasta dónde le ha contado Eric.

—Creéis que alguien retiene a otra persona en una de las cuevas de la zona. O, al menos, indicios de que en algún momento ha sido así. Se supone que es un sitio muy oscuro y pequeño, con poco oxígeno. Todas las cuevas son oscuras al adentrarse en ellas y, si son pequeñas, la falta de oxígeno es inevitable. Yo nunca he visto nada que me hiciera pensar que se ha mantenido a una persona en una de ellas. Y te aseguro que en esas cuevas no hay nadie.

—Es todo lo que tenemos —digo desanimada.

Nacho conoce muy bien el lugar y, si él nunca ha visto nada extraño, es que no hay nada. Es posible que no encontremos nada. Tengo la esperanza de que cuando estemos en el sitio correcto, C mande una nueva señal, que haga algo indicándonos el siguiente paso. Es extraño, antes se manifestaba a diario, en varias ocasiones, y ahora es como si nunca hubiera pasado nada, como si lo imaginara.

No quiero irme a dormir, no quiero más pesadillas. Además, es demasiado pronto. Mañana tengo que madrugar y, si no estoy donde Eric ha ordenado a la hora que le ha parecido, tendré que soportar su ira una vez más, o puede que simplemente se largue sin mí. Estoy segura de que eso le encantaría.

Enciendo la luz de la terraza y cojo uno de los enormes cojines de la cama. Quiero acabar lo que empecé esta tarde-noche antes de la interrupción de Eric. A pesar de que la compañía durante la cena ha sido grata y agradable, no he podido alejar a Eric de mis pensamientos, intentando descifrar su conversación. Lo peor es que desde que ha llegado al restaurante he sentido su mirada puesta en mí y he vuelto a sentirme observada, no sé si por él o por C, pero alguien me aplastaba con su mirada.

Necesito relajarme, dejar de pensar en Eric y sus intenciones o intereses. Me irrita darme cuenta de que no dejo de pensar en él. Debo alejarlo todo de mi mente, alejarlo a él y ver si viene a mí algún tipo de señal divina o epifanía que me indique qué debo hacer.

Dejo el cojín en el suelo y me siento sobre él. Hago los mismos ejercicios que antes e intento dejar la mente en blanco. Es algo imposible para mí. No dejo de analizar la conversación que ha mantenido Eric y la discusión del mediodía.

Analizo nuestra relación desde que lo conozco, buscando esa amabilidad de la que ha hecho gala al teléfono, buscando el momento donde ha intentado ponerme las cosas fáciles, pero no logro encontrarlo. Somos agua y aceite, no creo que nunca lleguemos a entendernos, no estamos hechos para encajar. Nunca nos ajustaremos el uno al otro y eso provoca molestias en la boca de mi estómago. Me golpeo la cabeza con la mano por no dejar de pensar en él.

—¿Qué estás haciendo, Sarah?

Doy un grito tan fuerte que retumba colina abajo hasta las montañas. Intento levantarme y tropiezo con el cojín y, haciendo gala de mi torpeza y nerviosismo, me caigo con él al suelo.

—¡Mierda! —exclamo—. Eric, me has asustado —me quejo levantándome, buscándolo en la penumbra.

—Quien algo teme, algo debe —contesta él desde su terraza.

¿De qué va? Lo busco con la mirada, pero la luz no llega a donde él está y no puedo verlo.

—¿Qué haces ahí a oscuras?

—No sabía que hicieras yoga, no te había visto hacerlo antes.

—¿No lo ponía en tu carpetita verde?

—Solo les di un día. Si les hubiera dado una semana lo sabría todo de ti.

Me apoyo en la terraza, deseo que se acerque, no me gusta no poder verlo. Su tono de voz parece relajado, quisiera poder ver si su cara por una vez también lo está.

—¿Qué significa eso? —le pregunto.

—Que no me interesas tanto como crees.

—No creo que te interese lo más mínimo, de lo contrario serías amable conmigo.

—Contigo soy más amable de lo que lo soy con el resto, pero eres tan sumamente desagradecida que no te das cuenta.

Me pregunto si es cierto lo que dice. Conmigo no es amable pero, siendo justa, no lo es con nadie.

—Yo no soy desagradecida.

—Deberías irte a la cama, mañana hay que madrugar y nos espera un día duro. Si no descansas como es debido lo vas a pasar muy mal. Tengo un plan de trabajo y no pienso alterarlo por ti.

¿Dónde está la amabilidad? Sus palabras son frías, igual que su tono de voz. Estoy segura de que si pudiera ver su mirada, sería igual de gélida.

—No voy a permitirte dejarme fuera —le advierto de nuevo.

—No quiero hacerlo, tú eres la clave. Necesito que vengas y que estés en plena forma.

¿Cómo? Viniendo de él esas palabras son casi una alabanza, casi.

—¿Yo soy la clave? —pregunto sin comprender.

—C, como tú lo llamas, se comunica contigo, no conmigo. Si en esas cuevas hay algo, lo sabremos a través de ti.

Vale, eso tiene lógica. Ojalá encontremos algo que nos acerque a Mariona, a saber lo que ocurrió. Quiero saber qué le pasó a mi madre y, sobre todo, necesito saber que Mariona está bien. Pero tengo miedo. Cada vez que hemos llegado a alguna conclusión, ha sido algo malo. Primero, descubrir que en la casa del lago hubo una pelea; después, saber que seguramente mi madre y Mariona se habían llevado los golpes, que C era el novio de Mariona y fue asesinado, que Mariona había sufrido abusos que mi madre vio en una revisión, que ella casi muriera, que enloqueciera por lo que le habían hecho y que intentara quitarse la vida. Me da miedo lo que podamos encontrar ahora, pero necesito saber la verdad. Necesito una respuesta y, sobre todo, necesito saber que mi amiga está bien.

—¿Qué haces aquí fuera? —le pregunto.

—Necesitaba despejarme, tengo demasiadas cosas en la cabeza, demasiados pensamientos dispares e intentaba ordenarlos. Creo que algo similar a lo que hacías tú.

—¿Puedes acercarte?

No sé por qué se lo he pedido, no debería haberlo hecho. Se levanta y oigo cómo la silla en la que está sentado se arrastra, se acerca y se apoya en su balcón como estoy yo en el mío. Quedamos cara a cara, solo nos separa medio metro de caída libre.

—¿Qué quieres? —pregunta mirándome a los ojos.

Tiene unos ojos preciosos, su mirada es fría y a la vez profunda. Recuerdo cuando esos ojos me acosaban en mis pesadillas. A pesar del miedo y la aprensión, eran mejor que la nada de mis nuevos sueños.

—Lamento lo que te dije a mediodía —decido disculparme y me sale solo, sincero—; sabes que no mentía, pero fui cruel y no debí decirte esas cosas.

Deja de apretar la mandíbula, incluso su mirada no parece tan severa.

—No quise ofenderte, Sarah —contesta él y le sonrío.

Creo que va a decir algo más por un momento. Tonta de mí, he pensado que él también se va a disculpar. Por supuesto, no lo hace, se queda callado mirándome. Me rasco la nunca, intimidada por la profundidad de su mirada, por lo guapo que es y por cómo me mira.

—Vete a dormir, mañana no pienso arrastrarte —dice volviendo a su tono severo.

Niego con la cabeza, este hombre es imposible. Por otra parte, tampoco tengo ninguna necesidad de llevarme bien con él. No sé por qué me esfuerzo tanto en ver lo bueno que hay en él cuando no hay nada, ni en intentar que él vea algo que le agrade en mí, cuando es obvio que somos personas opuestas, destinadas a no entenderse. Agua y aceite.

—Buenas noches, Eric.

—Que descanses, Sarah —le sonrío. Eso ha sido amable, incluso el tono no ha sido tan duro, sino suave y rasgado, con esa voz grave que tiene. Algo se mueve en mi interior.

Me siento tentada a decirle que eso es ser amable, por si quiere tomar nota de lo que es la amabilidad. No lo hago, es mejor que me vaya y lo deje así, o le haré hablar y lo estropeará.

Vuelvo a mi habitación y me meto en la cama. No tengo sueño y doy vueltas y vueltas hasta que finalmente me duermo.

Vuelvo a ese sitio horrible. Intento salir, pero no puedo, no puedo escapar. Grito, pero nadie me oye y nadie viene a socorrerme. Necesito salir de aquí, las paredes se me echan encima. La oscuridad y el no saber si hay alguien conmigo me aterrorizan. La idea de que hay alguien aquí y no puedo verlo me mata. Recuerdo que es un sueño. Quiero despertar, pero no puedo. Vuelvo a gritar, desesperada. Me ahogo, siento que me ahogo.

El día siguiente es horrible. Nos pasamos el día caminando bajo el sol, metiéndonos en esas cuevas que me ponen la piel de gallina. Pero más que las cuevas, es el recuerdo de mis sueños: eso es lo que me altera más. No estoy hecha para esto. A pesar del bastón que me dio el señor Vidal y del que no me despego, me tropiezo. Nacho me anima constantemente, me cuida, me ayuda en los tramos más difíciles y está pendiente de mí infatigablemente. Otro me hubiera mandado por ahí, pero él no lo hace. Parece que el papel de caballero salvador le gusta, y a mí me viene como agua de mayo. Eric también es infatigable, pero en meterse conmigo por mi lentitud, mi torpeza, mis miedos y por retrasarnos.

Por la noche, cuando llegamos al hotel, estoy agotada y sin energías. Hemos visitado tres cuevas y, por lo que he entendido, hemos hecho dos kilómetros al este del punto de mi madre. Mañana haremos otros dos kilómetros al sur y al oeste, cuatro cuevas y, al otro, haremos más de cuatro kilómetros al norte. Debo admitir que no me gusta cómo suena eso, porque norte suena a «cuesta arriba».

Nacho y yo quedamos para cenar, como la noche anterior. Me ducho y me visto. Antes de bajar, pienso en llamar a la puerta de Eric. Quizás un gesto de amabilidad por mi parte lo ablande para las cuatro cuevas de mañana. Después me acuerdo de cómo me ha tratado todo el día y me recuerdo a mí misma que no tengo la necesidad de buscar un lazo afectivo con él, porque ni es mi amigo ni lo será.

La jornada del día siguiente es aún peor. Aparcamos cerca de la primera cueva, que es más de lo que vimos ayer. Pero la segunda, es otra historia… ¡Hemos tenido que atarnos a unas cuerdas para poder cruzar una enorme grieta de varios metros! ¿En serio? A pesar de mi insistencia en que yo no pensaba cruzar, entre los dos me han convencido. Bueno, más bien me ha convencido Nacho, Eric lo único que ha hecho es gruñir y blasfemar. No hemos encontrado nada y el camino a la tercera cueva ha sido una auténtica pesadilla. Pensar que hay gente que hace esto por diversión, que personas como Nacho se dedican a esto porque les gusta, es algo incomprensible para mí. Cuando llegamos a la tercera, ya es de noche y Eric está más cabreado de lo normal, me culpa del retraso. Pero no puedo discutir porque es cierto.

La vuelta al coche es aún peor. Eric va delante de nosotros y Nacho prácticamente me arrastra. Voy cogida a su brazo mientras alumbra el camino con la linterna y tira de mí. Estoy cansada y no me dejan descansar. Prácticamente no hemos parado en todo el día, pero ninguno de los dos se compadece de mí.

De vuelta al hotel me tumbo en la parte trasera del coche y cierro los ojos disfrutando del movimiento, me resulta hipnótico. A pesar de los caminos que cogemos, el coche de Eric tiene una amortiguación de lujo.

Van hablando de los cambios en el itinerario de mañana. Por lo visto, seguiremos por el oeste, ya que nos hemos dejado una cueva y hay varias muy juntas que serán fáciles. Me pregunto qué es fácil para estos dos. Antes de llegar al hotel, estoy dormida.

Vuelvo a mis pesadillas. Estoy metida hasta la cabeza cuando oigo la voz de Eric y, aunque no entiendo lo que me está diciendo, oír su voz de alguna manera me relaja. No me siento para nada bien, pero relaja mis nervios.

Me despierto y todo se mueve, no estoy en el coche. ¿Dónde estoy? Miro a mi alrededor y veo el ascensor. Eric me lleva en brazos. ¿Por qué Eric me lleva en brazos? ¿Por qué no me ha despertado o lo ha hecho Nacho?

—Bájame —le digo con voz pastosa, como si hubiera dormido horas.

Me deja en suelo pero no me suelta, estoy tan cansada que no me aparto de él. Me siento muy cómoda apoyada sobre su pecho. Así, apoyada en él, me cercioro de que a pesar del esfuerzo del día, no huele a sudor, huele muy bien.

—Haré que te suban la cena a la habitación. Les he pedido que te dejen sales para darte un baño. No estás acostumbrada a hacer deporte y, si aún no tienes agujetas, pronto las tendrás.

Otra vez me está diciendo lo que tengo que hacer. Estoy tan cansada que no me apetece discutir, no tengo energías para un round contra Eric. Solo me apetece colgarme de su cuello y que tire de mí.

—No llames al mal tiempo. Esto se me da mejor, no he vuelto a caerme —digo con voz cansina.

—Es cierto, pronto podrás dedicarte a ello.

De otra persona pensaría que es una broma, pero viniendo de Eric sé que es puro sarcasmo.

—Ja, ja.

Llegamos a nuestro piso. Rodea mi espalda con su brazo y me empuja. Pero no es un empujón en sí, sino más bien una ayuda para que camine. Salimos del ascensor hasta mi puerta y la abre.

—Date ese baño. Y ten cuidando, no te vayas a dormir en la bañera —me advierte viendo mi estado aletargado—. Después cena y a la cama. Tienes que reponer fuerzas, Sarah. No podemos permitir que vuelva a ocurrir lo de hoy o no acabaremos nunca.

—Dime una cosa. En ese radio de veinte kilómetros que habéis marcado, ¿cuántas cuevas hay?

—Diecisiete.

Diecisiete cuevas. Si no calculo mal…, si hacemos tres cuevas por día, son casi seis días. De puta madre.

—Buenas noches —digo entrando con desánimo a mi habitación.

—Descansa.

Veo la cama y solo tengo ganas de tumbarme en ella. Sé lo cómoda que es y la almohada tan mullida que tiene. Solo de pensarlo, aún tengo más somnolencia.

Junto a la puerta del balcón veo una esterilla y no puedo evitar sonreír.

«Intento ser amable con ella, ponerle las cosas fáciles», recuerdo las palabras de Eric. Es posible que realmente lo haga y yo no le conozca lo suficiente para darme cuenta. Si conmigo es más amable que con el resto de personas como dijo, pobrecillos los demás.

Me doy el baño que Eric me ha dicho que me dé. Estoy demasiado a gusto, pero no quiero quedarme dormida, así que no lo alargo mucho. Salgo y me pongo el albornoz. Me encantan estos albornoces, es posible que me lleve uno antes de irme. O puede que cuatro, ya que estamos. Cuando salgo a la sala, hay un carrito con la cena.

La verdad es que no me apetece cenar sola y, además, estoy demasiado cansada para la cháchara de Nacho. Dudo un momento y llamo a la habitación de Eric.

—¿Qué pasa? —dice con esa amabilidad que le caracteriza.

—¿Has cenado? —ignoro esa contestación.

—Iba a hacerlo ahora —suaviza su tono.

—¿Vas a bajar a cenar?

—No, estaba haciendo unas llamadas de trabajo cuando me han traído la cena.

Miro la hora. Llamadas de trabajo casi a las doce de la noche, para flipar.

—A mí también me la han traído mientras me bañaba. Creo que puedo quedarme dormida sobre el plato —sonrío y él se queda callado, seguramente preguntándose a dónde quiero ir a parar—. Voy a salir a cenar a la terraza.

—¿Qué es lo que quieres, Sarah?

—Nada, solo quería decírtelo. Si no quieres cenar solo, estaré fuera. Si no, nos vemos mañana a las siete. Buenas noches.

Cuelgo el teléfono, me da igual si sale o no. No quiero cenar sola, pero tampoco quiero discutir. Haga lo que haga, me parecerá bien. Cojo el carrito y lo arrastro hasta la habitación. Enciendo la luz de la terraza y salgo con el carrito. Voy a sentarme en la mesa cuando la luz de la terraza de Eric también se enciende. Miro en su dirección y sale con una bandeja que deja sobre la mesa. Le sonrío, acerco una silla a donde está él y me siento frente al carrito.

Me parece un poco ridículo que cenemos juntos a esta distancia.

—Buenas noches, Eric. ¿Cómo tú por aquí? —bromeo.

—¿No es lo que querías? —frunzo el ceño y él me guiña un ojo. Suelto una carcajada fuerte y sonora, me está tomando el pelo.

—¿Qué tengo para cenar? —le pregunto antes de destapar la bandeja. Estoy segura de que él ha elegido qué debía cenar en su afán de controlador sin control.

—Proteínas. Ese culo tuyo escuchimizado necesita proteínas para moverse más deprisa —dice desenfadado.

¿Debería ofenderme? Tal vez, pero no tengo ganas. Tengo una constitución delgada y un culo a juego. Alguna vez me he quejado de que es demasiado pequeño, pero el tema es que él se ha fijado.

—No debería mirarme el culo, señor Capdevila.

—Entonces no te pongas esas mallas tan ajustadas.

Eso sí es ofensivo, pero lo dice en un tono tan desenfadado y sexy que no puedo ofenderme. Creo que estoy soñando, Eric parece que está de buen humor y eso es imposible.

—¿Quieres hacerme alguna sugerencia sobre qué debo ponerme mañana?

Destapo la bandeja. Mi cena consiste en un entrecot al punto con una salsa que pruebo con el tenedor. Mmmm roquefort…. está de muerte. Va acompañada de patatas asadas y brócoli.

—Las mallas te sientan bien.

—Lo sé —digo en el mismo tono desenfadado que él está empleando—. ¿Cómo han ido tus llamadas de trabajo? Extrañamente, parece que estás de buen humor.

Empiezo a cenar. Me siento relajada, creo que hemos vuelto a conectar y espero que podamos seguir así al menos hasta que acabemos de cenar.

—Han arreglado el desastre del sábado, así que me siento de buen humor. He invertido meses en ese negocio y mis expectativas puede que se vean cumplidas.

—Me alegro por ti —se lo digo de verdad.

—Sí, puede que al final no despida a nadie. Familias enteras podrían depender de esos sueldos.

Dejo de mirar mi comida y vuelvo a mirarlo. Esas palabras se las dije yo después de ver cómo trataba a sus empleados. Es sorprendente saber que Eric me escucha.

—Gracias por la esterilla.

—De nada.

Seguimos comiendo en silencio. En la parte de abajo del carrito hay una cubitera con bebidas, vino, agua, cava, refrescos… pero nada de cafeína, que es lo que necesito. Es cosa de él, lo sé, quiere que duerma y prácticamente me siento anestesiada después de la cena y el vino.

—¿Por qué compraste este hotel, Eric? —siento curiosidad.

—Es bonito. Cuando lo compré, su estado era lamentable, pero me gustó mucho. Tenía la materia prima. Sabía lo que quería. Conozco al mejor arquitecto de Barcelona, él se pasó a verlo y lo reformamos. Después, hablé con una interiorista y le dimos el toque que yo quería. ¿Te gusta?

—Mucho. Aunque no entiendo cómo un sitio así funciona en medio de la nada.

—Lo utilizo a menudo con mis clientes, ellos hicieron correr la voz. Toda la parte de abajo es spa. He buscado el equilibrio entre la exclusividad y la paz que su situación proporciona. Seguramente, en esta ocasión, no tengas oportunidad de disfrutarlo. Pero, cuando todo acabe, si quieres puedes venir a pasar unos días con alguien. Unas vacaciones para disfrutar de las instalaciones, estás invitada.

—Gracias.

—Ahora, vete a la cama. Mañana tenemos que recuperar el tiempo que hemos perdido hoy. Nacho dice que las cuevas de mañana no serán tan complicadas, así que hay que ponerse las pilas.

—Aunque no lo creas —le contesto sin alterarme—, hago lo que puedo.

—Tienes que esforzarte más —no lo dice en su tono crítico.

No creo que pueda hacerlo mejor, pero no quiero decírselo y romper esta atmósfera sosegada.

—Lo intentaré.

Me pongo de pie y él también lo hace. Le sonrío y me voy con mi carrito al interior. He cenado demasiado, aún me siento más pesada. Dejo el carrito en la puerta del balcón y me tumbo en la cama sin cerrar la ventana o ponerme el pijama, estoy muerta.

Me zarandean, alguien me coge. Siento que me ahogo. Me estoy ahogando y el corazón me duele, va demasiado deprisa. Oigo una voz lejana con la que ya he soñado antes. Antes de conocerlo a él ya conocía su voz, ahora entiendo sus matices: cómo suena cuando está enfadado, cuando usa su mordaz sarcasmo, cuando algo lo irrita… Incluso lo he escuchado reír, aunque no lo hiciera conmigo. Ahora suena diferente. Me concentro en la voz de Eric, no puedo verlo, no puedo ver nada.

—¡Sarah! ¡Sarah, por favor! ¿Qué te pasa? ¡Vamos, Sarah! ¡Sarah! —suena desesperado. Cada vez puedo oírlo mejor, me concentro en él—. Vamos, nena. Venga. Sarah, despierta, Sarah. ¡Joder Sarah, despierta de una puta vez!

Me llevo la mano a mi corazón dolorido. Mierda, duele. Tengo el albornoz demasiado abierto, lo cierro y observo que no se me vea más de lo debido por abajo. La luz me ciega y me tapo los ojos con el otro brazo.

—Sarah, mírame, mírame —me aparta el brazo de la cara e intento mirarlo.

Me cuesta acostumbrarme a la luz, hay demasiada. Siento la garganta seca, me molesta y me cuesta respirar. Cojo grandes bocanadas de aire, pero no llega bien a mis pulmones y me ahogo.

—Mírame, Sarah. Mírame —vuelve a repetir Eric.

Centro mi mirada en la suya y parece que tenga miedo, tiene la cara desencajada. ¿Qué pasa? ¿Qué me pasa? Intento incorporarme en la cama y me falta el aire, pero Eric me retiene sobre ella empujándome por los hombros y poniéndose casi encima de mí.

—Respira conmigo, poco a poco.

Miro sus labios, me está respirando en la cara y su aliento es una mezcla perfecta de dentífrico y café. Me concentro en su respiración, en cómo sus labios suaves se mueven. Intento tranquilizarme y respirar con él y parece que funciona: estoy respirando, no me ahogo. Exhalo el aire y vuelvo a mirarle a los ojos.

—¿Qué ha pasado? —pregunto con una voz quebrada que no parece la mía.

—¡Joder, Sarah! —se queja Eric acariciándome la cara un segundo con el pulgar—. Casi haces que tenga un infarto. Te he llamado pero no contestabas; he aporreado la puerta y no me abrías, así que he entrado. No podía despertarte, no te despertabas, te he hecho de todo y no reaccionabas.

Restriego mis ojos con los dedos. ¡Madre mía! Pensaba que me ahogaba. Ahora puedo respirar y mi corazón se ralentiza. Eric me suelta los hombros y me coge la muñeca tomándome el pulso.

—Creía que me ahogaba —le digo aún asustada.

—Yo también lo pensaba. No respirabas bien y no podía despertarte.

Veo un vaso de agua sobre la mesita de noche, me incorporo y me lo llevo a los labios. Tengo la garganta cerrada, pero poco a poco va entrando y la lubrica.

—¿Otra vez esas pesadillas? —afirmo con la cabeza—. ¿La cueva?

Dejo el vaso sobre la mesita. Por favor... ¡Qué susto! No quiero volver a pasar por esto.

—Sí, no veía nada. Me estaba ahogando, no podía respirar... Oía tu voz a lo lejos, así que me he concentrado en ella y me he despertado. No quiero morirme durmiendo —estoy asustada.

Esto es nuevo. No quiero que vuelva a pasarme esto o no volveré a dormir.

—Eso no va a pasar. Ayer estabas muy cansada, por eso estabas tan profundamente dormida.

—Eric, estabas asustado.

—Claro que no. Bueno, un poco sí... Pero sabía que despertarías.

Solo lo dice para que no me preocupe, para que no me asuste. Pero llega tarde, ya estoy asustada.

—No hace falta que hoy vengas, quédate aquí tranquila. Baja al spa, date un masaje y relájate.

Hago una mueca con la boca en forma de sonrisa, pero no me siento capaz ni de sonreír. Le agradezco que me dé este descanso, pero no. Eso no va a ocurrir.

—No voy a quedarme aquí cuando, lo que he sentido, puede ser por lo que está pasando Mariona. Voy a ir a buscarla contigo.

—¿Estás segura? —me pregunta preocupado.

—Claro que sí. Dame diez minutos y estaré abajo.

Eric está preocupado. Parecía impotente cuando me ha despertado, desesperado, aterrado...y eso me preocupa muchísimo. Tengo mucho miedo, pero intento mantener una falsa pose de seguridad delante de él. Se me queda mirando, sabe que he mentido, que no estoy segura de nada, pero al final se levanta de mi cama y se va sin decir nada más.

Cuando llego abajo no sé qué le habrá dicho a Nacho, pero lo cierto es que no me increpa por haberme dormido, no hace ningún comentario y salimos hacia la cueva que ayer quedó pendiente. Nacho está más callado de lo habitual, me pregunto qué le habrá dicho Eric.

En la primera cueva no hay nada. ¡Esto es desesperante, es una pérdida de tiempo absoluta! Me estoy cansando de no encontrar nada. No me siento de buen humor, me siento frustrada, estoy alterada y enfadada con el mundo y conmigo misma. Además, Eric y Nacho están raros conmigo: Eric no me increpa y Nacho está todavía más encima de mí de lo normal. Me estoy agobiando.

Algo bueno de estar enfadada es que la adrenalina corre por todo mi organismo y me siento con mucha energía. Algo así como si pudiera con todo y con todos.

Cuando termina el día, hemos hecho las cinco cuevas que Eric había programado para hoy, pero seguimos sin nada, una vez más.

Cada día que pasa me siento más frustrada, desanimada y desesperada. Cuando llegamos al coche está oscureciendo.

Nacho me ofrece cenar con él. No estoy de humor y menos con él, a pesar de que hasta ahora nos hemos llevado de maravilla. Hoy me ha agobiado: ha estado encima de mí, tocándome todo el rato. Quiero distancia, quiero estar sola.

Cuando llego a mi suite, abro las puertas de la terraza de la habitación. Pero no salgo fuera, tampoco quiero ver a Eric. Pongo la esterilla en la puerta de la terraza, dentro de la habitación, e intento relajarme.

Quiero pensar en cosas positivas, buscar una válvula de escape para toda esta negatividad y hostilidad que me rodea. Me siento como en unas arenas movedizas: cuanto más intento salir, más difícil me resulta hacerlo, más profundamente me meto en esta espiral de autocompasión y desesperación.

Cuando me voy a dormir, lo hago con aprensión. Me siento tentada de ir a la habitación de Eric y pedirle que me deje dormir con él. La noche que dormí a su lado no tuve pesadillas. No obstante, no puedo hacerlo, mi orgullo me lo impide. La verdad es que estoy cansada de ser el eslabón débil. Llamo a recepción y les pido que me llamen cada hora. Mañana voy a sentirme fatigada, pero no pienso volver a pasar por lo mismo de la noche anterior.

A la mañana siguiente vamos al norte y la falta de descanso hace que mi humor se vuelva todavía más agrio. Parece que Eric tampoco ha descansado mucho, tiene el mismo mal humor que yo, pero en él es algo habitual.

Hoy solo vamos a hacer dos cuevas, pero las dos están muy al interior y para llegar nos pasamos horas interminables caminando. Me apoyo en mi bastón y voy detrás de ellos.

Después de un par de comentarios bordes, Nacho deja de seguirme como un perrito faldero, desiste de hacer bromas y ya no intenta inútilmente animarme.

Después de otra jornada de ejercicio interminable, estoy de nuevo en mi suite. Me doy un baño y ceno en la sala con la única compañía de la tele. Estoy deprimida, ni siquiera una reposición de mi serie favorita consigue arrancarme una sonrisa.

Cojo mi móvil, abandonado en el bolso desde hace días. Me siento tentada a encenderlo y llamar a Nayara o Laura para desahogarme. Estoy a punto de hacerlo, cuando llaman a la puerta. Dejo el móvil sobre la mesa y voy a ver quién es.

Abro la puerta y ahí está Eric. Va impecablemente vestido, como siempre. Lleva un tejano oscuro y un polo rojo. Acaba de ducharse, su pelo oscuro aún está mojado. ¿Qué querrá?

—¿Podemos hablar? —me pregunta en la puerta.

Me aparto indicándole que entre. Lo hace y va hasta la puerta de la terraza, la abre y sale por ella. Lo sigo. Ya es de noche y los sonidos de la naturaleza se intensifican, es como si se oyeran a través de un amplificador. En esta parte de la terraza está la mesa exterior con las sillas y, al lado opuesto de la puerta acristalada de la habitación, hay dos tumbonas. Se sienta en el centro de una, mirando hacia la otra.

—¿Qué quieres? —demando tumbándome en la que deja libre.

—¿Hay algo que quieras decirme?

Lo pienso un momento mirando sus ojos. Parece la clásica pregunta que alguien te hace cuando le has ocultado algo y lo sabe. Pero yo no le estoy ocultando nada. No que yo recuerde, al menos.

—Creo que no.

—¿Ha pasado algo?

—No, que yo sepa —contesto con impaciencia.

No dice nada más. Aparto la mirada y miro al cielo estrellado mientras él sigue mirándome a mí. Siento su mirada sobre mí, no entiendo lo que quiere ni qué está haciendo aquí.

—¿Ha pasado algo con Nacho?

—¿Algo como qué? —pregunto frunciendo el ceño, sin comprender.

—Dímelo tú.

Vuelvo a mirarlo, no sé a dónde quiere ir a parar.

—¿Qué quieres Eric?

—Saber qué te pasa. Sé que yo no te gusto, pero creía que Nacho sí. Sin embargo, llevas dos días sin hablar con él, sin bromear como lo hacías hasta ahora. He visto cómo le hablas, cómo te apartas. ¿Te ha hecho algo?

—¿Estás preocupado por mí? —no puedo creerlo.

—Solo quiero saber que todo va bien.

Sonrío y miro al cielo. Eric tiene sentimientos y se preocupa por mí. ¿Quién me lo iba a decir?

—No estoy de humor para nada. Nacho es un buen chico, me cae muy bien. Pero estoy de mal humor y, por desgracia, lo pago con el que menos culpa tiene.

—Sé cómo te sientes Sarah, pronto encontraremos algo.

Eric no tiene ni idea de cómo me siento. Me molesta que piense que sabe lo que pasa por mi cabeza. Piensa que lo sabe todo y, en realidad, no tiene ni puta idea.

—¿Cómo lo sabes? —me incorporo mirándolo y me siento frente a él—. No hemos conseguido nada. Llevamos casi una semana peinando la zona como idiotas. Nacho me dijo que no encontraríamos nada y cada día tengo menos esperanzas. Él conoce todas las cuevas de la zona. No hay nada, Eric. Ella no está aquí —pongo los codos sobre mis rodillas y cubro mi cara. No quiero que Eric me vea llorando, pero me siento en la cuerda floja—. Estamos perdiendo el tiempo. C ya no está, me ha abandonado y sin él no vamos a conseguir otra cosa que dar palos de ciego.

No puedo contener más las ganas de llorar, justamente por esto quería llamar a mis amigas. No quiero parecer débil frente a Eric. Él sabe que lo soy, pero no quiero recordárselo.

—Volverá —dice muy decidido.

—No lo creo —digo con la voz quebrada por mis lágrimas.

—No llores, Sarah —dice con voz contenida.

—Deberíamos dejarlo —digo derrotada—, deberíamos volver a casa. Nunca sabremos qué pasó, nunca lo sabremos, no vamos a encontrarla —me derrumbo.

—No podemos abandonar ahora.

—No quiero hacerlo, pero nunca me he sentido tan frustrada como estos últimos días.

—Mírame, Sarah —me pide, no quiero que vea que estoy llorando—. Vamos, mírame.

Levanto la cabeza y lo hago. Me limpia las lágrimas de la cara con suavidad. Su piel hace que la mía hormiguée. Siento esa corriente eléctrica de nuevo. Hacía días que no la sentía, hacía días que Eric no me tocaba. Su mirada no es fría o severa, se compadece de mí. Soy patética.

Deja una mano sobre mi rodilla desnuda y me fijo en ella. Me encantan las manos de Eric. Son grandes, fuertes y masculinas, como si pudieran cargar con el peso del mundo. Además, también son suaves, sin durezas ni callos de trabajar. Levanto la cabeza y vuelvo a mirarlo. Me mira con esa mirada profunda y yo lo miro a él. Sus ojos son mucho más bonitos ahora que no están congelados, su expresión está más relajada de lo que nunca me ha parecido. Baja la otra mano por mi cuello y sigue acariciando mi mejilla con el pulgar, mientras los otros dedos acarician mi nuca. Su toque sería como un pinchazo de anestesia si no fuera por el millón de mariposas que bailan en mi estómago.

Tiene los labios entreabiertos y acerca su cara a la mía, su aliento me roza. Creo que me va a besar, ladea la cabeza y cada vez está más cerca. Mi corazón se acelera de anticipación viendo cómo sus ojos se clavan en mis labios. Me acerco a él, lo estoy buscando. Debo de haberme vuelto loca del todo, pero deseo que Eric me bese, que sus labios acaricien los míos. Anhelo que el hombre de piedra me consuele. Cierro los ojos y espero sentir su calor, su sabor… Deseo que esto ocurra, saber cómo es un beso de Eric. Deseo que me bese y poder besarlo.

—Será mejor que nos vayamos a dormir —deja de tocarme y abro los ojos preguntándome qué ha pasado—. Mañana debemos madrugar —dice rascándose el cuero cabelludo, detrás de la cabeza.

Me siento una completa idiota. De todas las humillaciones que me ha hecho, esta es la peor. Me siento una imbécil por desear que me besara, por demostrarle que me atrae a pesar de tratarme como un trapo. Me levanto de la tumbona como un vendaval, entro en la suite y cruzo el salón. Después de entrar en mi habitación, cierro de un portazo que ojalá tirara la pared abajo.

18
Cambio de planes

La táctica de despertarme cada hora es un desastre, como todo lo que me rodea. Mi pesadilla sigue ahí pisoteándome como un pistón, haciéndome sentir cada vez más desesperada y vulnerable.

Cuando me levanto me siento cansada y asqueada. Encima, ahora tengo que enfrentar a Eric después de lo que pasó anoche. Si ya era un prepotente, ahora será peor, lo sé, se creerá irresistible. Debí abofetearlo cuando vi que iba a besarme en lugar de quedarme embelesada en lo guapo y misterioso que es y en lo mucho que me atrae. En lugar de desear que me besara y me tocara, que me consolara, debí hacer algo. No debió mostrarse amable o preocupado por mí, eso solo ha logrado confundirme hasta el punto de desear lo que no quiero. Creía que hoy me sentiría mejor, pero no es así, sigo sintiéndome como una estúpida.

Nos reunimos en el hall del hotel a las siete, como cada mañana. Las gafas de sol esconden mi vergüenza, mis ojeras y mi humillación, o al menos eso espero. Cuando bajo, Nacho todavía no ha llegado. Así que me siento en uno de los sillones a esperar que baje. Eric se acerca.

—¿Qué tal has dormido? —me pregunta por cortesía.

Ni siquiera lo miro, no quiero ver su odiosa cara arrogante.

—¿A ti qué te importa?

—¿Aún estás molesta por lo de anoche? —demanda.

—Mejor no me hables —digo sin mirarlo.

Deseo enviarlo a la mierda. Como vuelva a decir algo de lo ocurrido anoche, puede que acabe cruzándole la cara, me da igual el precio a pagar. No sé en qué estaba pensando para desear besarlo, no lo entiendo. No me gusta, no me cae bien, el desprecio que siento por él es mutuo. ¿Entonces por qué quise que me besara? Estoy muy mal de la cabeza, no debería sorprenderme tanto.

En el último mes no he hecho más que una estupidez detrás de otra… buscándolo a él, siguiéndolo, confiando en él, dejándome arrastrar, dejando que me manipule a voluntad y creyendo que lo conozco.

Cuando Nacho se reúne con nosotros, vamos al coche.

—Toma, Sarah —me da las llaves del coche—. Conducir puede ser muy terapéutico.

—¿Necesito terapia? —le digo molesta.

Es obvio que después de lo que ocurrió anoche, dejé claro que la necesito. De otra manera, ¿por qué iba a desear que me besara Eric? Soy masoquista. Por más que él sea la imagen del pecado y el deseo.

—Conducir despeja la mente. Quizás encuentres lo que buscas en la terraza.

—¿Cómo te atreves? —paro delante del coche y lo miro.

—Pensaba que hacías yoga para eso —aclara.

Me subo al coche cabreada. Por cada paso adelante que doy con él, después damos tres atrás. Sé que después de lo de anoche todo lo que diga o haga me va a molestar, y a eso debemos sumarle mi mal humor, la falta de sueño y la frustración. Soy una olla exprés a punto de estallar y deseo que, cuando lo haga, él esté lo suficientemente cerca para que le salpique toda la porquería que llevo dentro.

Hoy volvemos al norte y vamos unos diez kilómetros más arriba. El navegador me va guiando y he cambiado el dial de la radio solo por fastidiar. Eric, sentado a mi lado, no ha dicho nada.

Nacho nos pregunta qué tal nos ha ido la noche. Yo gruño y Eric se ríe. Lo miro de reojo, había olvidado que cuando se ríe es un millón de veces más guapo. «Estúpido arrogante de mierda», pienso.

En la radio suena la canción que considero que debería ser la canción del verano, así que subo el volumen para que Nacho no vuelva a abrir la boca.

Estamos a medio camino. Hemos dejado de seguir las indicaciones del navegador y Nacho me indica por dónde debo ir. Vamos por un camino mal asfaltado de doble sentido. Veo que el camino se divide un poco más adelante.

—Sigue por la izquierda, Sarah —dice Nacho desde el asiento trasero

De repente, siento ese familiar olor a tierra húmeda. Freno en seco y todo se mueve hacia delante. Buenos frenos.

—¿Qué haces? —pregunta Eric molesto.

Lo miro. Tenía un vaso de cartón con café entre las piernas y, al frenar de golpe, se ha caído y ha manchado todo el asiento y a él. Si no fuera por este olor y lo que viene con él, la que se reiría ahora sería yo.

—¡Cállate! Callaos los dos.

Vuelvo la cabeza a la carretera y cierro los ojos. Intento concentrarme, no tengo miedo. Estoy a plena luz del sol y en el coche con dos personas. Necesito que C me ayude, lo necesito. Intento sentir algo, lo que sea, pero no siento nada extraño, solo ese olor.

En la radio suena un viejo tema de Kylie Minogue, la paro y todo queda en silencio.

—¿Qué pasa, Sarah? —pregunta Nacho desde el asiento trasero.

Me bajo del coche, no quiero que me digan nada. Descubro que aquí fuera no huele igual. Espero un momento, pero sigue sin pasar nada. Vuelvo a subir al coche y me pongo el cinturón.

—¿Lo hueles, Eric?

—Huele un poco a tierra mojada.

Pongo el coche en marcha y avanzo muy despacio. Entonces lo siento, siento que hay alguien más con nosotros, siento su presencia de nuevo. Mi piel se eriza y siento un escalofrío detrás de otro. Noto los nervios posarse en mi estómago.

Cuando llegamos a la bifurcación de caminos, siento un aliento helado en la nuca.

«Mira», oigo la voz junto a mi oreja.

Paro en seco de nuevo, ahora vamos muy despacio. Pongo punto muerto y miro a mi alrededor. El olor poco a poco desaparece. No sé qué quiere que mire, si aquí no hay nada. Estamos en medio de otro bosque, solo hay árboles y más árboles. Matorrales, hierbajos y el camino, así que no veo nada extraño. Vuelvo a bajar del coche.

—¿Qué le pasa? —oigo que Nacho le pregunta a Eric.

Me alejo del coche y miro a mi alrededor. Miro hacia los caminos. Se supone que debemos ir a la izquierda y observo el camino que pronto se pierde entre los árboles. No obstante, observo también el camino de la derecha, el cual hace pendiente y sube por una montaña que tengo justo delante. Observo con detenimiento y en la cima consigo ver algo.

—¿Qué pasa, Sarah? —pregunta Eric a mi espalda.

Doy un salto. No lo he oído bajarse del coche o acercarse.

—Lo he sentido —me giro para mirarlo—. En el coche. C me ha hablado y he podido escucharlo.

—¿Qué te ha dicho? —se acerca más a mí.

—Mira.

—¿Mira? —me observa interrogante y yo me encojo—. ¿Mira qué? —se exaspera.

—Solo mira.

Vuelvo a mirar a la cima de la montaña. No es una montaña demasiado alta, ni siquiera estoy segura de que sea una montaña.

—¿Qué hay ahí arriba? —le señalo.

—Subamos.

Volvemos al coche.

—¿Qué hay ahí arriba? —le pregunto a Nacho iniciando la marcha de nuevo.

—Es un observatorio de pájaros abandonado hace más de una década, ahí no hay nada.

Giro a la derecha. Quiero ver esa nada. C me ha dicho «mira» y solo eso llama mi atención.

—Debías ir a la izquierda, preciosa —dice Nacho.

—Quiero verlo, solo será un momento.

Subimos a la cima. La verdad es que solo nos lleva tres minutos llegar. El camino es muy irregular, se nota que hace mucho tiempo que nadie pasa por allí, al menos en coche. Cuando ya estamos casi arriba, unas zarzas que sobresalen del camino rascan el coche.

Paro delante de la casa, la cual es de una sola planta pintada de color amarillo desvaído. Bajo del coche y Eric también lo hace. Coge la linterna de la mochila y vamos a la puerta, donde hay una cadena con un candado que nos impide el paso. Eric se pone a buscar la llave. Yo no estoy para sutilezas, cojo una piedra de considerable tamaño que tengo delante y la tiro contra una ventana con todas mis fuerzas. Romper cosas es muy terapéutico.

—¡Joder, Sarah! —se queja Eric—. Casi me das.

—Qué más quisiera yo —me acerco a la ventana rota.

—Espera despechada —dice Eric cogiéndome de la cintura que llevo al aire con mi top—. Puedes cortarte.

—¿Despechada? —giro mi cabeza para mirarlo—. ¡Maldito arrogante! Qué más quisieras tú…

Está demasiado cerca. Mierda, mi cuerpo se calienta ¿De qué va? ¿Por qué me hace esto? No quiero sentirme atraída por Eric y menos aún por un beso que ni siquiera llegamos a darnos.

—El que no tiene recursos expresivos, agrede o insulta. ¿Nunca lo has oído?

Aparto sus manos de mi piel con fuerza. No quiero que me coja, ni que me toque y mucho menos que me proteja como si yo le importara.

—Puede que pase a las manos si vuelves a tocarme, así que ándate con ojo conmigo.

Sonríe y se gira hacia la ventana. Con el culo de la linterna rompe los cristales.

—¿Qué pasó anoche? —pregunta Nacho mirándonos—. La tensión entre vosotros se puede cortar con un cuchillo.

—No pasó nada. ¿Qué va a pasar? —contesto de mala gana. Como vuelva a preguntar, al final será él quien pille.

—Quizá deberías hacer que ocurriera algo, porque la tensión sexual es palpable… —comenta mientras aprieto la boca—. Además, a los dos os iría muy bien relajaros un poco. No os ofendáis, pero sois un coñazo.

Eric se echa a reír y siento que mi cabreo aumenta. Mi cara está roja como un tomate, siento el calor en ella. No sé si es por la rabia, por lo que ha dicho Nacho o porque Eric se ría de mí así.

—Eric ya tiene amigas a las que paga por horas para que le bajen los humos.

—¿Qué has dicho? —dice girándose para mirarme sin un ápice del buen humor que mostraba hace un segundo.

—Ya me has oído —le encaro con chulería.

—Preferirás no haber dicho eso.

En esa frase hay una amenaza implícita, pero no le tengo ningún miedo.

—Cómo está el patio… —comenta Nacho.

—Tú mejor cállate, esto es culpa tuya —digo girándome hacia Nacho.

Eric deja de mirarnos y se cuela por la ventana dentro del observatorio.

—Supongo que sabéis que entrar ahí es ilegal, es propiedad de la Generalitat, aunque esté abandonado.

Ignoro a Nacho y voy tras Eric. Desde dentro, me tiende la mano para ayudarme a entrar, pero yo no acepto su ayuda. Me entran ganas de decirle por dónde puede metérsela, pero me muerdo la lengua a pesar del peligro de envenenarme con ella.

Los cristales están muy sucios y apenas entra luz. Encuentro un interruptor, pero no funciona. Eric enciende la linterna y miro allí donde él alumbra. No es una estancia demasiado grande. El suelo está lleno de polvo y suciedad y en las paredes hay algunos óleos de pájaros y cosas así, incluso algunos ejemplares disecados que te miran con ojos acusatorios. Eric se dirige a una de las dos puertas que hay, la abre y es un pequeño cuarto de baño lleno de bichos asquerosos correteando a sus anchas. Cuando sale, cierro la puerta. ¡Qué asco!

Abre la otra puerta y es una pequeña habitación en la que solo hay una cama sin ropa y un armario abierto y vacío. Eric se acerca a la cama y coge algo. Lo enfoca con la linterna; se trata de unas cuerdas.

—Están cortadas —me las da.

Miro las cuerdas sobre mi mano y mi corazón se acelera.

—¿Crees que mi madre estuvo aquí?

—Es posible. Si esas cuerdas son suyas, alguien las cortó para que ella huyera. Aquí hay más.

Mira dentro del armario y no hay nada. Aparta el colchón de la cama y debajo no hay nada. Sin embargo, en el colchón me ha parecido ver algo.

—¿Qué hay en la otra parte del colchón?

Me pasa la linterna y lo gira sobre el somier. Enfoco y descubro que está lleno de manchas granate. ¡Mierda!

—¿Eso es sangre? —pregunto con voz temblorosa.

—Creo que sí.

—Es una mancha muy grande. El señor Vidal dijo que mi madre solo tenía cortes superficiales. Un corte superficial no mancha tanto. ¿Crees que es de Mariona?

Niega con la cabeza. Lo enfoco a él con la linterna, tiene la mandíbula apretada igual que los puños. Parece muy tenso. Sus ojos vuelven a ser muy fríos, está rabioso, colérico, esa es su expresión.

Sale por la puerta y vuelve a la habitación grande. Lo sigo y enfoco. Hay una estantería caída y, junto a una silla, hay más cuerdas.

Debajo de la silla me parece ver algo. Es una medalla. Le quito el polvo y la reconozco.

—¡Eric! —al momento está a mi lado—. Esto es de mi madre —le enseño la medalla de oro.

Hacía años que no veía este colgante, pero lo reconozco perfectamente. Mi madre lo llevó al cuello durante toda mi infancia. Es la medalla que mi padre le regaló cuando yo nací, detrás están mis iniciales grabadas y la fecha de mi nacimiento.

—Huyó desde aquí. Debemos estar a uno seis kilómetros de donde la encontraron.

—¿Dónde está Mariona? —pregunto desesperada a pesar de que sé que no tiene la respuesta.

—Sigue mirando.

Revisamos toda la estancia, pero no encontramos nada más, solo suciedad y mucho polvo. No parece que nadie haya entrado aquí en muchos años.

Encontramos otra silla llena de sangre, igual que el suelo, y más cuerda también manchada. Ahora ya sé de quién es, tiene que ser de C. Él murió asesinado y es posible que ocurriera aquí. Vuelvo a mirar hacia la silla donde estaba la cadena de mi madre, ella debió verlo morir.

Aparto una pesada y enmohecida alfombra del suelo, buscando si hay algún agujero en el suelo, pero no hay nada, no hay nada más.

Eric sale por la ventana y yo vuelvo a mirar todo a mi alrededor por última vez. Este sitio es un lugar maldito, estas paredes esconden todo lo que yo necesito saber. Si C fue asesinado aquí, es posible que su cuerpo no ande demasiado lejos. No me gusta estar aquí, el aire está viciado y no huele bien. Se me pone el vello de punta solo de imaginar las cosas horribles que pasaron en este lugar. Me quedo un minuto esperando algo, pero no ocurre nada y salgo al exterior con los demás.

—¿Ha pasado algo? —me pregunta Eric ayudándome a salir. Niego con la cabeza—. Tu madre huyó desde aquí. Nacho dice que son casi siete kilómetros de distancia.

Nacho está en el coche, así que supongo que Eric querrá que hablemos a solas.

—Esto no es una cueva, Eric. ¿Qué se supone que vamos a hacer ahora?

Me coge de la mano donde tengo la medalla de mi madre.

—Hablar con ella. Tu madre es la única persona que sabe lo que ocurrió.

Me da miedo que Eric hable con mi madre. Él no es una persona compasiva, no creo que sea capaz de tratarla debidamente. Aún puedo recordar cómo su mano presionaba sobre mi brazo, a punto de romperlo. No ha vuelto a tocarme desde entonces, no ha vuelto a maltratarme físicamente, pero aun así, no creo que sea bueno llevarlo con mi madre.

—Mi madre no está bien, Eric. Hablarle sobre lo que pasó aquí puede hacerle mucho daño. Además, no creo que nos diga nada.

Se lleva el puño a la boca y patea una piedra con fuerza. La piedra sale volando, se estrella contra una ventana y hace añicos los cristales.

—¿Prefieres seguir buscando? —pregunta muy alterado.

—¡No lo sé! —grito para que se calme.

—Joder, Sarah. Sé que quieres protegerla y lo entiendo. Tu madre pasó por algo muy duro ahí dentro —señala la casa—, pero ella puede tener las respuestas que necesitamos.

Él tiene razón, estoy cansada de dar palos de ciego. Hace días que siento que esto es una pérdida de tiempo.

—Iremos —le digo—, pero seré yo quien hable con ella, no tú. Tú no dirás nada —le advierto—, no quiero que la alteres, no quiero que le hagas daño —sigo advirtiéndole.

—Nunca le haría daño a tu madre.

—A mí me lo hiciste.

No quiero que vaya de bueno cuando sé de lo que es capaz para sacar información de alguien.

—Vamos Sarah, no te hice daño —se queja.

—Podrías habérmelo hecho.

—Solo te forcé un poco. Pero tu madre es una persona especial. Es una persona traumatizada que ha pasado por algo más horrible de lo que nosotros podamos imaginar. Nunca, jamás, la tocaría.

—¿Me lo prometes? —pregunto sin estar segura de poder creerlo.

Da un paso adelante y me devuelve la medalla de mi madre. Levanta la mano como si fuera a tocarme la cara, pero vuelve a bajarla y hace un puño de ella.

—Te lo prometo —me perfora con su mirada.

13

Carlos

Vamos de camino a Lleida. Hemos parado en el hotel para comer y ducharnos. Eric le ha dicho a Nacho que podía tomarse el resto del día libre. Hemos comido en el restaurante en un silencio absoluto y así seguimos ahora, de camino al psiquiátrico.

Eric ha vuelto a poner su cd de clásicos y está sonando Bach en los altavoces del coche cuando pasamos el control de seguridad.

—Yo hablaré con ella —le recuerdo al bajar del coche.

Afirma con la cabeza y entramos. Una enfermera me dice que mi madre está en el jardín norte con mi padre.

Preferiría verla a solas, sin mi padre y sin Eric, pero Eric ha dejado claro que entraba y no sé cómo voy a deshacerme de mi padre.

Vamos hacia los jardines en silencio. Es media tarde y aún hace calor, pero una brisa de aire fresco no deja de acariciarnos. Mi pelo va de un lado a otro, debería haberlo recogido.

Veo a mis padres sentados a una mesa; mi padre está de espaldas a nosotros, pero mi madre mira en nuestra dirección cuando nos estamos acercando. Observo cómo nos mira. Le dice algo a mi padre y este se gira para mirarnos también.

—Quizá puedas entretener a mi padre para que yo hable con ella —sugiero.

—Quiero oír lo que tu madre tiene que decir, me da igual si tu padre está delante o no —dice Eric muy serio.

Giro la cabeza mirándolo, él quería esto desde el principio. Es un manipulador y está haciendo conmigo lo que le da la gana. Lo peor es que yo le he dado el mando y ni siquiera sé por qué lo hace. No parece una persona altruista y se ha metido de lleno en esto por alguna razón. Sé que espera sacar algún beneficio de ello, pero no se cuál. No lo sabré hasta que se lo pregunte, pero me da tanto miedo planteárselo y que se dé cuenta de que a él esto ni le va ni le viene que sigo callada, con esa duda haciendo runrún en mi cabeza. Tengo la impresión de que voy a arrepentirme de haberlo traído aquí.

—Yo hablaré con ella —le repito por millonésima vez.

—Vale, Sarah. No seas pesada —dice perdiendo la paciencia—. Te lo he prometido —suaviza un poco el tono de voz al mirarme—, y siempre cumplo mis promesas. Pero si ella tiene algo que decirme, espero que entiendas que voy a contestarle.

¿Por qué mi madre iba a querer hablar con él? Ella apenas quiere hablar conmigo o con mi padre, no va a decirle nada a él. Cuando ya casi estamos en la mesa, mi padre viene a nuestro encuentro.

—Hola, cielo —dice abrazándome

—Hola, *papa* —le devuelvo el abrazo.

Mi padre me suelta y mira a Eric. Espero que lo salude, pero no lo hace. Me pregunto qué mosca le habrá picado. Vuelve a mirarme y me coge de la mano.

—¿Podemos hablar un momento? —no es una petición, tira de mí y me separa de Eric.

—¿Qué pasa? —pregunto mientras nos separamos de Eric y aún más de mi madre.

—Llevo días llamándote al móvil.

—Ya, es que no cogí el cargador y apenas tengo batería. Prefería guardarla para una emergencia.

Paramos y me mira. No sé qué prisa le ha dado por hablar conmigo. Lo vi la semana pasada y hacía años que no nos veíamos, no entiendo a qué viene esto.

—Nayara me ha llamado; por lo visto le dijiste a un amigo vuestro que habíamos hablado y se preguntaba si yo sabía dónde estabas. Dice que lleva días intentando hablar contigo y no hay manera.

Mierda, a saber qué más le ha dicho… Viendo cómo ha mirado a Eric, nada bueno, eso seguro.

—¿Qué más te ha dicho Nay? —le pregunto con hastío.

—Le dije que estuviste en casa con él —señala en dirección a Eric y lo miro, pero Eric no nos presta atención a mí o mi padre. Está mirando en dirección a mi madre—, y se puso como una loca. Dice que no lo conoces, que puede ser peligroso y que desde que estás con él, tienes el móvil apagado y está muy preocupada por ti. ¿Quién es ese chico, Sarah? ¿En qué lío estás metida?

No sé cómo voy a esquivar sus preguntas. ¡Maldigo a Nayara por ser tan entrometida! Entre ella y Aleix me están tocando la moral.

—Es complicado, pero no estoy en ningún lío —le aseguro—. Eric y yo nos conocimos por casualidad y estamos intentando resolver algo juntos.

—También me ha dicho que te han despedido. Que has dejado de ir al trabajo sin avisar ni nada y te han despedido. Que pasas de todo y de todos.

—Está muy bien informada para estar a tantos kilómetros de distancia de vacaciones —digo enfadada.

Si ella hubiera estado aquí cuando Eric entró en mi vida, si no se hubiera ido de vacaciones cuando estaba al borde de un ataque de histeria por culpa de C, yo no estaría sola con Eric. Ella podría estar conmigo, esto nos incumbe a ambas. Aunque yo esté más involucrada por mi madre, Mariona era tan amiga de ella como mía, y yo no me sentiría tan sola y poca cosa junto al hombre temperamental e irascible que es Eric.

—¿No vas a darme una explicación? —me pregunta y es la gota que colma el vaso.

—¿Desde cuándo tengo que darte explicaciones a ti? —le contesto de muy mal modo.

Lo miro a los ojos. Me he pasado, no se esperaba que le contestara así. Ya no soy una niña, hace tiempo que dejé de serlo, hace tiempo que voy por libre. Aparto mi mirada, no quiero seguir viendo la suya.

Miro a mi madre, que le hace señales a Eric para que se acerque y él, sin dudarlo, va hacia ella. Estoy anonadada, flipando, no doy crédito a lo que mis ojos acaban de ver. ¿Cómo puede ser? Mi madre no conoce a Eric. A nosotros apenas nos hablaba cuando veníamos a verla, ¿y a Eric, que ni siquiera sabe quién es, le pide que se acerque?

Mi padre se gira y mira en dirección a mi madre y Eric. Va a caminar hacia ellos y yo le cojo del brazo mirándolos, sin poder creerlo. Eric le tiende la mano a mi madre desde el otro lado de la mesa y, para sorpresa mía y de mi padre, ella se la estrecha. Lo está mirando. No sé qué le está diciendo, pero siguen hablando cuando se sueltan las manos.

—¿Quién es ese tío, Sarah? —pregunta mi padre.

—No estoy segura —contesto con sinceridad, impresionada por la escena.

—¿Y lo traes aquí con tu madre? —pregunta enfadado.

Lo miro. Mi padre tiene razón, no debería haberlo traído. Se suelta de mí y va hacia ellos; yo lo sigo.

—Por supuesto que lo haré, se lo he prometido. Pero necesito que me diga qué le pasó, quién lo hizo —oigo que le dice Eric a mi madre.

—Aléjate de mi familia —dice mi padre cogiéndolo del brazo y apartándolo de la mesa a empujones.

Eric mira la mano de mi padre.

—Suélteme —dice en su tono helado—. Ahora mismo —dice mirándolo a los ojos.

No quiero que se peleen. Mi padre no debería haber cogido así a Eric, pero él tampoco debería alterarse tanto.

—*Papa*, suéltalo, no provoques una discusión delante de la *mama*.

Mi padre le suelta el brazo.

—Debes irte —le dice mi padre a Eric en el mismo tono.

—¿Sarah? —me mira Eric por encima de la cabeza de mi padre.

Me siento en una encrucijada, pero me ha mentido.

—Tienes que irte. Confiaba en ti, me has prometido que no te inmiscuirías.

—Ha sido tu madre quien me ha dicho que me acercara —se defiende.

—¡Eso es mentira! —dice mi padre demasiado alterado, encarándolo.

—*Papa*, es verdad. Yo he visto cómo le hacía señas —lo cojo del brazo.

—¿Cómo? —pregunta sorprendido y niega con la cabeza—. No

lo defiendas Sarah, está mintiendo. No lo conoces, no quiero que vuelvas a verlo. Te vendrás conmigo, yo mismo te llevaré a tu casa.

—Ricard —interviene mi madre y los tres la miramos—. Deja a los chicos, ellos ya se van. Solo quería hablar un momento con él, darle el pésame por la muerte de su hermano.

—¿Su hermano? —pregunto sin comprender nada.

—¿No se lo has dicho? —le pregunta mi madre a Eric.

Lo miro impresionada. Eric niega y mira al suelo, parece inseguro. Eric puede ser muchas cosas, pero no inseguro, es todo lo contrario.

—¿Qué pasa aquí, Roser? —pregunta mi padre, que está tan impresionado como yo.

Mi madre se queda callada y mira a Eric. Yo los miro a los dos preguntándome si ellos ya se conocían. No puede ser, no entiendo nada.

—Sarah, te espero en el coche —dice Eric dando media vuelta.

Se aleja de nosotros y mi padre me coge del antebrazo asegurándose de que no vaya detrás de él.

—¿Roser, tú conocías a ese hombre? —le pregunta mi padre a mi madre.

—No, pero es igual que su hermano. Claro que su hermano solo era un chaval. Han pasado ocho años…

Me giro y miro a mi madre. Ocho años. ¿Eric es el hermano de C? ¿Es una broma?

—¿Su hermano era el novio de Mariona? —pregunto en un susurro.

Mi madre afirma con la cabeza mirando en dirección a Eric.

—Debes irte con él y acabar lo que juntos habéis empezado.

—No. Quiero que me digas qué pasó *mama*, no más acertijos. Quiero saber qué ocurrió el día que fuiste a buscar a Mariona, quiero saber por qué fuiste, quiero saberlo todo. Tú sabes quién se la llevó.

—¿Qué está pasando aquí? ¿De qué estás hablando, Sarah? —pregunta mi padre.

—Sarah, vete con él.

—¡No! —exclamo harta de preguntas e incógnitas—. Quiero

que me lo cuentes.

—Yo no lo sé.

—Sí lo sabes —saco su cadena de mi bolsillo—. Encontré esto —la dejo sobre la mesa.

Mi padre la coge y la mira.

—¿De dónde la has sacado, Sarah? ¿Te la dio el señor Vidal?

—¿*Mama*? —ignoro a mi padre.

—Vete —repite.

La miro. Su aspecto es el de los últimos años… Sin embargo, su actitud no. Ha mejorado mucho, al menos eso parece, por lo menos te mira a la cara cuando te habla.

Quiero saber qué le ha dicho a Eric. No me va a decir nada, no quiere que esté aquí. Quizás a Eric le haya dicho algo más. No puedo creer que C sea su hermano, eso explica por qué me ayuda, por qué está tan volcado. Ahora entiendo por qué le encolerizaba tanto cuando le llamaba Casper, cuando no mostraba ningún respeto.

Mil preguntas más vienen a mi cabeza.

—*Mama*, por favor. Necesito que me ayudes —le suplico con la mirada.

—No tengo manera de ayudarte —se levanta de la mesa y la rodea. Coge la cadena que mi padre tiene en la mano y me la tiende—. Dásela.

—¿A quién? —pregunto sin cogerla.

—Tú solo dásela con mis mejores deseos. Has iniciado algo y ahora se te acaba el tiempo. Te está esperando, debes irte.

Tengo ganas de gritar de pura impotencia. Me siento una persona muy frustrada, nunca me había sentido como estoy sintiéndome en la última semana.

—Ayúdame —vuelvo a rogarle.

—Él ya te ayuda. Adiós, Sarah —deja la cadena sobre mi mano y se va hacia el edificio.

—Roser —la llama mi padre—. Cuéntame qué está pasando. ¿Por qué mandas a nuestra hija con ese hombre?

—Vamos dentro —le dice sin detenerse.

Mi padre me mira. No sabe si irse con ella o quedarse conmigo.

—Ve con ella, quizá consigas algo más que yo.

—Espérame aquí, no te vayas a ningún sitio.

Me siento encima de la mesa y los veo alejarse. Mi padre alcanza a mi madre y juntos entran en el pabellón. No quiero quedarme aquí, mi madre no le va a decir nada a mi padre y me muero por preguntarle a Eric si es cierto, si su hermano es C.

Me levanto de la mesa y voy hacia el coche. Después llamaré a mi padre para ver si ha sacado algo más de mi madre. Quizá tenga que decirle lo que pasó, al menos lo poco que sé. Supongo que merece saberlo tanto como yo.

Entro en el coche. Sigue sonando la misma canción de Bach que cuando nos bajamos.

—Me debes una explicación —le digo.

—Supongo que sí —dice arrancando el coche sin añadir nada más.

¿Supongo? No dice nada más y lo miro. No sé cómo abordar el tema, espero que lo haga él, pero no dice nada. Debería estar enfadada con él por no decirme que C era su hermano, pero su hermano está muerto y no puedo imaginar cómo se siente.

Han pasado ocho años. Es posible que él ya lo supiera, que de alguna manera lo haya superado. ¿Cómo se supera algo así sin cuerpo que enterrar? ¿Cómo se puede vivir sin saber qué pasó?

De camino al hotel, para en un mirador. Apaga el coche y se baja, yo también lo hago. Con pasos lentos va hasta el final del mirador, se apoya en la barandilla y mira hacia abajo. Debajo de nosotros queda un pequeño pueblo muy parecido a Boira. Tiene casas bajas y, como edificio principal y predominante, la iglesia. Detrás de él, campos y campos interminables. No hay nadie con nosotros, estamos solos. Me apoyo a su lado y busco su mirada.

—Hablar con tu madre ha sido… —creo que busca la palabra, parece inseguro. Eso me provoca aún más inseguridad a mí— duro. Yo ya sabía que estaba muerto, pero aun así…

Tiene la voz rota y no me mira, mira hacia el horizonte que tenemos delante.

—¿Sabías que C era tu hermano? —afirma con la cabeza y yo sigo buscando su mirada esquiva—. ¿Por qué no me lo dijiste?

—No preguntaste.

Es cierto, tenía miedo a hacerlo y sigo asustada de lo que me diga.

—¿Desde cuándo lo sabes?

—Desde el principio. En cuanto me dijiste lo de las coordenadas, lo supe. Le gustaba jugar con eso, de niño siempre quiso ser capitán de barco... Ver la foto de tu amiga solo fue la confirmación.

—Por eso me ayudaste... —digo mirando su perfil.

—Se lo debo, le debo una vida. Solo espero que, cuando la encontremos a ella, me perdone.

—¿Por qué dices eso?

Se queda callado. Quiero que me mire, pero me da miedo tocarlo y que me rechace. Pasado un minuto incómodo, lo hago. Con una mano temblorosa toco su mejilla y le obligo a mirarme. Sus ojos ya no son fríos, son los ojos de una persona muy triste, casi puedo ver el tormento que siente.

—¿Qué tiene que perdonarte? —le pregunto sin dejar de tocarlo.

—¿Aún no te has dado cuenta, encanto? —intenta esconderse en su fachada de indiferencia, pero a mí ya no me engaña, conozco sus ojos de hielo demasiado bien.

Niega con la cabeza y coge la mano que tengo sobre su mejilla. Pienso que la va a apartar, pero hace lo contrario, la mantiene sobre la mía para que no deje de tocarlo. Me fijo en nuestras manos unidas sobre su rostro, la corriente vuelve de nuevo. Espero que diga algo y lo hace:

—Lo siento, Sarah. Todo esto es culpa mía, yo podría haberlo evitado todo —su mirada está perforando mi corazón—. Mi hermano seguiría con vida, lejos, muy lejos de aquí... donde estaría con tu amiga, viviendo la vida que se merecía. Sin embargo, yo los condené a los dos —frunzo el ceño, no entiendo lo que me está diciendo—. No sé nada de tu amiga, pero sabía que él había muerto y no hay día que no piense que me cambiaría por él. Si hubiese sabido lo que iba a pasar, me habría cambiado por él sin dudarlo.

—Eric —digo en un lamento que me nace del corazón—, no digas eso.

No sé exactamente por qué piensa que tiene la culpa, pero no soporto mirarlo y ver tanta tristeza. Sus ojos vidriosos miran los míos y siento un nudo de pena en la garganta solo de imaginar cómo se siente, solo de ver en su mirada la tristeza, de oír en su voz la pena y la culpabilidad.

—¿No recuerdas la nota?

No había pensado en ello. Mariona nombraba a su hermano, pero entonces no sabía que era Eric.

—Mariona decía que había ido a pedir ayuda a su hermano. ¿A ti?

—Sí. Si yo no hubiera interferido, no hubiese necesitado mi ayuda.

—¿Por qué? —no comprendo nada, necesito entender qué pinta él en este lío.

Aparta mi mano de su cara, pero no la suelta. Me lleva a uno de los bancos y nos sentamos cogidos de la mano mientras esa corriente sigue zumbando de mi cuerpo al suyo y viceversa.

—Cuando te cuente lo que hice, me odiarás tanto como yo me odio a mí mismo. No puedo culparte, pero no quiero que me odies más de lo que ya lo haces.

Su mirada me hace daño. Prefiero al Eric duro y sin sentimientos antes que esta versión herida y atormentada de él. Me sorprende acariciándome la mejilla. Es una suave caricia que casi toca mi corazón solo con el roce de su piel contra la mía.

—Yo no te odio, Eric. No creo que nada de lo me cuentes haga que llegue a hacerlo —me da miedo que piense que miento. Me saca de quicio y a veces quiero estrangularlo, pero en el fondo no lo odio.

—Anoche debí besarte.

Agrando mis ojos. ¿Cómo? Esto es lo último que esperaba que dijera. No entiendo a qué viene eso o por qué tiene que sacarlo ahora. Mis mejillas se calientan de pura vergüenza. Quiero preguntarle por qué, pero no lo haré, prefiero olvidar ese momento, prefiero fingir que nunca ocurrió. La versión dura de Eric puedo soportarla a mi manera. Pero si cambia conmigo, no podré seguir diciéndome lo mucho que lo detesto.

—¿Por qué interferiste? —vuelvo al tema de su hermano y Mariona.

Deja de tocar mi cara y me suelta la mano. Ha dejado de mirarme y mira al horizonte.

—¿Te explicó tu amiga cómo se conocieron? —dice para mi sorpresa.

—¿Tú lo sabes? —pregunto sorprendida, ansiosa de información.

—Yo estaba con él —dice mirándome brevemente.

Estoy tan sorprendida... Todo esto es nuevo. Eric es el hermano del novio de Mariona, eso ha sido una gran sorpresa. Él debe saber un montón de cosas que yo desconozco.

—¿Conocías a Mariona? —demando con aprensión. No puedo creer que la conociera y no me lo haya dicho.

—No, solo la vi el fin de semana que se conocieron. Le dejé claro que ella no me gustaba, así que yo tampoco debía gustarle demasiado, después de lo que le dije.

—¿Por qué? Mariona es una persona súper dulce. Era risueña, cariñosa, bondadosa, siempre era muy cálida, incluso con quienes los demás no lo eran. Ella no hacía distinciones, para ella todo el mundo merecía una oportunidad. ¿Por qué no te gustaba? No lo entiendo.

—Solo tenía quince años y mi hermano veintidós. Cuando me dijo que se había enamorado de ella me cogí un cabreo tremendo. Pensé que se le pasaría, pero no se le pasó.

—¿Cómo se conocieron?

—Fue en un mercadillo medieval. Fuimos a pasar el fin de semana con nuestro padre. Mi madre había muerto y a ella le gustaban esos sitios. Yo no quería ir, mi madre ya no estaba con nosotros, no tenía sentido para mí ir. Mi padre nunca fue bueno con ella. Estaba muy cabreado, cabreado con él por no ser mejor, cabreado conmigo mismo por no haber estado más pendiente de ella, en lugar de seguir los pasos de mi padre. Esa escapada no nos la iba a devolver, pero mi padre quería ir. Carlos me convenció —niega con la cabeza y yo espero que me mire, pero no lo hace—. Mi hermano y yo físicamente éramos iguales, pero por dentro no podíamos ser más diferentes. Él era sensible como mi madre y yo, por desgracia, soy como mi padre —suspira como si le costara hablar de ello, y no me extraña. Espero paciente a que siga—. Tu amiga estaba con sus padres en el mismo hotel. Allí se conocieron ella y Carlos. Mi hermano se quedó prendado. A saber por qué..., no era más que una niña y nosotros ya teníamos veintidós años. Pasó la noche con ella, pero no hubo sexo ni nada de eso, ella era muy joven, así que se pasaron la noche charlando. Carlos hablaba mucho, era muy bromista y payaso... A la mañana siguiente, dijo que se había enamorado y yo no podía creerlo. ¿Amor a primera vista? ¿De verdad? Pensé que se le pasaría, pero no se le pasaba. Entonces empezaron a chatear, a mandarse emails y cosas así.

Carlos no me hablaba sobre ello porque sabía lo que yo opinaba del tema. Me preocupaba que alguien se enterara y lo denunciara, ella era menor de edad. Me metí en su cuenta de email y vi que querían escaparse juntos así que, sin dudarlo un momento y sin pensar en las consecuencias, le expliqué a mi padre lo que pasaba. Él se enfadó muchísimo, le cortó el grifo. Los dos estábamos estudiando todavía, así que dependíamos del dinero de mi padre, era nuestro sustento. Carlos dijo que ya no era su hermano, juró que nunca me perdonaría y que para él había dejado de existir. Me dijo que haría lo que hiciera falta para estar con ella, que yo era un necio que no veía más que lo que tenía delante, que ella tenía problemas y él velaría por ella y la protegería. Entonces no sabía lo que sospechamos ahora —carraspea, creo que emocionado, pero no me mira—. Se fue de casa un martes y no volvió hasta pasada una semana y media para pedirme ayuda. Volvimos a discutir, fue una discusión acalorada… Después, nunca lo volví a ver.

Se queda callado y las piezas han ido encajando en mi cabeza una a una. Puedo entender por qué Eric hizo lo que hizo: es comprensible, quería proteger a su hermano. Él podría haberlo evitado todo, es cierto, pero no sabía lo que iba a ocurrir. De saberlo, estoy segura de que no lo habría hecho. No soy capaz de culparlo.

Miro a Eric, que está abatido a mi lado. Él mismo ya se ha impuesto una condena como para yo ponerle otra. Me siento fatal por él, por Mariona y sobre todo por C, por Carlos. Ahora ya se su nombre: Carlos.

Me acerco a él desde mi asiento, cojo su brazo y me abrazo a él.

—No es culpa tuya, Eric. Es culpa de quien lo hizo.

—No seas misericordiosa, es culpa mía. Yo podría haberlo evitado todo. Mi hermano seguiría vivo, no se habría separado de ella y estarían juntos, lejos. Podría haber cumplido sus sueños y los de ella. Carlos era capaz de todo.

—Él me envió a por ti y juntos encontraremos a Mariona.

—Si pudiera, te juro que me cambiaría por él —dice tapándose la cara con las manos.

No puedo creerme que esté llorando. Me arrodillo delante de él, aparto las manos de su cara y él me aparta.

—No me rechaces, Eric —le suplico con la mirada al borde de las lágrimas.

Su mirada se centra en mí, tiene los ojos vidriosos y tristes. Deseo consolarlo, quiero hacer algo para que se sienta mejor, pero no sé cómo hacerlo, aún menos con alguien como él. Si fuera mi amigo, lo abrazaría sin más; pero Eric es la persona más fría que he conocido nunca. Ahora veo su pena y no sé qué puedo hacer para reconfortarlo. Pongo mis manos sobre sus rodillas y él acaricia mis mejillas con ambas manos. No dice nada, solo me mira y me toca con devoción.

—Levántate del suelo, te vas a manchar —me coge de las manos que están sobre sus rodillas y se levanta conmigo—. Volvamos al hotel.

Me va a soltar las manos, pero yo entrelazo la derecha con su izquierda, no quiero dejarlo solo en este momento. Mira nuestras manos y tuerce la boca con una media sonrisa, besa mi mano y siento que me ruborizo de nuevo. No entiendo por qué las mariposas revolotean en mi estómago. No quiero que Eric me guste y mucho menos enamorarme de él. Colgarme de alguien como él sería uno de los peores errores de mi vida.

—Eres demasiado buena, eso te traerá problemas —lo dice en tono de advertencia, como quien regaña a un niño.

Cree que no debería ser amable con él por lo que hizo. Pero, aunque él pudo evitarlo, no lo sabía. No es culpa suya. No puedo enfadarme, creo que él lleva demasiado tiempo culpándose por ello.

—¿Quieres conducir? —me pregunta en el coche.

—Claro, me mola tu coche —le digo en un tono desenfadado intentando relajar la tensión del momento que acabamos de vivir.

Me suelta la mano y va al asiento del copiloto. Me pongo al volante y él pone la radio. Suena una canción de Keane y ajusto el asiento y los espejos mientras la escucho.

Giro la cabeza hacia el mirador, pensando que si nosotros tuviéramos que encontrarnos en un sitio que solo nosotros conociéramos, elegiría este. Vuelvo a mirarlo a él y descubro que me está mirando. Sus ojos han cambiado y su nueva mirada me gusta demasiado. Le sonrío y arranco el coche.

De camino al hotel empieza a oscurecer. Todavía no me ha dicho sobre qué ha hablado con mi madre y me muero de curiosidad por saber qué le ha prometido. ¿De qué habrán hablado?

—¿Qué te ha dicho mi madre?

—Poca cosa. Que sentía lo de mi hermano, que ahora él sería como yo y que debía ayudarte.

—¿Crees que sabe quién lo hizo?

—Lo sabe, pero dice que debemos seguir las pistas, porque si no, estaría todo perdido.

—¿Qué crees que quería decir? —no lo entiendo.

—No lo sé —suspira ruidosamente.

—¿Qué le has prometido?

—¿Cómo sabes que le he prometido algo?

—He oído cómo se lo decías, pero no la promesa —lo miro de reojo.

Pasa el brazo por detrás de mi asiento. Por un momento pienso que va a tocarme, pero lo deja en el reposacabezas. Vaya, deseaba que volviera a tocarme.

Esto no está bien, mi locura cada vez va a peor.

—Que cuidaría de ti y te protegería. Que te protegería con mi vida. Me ha pedido que siguiera haciéndolo cuando todo acabara, y le he prometido que lo haría.

Vaya con mi madre…

—Eso no es necesario —niego con la cabeza impresionada, mirándolo un segundo.

—No voy a permitir que te ocurra nada, te dije que te protegería y voy a hacerlo —hace una breve pausa—. Se lo he prometido a tu madre, y yo siempre cumplo mis promesas.

14
Pesadillas

Llevamos días peinando la zona y estamos tan cerca de encontrar el sitio como el día que llegamos. Estoy fatigada por la falta de sueño, frustrada por no encontrar lo que busco, desesperada por no llegar hasta Mariona y enfadada con Carlos por haberme abandonado. ¿Quién iba a decirme a mí que acabaría echándolo de menos? A eso debo sumarle que Eric y yo volvemos a estar en guerra.

Esta mañana no avanzaba a la velocidad que al señor le parecía adecuada y hemos discutido a lo grande, volatilizando el avance que hicimos hace un par de días. Lo prefiero así, es mejor para mi salud mental llevarme mal con él. Eso me recuerda que no hay nada bueno en él. Quizá así pueda sacarme de la cabeza su amabilidad de hace un par de días y la vulnerabilidad que demostró. Así puedo olvidar que tiene sentimientos y evito sentir nada por él.

—Ponme otro —le pido al camarero—. Y no seas tacaño con el vodka.

Es el tercero que me bebo. Se supone que la gente bebe para olvidar, se supone que beber debe darte respuestas, o al menos hacer que olvides las preguntas. Conmigo no está funcionando, ni una cosa ni otra. Tengo las mismas preocupaciones que cuando me he sentado en la barra hace quién sabe cuánto tiempo. Quizá veinte minutos, o puede que un par de horas, poco me importa.

Mañana mis amigas vuelven de vacaciones y me he sentido obligada a encender el móvil y avisar de que no iré a por ellas. Nayara se ha puesto como una loca, como si yo no tuviera ya suficientes cosas en la cabeza. Entiendo por qué lo ha hecho: estoy siendo muy ambigua. Pero hasta que no lo resuelva, no quiero que tenga los mismos quebraderos de cabeza que tengo yo.

—¿Qué haces aquí?

Doy un bote en mi asiento. ¡Maldito presuntuoso! ¡Me ha asustado!

—En Navidades voy a regalarte un cencerro —le digo—, para que te lo cuelgues al cuello. Así no irás asustando a la peña.

—¿Estás borracha? —pregunta acusándome con esa mirada que quema como el hielo.

—Todavía no, pero creo que cuando me beba este —alzo el vaso de tubo—, empezaré a estarlo.

Me giro hacia la barra y remuevo la copa con la cañita azul que me ha puesto el camarero. Observo cómo el líquido blanco se mezcla con el marrón casi amarillo. Es relajante, terapéutico.

—¿Por qué no estás durmiendo?

—No tenía sueño —miento.

—Claro, lo mejor para conciliar el sueño es ponerse a beber Red-Bull —dice irónico.

—Está bañado en vodka —me giro y le tiendo el vaso—. ¿Quieres? Quizá te relaje.

—Vámonos a la cama —dice quitándome el vaso y dejándolo sobre la barra.

Me coge del brazo. Vaya, justo ahora que mis cardenales de llevarme de un sitio a otro a rastras empezaban a desaparecer…

—¿Juntos? Qué más quisieras… —digo zafándome de su agarre.

—¿Por qué me provocas?

—Eres tan fácil de provocar… —digo negando con la cabeza, pero rápidamente me cercioro de que este gesto me marea y dejo de hacerlo—. Si vas a acabar gritándome y tratándome como si no fuera más que una mierda, mejor darte un motivo para hacerlo. Quizá, de esta manera, no me hagas sentir tan mal.

Apoya una mano en el respaldo de mi taburete y la otra en la barra. Me rodea y pone su cara a la altura de la mía, intimidándome con su proximidad, acorralándome sin que yo quiera escapar. Puede que sí que esté borracha.

—No es mi intención tratarte mal —perfora con sus ojos los míos, como quien busca en tu alma.

—Déjalo, ya he visto cómo tratas a todo el mundo. Si me trataras como a un igual, me preocuparía.

Giro el taburete y vuelvo mi vista a la barra. ¿Por qué tiene que ser tan atractivo? Su personalidad ya es bastante arrolladora para que, además, tenga ese aspecto de chico de anuncio de colonia.

—Si me lo propongo, puedo ser amable y persuasivo —me dice en un tono meloso que no le había escuchado hasta ahora.

Acerca un taburete a mi lado y se sienta. Lo miro de reojo, preguntándome qué narices quiere. En realidad, no quiero que sea amable ni persuasivo, prefiero que siga siendo el ser insensible de siempre. No quiero que me afecte más de lo que ya lo hace. No creo que llegue a entender nunca qué es lo que me atrae de él, siendo como es. No soy superficial, y Eric es todo físico y belleza exterior. No sé por qué me atrae de la forma que lo hace. Necesito separarme de él o acabaré trastornándome.

—Dudo mucho que sepas lo que es la amabilidad. Y la persuasión, mucho menos. Tú no pides o persuades, tú ordenas y exiges.

—Para que veas que no es así, voy a pedirte algo.

Giro mi taburete y lo miro. ¿Qué quiere pedirme? Esto es nuevo y me da miedo lo que pueda pretender. Desde que se cruzó en mi vida, todo lo que yo he dicho u opinado le ha importado menos que nada, y cuando no he querido hacer algo, me ha obligado. ¿Y ahora quiere pedirme algo?

—Pues dispara, me tienes intrigada —le digo en tono irónico, aunque sea cierto.

—He llamado a alguien para que venga mañana a verte.

—¿Quién?

Veo la duda en sus ojos, eso también es nuevo. Puede que esté más tocada de lo que pensaba.

—Una doctora.

—¿Acaso estoy enferma? —pregunto sin comprender por qué no contesta—. ¿De qué va esto?

—Solo quiero que nos ayude con tus sueños. Esa es la clave, Sarah.

—¡Joder, Eric! —levanto la voz—. Son sueños, no puedo controlarlos. ¡Parece mentira! ¿Tú no sueñas o qué? Cuando estás soñando, no puedes controlar el sueño por más que quieras. Ni siquiera puedes controlar lo que haces, es tu subconsciente el que actúa, no tú. Son sueños.

—Ya lo sé. Pero tus sueños son lo único que tenemos y tú tampoco es que ayudes mucho —me dice en su tono crítico habitual—. Deberías estar durmiendo y estás en el bar, tomando la bebida con más cafeína del mercado.

—¡Eres el ser más insensible que haya pisado la tierra jamás! No tienes ni puta idea de cómo me siento, de lo mal que lo paso con esas pesadillas.

Me siento muy frustrada y él solo lo agrava más.

—Creía que querías encontrar a tu amiga, seguro que ella lo está pasando peor que tú. No sabes hacer otra cosa que quejarte por unas pesadillas.

No puedo creer que piense eso, no puedo creer que me haya dicho eso. ¡No puedo creerlo! No debería sorprenderme, pues él es así. Pero aun así, no puedo creerlo. Estoy indignada. Ahí se ha pasado y él lo sabe. No obstante, no me pedirá disculpas, es demasiado orgulloso para admitir que se ha equivocado y mucho más para pedir perdón.

—Vete a tomar por el culo —digo poco a poco para que me entienda bien. Giro el taburete en dirección contraria a él y me voy—. Maldito imbécil de mierda —blasfemo en voz alta con la intención de que él me oiga mientras me alejo con mi copa en la mano.

Estoy tan cabreada que me apetece romper algo. Me gustaría romper cualquier cosa y, si puede ser sobre su cabeza, mejor que mejor. Subo por las escaleras a mi habitación, estoy rabiosa. Entro en mi habitación y cierro de un portazo. Me extraña que no haya venido detrás de mí para hacer que me trague mis palabras, pero no lo ha hecho.

Me dejo caer en la cama y lloro. Él tiene razón. Mariona sigue viva en algún lugar, está en peligro y yo debo ayudarla. Estoy desesperada por hacerlo, quiero encontrarla y ponerla a salvo, nunca he deseado nada con tanta fuerza. Ojalá pudiera controlar mis sueños. Si, como Eric piensa, es la clave, lo haría de buena gana. El problema es que cuando estoy durmiendo no puedo controlar el miedo y la aprensión.

Me despierto agitada y sudada, de nuevo la misma pesadilla. Me doy una ducha intentando recordar algo significativo del sueño, algo que me ayude a ubicar el lugar. Solo sé que estaba bajo tierra, ese olor a tierra húmeda. Me pregunto dónde está Carlos, por qué me ha puesto en camino y, cuando más decidida estaba a hacer lo que me pidiera, me abandonó. Salgo de la ducha.

Llaman a la puerta. Con el ruido, siento que mi cabeza va a estallar. Anoche no bebí suficiente para tener la resaca que tengo. Supongo que la falta de sueño y el estrés también ayudan. La puerta vuelve a atronar. Es que no llama... ¡El muy cabrón la está aporreando!

Me envuelvo en la toalla y voy a abrirle antes de que la eche abajo.

—Estoy levantada —me quejo bostezando al abrir la puerta.

—¿Cómo abres así la puerta? —dice mirándome de arriba abajo

—No quería que tiraras la puerta abajo, me duele mucho la cabeza —vuelvo a bostezar.

—Te lo mereces.

—Yo también te quiero.

Se me queda mirando y yo me rasco los ojos intentando bajar a la realidad.

—¿Qué miras? —pregunto extrañada por cómo me está mirando.

Espero uno de sus comentarios bordes, o al menos uno de sus insultos.

—Nada —mueve su mirada por mis ojos—. Vístete, hoy no vamos a salir. Nos están esperando.

—¿Quién? —tengo el cerebro embotado. ¡Maldito vodka!

—Te lo dije anoche.

—Ya, la doctora —recuerdo.

Voy a darme la vuelta y me coge la muñeca, reteniéndome en el umbral de la puerta, y vuelvo a mirarlo.

—Oye, Sarah... Lamento lo que te dije anoche, no fui justo contigo.

¿Cómo? Esto sí que es surrealista, más que ver fantasmas o seguir una bruma salida de un sueño. No puedo creer que se esté disculpando, es increíble. Lo miro a la cara y, por primera vez, parece relajado. No parece que esté enfadado, incluso parece que habla en serio, que realmente está arrepentido de lo que me dijo anoche. Fue muy cruel, pero él es así.

—¿Esa es tu manera de disculparte?

—Sí, ahora tú deberías hacer lo propio.

—¿Lo propio? —pregunto sin poder evitar sonreírle.

—Disculparte —me aclara.

Me lo quedo mirando todavía sonriendo. Si se piensa que voy a disculparme, más vale que vaya a por una silla, la espera va a ser muy larga. Llevamos juntos casi dos semanas y solo ha sido amable conmigo tres veces. Además, las he contado. Aparte de eso, todo han sido comentarios bordes, insinuaciones y malos modos. No pienso disculparme por haberlo mandado a la mierda, debí hacerlo antes.

—Si quieres escuchar una disculpa de mis labios, será mejor que te vayas a la cama. Quizá la escuches en sueños y puedas imaginar que es cierto. Esa es la única manera de que ocurra.

Su cara cambia volviendo a su rictus habitual y siento ganas de carcajear. Pero evito hacerlo en su cara y que le dé un ataque. Cierro la puerta y me visto.

Cuando salgo de la habitación, está esperándome en el pasillo como si fuera un portero. Vamos a su suite y allí espera una mujer de pelo largo caoba, con gafas de pasta y los ojos verdes.

Lo más interesante es que también está el desayuno: café y bollos. Tengo hambre.

—Natalia, te presento a Sarah. Ella es la doctora de la que hablamos anoche —nos presenta Eric.

Nos damos la mano.

—Tenía muchas ganas de conocerte, Eric me ha hablado mucho de ti —dice señalándolo.

—Seguro que no le ha dicho nada bueno, es incapaz de ver algo bueno en alguien y, si lo ve, le parece que es algo negativo.

La mujer se pone a reír a carcajadas mirando a Eric.

—Así todo el día —dice Eric sonriéndole.

Cuando Eric sonríe, es como si fuera otra persona: su ceño se relaja y al lado de su boca aparecen esas arrugas adorables. Tiene una sonrisa preciosa aunque, por supuesto, no me sonríe a mí, sino a ella. Eso me molesta. Es como si entre ellos hablaran otro idioma, se nota que se entienden y eso, por alguna razón, me molesta aún más. No quiero que se entienda con ella. Si no se entiende con nadie, no tiene por qué hacerlo con esta tía. Entonces caigo en la cuenta: es la mujer con la que hablaba el lunes por teléfono, la que cobraba por horas, se llamaba Natalia.

—¿Cuál es su especialidad? ¿Por qué está aquí? —pregunto acercándome al carrito del desayuno.

Me sirvo un café y veo una caja de ibuprofeno. Sonrío al verla. Eric sabía que tendría dolor de cabeza, es su manera de mostrar amabilidad, así se cree que me cuida. Son detalles pequeños que me hacen pensar que realmente quiere que esté a gusto y que me trata bien.

—¿No te lo ha explicado Eric?

¿Cómo que Eric? Él me dijo que solo unos pocos le llamaban así. No sé por qué me siento tan molesta, pero quiero que esta mujer desaparezca de aquí.

—¿Eric? Creía que todo el mundo le llamaba señor Capdevila.

—¿Por qué no nos sentamos? —me pregunta sentándose.

—Siéntese usted —le suelto sin pensar y al momento me arrepiento—. Lo siento, es que me duele la cabeza, no quería sonar tan borde.

—No te preocupes; háblame de tú, por favor —afirmo con la cabeza, cojo mi café y un croissant francés y me siento a su lado antes de que lo haga Eric—. Verás, Eric me ha dicho que tienes un sueño recurrente, una pesadilla más bien. He venido para ayudarte con eso.

—¿Qué clase de doctora es usted? —no lo comprendo.

—Soy psiquiatra. Eric me ha dicho que estabas interesada en la hipnosis.

Miro a Eric y niego con la cabeza. Está de pie, apoyado en el respaldo de un sillón, mirando.

—No —sonrío—, eso es lo que él quiere que haga. ¿Usted le trata?

—Hace algunos años, sí —parece sorprendida.

Dedíquese a otra cosa, pienso, pero me callo y bebo café antes de reírme por mis propios pensamientos.

—Tiene problemas graves, debería emplear más tiempo en él. Es una persona sin empatía ni modales. Además, es mal educado, arrogante, irascible y un prepotente.

La loquera se pone a reír a mandíbula abierta y, para mi sorpresa, cada vez que se ríe, Eric también lo hace. Eso consigue que mi enfado con él crezca más y más.

—¿Te lo puedes creer? —le pregunta Eric.

—No va demasiado desencaminada —le dice a Eric.

—¿Estás dispuesta a hacerlo o no, Sarah? —me pegunta Eric, poniéndose serio de nuevo.

—Podemos intentarlo, pero no creo que funcione.

—Natalia es la mejor. Gracias a ella dejé de fumar y era de los de dos paquetes diarios.

¿Natalia es la mejor? Ahora, además de la cabeza, me duele el estómago, tengo ganas de vomitar.

—Debió emplear ese tiempo en hacer algo con su personalidad; me compadezco de los pobres que tienen que aguantarlo, como me pasa a mí en estos momentos.

—Sarah, ya está bien —me corta Eric perdiendo el buen humor—, has dejado clara tu disconformidad conmigo y lo mal que te caigo. Deja ya de insultarme, no voy a dejarte pasar una más.

—La que no te va a pasar ni una más soy yo a ti. Así que ándate con cuidado conmigo.

—¿Podemos empezar ya, Natalia? —le pregunta antes de perder la paciencia conmigo.

—¿Quieres hacerlo, Sarah?

—Podemos probarlo.

Dejan que termine de desayunar mientras me explican lo que vamos a hacer. Después, me tumbo en el sofá. Cuando me doy cuenta, ya estoy dormida.

Estoy en ese agujero oscuro, no puedo ver nada. Me ahogo de nuevo. Oigo a alguien que me pide que me tranquilice, que no pasa nada, pero tengo demasiado miedo. Mi corazón va demasiado deprisa. No puedo tranquilizarme. Me recuerdo que es un sueño, pero la falta de oxígeno es real y las paredes que me rodean también lo son. Grito, grito muy fuerte.

Abro los ojos y salto del sofá, confusa.

—Sarah, ya está. Tranquila —me coge la mano Eric.

Voy a vomitar. Con piernas temblorosas, voy hacia al baño, pero la distribución de su habitación está al revés que la mía. Voy en dirección contraria, no llegaré al lavabo. Veo una papelera, me arrodillo, meto la cabeza en ella y vomito. Al momento, tengo a Eric detrás de mí en el suelo. Me acaricia la espalda dándome palabras de aliento, lo último que necesito es esto. Me levanto con piernas temblorosas y me voy al baño, me sigue.

—Déjame —le aparto, empujándolo por el pecho.

Entro en el baño y cierro de un portazo. Estoy blanca como un muerto. Me aclaro la boca y me mojo la cara intentando refrescarme porque, a pesar de que acabo de ducharme, estoy cubierta de un sudor frío que me hace temblar. Vacío la papelera en la taza y le doy un agua con el mando de la ducha antes de volver a vaciarla. Ahora me duele la cabeza todavía más. Me refresco la boca con enjuague bucal y salgo del baño. Antes de llegar, escucho a Eric hablar con Natalia.

—No debí obligarla —oigo que dice Eric.

—Ella está bien, Eric —contesta Natalia.

—Si llego a saberlo, no te habría llamado. Debo protegerla, no herirla. Pero parece que no sé hacer otra cosa que hacerle daño… Por mucho que intente hacer lo contrario, no lo consigo. Tiene razón.

¿Cómo? No puedo creer que Eric haya dicho eso, me asomo y Natalia me mira durante una fracción de segundo; me ha visto pero sigue hablando como si nada.

—Me tienes muy sorprendida. Como te dije por teléfono, creo que su compañía puede hacerte mucho bien. Ahora que la conozco y os he visto juntos, si pudiera recetarte algo, sería su compañía —dice Natalia, a pesar de saber que estoy escuchando.

—Y lo peor es que sé que lo dices en serio —está sonriendo, puedo adivinar su sonrisa en el tono de su voz—. Voy a buscarla —se pone en pie y doy marcha atrás—, tarda mucho.

Hago ver que salgo del baño con otro portazo. Espero que Natalia no se vaya de la lengua.

—¿Estás bien? —pregunta Eric acercándose a mí.

Afirmo con la cabeza y me acaricia los brazos arriba y abajo.

—No pensaba que saldría así, Sarah.

Miro sus ojos. No puedo creer que esté preocupado por mí, pero lo está. Lo he oído y veo la preocupación en su mirada azul.

—Lo sé.

—Mañana volveremos a las cuevas. La encontraremos.

—Quiero probar otra vez.

No quiero seguir dando palos de ciego. Quizá si veo algo deje de tener estas pesadillas, o puede que aprenda a controlarme.

—No, no vas a hacerlo. No voy a permitirte pasar otra vez por eso.

—Puedo hacerlo —me separo de él y lo adelanto. No quiero que sea amable conmigo.

Me tumbo en el sofá, dispuesta a volver a intentarlo.

—No tienes por qué hacerlo. Esto no siempre funciona igual —me dice Natalia.

—Probemos otra vez —insisto.

—¿Eric? —pregunta mirándolo.

¿Por qué le pide permiso a él? Es decisión mía, no de él. Él no tiene ningún poder sobre mí.

—No —dice rotundo, en un tono que no admite réplica.

—Es decisión mía, no tuya, y quiero volver a hacerlo. Anoche tenías razón, no hago otra cosa que quejarme; así que, si esta es la manera de ayudarla, lo soportaré.

—Encontraremos otra manera.

—Natalia —ignoro a Eric y la miro—, quiero volver a probar.

Natalia me pide que relaje mi cuerpo y mis músculos… Me dice lo mucho que pesa mi cuerpo. Cierro los ojos e intento relajarme.

Dice que delante tengo una pantalla negra. Poco a poco empiezo a verla.

Todo está oscuro y me doy cuenta de que es de noche y estoy mirando las estrellas, las estrellas de Mariona.

Intento acordarme de que esto no será como un sueño, aquí soy libre para moverme a mis anchas. Si quiero sentirme mejor, puedo hacerlo. Es como estar consciente, solo debo concentrarme en la voz de Natalia y seguirla.

Abro los ojos y las estrellas ya no están, pero todo sigue oscuro. Estoy otra vez en el mismo sitio y, al momento, siento esa ansiedad y aprensión tan conocida. Respiro hondo, pero no me llega el aire y eso es lo peor.

—Tranquilízate, Sarah —oigo la voz de Natalia con claridad.

Intento relajarme, convencerme de que puedo respirar, pero me cuesta hacerlo.

—Sarah, tranquila —oigo la voz de Eric.

Eric está aquí, está conmigo. Siento la corriente en mi mano y la miro. A pesar de que no puedo ver nada, lo siento a mi lado y su mano coge la mía.

—¿Qué ves, Sarah? —me pregunta Natalia.

Cojo la mano de Eric con más fuerza. Él está aquí y no dejará que me pase nada.

—No veo nada, todo está oscuro. No puedo ver nada.

—Tienes una linterna en la mano.

Al momento la siento, la enciendo y, por primera vez, veo lo que me rodea. Eric está mi lado y me sonríe dándome ánimo. Quiero alargar la mano y acariciar su bella sonrisa.

—Gracias por quedarte conmigo —le digo.

—¿Quién está contigo, Sarah? —me pregunta Natalia.

—Eric, Eric me coge la mano.

—Es imposible que pueda saber que le estás cogiendo de la mano —oigo que dice.

Miro a Eric, se lleva la mano a los labios y la besa.

—Estoy aquí, nena —me dice.

—No puede oírte, Eric —le dice Natalia.

—¡Sí! —exclamo, él me da valor—. ¡Sí puedo! —un momento de silencio. Miro a mi alrededor.

—¿Qué ves, Sarah? —me pregunta Eric.

—Estamos bajo tierra. Aquí me cuesta respirar, el aire está muy viciado y hay poco oxígeno. Esto mide unos tres metros y medio por otros casi tres metros. Es claustrofóbico. —Intento moverme, pero la cadena lacera mi piel manteniéndome quieta —. Estoy atada al suelo, hay un colchón enmohecido junto a mí. Esto es bajito, tengo que torcer la cabeza y me falta el aire, no puedo respirar.

—Respira tranquila, ahora puedes controlarlo —le hago caso a Eric—. ¿Ves alguna entrada?

—No —enfoco todo a mi alrededor y la veo—. ¡Espera! Hay

una puerta metálica, pero no puedo llegar a ella.

Me doy cuenta de que no tengo miedo, sigo respirando. Cojo la mano de Eric con más fuerza y miro alrededor.

—Veo dos rejillas, por ellas entra aire, pero está viciado. No estoy en una cueva —sentencio—, no es una cueva, Eric. Es algo creado por el hombre, las rejillas, la puerta… Además, oigo un ruido.

—¿Qué clase de ruido?

—Es un ruido parecido al de un coche o un tren en marcha. Un zumbido constante, creo que viene del techo. Cada vez lo oigo más fuerte, es algún tipo de maquinaria.

—¿Puede ser un sótano?

—Creo que es un sótano. Parte de las paredes son de hormigón y otra parte son de tierra.

—Debe salir ya —oigo a Natalia.

—¿Ves algo más? —me pregunta Eric.

—Aquí no hay nadie, ella no está aquí.

Mariona no está aquí, quizá haya estado, pero este sitio está vacío. Siento que Eric acaricia mi frente y mi mejilla derecha. Entonces, Natalia me despierta y abro los ojos a la realidad.

No puedo creer que haya funcionado, no puedo creer que lo haya hecho, que haya superado mi terror y mi aprensión. ¡Lo he logrado! Eric está arrodillado delante de mí y sigue acariciándome la cara.

—Lo has hecho muy bien —me dice orgulloso.

—Gracias por ayudarme —le digo somnolienta.

—Refréscate la cara, cariño. Estarás un poco fatigada. Ahora hablaremos sobre lo que has visto.

Eric me ayuda a levantarme y me dirijo al baño, pero me quedo en la habitación escuchando su conversación.

—Eso ha sido muy raro, nunca lo había visto —vuelve a hablar Natalia.

—¿El qué? —pregunta Eric.

—Ella podía no solo oírte, sino que también podía tocarte y sentirte. Entre vosotros hay una conexión, Eric.

—Cualquiera podría hacerlo. ¿No es cierto? —le quita importancia él.

—No, no lo es. Además, esa chica ha demostrado tener una fortaleza mental muy fuerte.

—Es sensible, físicamente una floja y a veces un poco asustadiza, pero es fuerte. Hace días que me percaté, por eso la llevo al límite. Debe darse cuenta de lo fuerte que es, no debería limitarse.

¿Eric piensa que soy fuerte? No puedo creerlo. ¿Por qué a mí nunca me dice esas cosas?

—Merece que la trates bien, tienes demasiados lameculos a tu alrededor. Necesitas alguien como ella que te marque pautas, que se salte las tuyas y te diga las cosas bien claras a la cara.

—Para eso ya te tengo a ti —baja el tono de voz—. Además, pronto estará fuera de mi vida.

—¿Eso te apena?

¿Lo hace? No puedo creerlo, ha dejado bien claro que deshacerse de mí es lo que más le apetece.

—¿Estás de coña? —le dice Eric y yo sonrío—. Ya has visto cómo nos llevamos. Ella no es buena para mí, me desestabiliza, me hace perder el control, me contradice en todo. ¡Me supera! —se queja.

—No siempre puedes tener el control Eric, ya lo hemos hablado.

—Me gusta tenerlo. Si no lo tengo, me siento inseguro, y Sarah me provoca mucha inseguridad —eso sí que no puedo creerlo—. Yo levanto barreras entre nosotros y ella las va saltando como si nada. Incluso he llorado delante de ella y hacía años que no lloraba, menos aún delante de alguien.

—Eso no es malo, Eric.

—Yo creo que sí lo es. Necesito acabar con esto y volver a mi vida, a mi trabajo.

—Tú trabajas, no vives. No quieres ser como tu padre, sin embargo, cada día luchas por serlo.

—Bueno, ya está bien, Natalia —no soy la única que hace que pierda la paciencia—. Dejemos el psicoanálisis para la próxima sesión. Lo que hemos hecho no le pasará factura, ¿verdad?

—Tranquilo, Eric. Ya te dije que no. Ella te importa más de lo que crees.

—Lo que tú digas —dice con hastío y los dos se quedan callados.

Espero que no digan nada más, escuchar detrás de las puertas no está bien, pero sentía curiosidad. Además, creo que Natalia lo ha hecho a posta. Desde luego, antes ha visto que estaba escuchando y ha seguido como si nada. Cierro la puerta del baño ruidosamente y me reúno con ellos en la sala.

Natalia comprueba que esté bien y pronto se despide de nosotros. Nos quedamos en su habitación hablando sobre lo que he visto y, lo que es más importante, lo que he oído.

No creo que esté en una cueva. Ese ruido era un ruido de máquinas, venía de arriba, no puede ser una cueva. Estamos perdiendo el tiempo y me siento en un callejón sin salida.

—Pensaremos algo, Sarah —intenta tranquilizarme Eric—. Tienes cara de cansada, ha sido muy duro… Siento que hayas tenido que pasar por esto.

Cuando se muestra amable caen mis barreras. Cuando se preocupa por mí y me trata bien, él sí que me desestabiliza. Eric me gusta, no puedo seguir negándolo. Aunque no quiera, me gusta, y cada vez que me habla con calma me gusta más. Cada vez que tiene un detalle conmigo, siento que le importo y, aunque solo lo imagine, él ha empezado a importarme a mí de verdad. Cada vez que frunce el ceño deseo encontrar la manera de hacerlo sonreír. El problema es que no sé tratarlo. Él funciona de manera opuesta a mí y no sé cómo tratarlo… Ojalá pudiera manipularlo, como él hace conmigo, pero no sé hacerlo.

—Si quieres, puedes dormir un rato en mi cama hasta la hora de comer —me ofrece—. Yo tengo que trabajar. Puedo echarte un ojo y, si veo que tienes pesadillas, despertarte.

—¿Lo harías? —vuelvo a mirarlo.

—Creo que ya lo hice una vez —sonríe.

Me rasco los ojos. Cuando sonríe es otra persona cien veces más cercana y atractiva.

—Estoy cansada —admito mirando al suelo. No debo dejar que me afecte.

Es cierto, lo estoy. Pero no es solo cansancio. Es un cóctel molotov de sentimientos, emociones y sensaciones que me confunden y me alteran.

No sé qué vamos a hacer ahora, no sé si Eric querrá seguir con el plan de visitar cuevas. Si el sitio de mis sueños es donde está

Mariona, ella no está en una cueva, estoy segura.

Lo supusimos por mi sueño. Creímos que era un sitio de la zona porque fue aquí donde apareció mi madre. Pero mi madre estuvo en ese observatorio abandonado y la sangre del hermano de Eric sigue allí, igual que estaba la medalla de mi madre hasta hace unos días.

Me rodea con un brazo y me acompaña a la habitación; yo se lo permito. Me deja junto a la cama. Baja la persiana con el botón, nos quedamos a oscuras y enciende la lamparita que hay en el escritorio. Me quito los zapatos y me tumbo en su cama.

Huele a él y huele de muerte. Otro motivo más para que me guste: siempre huele bien. Puede pasarse el día de un lado a otro con este calor, pero nunca huele mal. Por mucho que se mueva o se manche, su aspecto siempre es impecable, sin la necesidad de pasarse dos horas para vestirse y arreglarse como hacen hoy en día todos esos hombres metrosexuales. Eric no es así, se ducha en minutos y se viste aún más rápido. Es muy masculino, no se depila. Recuerdo el vello de su torso, esa tableta de chocolate y esos pectorales definidos. Escondo mi cabeza bajo la almohada, avergonzada de la reacción de mi cuerpo ante ese recuerdo.

—¿Qué pasa, Sarah? —oigo que se ha acercado.

—Nada —le digo sin abrir los ojos, aunque dejo de esconderme bajo la almohada.

Sigo divagando con él, recordando el casi beso de la terraza. También recuerdo cuándo empecé a intuir que me gustaba, cómo me siento cuando me toca, cómo mi cuerpo responde a él sin mi permiso. Recuerdo la conversación en el mirador, cuando me mostró su lado más sensible y humilde. «Anoche debí besarte», me dijo. Vuelvo a desear que lo hubiera hecho, me gustaría saber cómo son los besos de Eric, me gustaría comprobar si son tan duros como él… Quisiera saber si es una persona apasionada como parece. Me lo imagino besándome y tumbándome sobre la cama con rudeza, con su cuerpo presionando el mío mientras me besa.

Me quedo dormida con un calentón que no sentía hacía mucho tiempo.

15

Refuerzos

El sonido de un teléfono me despierta y alguien rodea mi cintura con un brazo. Eric. ¡Eric está en la cama tumbado conmigo! Me despierto al momento, pero no me muevo. No solo está conmigo en la cama, sino que además me está abrazando. ¿Qué está haciendo? Esto se siente demasiado bien.

—Joder —dice soltándome—. ¡Joder! —repite. Se sienta en la cama y descuelga el teléfono—. ¿Qué pasa? —alguien le contesta—. ¿Cómo? ¿Por Sarah? —me giro y lo miro. Está de espaldas a mí. Me pregunto qué pasa ahora—. ¿Quién es? Está bien, hágalas subir a mi suite —cuelga el teléfono.

—¿Qué ha pasado? —le pregunto.

—¿A quién cojones le has dicho que estabas aquí? —se gira para mirarme, molesto.

—No se lo he dicho a nadie —le contesto confundida—. ¿Alguien ha preguntado por mí?

Me mira enfadado y yo no entiendo nada. Les dije a mis amigas y a mi padre que estaba en un hotel de Eric, con él. Aclaré que cada uno en su habitación, pero no le di a nadie la dirección. Ni siquiera dónde estaba, por más que insistieron.

—Sí, alguien ha preguntado por ti. Así que a alguien has tenido que decírselo.

—Se supone que sabes cuando alguien miente, te aseguro que no se lo he dicho a nadie.

—¿Cómo han llegado hasta aquí?

—Deben haberse confundido de persona en recepción —no hay

otra explicación.

Me analiza con la mirada, apenas llega luz de la mesita del escritorio.

—Creía que ibas a trabajar —le digo. No entiendo por qué estaba en la cama, conmigo.

—Tenía sueño y estabas tan tranquila…, que me he tumbado un momento.

—Me estabas abrazando —paso el pelo tras la oreja—, estabas haciendo la cucharilla conmigo.

—Me quedé dormido. Te aseguro que no volverá a ocurrir.

Llaman a la puerta. Eric vuelve a darme la espalda, se levanta de la cama y se aleja.

—Quédate aquí —me dice sin girarse.

No sé por qué, pero me siento como si estuviera haciendo algo malo y me hubiesen pillado. Es una estupidez. No estoy haciendo nada malo, ni tengo por qué esconderme, pero me siento así. Me levanto de la cama de un salto y voy a la puerta de la habitación.

—Madre mía —oigo desde la puerta. ¿Esa es Laura?

—¿Tú eres Eric? —Mierda. Ese es el tono enfadado de Nayara, no tengo ninguna duda.

—¿Quiénes sois? —pregunta Eric en su tono gélido.

Salgo de la habitación antes de que se enzarcen. Si cree que yo soy una contestona imprudente, flipará con Nayara. A veces es como una leona protegiendo a sus cachorros, y me consta que está muy preocupada. Laura no tiene pelos en la lengua. Me pregunto si la prudente Carla estará con ellas.

—¿Qué hacéis aquí? —salgo a la sala.

—¡Sarah! —exclama Laura pasando la barrera que es Eric en la puerta. Viene hacia mí y me abraza.

Yo también la abrazo a ella. Por favor, no sabía lo mucho que necesitaba esto hasta que Laura me ha rodeado, dándome esa seguridad por lo conocido, ese bienestar que solo alguien a quien quieres puede darte.

—Menos mal que estás vestida —me susurra en el oído aún abrazándome—; si no, a Nayara le da un ataque. No veas cómo está Eric, yo también desaparecería con él por tiempo indefinido.

Intento no sonreír, pero no puedo evitarlo. Miro a Nayara y a Eric, ambos me miran. Laura se separa de mí y me besa.

—Estábamos muy preocupadas por ti —dice mirándome con curiosidad, con esos enormes ojos tan expresivos que tiene.

—Son mis amigas —le digo a Eric.

Eric frunce el ceño y se aparta para que Nayara entre. Esta lo mira de arriba abajo con una mirada que deja claro que no quiere ser su amiga. Se acerca a mí y espero que me abrace, pero no lo hace.

—¿Cómo has podido hacerme esto, Sarah? —me pregunta cuando la tengo delante.

—Lo siento —digo en una mueca avergonzada.

Sé que han estado muy preocupadas por mí, que seguramente no han podido disfrutar de sus vacaciones pensando en mí. No he hecho las cosas como debía hacerlas… Pero, para empezar, si Aleix hubiera mantenido la boca cerrada, no se hubieran enterado de nada.

—No deberías sentirlo —dice Eric cerrando la puerta y acercándose a nosotros—. Ellas se fueron de vacaciones cuando tú estabas mal, así que no debían estar tan preocupadas.

Miro a Eric, el cual se pone a mi lado. Acaba de tirar una bomba. Él tiene parte de razón, pero Nayara se lo va a tomar como un ataque personal.

—¿Tu quién te crees que eres? —lo encara Nayara poniéndose de puntillas.

—Nayara…, vamos, no os peleéis —le pido.

—Díselo a él, no a mí. Este tío no me conoce de nada. No sé qué le has contado de nosotras, pero no voy a permitir que me juzgue.

—Tú a mí ni me vas a permitir ni vas a dejar de hacerlo —le advierte Eric en su tono gélido.

—Eric, por favor —le advierto—. No hagas esto más difícil de lo que ya es, por favor.

—Sé que te duele, pero tengo razón. Sé que en algún momento has pensado lo mismo que yo. Ya le puedes decir a tu amiga que baje los humos si no quiere que la eche a patadas de mi hotel.

—No hace falta que me eches de tu encantador hotel —dice irónica, en tono ácido—. Tengo delante lo que he venido a buscar, solo me interesa ella —me coge de la muñeca y tira de mí.

—Ella no va a ir a ninguna parte —contesta él cogiéndome del otro brazo y colocándome detrás de él.

¡Esto es surrealista! Nayara y Eric se están peleando por mí, como si fuera el último número de un par de zapatos en rebajas a mitad de precio.

—¡Parad los dos! —me suelto de ambos agarres.

—Nayara, relájate. Sarah está bien, es obvio que Eric no la retiene, así que está aquí porque quiere.

—¿Por qué lo defiendes? —le pregunta Nayara a Laura con una mirada asesina.

—Tiene más sentido común que tú —suelta Eric.

¡Mierda! Nayara no le va a dejar pasar ni una, la conozco, lo sé muy bien.

—Nay, déjalo, vayamos a mi habitación. Allí podremos hablar.

—Será lo mejor —dice Nayara cruzándose de brazos mirando a Eric.

Vuelvo a la habitación a por los zapatos. No quiero que en la sala se enzarcen en otra discusión. Pero eso no pasará, Eric entra detrás de mí y cierra la puerta.

—¿Cómo sabían que estabas aquí?

—No tengo ni idea. No debiste atacar así a Nayara, ella realmente está muy preocupada por mí.

—Si estaba tan preocupada, no debió dejarte sola.

Niego con la cabeza, Eric tiene razón: les pedí, casi les imploré que se quedaran conmigo, y su respuesta fue que me fuera con ellas. Ni por un solo momento dudaron en quedarse.

—¿Qué vas a contarles? —me pregunta mientras me pongo los zapatos.

—La verdad. Las he esquivado demasiado tiempo, pero ahora están aquí —me encojo de hombros—. Nayara era tan amiga de Mariona como yo, tengo que contarle lo que sabemos.

—Ella no me gusta.

Me pongo en pie sonriéndole y él ladea la cabeza, extrañado. Me acerco y paro frente a él.

—Me he dado cuenta —niego—. ¿Pero acaso hay alguien que te guste? —vuelvo a sonreírle.

Mis amigas están aquí, eso me reconforta. La siesta me ha sentado de lujo, he descansado y no he tenido ningún sueño. Además, despertar con su olor por todas partes y su cuerpo pegado al mío ha sido un placer inconfesable.

—A veces tú me gustas… No quiero que te pongan en mi contra.

Ahora la extrañada soy yo. ¡Siempre me tira por tierra! ¿A qué viene esto? ¿Acaso se ha dado cuenta de que me gusta e intenta manipularme? Desde luego, Eric es capaz de eso y mucho más. Es capaz de usar mis sentimientos y pisotearlos si con ello consigue un beneficio.

—Ni siquiera te caigo bien —le contradigo.

—A veces sí —acaricia mis mejillas y yo me ruborizo—. No dejes que te pongan en mi contra. Cuéntales lo que quieras, pero no olvides que esto es nuestro —su mirada azul me perfora—, tuyo y mío, de nadie más.

La atmósfera a nuestro alrededor cambia, su sutil caricia me pone el vello en guardia. Parece que habla en serio y las mariposas revolotean en mi estómago. Está hablando de Mariona, no de nosotros. Pero, aun así, esa sensación de vértigo no desaparece de mi estómago. Miro sus ojos, ese océano ahora en calma de su mirada. Después, me fijo en su boca y siento el impulso de ponerme de puntillas y rozar sus labios con los míos. Lo deseo.

—Adoro que te ruborices —me dice casi en un susurro.

Mi respiración se acelera observándolo. Sus facciones están relajadas y en sus ojos veo un atisbo de anhelo. Tengo la impresión de ver incluso devoción en su mirada azul. Sus manos se deslizan por mi cuello hasta la clavícula, donde masajea mis hombros con sutileza. Mi cuerpo se calienta, anhelante de que lo recorra entero. Quiero que me toque, adoro que me toque y me acaricie.

—Esta mañana lo has hecho muy bien y he pedido que te dejen un regalo en la habitación. Espero que te guste —me dice sin dejar de tocarme. Tiene la mirada más cálida de lo que la he visto nunca.

—¿Vas a hacerme un regalo? —no comprendo. Quizá aún esté soñando. Mis amigas están aquí, Eric es amable y tierno, sus ojos me miran muy diferente. Este chico está robándome parte del corazón y la cordura.

—No me ha gustado verte así y… hacía días que lo tenía. Creí que era el momento oportuno para dártelo. Quería compensarte el mal rato que te he hecho pasar.

—No hacía falta, Eric.

Mi cuerpo ansía el suyo, yo ansío estar más cerca de él. Miro sus labios llenos y un lazo invisible me lleva hacia él. Mis talones dejan de tocar el suelo sin mi permiso. Con los zapatos, la diferencia de estatura es franqueable, así que si me pongo más de puntillas puedo llegar hasta sus labios. Vuelvo a mirar sus ojos y están fijos en mi boca, su aliento roza mi cara.

—No es... —deja la frase en el aire y se inclina, creo que va a besarme.

La puerta de la habitación se abre. Nayara nos mira y Eric deja de tocarme. Da un paso atrás rompiendo el momento. Nay mira la cama revuelta, aunque no desecha, y vuelve a mirarme a mí.

—¿Podemos irnos? —demanda impaciente.

—Claro —le sonrió a Eric con pesar por romper este momento y me voy con ellas.

Vamos a mi suite, que está al lado de la de él.

—¿Qué estás haciendo, Sarah? —pregunta Nayara nada más cruzar la puerta.

—Esto no va a ser fácil para ti, pero debo contarte algo.

—Tienes que contarnos muchas cosas —interfiere Laura—. ¡Sarah, ese tío está que te cagas!

—No es eso —niego con la cabeza, aunque la apreciación de Laura es más que cierta.

—¿Que no es eso? —interviene Nayara—. Fuiste con él a casa de tu padre, estás aquí perdida con él, esquivándonos a todos, esquivando a la gente a la que le importas. Todo por él.

—Él no tiene la culpa de nada —lo defiendo enfadada. No obstante, intento calmarme—. Vamos a sentarnos.

Busco el regalo de Eric con la mirada, sentía curiosidad. Ellas se sientan en el sofá de la sala y voy a mi habitación. Sobre la cama, hay tres cajas de zapatos con lazos rojos. ¡No puede ser! Sonrío y las abro. Son tres pares de zapatos y uno de ellos es igual al que le di a la víbora del hotel. Me pongo a sonreír como una idiota. Deseo ir a darle las gracias, pero ahora debo hablar con mis amigas. No quiero hacerle daño a Nay y, lo que tengo que decirle, la herirá. Aun así, no puedo hacer otra cosa.

—¿Qué pasa? —dice Nayara a mi espalda.

—Nada —digo girándome hacia ella.

—¿Qué es eso?

—Un regalo de Eric, nada más.

—¿Un regalo de Eric? —se acerca y mira las cajas de zapatos—. ¿Eso son unos Louboutin?

—En realidad son tres. Solo es un detalle…, no te montes una película —le advierto.

—¿Que no me monte una película? ¿Sabes cuánto cuestan? —niego con la cabeza. No tengo ni idea, pero me encantan—. ¡Cada par vale más de seiscientos euros! ¿Qué le has hecho para que te regale eso? No —me enseña la palma de la mano—, mejor no me contestes.

—No es nada de eso, Nay. Entre nosotros no hay nada, ni siquiera nos caemos bien.

—Mira, Sarah… He visto cómo lo mirabas, veo la clase de regalos que te hace y los pelos de recién levantada que llevas a las cuatro de la tarde —me aliso el pelo con las manos frunciendo el ceño. ¿Qué le pasa a mi pelo?—. Te conozco demasiado bien, ese tío solo te utilizará como hacen todos y después pasará de ti. Te ilusionará y después te pisoteará como si nada.

—¿A qué viene eso? —demando sin comprender—. No lo conoces de nada y yo no quiero nada con él, pero si fuera así, tú no lo conoces para decirme lo que va a hacer.

—Está de uñas con el sexo opuesto —dice Laura mirando mis zapatos nuevos—. No es nada personal contra Eric.

—¿Por qué? —miro a Nayara.

—Aleix es un cabrón. Pensaba que le gustaba, pero resulta que solo quería darte celos a ti.

—¿Cómo? —eso sí que es surrealista—. Es mi amigo, solo está preocupado como lo estás tú.

A Nayara se le empañan los ojos. Madre mía…, si ya está así por Aleix, cuando suelte mi bomba, tendremos que salir de aquí con canoa.

—Cuando te fuiste con Eric —me aclara Laura— no dejaba de llamarla. Estaba que se subía por las paredes. Nay al final se enfadó y le dijo que ni una sola vez había preguntado por sus vacaciones o se había interesado en ella. Le escupió que parecía que estuviera enamorado de ti, y él no lo negó. Al parecer, solo quería ver si despertaba los celos en ti y dejabas de verlo como un colega.

No puedo creerlo. Eric me lo advirtió la noche que nos conocimos: «tu supuesto novio está enamorado de ti, a saber por qué», me dijo. No puedo creer que Aleix haya utilizado a Nayara en lugar de hablar conmigo. Creía que era un buen chico, pero no lo es, eso no se hace.

—Es un gilipollas Nay, mereces algo mejor —le toco el brazo para darle consuelo.

—No quiero que te líes con él —me mira.

—Sarah ya tiene nuevo novio —dice Laura volviendo al comedor.

—¡No es mi novio! —me defiendo—. Cuando vea a Aleix pienso decirle cuatro cosas, pero entre Eric y yo no hay nada.

—A mí no me la das —dice Nayara—. ¿Entonces por qué estás aquí con él?

Suspiro con impaciencia. Tengo que decírselo, merece saberlo. Esto no será fácil.

—Tengo mucho que contaros. Sentémonos.

Saco unas bebidas del mini bar y les cuento todo, absolutamente todo. Cómo encontré a Eric y cómo él me encontró a mí. Cómo me trató, la visita a la casa del lago, la nota de Mariona, el hotel, la habitación, la conclusión a la que llegamos Eric y yo de por qué mi madre sabía un secreto del que nosotras no sabíamos nada... La conversación con mi madre, con mi padre, con el señor Vidal...; mis pesadillas, las cuevas, el observatorio abandonado... Cómo descubrí que Casper era Carlos, el hermano de Eric; cómo llevamos semana y media peinando este sitio inútilmente, y acabo con la sesión de hipnosis de esta mañana.

Laura, de vez en cuando, me lanza preguntas. Pero Nayara, en cuanto he pronunciado el nombre de Mariona, se ha quedado muda y solo llora. Me he sentado a su lado, la rodeo con un brazo y apoya la cabeza en mi hombro en estado de shock. Cuando acabo mi explicación, al menos ha pasado una hora u hora y media y creo que no me he saltado nada. Tenía la esperanza de que quizá ellas vieran algo que a Eric y a mí se nos ha escapado, pero parece que no es así.

Nayara no deja de llorar y no sabemos qué hacer con ella. No deja de repetir lo mismo que pensé yo, que debió darse cuenta, que era su amiga y debía saber lo que le estaba pasando.

—No podía decirte esto por teléfono a cientos de kilómetros, Nay. Comprende que no te lo dijera.

—Ese imbécil tiene razón —llora con más fuerza—. No debí irme a ninguna parte, debí quedarme contigo. Juntas podríamos haber cargado con todo, no debiste aguantarlo tú sola.

—Ese imbécil, como tú le llamas, es muy temperamental —le advierto—; y sin él no hubiera llegado a ninguna parte. Así que, por favor, no lo provoques. Ya has visto lo fácil de provocar que es, pero también es alguien sólido y fuerte que me ha ayudado enormemente y que, a su manera, también lo ha pasado muy mal. No compliques las cosas con Eric, por favor.

—Se ha portado mal contigo —se queja Nay—. Yo no estaba aquí para ayudarte, para protegerte.

—No necesito que nadie me proteja. Ya no tengo diez años, Nay. Ahora sé valerme por mí misma. ¿Cómo disteis conmigo? —no quiero seguir hablando de Eric y delatarme a mí misma sobre él.

—Fue idea de Laura. Cuando encendiste el móvil para decirnos que no vendrías a por nosotras al aeropuerto, Laura rastreó el móvil a través del iCloud. El móvil era mío y supimos tu posición exacta. Cuando bajamos del avión, fuimos a casa a buscar el coche y vinimos directamente para aquí.

Sonrío negando, Laura siempre tiene ideas para todo, no hay nada que se le resista. Gracias a ella empezó todo, ella descubrió que eran coordenadas lo que nos daba Carlos. Así fue como encontré a Eric.

—¿Dónde está Carla?

—Se ha ligado a un italiano y se ha quedado unos días más —dice Nayara.

—¿No quería volver a casa?

—No, ya sabes lo aprensiva que es…, todo lo del fantasma la tenía un poco superada.

—La comprendo.

—Debemos encontrar a Mariona —dice Nayara.

—Ya lo sé, pero después de lo de esta mañana no se me ocurre cómo. No creo que esté en estas cuevas. Mi madre dijo que tenía todo lo que necesitaba, pero algo se me escapa.

Miro a Laura, que sigue callada. Sé que le está dando al coco. Cuando se queda así de pensativa es que algo está rondando su cabeza. Es la persona más lista que conozco, si alguien puede dar con la pieza que falta, esa es ella.

—Hablaré con Eric para que pongan otra cama, si os queréis quedar.

—Yo me quedo —dice Nayara muy convencida.

Miramos a Laura, pero parece que no nos está escuchando.

—Laura —dice Nay y esta la mira—. ¿Te quedarás con nosotras?

—Sí —contesta prestándonos atención—, claro que me quedo.

—Vale —me pongo de pie—, voy a hablar con él.

—¿Quieres que te acompañe? —pregunta Nayara.

—No —ni muerta—, iré yo sola.

Salgo de la habitación y voy a la de Eric. Al abrirme la puerta, está sudado como si hubiera corrido un maratón. Tiene los músculos tensos y no puede ser más sexy aunque lo intente.

—¿Qué hacías? —pregunto intentando no babear ante su imagen.

—Un poco de ejercicio, ayuda a pensar —se encoje de hombros—. ¿Qué tal tus amigas?

—Nayara está muy afectada —suspiro—, no va a llevarlo bien. Es demasiada información de golpe. Si fue difícil para mí, imagínate para ella —Eric asiente—. Gracias por los zapatos.

—Te los has ganado.

—¿Puedo entrar? —me siento estúpida en el pasillo.

—Claro —me deja pasar, entro y él viene detrás de mí.

—¿Tus amigas van a quedarse?

—Sí —digo sentándome en el sofá—. ¿Te importa?

—Hablaré con recepción para que preparen una de las suites dobles para ellas.

—No es necesario, no te molestes, nos apañaremos con una cama supletoria.

—No es molestia, Sarah —se sienta conmigo en el sofá.

—Gracias por todo.

Niega con la cabeza y ya no sé qué más decir. Me siento extraña. Además, Eric parece abatido.

—¿Te preocupa algo? —le pregunto confusa.

—¿Te preocupa a ti?

—No es una cueva, estoy segura de que no lo es. No sé cómo vamos a dar con ese sitio.

Delante de mis amigas me he mostrado fuerte por Nayara. Si me hubiese derrumbado delante de ella, ella se habría hundido más. Pero lo cierto es que revivirlo todo ha hecho que yo también me sienta hundida.

—La encontraremos, Sarah. Sé que estamos cerca…; algo se nos escapa, pero no sé qué es.

—Yo también lo creo, pensé que a Laura se le ocurriría. Ella es la mejor descifrando acertijos, pero no parece que se le ocurra nada y… por más que yo le dé vueltas, no sé qué es lo que no encaja.

—¿Quieres que hagamos yoga a ver si nos despejamos un poco? —pregunta mirándome—. A veces, cuando le das tantas vueltas a algo en la cabeza, como hemos hecho nosotros, tiendes a saltarte lo básico, a dar cosas por echas que pueden ser la clave. Despejar la mente puede funcionar.

Lo miro sorprendida. Está muy diferente a ayer. No sé si es por lo que ha pasado esta mañana o porque están aquí mis amigas y piensa que le voy a dar de lado, pero está suave como un guante. Yo tampoco me siento con ánimos de provocar una nueva pelea, me gusta este Eric y eso no es bueno. Aun así, prefiero apoyarme en él que pelearme, al menos en este momento. Revivirlo todo con mis amigas me ha dejado tocada.

—¿Por qué no? Aunque lo de despejar la mente no es lo mío.

—Bajemos abajo.

—¿Abajo?

—Sí, me gustaría enseñarte todo eso.

Vamos a la parte subterránea y descubro que no tiene nada que ver con el resto de hotel. Es todo minimalista y muy zen, impera el silencio. Una vez más, no voy vestida para la ocasión, pero eso ya es lo normal. Entramos en una sala circular que tiene un fuerte olor a eucalipto, suena música zen y la habitación apenas tiene iluminación, solo lo justo para ver por dónde vas sin caer. Eric me tiende una de las esterillas y nos ponemos uno frente al otro en el centro de la sala.

Pasamos un buen rato en silencio, con los ojos cerrados. Me siento observada y abro los ojos, Eric ha abierto los suyos y me está mirando.

—¿Qué piensas? —le pregunto.

Niega con la cabeza y sonríe. Pero justo cuando va a contestar, llaman a la puerta y se gira hacia ella endureciendo sus facciones. Joel, uno de sus empleados más jóvenes, se asoma por la puerta.

—Señor Capdevila, disculpe que le moleste —parece asustado y no me extraña—, pero hay una joven que necesita hablar con Sarah. Ha insistido en que era muy urgente —se justifica.

Me pongo de pie alarmada y Eric me imita.

—Déjela pasar —dice Eric cogiendo mi mano—. No pasa nada, Sarah —me susurra.

—Hasta portero tenéis aquí, estoy flipando —dice Laura entrando por la puerta.

—¿Qué pasa? —pregunto alarmada—. ¿Es Nay?

—No, ella está bien —se acerca al montón de esterillas y coge una—. Le he pedido una tila y la he metido en la bañera, estaba demasiado nerviosa.

—¿Qué ocurre, Laura?

Pone la esterilla junto a las nuestras y se sienta. Me siento frente a ella, esperanzada de que tenga la clave.

—He estado pensado… Creo que deberías volver al hotel de La Llacuna —me dice.

—¿Al hotel? —pregunta Eric sentándose a mi lado.

—Sí, pensad un momento. Mariona vio allí a alguien que conocía y le escribió una nota a Carlos. La persona que fue a buscarla sabía de la nota y la leyó. Si no, ¿cómo supo dónde debía ir a buscarla?

Eso tiene lógica. Carlos encontró la nota, pero alguien antes que él ya la había leído y fue a por Mariona y mi madre. Solo había dos tazas de café, Carlos no estaba con ellas.

—Eso no significa nada —dice Eric.

—Piénsalo —le señala Laura con el dedo, muy segura de lo que dice y tiene toda mi atención—. ¿Dónde dejaría la nota? ¿En la habitación? ¿En recepción? ¿Quién tiene acceso a esos sitios?

—Un trabajador del hotel —deduzco.

—¡Exacto! En la cabaña estaban tomando café cuando alguien las sorprendió. Había signos de lucha y dos tazas, no tres. Primero, las encontró a ellas y después, esperó a que llegara él —sigue Laura muy seria.

—¿Y por qué mi hermano no hizo nada? —cuestiona Eric la teoría que Laura está formulando.

—Estamos hablando de una persona despiadada. Para él, Mariona era una propiedad, y tu hermano se la quitó. Él debía pagar por haberla separado de su lado, así que controló a las dos mujeres. Cuando las subyugó, esperó a tu hermano. Solo debía amenazar con herir a Mariona y tu hermano no haría nada. Seguramente, temeroso de que la madre de Sarah le hubiera dicho a su marido a dónde iba, se los llevó a todos —vuelve a mirarme a mí—. Sarah, dijiste que en el observatorio abandonado había mucha sangre. Quería venganza, quería tiempo para llevarla a cabo y los llevó a un sitio donde nadie pudiera encontrarlos —lo que Laura dice encaja a la perfección—. Pero, lo más importante, es que Boira es un sitio muy pequeño. Si Mariona conocía a quien la delató, tú seguramente también. Esa persona es o era un trabajador del hotel. Tienes que dar con él, esa persona podrá decirte a quién le dio acceso a la nota de Mariona. Cuando sepáis quién se la llevó, la encontraréis a ella.

Lo que dice Laura tiene sentido, podría tener razón.

—Pero estuvimos allí más de dos días y no vi a ningún conocido.

—Quizá ya no trabaje allí —aclara—. Busca la manera de encontrar quién trabajaba en el hotel en las fechas que estuvieron ellos, es posible que te suene su nombre —insiste Laura.

—El recepcionista de noche, ese del que te hiciste amiga. Te ayudará si se lo pides —dice Eric.

—¿Crees que encontraremos algo? —le pregunto.

—Lo que dice tu amiga tiene lógica. Aquí ahora mismo no estamos haciendo nada. Podríamos probarlo. Al menos, no estaremos aquí parados, comiéndonos las uñas.

16
Mariona

Volvemos al hotel La Guineueta y, al llegar, ya es de noche. Hemos dejado a Laura y a Nayara en el hotel de Eric. A Nayara ni siquiera le hemos dicho que nos íbamos, estaba muy alterada por todo lo sucedido y no creo que sea buena idea que nos acompañe. Además, ella y Eric no han congeniado demasiado y no quiero estar en medio del fuego cruzado, prefiero mantearla al margen de momento. No ha sido difícil dejarla fuera. Cuando hemos ido a la habitación, aún estaba en el baño, así que me he cambiado de ropa y me he calzado mis deportivas mientras Laura se ha quedado con ella.

Cuando Arnau me ve desde el mostrador me sonríe, pero pronto se le borra la sonrisa cuando ve que Eric viene conmigo.

—Hola Arnau —le saludo acercándome al mostrador

—¿Cómo te va, guapa?

—No demasiado bien. No sé cómo decirte esto…, quiero pedirte algo.

—¿Qué necesitas?

—Una amiga estuvo aquí hace ocho años y necesito saber quién trabajaba aquí por esa época.

—¿Por qué? —demanda extrañado.

—Ella dejó una nota para su novio, pero alguien la robó y fue alguien de aquí —le aseguro.

—No, eso no puede ser, Sarah. Este es un hotel de confianza. Nunca han tenido problemas de hurtos.

—Era una nota, nadie la echaría de menos. ¿Puedes ayudarme?

—le suplico con la mirada—. De verdad, necesito esa lista. Solo necesito nombres y apellidos.

—Esa información es confidencial. Además, yo no tengo acceso a ello.

¡Mierda! Me giro y miro hacia el interior del hotel. Veo gente saliendo del comedor después de cenar. Me fijo en una familia que sube por la escalera. Eric entra en acción intimidando al pobre chico y yo miro la escalera.

Abajo, me dijo Carlos. ¿Abajo? Mmm…, quizá no bajé suficiente. ¿Puede ser que Mariona esté aquí? Mi corazón empieza a acelerarse. Es una auténtica locura, pero debo seguir mi instinto y ella está bajo tierra, no hay nada más abajo que eso. Vuelvo al mostrador.

—¿Qué hay debajo del hotel? —pregunto nerviosa.

—¿Debajo? —me pregunta Arnau sin comprender.

—Sí, este sitio es grande y en invierno hace frio. Debéis tener una zona de calderas, un lugar que haga que se mantenga.

Miro sus ojos esperando su respuesta. Fijo que piensa que estoy loca y no es para menos.

—Hay una sala de máquinas donde están las calderas y el compresor.

—¿Sarah? —me dice Eric y le cojo la muñeca con los nervios a flor de piel.

—¿Hay mucho ruido ahí? —demando esperanzada.

—Sí, claro. La maquinaria siempre está en marcha.

—¿Dónde está ese sitio? —insisto.

—Debajo del hotel.

—¡Abajo! ¡Llévame! ¡Por favor, por favor! —le suplico juntando mis manos—. Por favor Arnau, te daré lo que quieras. Pero llévanos allí.

—¿Crees que está aquí? —me pregunta Eric buscando mi mirada—. Eso no tiene sentido, Sarah.

—Lo sé, pero tu hermano dijo «abajo». Quizá no se refería a la habitación. ¡Allí no había nada, Eric! —me quejo—. Quizá quería que bajáramos más. Hay algo, lo sé, estoy convencida.

—Vale, bajaremos.

—No puedo llevaros allí, lo siento —me baja Arnau de mi nube.

—¿Cuánto quieres? —demanda Eric—. Marca un precio y es tuyo.

—No puedo hacerlo, perdería mi empleo.

—Quiere ir a Nueva Zelanda —recuerdo que él me lo contó la segunda noche en vela que pase con él—. Quiere conocer el sitio donde se rodó El Señor de los Anillos.

—Yo te pago el viaje a ti y a un acompañante. Todos los gastos pagados, dos semanas.

—¿Me estáis tomando el pelo? —pregunta Arnau.

Eric saca su tarjeta de crédito y la deja sobre el mostrador.

—Pásala, saca lo que quieras y llévanos a ese sitio. Ya.

El recepcionista duda un momento y mira hacia el despacho que tiene detrás.

—Por favor Arnau, necesito que me ayudes —le suplico a punto de llorar. Ya deberíamos habernos puesto en marcha.

—Me voy a arrepentir de esto… —niega mirándome—. Esperadme en la escalera.

Doy un salto, cojo la mano de Eric y lo arrastro hasta la escalera.

—Sarah, es imposible que esté aquí —intenta Eric razonar conmigo.

—No lo sé, debo seguir mi instinto. Estoy segura de que ahí hay algo.

Esperamos a Arnau. El tiempo me parece interminable…; los minutos no pasan en el reloj. Cuando finalmente se acerca, nos conduce detrás de la escalera donde hay una puerta que él abre con llave. Después de un pasillo, llegamos a otra puerta, vuelve a abrirla y enciende una luz que da a unas escaleras que bajan.

Arnau va delante, yo lo sigo ansiosa por saber qué hay debajo y Eric me sigue a mí.

Abajo está lleno de máquinas grandes y ruidosas. El ruido es ensordecedor. Busco desesperada por el suelo una trampilla. No hay nada, el suelo es de cemento.

No está aquí y yo maldigo para mis adentros. Creía que estaría aquí, pensé que lo estaría, de repente lo he visto tan claro…

—¿Quién tiene acceso a este sitio? —pregunta Eric a Arnau.

—Las llaves están en la recepción. Cualquier empleado puede bajar, pero es el de mantenimiento quien trabaja aquí y es donde tiene todas sus cosas.

Eric se acerca a un armario metálico que está empotrado a la pared. Está cerrado con un candado.

—¿Tienes la llave? —pregunto a Arnau.

—Solo Willy la tiene.

—¿Willy? —le pregunto.

—Sí, es el de mantenimiento.

Miro el candado.

—¿Qué crees, Sarah?

—Reviéntalo —digo con rabia negando con la cabeza.

—No, chicos, no podéis hacer eso. Me he metido en este lio por ti, Sarah —me acusa Arnau, mirándome desesperado—; vas a hacer que me despidan.

Lo ignoro y miro cómo Eric coge un hacha y se lía a golpes con el candado. Mis nervios están de punta cuando el candado se rompe y Eric abre las puertas. Me pongo detrás de él y miro el interior, ansiosa. No hay nada, solo ropa en perchas y en el suelo una vieja lámpara de gas azul.

Me apoyo contra la pared. No hay nada, estaba tan segura de que estaba aquí…

Soy estúpida, una completa estúpida. Eric se agacha y enciende la lámpara de gas.

—¿Por qué está esto aquí? —pregunta.

—Ella no está, Eric. No está aquí —digo compungida mientras intento contener las lágrimas.

Eric retira toda la ropa a un lado y mira el interior. Lo imito preguntándome qué busca si no hay nada dentro de él.

—No hay nada —tiro de su brazo, llorando.

Quiero golpearlo, necesito golpear algo, me siento desesperada y derrotada. Le golpeo el brazo y, cuando se gira, mirándome sin comprender por qué he arremetido contra él, lo abrazo. Me abrazo a él con todas mis fuerzas. Apoyo la cabeza en su pecho buscando su calor y lloro con más fuerza mojando su camiseta con mis lágrimas mientras rodeo su cuerpo con mis brazos. Necesito apoyarme en él.

Creo que va a apartarme, seguro que ahora no piensa que soy tan fuerte, pero me rodea con un brazo y con la mano libre acaricia mi pelo. Acto seguido, me besa la cabeza.

—Vamos, Sarah. Tranquila, ya está, no pasa nada. Tranquilízate, preciosa.

Levanto la cabeza y lo miro a los ojos. Sin mis tacones y tan cerca, la diferencia de altura me parece abismal. Limpia las lágrimas de mi cara y sigue mirándome a los ojos. Parece que ya no es alguien contra quien luchar, es alguien en quien apoyarme. Ya no me parece tan frío y fiero, sino alguien fuerte y seguro para mí.

—No pierdas las esperanzas —me pide con mirada suplicante.

—No hay nada, Eric —repito de nuevo.

—La encontraremos, Sarah. Te lo juro. Sabíamos que no estaría aquí. Conseguiremos esa lista de empleados y la revisaremos.

Ahora es él quien me abraza. Apoya su cabeza sobre la mía y suspiro. No sé qué habría hecho sin Eric. Cuando más desesperada estoy, él consigue darme su aliento, me da esperanzas cuando creo que no me queda nada.

—Tenéis que iros de aquí —dice Arnau mirándonos.

Eric se separa de mí, lo mira y vuelve a mirar el armario.

—¿Por qué cerrar este armario con un candado si no hay nada? —se pregunta ignorando a Arnau.

Golpea el interior del armario con suavidad. No sé qué busca, pero con el ruido de las maquinas no se oye nada. Palpa la plancha.

—Espera un momento.

—¿Qué pasa? —le pregunto.

—Aquí hay algo —se mete dentro del armario en el que apenas cabe; empuja la plancha a la derecha, esta se desliza y ante nosotros queda una puerta.

—¿Qué es eso? —pregunta Arnau, que se ha puesto detrás de mí.

—Es una puerta —contesto a pesar de que es obvio. No puedo disimular mi sorpresa.

No puedo creerlo. ¡Hemos venido a por una pista y la hemos encontrado! Está ahí detrás, está detrás de esa puerta. ¡No me queda ninguna duda! Eric intenta abrir la puerta, pero está cerrada y la golpea con fuerza, dejándose el hombro en ella.

—Sarah, aparta —me pide Arnau—. Toma, Eric —le tiende el hacha y Eric la coge.

—Ponte más atrás —me pide Eric, pero yo no puedo moverme.

Arnau me coge del brazo y de la cintura y me tira hacia atrás. La mirada de Eric se congela mirando sus manos encima de mí, pero se da la vuelta y se lía a golpes con el pomo de la puerta hasta que cede y consigue abrirla. Se abre hacia el interior, pero solo puedo ver un agujero negro. Me suelto de Arnau, cojo la lámpara de gas y entro dentro del armario dispuesta a ver qué hay en ese agujero. Me quedo completamente pegada al cuerpo de Eric: si él apenas cabía, mucho menos los dos. Me coge de la cintura y me impide seguir. Me quita la lámpara de la mano, es de agradecer, pesaba más de lo que parecía, y alumbra el interior sin dejarme avanzar.

Menos mal que me ha parado. Detrás de la puerta hay unas escaleras descendentes y estoy segura de que habría caído por ellas antes de verlas.

—Detrás de mí, Sarah —me advierte—. Por una vez en tu vida —sigue muy serio—, si te digo atrás, es atrás. Si te digo que salgas, saldrás, o te juro que te ato aquí y voy sin ti. Él podría estar ahí abajo, no debería dejarte bajar. Puede que haya otra entrada.

—Vale —contesto sin dudar antes de que intente dejarme fuera.

Me mira y niega con la cabeza.

—Tú te quedas aquí —le dice a Arnau—. Quiero que vuelvas arriba y busques todos los datos que tengas del de mantenimiento. Apúntamelos en un papel y bájamelos. Si no hemos subido en diez minutos, llama a la Policía.

—No deberíais bajar por ahí —nos dice.

—Haz lo que te he dicho y vuelve —dice Eric en su tono autoritario más gélido.

Arnau se va y nosotros bajamos por unos viejos peldaños de madera que crujen bajo nuestro peso. Eric tiene que ir agachado para no golpearse la cabeza con el techo tan bajo. Me cojo a su polo con el corazón a punto de salírseme del pecho. Cuando llegamos abajo, giramos a la derecha y seguimos por un pasillo igual de estrecho y bajo. Giramos a la derecha de nuevo, al final hay otra puerta. Estamos justo debajo de las máquinas, el ruido se oye arriba amortiguado, como en la sesión de hipnosis. Eric me da la lámpara y me empuja hacia atrás. Acto seguido, vuelve a la puerta y da golpes en el pomo con el hacha. Mientras, yo intento mantener la lámpara arriba para que pueda ver.

Cuando la puerta cede, me mira. Mantengo su mirada y me acerco.

—Quédate aquí un momento, Sarah —me quita la lámpara de la mano.

Me quedo callada mirándolo a los ojos. Ni en sueños voy a quedarme aquí, a un paso de donde podría estar mi amiga, pero me lo guardo para mí. Vuelve a negar con la cabeza; sabe que, en cuanto entre, lo seguiré, y así sucede.

Alumbra a su alrededor, miro hacia la derecha y enseguida la veo. Me lanzo a por ella empujando el cuerpo de Eric.

Donde en la sesión de hipnosis había un colchón viejo, sucio y enmohecido, hay un cuerpo pequeño. Me arrodillo delante de él, sin atreverme a comprobar si es Mariona. Sé que es ella, pero me da miedo que esté muerta.

Siento un nudo en la garganta que me impide respirar; aquí el oxígeno es escaso, como en mis sueños. ¿Puede alguien sobrevivir en estas condiciones? Con manos temblorosas, cojo su brazo y la giro con sumo cuidado. Parece que todo sucede a cámara lenta, lo único que se mueve a velocidad normal son mis lágrimas cayendo unas detrás de otras muy seguidas.

Tiene que ser Mariona, lo cual es casi imposible de saber dadas las condiciones en las que se encuentra, pero yo no tengo dudas. Su cara huesuda está mugrienta, igual que su cabello rubio, que es imposible saber de qué color es. Pero sé que es ella, sé que es mi amiga.

Eric se agacha a mi lado y deja la lámpara en el suelo, le coge la muñeca y le toma el pulso.

—¿Está muerta? —pregunto con aprensión, llevando una mano a mi corazón.

—El pulso es muy débil, pero tiene pulso —mira Eric a su alrededor.

Busco sus tobillos, no hay grilletes. Aquí no están los grilletes que laceraban mi piel en sueños. Sin embargo, hay revistas, libros, ropa sucia, una radio vieja y basura.

—Hay que salir de aquí —dice Eric cogiendo la lámpara y dándomela—. Yo la llevaré, alumbra el camino. Hay que llevarla a un hospital.

Cojo la lámpara, pero mis manos siguen temblando, así que empleo ambas y me levanto del suelo. No puedo creer que esa figura que Eric está levantando del colchón sea Mariona. Parece tan pequeña como una niña de doce años. Salimos a los angostos pasillos y me voy girando para mirarlos. Subimos. Dejo la lámpara tan pronto salimos del armario y subimos esta vez la escalera hacia el hotel.

—¿Quién es? —pregunta Arnau impresionado cuando lo encontramos junto a la escalera.

—¿Tienes lo que te he pedido? —pregunta Eric.

—Nombre, DNI, número de la seguridad social, dirección y teléfono —le contesta Arnau enseñándole un folio.

—Cógelo, Sarah —Arnau me da el papel.

Eric ni siquiera ha parado y corro detrás de él. Lleva a Mariona entre sus brazos como si tuviera el peso de una pluma. Una vez en el exterior, para delante del coche.

—Abre el coche, la llave está en mi bolsillo derecho.

Meto la mano en el bolsillo de su pantalón, no me cuesta nada encontrarla y abro el coche. Eric carga a Mariona en la parte trasera.

—Déjame ir con ella —le pido—. Conduce tú, por favor Eric —le digo aún con los ojos llorosos.

Estoy demasiado nerviosa para conducir. Además, quiero estar a su lado. La tumbo encima de mí y la rodeo con mis brazos. Cuando se ha asegurado de que la tengo, cierra la puerta y se pone a los mandos, no sin antes buscar el hospital más cercano en el navegador.

Miro a mi amiga. Parece tan pequeña… Está tan delgada que apenas pesa sobre mí más que una niña. Busco su pulso y es débil. Siento mi corazón a toda velocidad, creo que se me va salir del pecho. En cambio, sus latidos son tan flojos y lentos… Pego mi oreja a su boca y siento su aliento, respira muy despacio. No creo que tengamos mucho tiempo, pero está viva y eso es lo único que importa. Está viva.

Vamos camino al hospital y allí podrán atenderla. Se va a poner bien, se ha acabado su infierno. Estoy deseando que se despierte y poder abrazarla. Deseo poder llenar su vida de buenos momentos que le hagan olvidar estos ocho años.

Eric para la música.

—Estefanía —le oigo al teléfono. Su voz está muy alterada, nunca le había oído así—, acabo de pasarte una dirección. Quiero que llames al hospital, vamos de urgencias y necesito que nos atiendan nada más llegar. Quiero que encuentres un servicio de seguridad, al menos seis u ocho hombres que vigilen el hospital —Estefanía le dice algo—. ¡Para ya! También quiero que Ramírez venga ahora mismo. Despiértalo y que venga. Mándale la dirección del hospital a Natalia, necesito que esté aquí también, dile que es muy importante y urgente —ella le contesta—. Si, correcto. No, Sarah está bien. —Estefanía sigue hablando—. Date prisa, por favor.

¿Por favor? Vaya, parece que he conseguido domar un poco a la fiera, aunque eso casi se lleva mi salud mental.

Vuelvo a mirar a Mariona. Su cara está llena de polvo y roña, no sé cómo ha podido aguantar tanto tiempo en ese agujero infernal, con tanto calor y tan poco oxígeno. Es una campeona, una luchadora. Va a ponerse bien. Dentro de poco estaremos en el hospital y se pondrá bien.

La radio se enciende sola y veo a Eric mirando el salpicadero. La para. Vuelve a encenderse. Vuelve a pararla. Se enciende de nuevo.

—¿Qué demonios? —le oigo blasfemar.

—Déjala, Eric. Déjala —le pido.

Deja de tocarla y, al momento, suena una trompeta y un piano. El volumen sube y la melodía nos envuelve:

Veo arboles verdes, rosas rojas también, las veo florecer, para mí y para ti.

Y pienso para mí mismo: qué mundo tan maravilloso.

Veo el cielo azul y las nubes blancas, el bendito brillo del día, la sagrada oscuridad de la noche.

Y pienso para mí mismo: qué mundo tan maravilloso.

Los colores del arcoíris son tan hermosos en el cielo, están también en las caras de la gente que pasa.

Veo amigos dándose la mano diciendo: "¿Qué tal estás?" En realidad están diciendo: "Te quiero".

Oigo bebés llorando, los veo crecer, ellos aprenderán mucho más de lo que yo nunca sabré.

Y pienso para mí mismo: qué mundo tan maravilloso. Sí, pienso para mí mismo: qué mundo tan maravilloso.

Es Carlos. Sé que es él diciéndole a Mariona que el mundo es maravilloso, dándole todo su amor y diciéndole que ahora todo irá bien. Puede que sea su manera de despedirse. Las lágrimas corren por mis mejillas escuchando esta bella canción de Louis Armstrong y mojan la cara de mi amiga.

—Es para ti, mi amor —le digo a Mariona mientras mis lágrimas incesantes mojan su cara—. Esta canción es para ti. ¿Puedes oírla? —creo que sus labios se curvan en una sonrisa, pero sigue sin abrir los ojos—. Se ha acabado, cielo. Ahora todo irá bien, te lo prometo. Yo cuidaré de ti. Lo superaremos juntas, mi niña. Todo saldrá bien, Mariona.

La canción suena tres veces. Después, todo queda en silencio. Veo a Eric mirándome por el espejo retrovisor. Sus ojos están vidriosos y me miran con mucha calidez. Bajo la vista de nuevo hacia Mariona. No puedo creer que la tenga entre mis brazos, que sea ella, que esté viva. Tiene que ponerse bien, tiene que recuperarse. La estrecho con más fuerza.

—Te quiero —le susurro—. Te quiero mucho.

Llegamos al hospital y Eric para en la puerta de urgencias, donde hay una camilla esperándonos con dos hombres y una mujer. Eric abre la puerta trasera y ponen la camilla delante de la puerta.

Uno de los hombres intenta coger a Mariona, pero no estoy preparada para dejarla ir, tengo miedo de que vuelva a desaparecer y la agarro con más fuerza.

—Sarah —llama mi atención Eric—. Vamos, tiene que verla un médico. Nadie le volverá a hacer daño —dice encima de la cabeza del hombre de color que quiere llevarse a mi amiga.

Miro a Eric y niego con la cabeza. Tiene razón. La suelto y entre los dos hombres la cargan en la camilla. Se la llevan en un segundo. La mujer se queda con nosotros, ni siquiera me bajo del coche.

—¿Qué ha pasado? —nos pregunta la mujer.

—Es un secuestro —dice Eric—. Llevaba ocho años desaparecida. La retenían en una pequeña habitación bajo tierra casi sin oxígeno. Su pulso era muy débil, pero su corazón aún late. Deben ayudarla. ¡Usted debe ir a ayudarla! —dice Eric alzando la voz.

—Cálmese, por favor —le dice la enfermera—. ¿Saben quién es?

—Sí, es mi amiga —digo saliendo del coche.

—Debemos avisar a la Policía. Deben esperar en la sala de

espera, no pueden irse.

Me la quedo mirando preguntándome si está loca. ¿Dónde se piensa que vamos a ir?

—Sarah —me saca Eric del trance; lo miro y me da mi bolso—. Entra dentro y llama al recepcionista, tiene que venir a identificar al de mantenimiento, yo iré a aparcar el coche.

—De acuerdo.

Entro con la enfermera a la sala de espera.

—Necesito que rellene un formulario con los datos de la paciente. ¿Sabe si es alérgica a algún medicamento?

—No, no estoy segura —digo confundida—. ¿Puedo verla?

—Acaba de entrar, señorita.

Me pongo a llorar de nuevo. Quiero verla, necesito saber que sigue viva. La enfermera pasa detrás del mostrador y sale con una carpeta.

—Relájese, por favor. Enseguida sabremos cómo se encuentra y se lo haremos saber. Ahora, para poder ayudarla, debe rellenar este formulario —me tiende la carpeta.

—Vale —cojo la carpeta sin dejar de llorar.

Me siento en una de las sillas de plástico del hospital. Hay varias personas esperando que me miran. Me siento como si estuviera en medio de un sueño, como si todo fuera a cámara lenta. Cojo mi móvil del bolso y llamo al hotel. Le digo a Arnau que necesito que venga, que pronto vendrá la Policía y necesitamos que testifique e identifique al agresor de Mariona. Ese tío tiene que pagar todo lo que ha hecho, todos los abusos. ¡Ocho años! No sé cómo Mariona ha podido sobrevivir.

Le mando un mensaje a Laura donde le pido que ella y Nayara se reúnan con nosotros en el hospital. Debería habérselo mandado a Nayara, pero Laura sabrá controlar la situación y controlar a Nayara, que ya estaba muy alterada por todo lo que le he explicado. Vuelvo a apagar el móvil antes de que me llamen, no quiero explicar lo sucedido por teléfono.

Eric entra en la silenciosa sala de espera mientras habla por teléfono. No sé con quién habla, pero parece muy cabreado.

—Me da igual lo que cueste. No me toques los cojones, quiero saberlo todo de él. ¡Todo! —se queda callado y se sienta a mi lado—. Nunca te he pedido nada más importante que esto, Torres.

Te juro que como no me des lo que busco, hago que te empapelen —cuelga el teléfono.

Me mira y su rostro se suaviza.

—¿Estás bien? —me pregunta con un tono de voz mucho más calmado.

Lamo mis labios resecos y afirmo con la cabeza. No es cierto, no lo estoy.

—Todo saldrá bien, Sarah. Está aquí, le has salvado la vida y se pondrá bien —pasa el brazo por detrás de mi asiento y acaricia mi pelo.

—¿Cómo se recupera alguien de algo así? —le pregunto con un nudo en la garganta que apenas me deja hablar. No lo comprendo.

Acerco mi cuerpo al suyo, necesito su apoyo. Apoyo la cabeza en su hombro y él me rodea con el brazo. La mano que tiene libre, la pasa por mi cara y me pone el pelo detrás de la oreja. La deja detrás de mi cuello y acaricia mi mejilla con el dedo pulgar. Su toque calienta mi piel.

—No lo sé, mi asistente personal llamará a Natalia para que venga. Es la mejor y quiero que sea ella quien la trate —afirmo con la cabeza—. Pronto vendrá la Policía. Será mejor que no hablemos de espíritus, sueños y sesiones de hipnosis. Mi abogado también está en camino, él podrá asesorarnos.

Eric me dice lo que debo decir y estoy de acuerdo con él en que es mejor dejar todo lo inexplicable aparte. En nuestra declaración incluiremos a mi madre, alegaremos que ella me dijo algunas cosas.

Eric ha llamado a su abogado, que está en camino, y nos ha asegurado que no pueden acercarse a ella para corroborar la información.

Me ayuda a rellenar el formulario de Mariona y, cuando acabamos, lo dejamos en el mostrador. Le pregunto con quién hablaba cuando ha entrado, prefiero hablar para ver si mis nervios se calman. Estaba hablando con el investigador que le facilitó todos mis datos. Por lo visto, le ha pasado las señas del de mantenimiento para que lo investigue. Me separo de él y le suplico que no vaya a por él, que no me deje sola.

No quiero que vaya, no porque me deje sola, sino porque eso es un tema policial y me da miedo que le pase algo, que salga herido o lo maten.

Poco tiempo después, empieza a llegar todo el mundo. Primero, la Policía, que quieren llevarnos con ellos para que testifiquemos. Me altero porque quieren separarme de mi amiga, pero Eric controla la situación. Aunque después empieza a alterarse él porque parece que la Policía nos culpe a nosotros con esas preguntas estúpidas y repetitivas.

Temo que lo detengan por desacato, no debería hablarles así. Intento calmarlo, y entonces llega Arnau. Le toman declaración mientras nosotros esperamos a que llegue el abogado.

Cuando llega el abogado de Eric, yo ya estoy que me subo por las paredes. Estoy preocupadísima porque no nos dicen nada de Mariona, agobiada por las preguntas de la Policía que no sé cómo responder y preocupada también porque se lleven a Eric, que cada vez está más molesto y cabreado.

Nos dejan una sala de reunión del hospital. El abogado de Eric habla con la Policía, representándonos a ambos, y se los come. Literalmente se los come.

Después entra Arnau y les da los datos de Guillermo Muela, el encargado de mantenimiento y el principal sospechoso. Su nombre no me dice nada, no lo conozco, no creo que sea de Boira.

Arnau lo describe como una persona calmada y tranquila, alguien introvertido y antisocial que no se mete con nadie, que siempre va a lo suyo. Nos explica que no está bien del todo, que tiene una pequeña deficiencia mental, pero que es una persona trabajadora. Por lo visto, va a trabajar incluso cuando está de vacaciones.

Eric interviene diciendo que lo hacía porque tenía allí a Mariona, que están perdiendo el tiempo con nosotros en lugar de ir a buscarlo. Piensa que es el asesino de su hermano y quiere encontrar su cuerpo, saber qué pasó y poder enterrarlo con su madre.

Cuanto más se alarga la entrevista o interrogatorio, más nervioso está Eric. Pongo mi mano sobre la de él para que intente calmarse y él coge la mía, se la lleva a la boca y la besa, haciendo que todo lo que está sucediendo a mi alrededor desaparezca. No entiendo por qué lo ha hecho, parece que ni él mismo se ha dado cuenta. Está fuera de sí. Como siga apretando así la mandíbula creo que es posible que se rompa algún diente.

Observando su perfil, me doy cuenta de que incluso con el ceño fruncido está guapo. Es atractivo a rabiar, muy varonil, fuerte y masculino. ¡Madre mía! Estoy pillada por él. Si solo hubiera seguido siendo el mismo insensible que conocí, podría haberme salvado, pero creo que ya es tarde.

Se ha mantenido a mi lado, me ha apoyado cuando más lo necesitaba, ha hecho que no decayera cuando no veía la salida y me derrumbaba… Cuando más hundida estaba, él ha conseguido sacarme a flote y, gracias a él, hemos encontrado a Mariona.

Después de esto, ya nada será igual. Me guste o no, me he enamorado de este cabezota insensible y controlador. Lo de esquivarlo y provocarlo ya no surtirá efecto, que me trate mal no cambiará todo lo bueno que ha hecho conmigo y por mí.

«*Pobre de la que acabe con él*», pensé al conocerlo. Pero más pobre aún de la que se enamore perdidamente.

—Sarah —me mira Eric.

—¿Qué? —pestañeo, volviendo a la realidad. Me pongo de color granadina, avergonzada por estar embobada por él de nuevo en un momento como este.

—¿Has oído lo que ha dicho?

—No, perdón, estaba pensando en Mariona —me rasco el ojo avergonzada.

Arquea una ceja. Sabe que estoy mintiendo, pero no me increpa delante de todos.

—Guillermo está enfermo desde el domingo. Lleva desde el domingo sin ir a trabajar, no se ha pasado dos días seguidos sin ir al hotel, ni siquiera por vacaciones. Llegas tú y se pone enfermo. Puede que sí que lo conozcas, puede que te viera y por eso se fue, por miedo a que lo reconocieras. Arnau dice que no falta nunca al trabajo. Qué casualidad que llegamos nosotros y desaparece.

—O puede que te viera a ti. Tu hermano y tú erais gemelos, mi madre te reconoció enseguida.

—¿Ha llevado la baja médica? —le pregunta el policía gordito, que es más agradable que el otro, a Arnau.

—Yo solo soy el recepcionista de noche. No lo sé, pero no lo creo. Cuando llamó para avisar que de estaba enfermo, nadie lo puso en duda.

—Está bien —interviene de nuevo el poli bueno—. Comprobaremos si tiene antecedentes y buscaremos una foto para ver si pueden reconocerlo. De todas maneras, una patrulla ya ha ido a su casa. Lo interrogaremos y quizá deban venir a reconocerlo.

—¿Hemos acabado? —pregunta Eric.

—De momento, sí.

—Vamos, Sarah —se levanta de la silla y yo también lo hago.

Sigue cogiendo mi mano, entrelaza sus dedos con los míos y salimos al exterior.

Allí encontramos a Nayara y Laura, ahora ya estamos todos.

17

Adiós Sarah

Me abrazo a mis amigas. Nayara no deja de llorar. Jamás he visto llorar tanto a Nay. Se supone que es la fuerte, la pared maestra de mi vida, constante e inamovible. Ahora, se derrumba entre mis brazos y yo solo puedo abrazarla y decirle que todo irá bien, a pesar de que no sé cómo está Mariona.

Mientras estábamos dentro con la Policía ha salido un médico. Mariona está estable, desnutrida y deshidratada. Le han hecho pruebas de sangre y orina, pero hasta mañana no tendrán los resultados. Sigue dormida y la van a dejar toda la noche en observación.

Con aprensión, le pregunto a Nay si le han hecho un examen ginecológico. Dice que tiene una infección por la falta de higiene, pero que no presenta daños por abusos sexuales. Consuela, pero necesito que despierte y sea ella quien lo diga.

Pasamos la noche en la sala de espera. Eric se pasa toda la noche pendiente de mí y, aunque sé que esto no es bueno para mí, necesito apoyarme en él.

Al día siguiente, sigue dormida. No entiendo por qué no se despierta, y el médico me pide que tenga paciencia, pero creo que la he agotado toda en estas dos semanas.

Casi de madrugada llegan los hombres de seguridad que ha contratado Eric. A media mañana, vuelve a venir la Policía y nos reunimos con ellos en la misma sala que la noche anterior.

—No hemos encontrado al sospechoso, pero tiene una orden de detención. Lo estamos buscando.

—¿Lo han buscado? —pregunta Eric a la defensiva.

Suspiro y lo cojo de la mano. A veces, cuando lo tocan, se relaja, y solo quiero que se tranquilice. La eficiencia de la Policía deja mucho que desear, yo pienso lo mismo que él, pero es la autoridad y no podemos hablarles así.

—Sobre él cae una orden de búsqueda y captura. Estamos buscando su vehículo: una furgoneta Fiat de color azul. Pronto lo localizaremos.

—¿Han registrado su casa? —pregunto—. ¿Saben qué es lo que lo vincula a Mariona?

—Hemos registrado su casa, donde hemos hallado cosas para la higiene íntima de una mujer, así como ropa usada de mujer. Nos consta que vive solo. Hemos interrogado a los vecinos y nadie lo ha visto con ninguna mujer. Están analizando todo, así que pronto sabremos si es de la víctima. Todavía no sabemos qué es lo que le vincula a ella, pero usted nos dijo que ella había sufrido abusos sexuales durante su adolescencia. No obstante, en el informe médico no consta nada de ningún abuso.

—¿Insinúa que me lo he inventado? —me defiendo.

—No, por supuesto que no. Como le digo, de momento no tenemos nada que lo vincule a la víctima.

—¿Que no tienen nada? —se exalta Eric—. ¿Qué le parece su cuerpo casi muerto en su lugar de trabajo?

—Cálmese, señor Capdevila. No le interesa exaltarse.

—¿Me está amenazando?

—Por favor, Eric. Cálmate —tiro de su mano para que me mire—. Cálmate —repito mirando sus preciosos ojos preocupados—. Pronto lo tendrán y encontrarán a tu hermano, deja que hagan su trabajo.

—Si hubieran hecho su trabajo cuando denuncié la desaparición de mi hermano, puede que él estuviera ya muerto, pero tu amiga no tendría que haber pasado por el infierno que ha pasado.

—Lo encontraremos, no se preocupe.

El otro poli, el que se encaró anoche con Eric y por momentos pensé que se partirían la cara, interviene por primera vez.

—Hemos traído fotos. Queremos que las miren y nos digan si lo reconocen —las deja en la mesa.

Cojo una de las fotografías. Lo conozco, lo vi pintando la pared que hay junto a la escalera la primera mañana que estuve allí. Recuerdo que lo estaba mirando cuando él se quedó mirándome. Sus ojos me resultaron familiares, fue cuando Carlos me dijo abajo y dejé de prestarle atención.

—¿Lo conoces, Sarah? —me pregunta Eric.

—Lo vi en el hotel —señalo la foto—. La primera mañana que estuvimos allí, estaba pintando la pared que hay junto a la escalera. Sus ojos me llamaron la atención, me resulta familiar, pero no sé de qué. Él se me quedó mirando, me distraje y dejé de prestarle atención.

—¿Entonces se conocen? —pregunta el poli malo.

Sigo mirando la foto, intento recordar. Miro sus ojos, que es lo único que me suena de él. Lo he visto antes, antes del hotel, pero no consigo ubicarlo. Lo había visto antes, pero no recuerdo dónde.

—No, no lo conozco —dejo la foto sobre la mesa—, solo me suena.

—¿Puedo quedarme una foto? —pregunta Eric, cogiéndola—. He contratado un equipo de seguridad. Si este hombre se acerca, quiero que sepan quién es.

—Eso no es necesario, señor Capdevila. Dos policías vigilarán a la chica.

—Yo creo que sí lo es. ¿Puedo quedármela? —insiste tajante.

—Quédesela —contesta el otro, consciente de lo inútil que es discutir con Eric—, pero insisto en que no es necesario. Tendremos una patrulla haciendo guardia hasta que el sospechoso sea detenido.

La conversación con los policías no me da muchas esperanzas de que estén cerca de encontrarlo.

Al salir, le enseño la foto a Nayara y tampoco le suena de nada. Quizá solo me resulta familiar porque lo vi en el hotel. Aunque lo dudo, ya en ese momento creí reconocer algo en él a pesar de que no sé quién es.

A media tarde, suben a Mariona a planta y por fin podemos verla. La han aseado y le han quitado esas ropas mugrientas y gastadas.

Nayara entra la primera y, cuando la ve en la cama, se abraza a ella.

Parece que para Mariona el tiempo no ha pasado igual que para nosotras. Parece una muñeca rota. Siempre fue más rellena que Nayara o yo, pero ahora está tan delgada y parece tan poca cosa…

Lleva puesta una bata de hospital y, a pesar del calor, tiene una manta encima. La enfermera nos ha dicho que no encendamos más luz de la que ya hay en la habitación, porque cuando se despierte se sentirá desorientada y confusa. Sus ojos llevan ocho años con poca luz y tiene que volver a acostumbrarse.

Le han puesto un catéter donde tiene varios sueros y una sonda.

Nos pasamos la tarde expectantes, esperando que despierte, pero no lo hace. Laura le da a Nayara a saber qué y la deja grogui. La convence para ir a un hotel donde Eric ha cogido habitaciones para todos y volver por la mañana. Le digo a Eric que se vaya con ellas, pero se niega a dejarme sola, a pesar de que en la puerta de fuera de la habitación hay dos de seguridad que él mismo ha contratado.

Pasamos la noche juntos con Mariona. Me pide que descanse un poco, pero no creo que pueda hacerlo hasta que Mariona abra los ojos al fin. A media noche, va a buscar café: asqueroso café de máquina. Empezamos a hablar de los peores cafés que hemos tomado y, por primera vez, me cuenta un montón de cosas sobre él mismo.

Creo que en estas dos semanas he aprendido a tratarlo y conozco su carácter. Pero no sabía nada de su pasado, por lo que me cuenta cosas de su infancia. Cómo de pequeños él y su hermano fantaseaban en que algún día sería un excelente policía, con ese don de saber cuándo alguien miente.

Con una de sus sonrisas de infarto, tan cálida que me acaricia el alma, me explica que su hermano creía que sería una especie de detective Colombo y no puedo evitar reírme. Habla de su hermano con mucha añoranza y parece que ya no queda nada del tío duro e insensible que conocí. No sé dónde se habrá ido, pero el Eric sincero, atento y generoso consigue que me deshaga por él, y eso no es nada bueno.

Por la mañana, vuelven las chicas y Natalia también está aquí. Eric baja a la cafetería y sube desayuno para todas. Cuando se marcha, Natalia aprovecha para preguntarme por él. Me pregunta cómo creo que lleva las cosas. Le digo lo cambiado que lo veo, lo mucho que su actitud ha cambiado conmigo y ella solo afirma y sonríe.

Cuando viene el médico, nos explica que Mariona tiene una infección a causa de la falta de higiene, además de anemia a causa de una mala alimentación. Dice que, a pesar de esa pésima alimentación, no la han tenido ocho años muerta de hambre, sino que la alimentaban pero de una manera que no era la adecuada. Parece que fue en los últimos días cuando dejó de ser alimentada. Nos asegura que pronto se despertará y se recuperará. Por lo que dice el doctor, lo peor serán los daños psicológicos, así que confío en que Natalia sabrá ayudarla. Eric dijo que era la mejor y no dudo que lo sea. Le pregunto al doctor por los presuntos abusos y me dice que si alguna vez los sufrió, fue hace muchos años y ya no presenta daños.

Natalia se va a media tarde, pero volverá en cuanto Eric se lo pida. Le doy las gracias cien veces. Por ayudarme con la hipnosis y por ayudar a Mariona, y ella me abraza deseándome suerte con Eric. Eso me sorprende, pero no digo nada.

—Oye, Sarah. Me he quedado sin batería, estoy esperando una llamada —me comenta Eric.

—¿La del detective?

—Sí, exacto. El hotel está aquí al lado. ¿Por qué no te vienes conmigo y descansas un poco mientras lo cargo? Después, podemos volver. Si Mariona se despierta, tus amigas pueden llamarte y estaremos aquí en minutos.

Lo miro y le sonrió. Me habla con tranquilidad, esto sí que es una petición y no una orden. He conseguido domar a la fiera. Él también parece fatigado, más cansado de lo que lo he visto nunca.

—Quiero quedarme aquí, vete tú —lo animo—, descansa un poco.

Se pone delante de mí, que estoy apoyada en la pared que hay frente a la cama de Mariona. Con él delante no puedo ver nada más. Acaricia mis brazos arriba y abajo, con esa corriente que no deja de sorprenderme, por más que ya debería estar acostumbrada. Su mirada atraviesa mi alma y me dice:

—Sarah, no sabemos cuándo va a despertar, ya has oído al médico —su mirada me perfora, ha cambiado tantísimo en los últimos días… —. Tus amigas están aquí, necesitas descansar un poco.

—Sarah, ve con él —interviene Nayara, a la que no puedo ver con Eric delante—. Nosotras nos quedaremos con Mariona. Te llamaré si se despierta.

—No, quiero quedarme —insisto mirando la mirada azul de Eric.

—Estás hecha polvo, cariño. Vete con él —insiste Nayara.

—No, no pienso moverme de aquí —insisto sin cortar el contacto visual con Eric.

Eric resopla, no le gusta que le lleve la contraria. Pero ya debería estar acostumbrado.

—Como quieras. Haré un par de gestiones y volveré en un par de horas. Vendré a buscarte —me advierte, deseo que lo haga—, quieras o no, y te llevaré al hotel. Estás agotada y aquí hay mucha gente.

Afirmo con la cabeza. Realmente estoy muy cansada, me cuesta tenerme en pie, pero no quiero moverme. Quiero estar aquí cuando Mariona despierte, no puedo dejarla ahora. Eric se inclina despacio y mi corazón se acelera. Su cara se pone a la altura de la mía, su aliento roza mi rostro, creo que va a besarme y lo hace, pero en la mejilla, con suavidad.

Me mira una vez más a los ojos y su mirada parece triste. Deja de tocarme y lo sigo con la mirada hasta la puerta. Deseo que se dé la vuelta, que no se vaya o que me arrastre con él, como hace siempre. No lo hace, ni siquiera da una última ojeada en mi dirección.

Me dejo caer por la pared hasta sentarme en el suelo, aún con la mirada en la puerta.

Pronto se marchará, se marchará para siempre y seguramente no volveré a verlo. Es imposible que nuestros caminos vuelvan a cruzarse. Aún no se ha marchado y ya lo echo de menos. Debí irme con él. Aunque estar con él no me haga bien, debo aprovechar mientras esté aquí.

Gracias a él, Mariona está viva. Gracias a Eric, la he encontrado. Él me dio el valor de seguir, de ser valiente, de no desfallecer y, gracias a eso, Mariona pronto estará bien.

—Sarah, no llores —se sienta Laura en el suelo a mi lado.

Ni siquiera me he dado cuenta de que estuviera llorando. Me apoyo en su hombro buscando su calor.

Solo han sido dos semanas y, a pesar de que nos hemos llevado como el perro y el gato la mayor parte del tiempo, no estoy lista para dejarlo.

Me recuerdo cómo es Eric y que no puedo permitirme enamorarme de él, pero mi corazón duele al pensar que no volveré a verlo.

Ahora tengo a Mariona, ella me necesita, y Nayara también. Es momento de centrarme en mis amigas. Debemos ayudar a Mariona cuando despierte. Me centraré en ella para no pensar en Eric ni en sus ojos de hielo, en cómo se han calentado en los últimos días hasta hacer desaparecer cualquier signo de frialdad. En sus sonrisas con Natalia, con Nacho cuando se burlaba de mí... En el olor de su cama, su fuerte cuerpo ocupando mi espacio cuando me amenazaba y me acorralaba.

Su carácter robándome la paciencia y la cordura... Sus labios carnosos y de apariencia suave a punto de besarme en la terraza... Su aspecto fuerte y atractivo haciéndome sentir pequeña y femenina protegiéndome, cuidando de mí. Estoy perdida..., pienso.

Las horas pasan y Mariona no despierta, pero eso no es lo que me inquieta. Quiero ver sus ojos abiertos, quiero que ella me diga cómo se siente, pero está descansando y eso es algo que necesita. Necesita descansar y, ya nos advirtió el médico, que podía tardar días en hacerlo. Me inquieta que Eric no venga a por mí. Han pasado cuatro horas y todavía no ha vuelto.

Me pregunto si ahora que ha aparecido Mariona ya se ha olvidado de mí. Pronto tendrán al asesino de su hermano, sabremos dónde está su cuerpo sin vida y ya nada lo atará a mí o a Mariona. No debo dar rienda suelta a mis sentimientos, no puedo permitirme que estos sigan creciendo, pero ya he cruzado la línea de no retorno. Me he dejado llevar por él, me he dejado arrastrar y, ahora, no hay marcha atrás. Ya es tarde para mí. Soy una estúpida por permitir que esto sucediera.

Pero, como dice el refrán... El corazón entiende de razones que la razón no entiende. ¡No! Estoy perdida.

Miro la hora de nuevo, han pasado cinco horas y fuera ya es de noche. Me asalta el temor de que haya ido a por Guillermo. Me da miedo de que haya recibido un informe como el que tenía de mí, sepa dónde debe buscar y haya ido a por él.

Me levanto del suelo y paseo inquieta. Esos pensamientos me hacen sentirme muy nerviosa y asustada. Si ese cabrón fue capaz de matar a su hermano y retener a Mariona durante ocho años, es muy capaz de matar a Eric. Él es fuerte, pero la rabia y la sed de venganza pueden llevarte a hacer estupideces. ¡Mierda! La imagen de Eric herido o muerto perfora mi corazón.

—¿Qué te pasa, Sarah? —pregunta Laura poniéndose delante de mí para que me detenga.

La miro a los ojos. Laura también parece fatigada, esto está siendo muy duro para todos.

—Eric ya debería estar aquí.

—Puede que se haya dormido, él también parecía agotado —contesta Laura tranquila.

No, no puede ser eso. Eric es una máquina. No ha mostrado debilidad nunca. Si yo he aguantado despierta, él también.

—Tengo miedo de que haya ido a por Guillermo —confieso con ojos vidriosos.

—Llámalo por teléfono, verás como está bien —intercede Nayara.

Cojo el móvil de mi bolso, pero en cuanto lo enciendo, recuerdo que no tengo el número y niego con la cabeza.

—No tengo su número.

—Vete al hotel, seguro que está allí. Come algo decente y descansa. Nayara y yo nos quedaremos con Mariona. Búscalo y quema todo ese estrés y esa tensión sexual que hay entre vosotros.

—¡Laura! —la censuro. No puedo creer que haya dicho eso en un momento así.

—¿Qué? Es verdad. Estás frita por él y el chaval está como para darse más de un revolcón.

—Sarah —me interrumpe Nayara cuando voy a contestarle a Laura—. Vete con Eric. No entiendo cómo te quedan energías para dar vueltas. Estará en el hotel. Compruébalo, habla con él y descansa. Aquí no tenemos nada que hacer todas. Mañana por la mañana iremos Laura y yo a descansar.

Los nervios me están matando. No puedo creerme que Eric simplemente se haya dormido, necesito comprobar que está bien. Nayara busca en su bolso y me da las llaves del coche. No quiero dejar aquí a Mariona, pero necesito comprobar que Eric está bien. Lo necesito.

Ellas cuidarán de Mariona. Nayara me dice dónde está el coche y promete llamarme sea la hora que sea si Mariona despierta, así que me voy.

Busco el coche de Nayara y está en el quinto pino al lado de una arboleda. Ya es de noche y la zona está poco iluminada, no se ve un alma. El equipo de seguridad que ha contratado Eric por si Guillermo se atreviera a venir a por Mariona está en las dos entradas del hospital y en el interior.

Este silencio me incomoda. Reconozco que debí pedirle a uno de esos hombres que me acompañaran, pero ahora no voy a volver.

Así que aligero el paso y utilizo el mando a distancia para que el coche se ilumine y encontrarlo. Veo los intermitentes encenderse y me dirijo a él.

Estoy junto al coche cuando alguien, salido de la nada, me coge por la espalda. Me da un susto de muerte y mi corazón empieza a bombear a toda máquina de puro terror. Una mano dura y áspera me tapa la boca. No es la mano de Eric, es la mano de alguien que trabaja con ella. ¡Es él! Le he quitado a Mariona y ahora viene a por mí, como hizo con Carlos.

Intento forcejear y le doy un pisotón y un codazo con todas mis fuerzas. Su agarre afloja y, sin dudarlo un segundo, empiezo a correr. Grito pidiendo auxilio, pero estoy alejada del hospital, dudo que alguien pueda oírme. Corro hacia la arboleda sin mirar atrás, sin comprobar que me siga.

Corro y corro hasta que los pulmones me queman. No veo por dónde voy, la luz de la luna no se filtra entre los árboles y no veo nada, pero sigo corriendo. Caigo al suelo, pero no me detengo: me levanto y sigo corriendo, dando gracias a Dios por haberme puesto las deportivas. No puedo oír nada, solo los ruidos que yo misma provoco, el latido de mi corazón en los oídos, mi respiración acelerada por el maratón y mis pies pisando los helechos entre los árboles.

No estoy segura de que me siga, pero no soy capaz de parar para comprobarlo. Tropiezo con algo grande, no puedo evitar dar un grito y en la caída pierdo el bolso, que no sé dónde va a parar.

Me he rascado la cara con el suelo. Quema, me escuece tanto como las rodillas raspadas. Me toco la rodilla izquierda y el dolor se intensifica. Está llena de tierra y húmeda: estoy sangrando.

Mis fuerzas empiezan a flaquear. Tanteo el suelo buscando el bolso, mi móvil está dentro y puedo pedir ayuda si lo recupero. Oigo los pasos, viene deprisa, creo que está casi encima de mí, así que no lo pienso más y vuelvo a ponerme de pie.

Empiezo a correr de nuevo, la rodilla cada vez me duele más y no sé cuánto tiempo más podré seguir. Pero no voy a dejar que me alcance, no voy a permitirlo.

Corro y corro durante un tiempo que me parece imposible de medir, me cuesta respirar. Eric tenía razón, físicamente soy una floja, no puedo más, necesito detenerme. Si vuelvo a caer, no podré levantarme. Me escondo detrás de un árbol con un tronco ancho y miro en la dirección de la que vengo.

El sonido de las cigarras es ensordecedor y no puedo ver nada, todo está demasiado oscuro. Estoy en una de mis pesadillas, las que tenía al principio. Es el mismo escenario pero la sensación de terror es aún mayor. Aunque no es Eric quien me acorrala, si es que alguna vez fue él y no Carlos quien me buscaba.

Oigo los pasos, me agacho y me tapo la boca con las manos sucias para que no se oiga mi respiración entrecortada y acelerada. Los pasos pasan junto a mí y siguen adelante. Debo volver, seguir mis pasos e intentar llegar al hospital, es mi única oportunidad.

Rodeo el árbol intentando tocar el suelo solo con la punta de mi pie para no hacer ruido, pero es imposible con tantos helechos en el suelo. Cuando rodeo el árbol, lleno mis pulmones de aire y empiezo a correr de nuevo. No he avanzado mucho cuando algo golpea mi cabeza por detrás y la oscuridad da vueltas a mi alrededor. No puedo ver cómo la oscuridadse mueve, pero puedo sentirlo. En una fracción de segundo, veo la imagen de Eric en mi cabeza. Después, veo estrellas de infinidad de colores dando vueltas y caigo al suelo inconsciente.

18

Eric

No quiero dejarla, no me apetece separarme de ella. Llevo dos semanas pegado a ese culito pequeño y respingón que tanto me gusta y no me hace ninguna gracia dejarla aquí desprotegida cuando hay un asesino suelto.

Pensé que, al llegar sus amigas, se apoyaría en ellas y se olvidaría de mí, que ya no me necesitaría y me daría de lado, pagándome así mi forma de tratarla. Sin embargo, no lo ha hecho y se ha mantenido a mi lado. Me ha puesto por delante y eso me gusta. Sarah no tiene ni idea de cuánto.

Me subo al coche y veo su chaqueta deportiva sobre el asiento del copiloto. Sarah debería estar aquí, le prometí a su madre que cuidaría de ella y que la protegería.

Me cuesta hacerme a la idea de que con ella cambian las reglas, pero a ella no puedo tratarla como al resto del mundo. De no ser así, estaría sentada a mi lado en este momento.

No es mi empleada ni una de mis propiedades, tal y como me dijo cuando nos conocimos. No lo es. Por mucho que desee que sea mía…, no es ni mi amante, ni mi novia y tampoco mi amiga, y nunca lo será.

Es una chica con carácter y arrojo que, a veces, me exaspera; pero otras, me encanta cómo saca las uñas. Además, tiene el talento de calmarme como solo mi madre podía hacerlo.

No quiero dejarla aquí. Arranco el coche. No puedo obligarla a estar conmigo, pronto se despertará Mariona y yo tendré que desaparecer. Ella debe odiarme más que a nadie en el mundo, y no puedo culparla, nunca lo haré. Por mi culpa mataron a mi hermano y ella ha tenido que pasar por un infierno. Aunque espero que mi hermano pronto esté en paz. Soy muy consciente de que nunca hallaré su perdón, ni tampoco el de ella.

Al llegar al hotel, mis cosas están en la habitación. Pongo el móvil a cargar y me doy una ducha. Llamo a Torres y me dice que me ha pasado todos los datos de Guillermo por email, así que cojo el portátil y los reviso. Nada llama mi atención hasta que llego a su vida laboral. Hace diez años trabajó medio año en el Instituto Sis-Camins. Busco en la carpeta de Sarah; ella estudió en ese instituto y sus amigas sin duda también. Sarah me ha contado que siempre estuvieron muy unidas, incluso cuando la mandaron al internado junto a Nayara. Esa es la conexión... ¡Por eso ese hijo de puta conocía a Mariona! ¡Por eso a Sarah le sonaba! Han pasado diez años, es normal que no se acordara de él, pero le sonaba.

Tengo ganas de cargarme a alguien, en dos minutos he descubierto más que esos policías holgazanes. Tengo la tarjeta de uno de los policías, el que parece que solo coma donuts como en las películas. Le mando un correo con la vida laboral de ese canalla y el expediente académico de Sarah con la esperanza de comprobar si Mariona también estudió en ese instituto.

Estefanía me llama y me explica cómo están las cosas en la empresa, pero la verdad es que no me interesa. Me ha enviado varios emails y ni siquiera me he molestado en ojearlos. Después de hablar con ella, me tumbo en la cama con la intención de descansar media hora. Después iré a por Sarah, tiene que descansar, no me gusta lo pálida que estaba cuando la he dejado.

Recuerdo la noche de la terraza. No pasa un día que no me arrepienta de no haberla besado. Quizá no era correcto o debido, pero deseaba hacerlo más de lo que he deseado nada en mucho tiempo. Ahora que sabe que soy el culpable de todo, no dejará que la bese, no dejará que vuelva a acercarme tanto, aunque en ese momento parecía desearlo tanto como yo. Perdí mi tren por gilipollas.

Antes de dormir pienso en esos preciosos hoyuelos que aparecen en su cara cuando sonríe, en sus pómulos altos, en su cuerpo enfundado en esas mallas ajustadas enseñando el ombligo... Esas mallas que tantas horas de sueño me han robado. Pienso en la dulzura de su mirada cuando miraba a su amiga y me recuerdo que a mí nunca me mirará así. Es demasiado buena para mí, yo no le convengo y ella lo sabe. Ella tampoco me conviene. Me hace débil y no me gusta la debilidad, nunca me ha gustado. Por eso ella me gusta tanto, ha demostrado ser muy fuerte, hasta Natalia se dio cuenta. Me duermo dándole vueltas en la cabeza a esa chica de mirada dulce, lengua de serpiente y corazón de diamante. Debería desear que todo acabe y deshacerme de ella, pero no es así, no quiero dejarla ir.

Sueño con un bosque. Ella corre y yo la persigo. Intento alcanzarla, pero ella huye de mí y se aleja. A pesar de que sé que corro el doble que ella, no puedo alcanzarla. Cada vez está más lejos y al final la pierdo de vista, dentro de la oscuridad de la noche y los árboles.

Me despierto exaltado y miro la ventana abierta.

—¡Joder!

Ya es de noche. Miro la hora y son casi las diez de la noche. Dije que iría a buscarla sobre las siete u ocho, debe estar muy cansada. Me visto en segundos con unos tejanos levi's y un polo blanco, me calzo y salgo corriendo a por ella. No puedo creer que me haya dormido, que haya dormido cuatro horas mientras ella está allí en el hospital, hecha polvo. Soy un egoísta. Ella merece algo mejor que yo, lo mire por donde lo mire.

Llego al hospital y subo corriendo a la habitación de Mariona. Tengo miedo de que esté despierta y hacerle daño con mi presencia. Llamo a la puerta y veo a Laura sentada en el suelo delante de la cama, me mira extrañada y se acerca.

—¿Ha despertado? —le pregunto.

—Todavía no —niega con la cabeza.

Entro en la habitación y espero encontrar a Sarah en el sillón que hay junto a la cama. Nayara está en él, con la cabeza apoyada en la almohada de Mariona, susurrándole cosas mientras la acaricia.

—¿Dónde está Sarah? —levanta la cabeza de la almohada robándome la pregunta.

—¿Cómo que dónde está Sarah? —demando incrédulo—. La dejé con vosotras. ¿Dónde está?

Paso de 0 a 100 en un segundo. ¡No puedo creerme que la haya dejado un rato con sus amigas y la hayan perdido!

—Salió a buscarte porque dijiste que vendrías a por ella y no venías. Temía que hubieras ido a por Guillermo —me explica Nayara.

—¡¿Cómo?! —me exaspero—. ¿La habéis dejado ir sola?

No me lo puedo creer. La rabia corre dentro de mí, tengo ganas de estrujar el cuello de alguien. ¿Dónde cojones ha ido? ¿Dónde está? Siempre tiene que contradecirme en todo, siempre hace lo contrario a lo que le pido. Le he pedido que viniera conmigo y se ha quedado. He cedido, he claudicado por ella, pero tiene que ir siempre más allá. No contenta con eso, debía desafiarme. Parece que desafiarme se ha convertido en un entretenimiento para ella; parece que, si no lo hace, no se siente realizada. Cuando la encuentre, le voy a dar un par de cachetes a ese culo diminuto que tiene. Como le haya pasado algo, creo que mataré a alguien y ella está la primera en la lista.

—Ha ido al hotel a buscarte. ¿Dónde estabas tú? —me pregunta Nayara en un tono crítico y acusatorio que no me gusta un pelo. Se pone de pie y me mira de una forma que no me gusta.

—Estaba en el hotel y ella no ha venido a buscarme —siento una presión en el pecho—. ¿Cuánto hace que se ha ido? —intento tranquilizarme.

—Hará media hora —contesta Nayara—. Ha tenido tiempo de sobra de llegar al hotel. Te juro que como le haya pasado algo por tu culpa… ¡Te mato! —me amenaza acercándose a mí.

—Está bien. Calmaos los dos, por favor —pide Laura sin dejarme contestarle a esa bocazas que se las da de amiga y no hace otra cosa que molestar y cagarla—. Voy a llamarla, quizá esté dando vueltas con el coche buscando el hotel.

Laura coge su móvil y la llama. No puedo creer que sean tan irresponsables y que se preocupen tan poco por Sarah, cuando ella no ha hecho otra cosa que mirar por ellas. Sobre todo por la morena, que me saca de mis casillas. Debí llevármela conmigo, aunque fuera a rastras, pero debí llevármela conmigo.

—No puedo creer que la hayáis dejado irse… ¡No tienes ni puta idea de nada! —me exaspero—. No duerme bien, lleva dos días sin dormir nada, con los nervios a flor de piel, y le dais un coche. La dejáis irse sola con un asesino suelto por ahí. ¡Que sabe quién es y seguramente la está buscando! —estoy perdiendo los papeles, me llevo el puño a la boca e intento calmarme, pero no puedo.

—Si hubieras cumplido con tu palabra, no se habría ido —me escupe esa víbora a la cara.

Laura vuelve a llamar y retiene como puede a la otra, que parece que vaya a saltar a por mí. Deseo que la deje, que la deje venir a por mí, quiero ver si tiene tantas agallas como se cree.

—Calmaos —empuja a su amiga—. Mariona está durmiendo, no creo que sea adecuado que, al despertar, lo primero que vea sea a vosotros dos discutiendo sobre esto, así que callaos. ¡Los dos!

No permito que nadie me diga lo que tengo que hacer, pero la pelirroja tiene razón. Así que me callo. Pero tengo ganas de decirle cuatro cosas a Nayara. Ojalá se hubiera ido ella en lugar de Sarah.

—Vale, no coge el teléfono, pero lo tiene encendido. Quizá esté en el hotel y os hayáis cruzado por el camino. A lo mejor está durmiendo, o se está duchando, o lo tiene en silencio, qué se yo.

No puedo quedarme aquí, necesito saber que está bien. No es que quiera saberlo, sino que necesito verlo con mis propios ojos, necesito cerciorarme de que no le ha pasado nada malo. No volveré a separarme de ella, no pienso volver a separarme de ella hasta que tengan a ese cabrón.

—Voy a buscarla —me doy media vuelta.

—Espera Eric, voy contigo —me dice Laura—. ¿Te importa Nay?

—No, claro que no —contesta mirando a su amiga—, la familia de Mariona está al caer. Si ya estuvieran aquí, me iría contigo, pero no puedo dejarla sola.

—Es mejor que te quedes aquí —le contesta Laura.

—Quiero que me llames —dice con una mirada desesperada mirando a la pelirroja de ojos azules—, esté en el hotel o no, quiero que me llames. No apagues el móvil o te juro que, cuando volvamos a casa, tiro todas tus cosas por la ventana.

—Tranquila.

Salgo al pasillo y Laura y yo nos marchamos. Cuando salimos, en la zona de ascensores nos cruzamos con un grupo de personas. Laura se para con ellos, por lo visto en el grupo están los padres de Nayara. Enseguida reconozco a la madre de Mariona porque se parece a ella e imagino que el señor que la sujeta debe ser el padre. Apenas les recuerdo del día que los vi, realmente solo fue un momento.

Él me mira de forma extraña. Puedo ver la curiosidad en sus ojos oscuros mientras me mira y me analiza. Me está incomodando; como se atreva a decirme media palabra va a ser el blanco de toda mi ira, y no es poca. La amiga de Sarah no se enrolla, les dice dónde está la habitación y bajamos por las escaleras. Laura es inteligente. Y, aunque no parece demasiado prudente, me cae mucho mejor que la morena. A esa no la puedo ni ver. Pienso que Sarah merece amigas mejores que esa.

Cuando llegamos al hotel pregunto en recepción y mis peores temores se confirman: no ha recogido la llave de su habitación ni ha preguntado por mí. Laura me lleva a su habitación y localiza su móvil como lo hizo para dar con ella cuando volvieron de vacaciones. Está al lado del hospital, en medio de un bosque que hay detrás de él. Se pasa la posición exacta al móvil y salimos hacia allí.

Tengo un mal presentimiento... Las palabras de la madre de Sarah no dejan de retumbar en mi cabeza... «Prométeme que cuidarás y protegerás a Sarah, incluso cuando todo acabe».

Le ha pasado algo, sé que le ha pasado algo. Yo no le importo, pero estoy seguro de que no preocuparía así a sus amigas por nada. Alguien le ha hecho algo, alguien le ha hecho daño.

Cojo el volante del coche con fuerza para que Laura no vea cómo tiemblan mis manos. Me siento colérico. Como haya sido Guillermo juro que lo mataré con mis propias manos. Como haya ido a por ella, ya no irá a la cárcel, porque yo seré su juez y verdugo. Su pena será la muerte por quitarme todo lo que alguna vez me ha importado: primero a mi hermano y ahora a Sarah.

La posición de Sarah está en el interior de un bosque. Esto no pinta bien. He soñado que ella huía de mí en un sitio como este. Dijo que conocía mi aspecto porque soñaba que huía de mí en un bosque. Pensé que era mi hermano quien la perseguía, porque físicamente éramos iguales, pero aquí estoy.

Bajo del coche y cojo del maletero las linternas que usábamos en las cuevas. Le tiendo una a Laura y nos internamos en el bosque.

No podemos ver más que unos pocos metros, donde alumbran las linternas. Sarah debía huir de alguien si se ha metido aquí dentro. Laura piensa igual que yo y apretamos el paso. Cuando estamos cerca de la posición, Laura vuelve a llamarla. Oigo la melodía del móvil y la sigo. Su bolso está en el suelo y, dentro de él, el móvil sigue sonando, pero Sarah no está. Se la han llevado.

Me siento furioso y caigo de rodillas en el suelo. No recuerdo cuándo fue la última vez que sentí tanto miedo como en este momento. No me había dado cuenta de lo mucho que me importaba hasta que la he perdido. Debo encontrarla, tiene que estar bien. Debo ponerla a salvo, no puedo permitir que le pase lo mismo que a Mariona o a mi hermano. Debo salvarla, cuidarla y protegerla. Hice una promesa y siempre cumplo mis promesas. Aunque no quiero hacerlo por la promesa que le hice a su madre, es mucho más que eso: es por cómo me duele la idea de que ella esté herida.

El miedo atenaza mi corazón y la rabia hace que mis manos tiemblen.

—¿Crees que se la ha llevado él? —pregunta Laura enfocándome con la linterna.

No soy capaz de contestar. No lo creo, lo sé. La miro, afirmo con la cabeza y me levanto del suelo. Dejo el bolso de Sarah sobre sus manos y miro alrededor. Busco huellas o señales de lucha.

Veo una rama de árbol a medio metro, me acerco y veo una marca de arrastre y una mancha de sangre encima de unas hojas. Observo las marcas, las pisadas y la rama. Se ha caído, puedo verla caer. Ella es así de torpe, es capaz de caminar con unos tacones de diez centímetros sin problema, pero dale algo con lo que tropezar y caerá veinte veces, joder. Laura se agacha delante de mí y toca la sangre.

—Todavía está fresca; la sangre normal tarda unos diez minutos en secar y se ha tomado al menos un par de aspirinas, eso hace que la sangre se diluya. Así que puede que haya pasado más tiempo, pero no más de media hora. Tiene que estar cerca.

—¿Cómo sabes eso? —la miro sorprendido.

Anoche Sarah me habló de sus amigas. Sobre todo, de Mariona y de Nayara, pero también de Laura. Su aspecto no es convencional, parece una chica de los años cincuenta con su pelo rojo en media melena y su vestido con tutú. Sarah dijo que es un cerebro con piernas, que es muy inteligente. La verdad es que está demostrando serlo. Al menos, es capaz de mantener la cabeza fría, yo me siento incapaz.

—Sé esa clase de cosas, información inútil que amontona mi cerebro —apunta hacia delante con la linterna—. El coche de Nayara estaba aparcado justo delante de la arboleda. Debió sorprenderla cuando iba hacia él y huyó hacia aquí adentro.

—Ven detrás de mí, seguiremos las pisadas.

Rastreo las pisadas, hay dos juegos. En algunas partes se separan, pero vuelven a juntarse. Las pisadas vuelven a separarse, uno de los dos siguió recto y el otro se quedó en el árbol. Las pisadas del árbol apenas se ven. Son de Sarah, porque son pequeñas, iba de puntillas. Quizá haya conseguido escapar. Siento un momento de esperanza mientras seguimos el juego de pisadas de Sarah. Después volvió a caer: más sangre en el suelo, todavía húmeda y marcas de arrastre.

Se la ha llevado, él la tiene y no tengo ni idea de dónde puedo buscarla.

19
Desandar lo andado

Me siento más desesperado de lo que recuerdo haber estado en años. Nayara no deja de llamar a Laura y me dan ganas de coger el móvil de la pelirroja y estamparlo para cerrarle la bocaza a la otra.

Volvemos al hotel y llamo al policía de los donuts, al que le he enviado el email esta tarde. Le explico que se ha llevado a Sarah y me confirma que han encontrado la furgoneta de Guillermo abandonada cerca del hospital. ¡Su falta de eficiencia me exaspera! Le explico todo lo que hemos encontrado en el bosque y sus palabras solo me parecen excusas y evasivas para no hacer su trabajo.

Intento calmarme, pero al final exploto y arremeto contra él, ya no puedo aguantar más. Le digo todo lo que pienso de su inutilidad e ineficiencia. Me ordena que me mantenga al margen, está claro que no sabe con quién está hablando. No pienso quedarme al margen, no pienso dejarlo en sus ineficientes manos, no mientras la que corre peligro sea Sarah. Discutimos y al final le cuelgo el teléfono. Son capaces de venir a por mí en lugar de buscar a Sarah, estoy seguro.

Si no la busco yo, no sé quién la va a encontrar, porque ellos, desde luego, no parecen capaces ni de encontrarse a sí mismos.

Laura y yo repasamos todo lo que Torres me ha enviado de Guillermo, intentando averiguar dónde ha podido llevarla. Su casa está vigilada por la policía y han encontrado su furgoneta en el hospital, de modo que revisamos la documentación que tenemos de manera frenética, pero no nos lleva a ninguna conclusión. Los minutos se convierten en horas y no sé dónde podemos buscarla.

Nayara vuelve a llamar, molestando a Laura, y necesito que esta chica se centre en encontrar a Sarah. Ella nos dio la pieza que nos faltaba para alcanzar a Mariona, por eso tengo la esperanza de que sea capaz de ver algo que yo no veo en las páginas y páginas de la vida de este tío. No obstante, Nayara no deja de llamar, agobiándola.

Mariona ha despertado, está muy desorientada y asustada y ha hecho que todo el mundo saliera de la habitación. En cuanto oigo eso, llamo a Natalia para que venga. Natalia debe sonsacarle información a Mariona. Quizá, antes de llevarla al hotel, la llevó a otra parte. Quizá ella sepa dónde está Sarah.

Estoy dispuesto a aferrarme a un clavo ardiendo para encontrarla. Estoy dispuesto a todo para llegar hasta Sarah, cualquier cosa. Solo deben decirme hacia dónde debo lanzarme y lo haré sin dudar o preguntar. Estoy completamente desesperado. Mi ansiedad es desmedida.

La necesito, la quiero. La quiero a mi lado y me cuesta hasta respirar.

Discuto con Natalia, parece que no entiende lo que está pasando, no se entera o no me quiere entender. Sé que es inteligente, por eso no comprendo por qué no hace lo que le pido sin más. Para eso le pago, ¿no?

Mariona es nuestra única baza, nuestra única esperanza para saber a dónde ha llevado a Sarah. Natalia me pide que me tranquilice una y otra vez, pero no seré capaz de hacerlo hasta que vea a Sarah. Y pobre del que le haya puesto un dedo encima, pobre del que se haya atrevido a tocarla. Natalia no deja de repetir las palabras trauma, estrés postraumático, trastorno, vulnerabilidad… Todo lo que me dice me entra por una oreja y sale por la otra, no puedo retenerlo en mi cerebro. Lo único que mi cerebro es capaz de procesar es que he perdido a Sarah, que está en las manos de ese asesino y yo estoy perdiendo el tiempo mientras ella está en peligro.

La Policía ha insistido en que lo dejara en sus manos, pero no haré eso ni loco. No pienso dejar en manos de esos inútiles la vida de ella. Jamás. No puedo, necesito tenerla, salvarla. Recuerdo la de veces que la he amenazado con mi cuerpo, cómo he intentado imponerme ante ella, cómo he intentado intimidarla sin hablarle, solo amedrentarla con la proximidad de mi enorme cuerpo en comparación con el suyo. Ahora desearía tenerla igual de cerca, rodearla de nuevo con esa facilidad. No para acobardarla, a pesar de que le daría un par de cachetes por desobedecerme, pero solo quisiera imponerme ante ella para demostrarle que puedo protegerla. Deseo protegerla y cuidarla. La necesito, la necesito a mi lado. Estoy muy jodido.

Cuelgo la llamada de Natalia con agresividad, estoy muy cabreado. Barro con las manos todo lo que hay sobre la mesa y cae al suelo ruidosamente. No me siento mínimamente mejor y me lio a golpes con todo lo que me rodea, loco de frustración y rabia. Doy golpes contra las puertas, patadas contra los muebles, cojo una silla y quiero tirarla por la ventana. Quiero ver la ventana hacerse añicos porque así es como yo me siento por dentro, hecho añicos.

Desesperado, rompo la silla contra la pared y me tapo la cara furioso.

—Eric —oigo la voz de Laura a mi espalda.

Me giro y la miro. Tiene una mirada muy expresiva y parece asustada. Esa es la mirada que quiero ver en ese hijo de puta cuando nos miremos cara a cara. Quiero que vea la cara de mi hermano y hacerle pagar por lo que nos ha hecho a todos. A mi hermano, el primero; después, a Sarah, a Mariona y a mí. Quiero que pague por todos, no creo que pueda cobrarme mi venganza ni en cien años. Cuando me vea acercarme, quiero ver el miedo en su mirada, que vea lo que se le viene encima.

Como se le haya ocurrido tocar a Sarah, le arrancaré la piel a tiras. Como le haya hecho daño…

—Necesito que te tranquilices. Así —dice señalando la habitación destrozada— no la ayudas. Sarah no querría verte así.

Eso es la gota que colma el vaso. Siento el tic nervioso sobre mi ojo derecho. Llevo años haciendo terapia con Natalia para controlar mis ataques de ira, hacía años que no sentía uno como el de ahora. Parece que toda esa rabia contenida ha encontrado una vía de escape. Sarah.

Sarah, me repito en mi mente. Ella es como el aire, ha conseguido traspasarme y alimenta el fuego que ruge en mi interior. Me ha traspasado y dejado una parte de ella dentro de mí. Ha conseguido tocarme más de lo que nunca lo ha hecho nadie. ¿Para qué? Solo para torturarme, para provocarme hasta enloquecerme. Cuando la encuentre, se va enterar de quién soy yo. ¿Cómo ha podido hacerme esto? ¿Por qué? ¿Por qué se ha puesto en peligro de esta manera?

—¿Por qué piensas que me importa algo lo que Sarah quiera? ¿A caso le importa a ella lo que quiero yo? —pregunto rabioso, aunque no espero una contestación, es una pregunta retórica. Los dos sabemos la respuesta—. A ella no le importa una mierda…

¡Si solo hubiera hecho lo que le pedí…! —Laura da un paso atrás, asustada.

Me llevo el puño a la boca e intento calmarme, pero eso ya no funciona. La habitación ya está destrozada, no queda nada más por destruir. Intento tranquilizarme, pero no puedo. Me siento a punto de estallar. Doy un puñetazo con todas mis fuerzas contra la pared y duele, el dolor es bueno. Me apoyo contra la pared y me tapo la cara con la mano ilesa, escondiendo mis lágrimas y mi vergüenza.

La habitación queda en silencio. Laura no me dice nada, me tiene miedo; es más sensata que su amiga, desde luego. Sarah se hubiera interpuesto en mi camino en cuanto barrí el escritorio y me habría dicho lo estúpido y energúmeno que soy. Solo ella tendría el valor de enfrentarme.

El teléfono de Laura vuelve a sonar, estoy seguro de que es otra vez la pesada de su amiga. Me voy al baño para no quitarle el móvil de la mano, tirarlo contra la ventana y ver si es capaz de atravesarla.

Cierro de un portazo y me miro en el espejo. Tengo un aspecto tremendo… Me miro la mano, que está sangrando, y la pongo bajo el grifo. Lloro en silencio, pero no por el dolor, al menos no por el físico. Lo que me duele es Sarah. Ella es lo único que me duele. No saber dónde está o cómo puedo encontrarla, no saber si está bien…, eso sí que duele.

Sabía que me importaba aunque me negara que nadie volviera a importarme. Me lo negaba porque todo el que me importa acaba muerto: primero mi madre y después Carlos; y, ahora, es el turno de Sarah. No debí acercarme a ella, no al menos tanto como lo he hecho. No debí permitir que se colara bajo mi piel, no debí dejar que ella me importara tanto como me importa, aunque tampoco imaginé que fuera tanto. No me he dado cuenta de cuánto me importaba hasta que la he perdido.

Dios… ¡Cuánto significa para mi esa niña a la que he estado haciendo sentir mal e insignificante con mis palabras! En la terraza debí preverlo. Las señales estaban claras y Natalia lo vio antes que yo; así de obtuso soy.

Llaman a la puerta. Me envuelvo la mano en una toalla y salgo. Laura está junto a la puerta y me mira de arriba abajo fugazmente. Mira mi mano medio segundo y vuelve a centrar su mirada en mí.

—Puede que tengamos algo.

—¿El qué? —pregunto sintiendo un rayo de esperanza.

—Le he pedido a Nay que bajara a ver si estaba su coche. Creí ver la plaza vacía, pero no estaba segura. Si él ha dejado allí su vehículo, no pudo llevarse a Sarah a rastras. El coche no está.

—¿Se ha llevado el coche? —afirma con la cabeza y sonríe. No entiendo por qué cojones sonríe.

—¿Entiendes lo que significa eso? —me pregunta sin dejar de sonreír.

Por la cara que tiene, creo que no. Me siento un completo idiota.

—¿Que a estas horas ha podido pasar todos los controles porque nadie seguía ese coche? —No creo que sea un motivo para sonreír—. ¿Que está más lejos de lo que pensábamos? ¿Que se la ha llevado lo suficientemente lejos para que no la encontremos en la vida?

Niego con la cabeza y ella sigue sonriendo con ojos llenos de esperanza. Creo que estoy enloqueciendo del todo, no entiendo por qué cojones sonríe.

—No —contesta sin perder la sonrisa—. Significa que Nayara puede denunciar el robo del coche al seguro, y este nos dará la posición del vehículo. Si sigue con el coche de Nay, podremos seguirlo allí donde vaya. Da igual lo lejos que llegue, nosotros lo seguiremos.

—¿Eso puede hacerse?

—Claro, tiene un sistema de seguimiento por GPS. Nayara lo está gestionando, así que será mejor que nos pongamos en marcha. Vamos a ir a buscarla —dice con decisión—, y la vamos a encontrar.

Es más de lo que teníamos hace una hora. Ella parece muy segura, pero yo no lo estoy tanto. Aunque, como he dicho, pienso aferrarme a un clavo ardiendo. Necesito recuperarla.

—En marcha.

—Deberías curarte la mano —dice señalando la toalla.

—Solo es un rasguño, pronto dejará de sangrar. Llama a tu amiga.

—No tardará en enviarme la dirección. Al menos sabremos en qué dirección debemos ir.

—Espero que funcione.

—Funcionará —me dice muy segura.

Dejamos el hotel y nos subimos en mi todoterreno a esperar. En cuanto den el pistoletazo de salida, quiero estar listo para salir.

—¿Por qué has destrozado la habitación?

—Porque aún no tengo la cara de ese hijo de puta delante. Pienso hacerle algo peor.

—¿Por Sarah?

Me llevo el puño a la boca intentado controlar mi rabia de nuevo, es algo que he practicado durante años con Natalia.

—Ese tío mató a mi hermano. Cuando encontramos a Mariona, solo quería identificarlo y que pagara por lo que había hecho. Ha tenido a esa pobre chica encerrada años en ese agujero. Solo quería que fuera juzgado y pagara, encontrar el cuerpo de mi hermano y darle paz. Pero quitarme a Sarah, después de haberme quitado a mi hermano, es algo que ya no puedo pasar por alto. Voy a matarlo —confieso y lo digo de verdad—, me da igual ir a la cárcel. Ese hijo de puta ha destrozado la vida de esa chica, la de la madre de Sarah, me ha arrebatado lo que más me importaba. Y ahora, Sarah…

—No puedes matarlo, Eric. Eso te convertiría en alguien como él.

—¿Crees que me importa? —grito—. Me da igual. Desde que faltó mi hermano, solo he ido muriendo cada día un poco más. Sarah me dio esperanza, la esperanza de descubrir qué le pasó a mi hermano, algo de redención por haberle fallado cuando me necesitó. Ese cabrón se ha atrevido a quitármela en la cara y se la ha llevado sin saber que, con ella, iba lo poco bueno que quedaba en mí.

—Pronto la tendremos de nuevo con nosotros.

—Cuando los encontremos, quiero que te mantengas al margen —le advierto—. La cogerás y volveréis al hospital, diga ella lo que diga. Temo lo que pueda haberle hecho, necesito que salga y que comprueben que está bien. Tú te encargarás, por eso te permito venir. Yo me quedaré con él.

El móvil de Laura suena y enciendo el motor dispuesto a salir. Ella me lo pasa y miro la dirección: está cerca de Boira. Me pregunto por qué de entre todos los sitios que podría haber elegido, ha vuelto allí, pero salgo del aparcamiento haciendo chirriar las ruedas.

Laura llama a Nayara y le pregunta por Mariona. Esta le explica que está muy nerviosa, que ha echado a todo el mundo de la habitación. Cuando todos han salido de la habitación y les ha explicado lo que pasaba con Sarah, el padre de Nayara ha avisado a su padre.

Me siento mal por él. Primero su mujer y ahora Sarah. Ni siquiera sabe lo que está pasando, no tiene ni idea de en las manos de quién está su dulce hija, pero pronto lo pondrán en antecedentes.

Al entrar en el camino, me doy cuenta de a dónde nos dirigimos. Nayara vuelve a llamar a Laura y le cuenta que Mariona le ha dejado entrar en la habitación, solo a ella. Pero no han podido hablar mucho porque ha llegado Natalia. Oigo cómo Laura le pide que se tranquilice. Le dice que aún no hemos llegado.

Le digo a Laura que le comunique que su coche está en la casa del lago de Sarah, donde todo empezó.

Nos cruzamos con un Mercedes oscuro que sube a toda velocidad. Nosotros tampoco es que vayamos mucho más despacio que él, pero freno a tiempo, aunque él ni siquiera se detiene. Cabrón. No creo que tenga más prisa que nosotros. Pasamos junto a la cadena metálica que tuvimos que abrir la última vez. Está abierta, nosotros la dejamos abierta. Sarah me pidió que la dejara así y, cuando volvimos de la casa, estábamos tan impresionados por la nota de Mariona que no nos paramos a ponerla de nuevo.

—Huele a quemado —dice Laura colgando el teléfono.

Huelo el ambiente. Tiene razón, huele a quemado y aprieto el acelerador temiéndome lo peor.

Cuando llegamos a la casita, mis peores temores se confirman: la casa está en llamas y el coche de Nayara está junto al fuego.

—¡Sarah! —grita Laura intentando bajar del coche.

Se quita el cinturón de seguridad y la cojo del antebrazo antes de que se tire del coche. No puedo permitir que se acerque al fuego. Paro el coche a una distancia prudencial.

—Mira si están las llaves en el coche de tu amiga y apártalo del fuego. Yo iré a por ella.

Ambos bajamos del coche. Sin dudarlo un momento, hace lo que le he pedido y va hacia al coche de Nayara. Yo rodeo el mío y cojo el extintor. Mojo con agua la toalla con restos de mi propia sangre y me la anudo al cuello para que me proteja del humo.

Voy hacia la casa mientras el coche de Nayara va hacia al mío. Le doy una patada a la puerta y esta se abre sin problemas. El interior de la casa está ardiendo y veo un cuerpo tirado en el suelo, pero es un cuerpo demasiado grande para ser el de Sarah. El calor es abrasador. El humo pica en mis ojos y no me deja ver bien. Aun así, entro esquivando las grandes llamas.

Al abrir una de las habitaciones, una llamarada sale desesperada hacia a mí y la esquivo como puedo, aunque me quema en el brazo. Rocío la puerta con el extintor, intentando ignorar el dolor. No hay nadie dentro. Voy a la otra habitación intentado esquivar las llamas, el sitio pronto se vendrá abajo y en la otra habitación no hay rastro de Sarah. Miro en la cocina, que aún no arde, y en el baño.

Me siento desesperado. Ella no está aquí. Quizá la haya dejado dentro del coche. Debo salir rápido. Veo el cuerpo inerte de ese cabrón en el suelo, donde están todos los cristales de una mesa rota, la mesa sobre la que cayeron Roser o Mariona hace ocho años. No debería hacerlo, pero aun así, arrastro su cuerpo por el suelo hasta sacarlo fuera.

—He llamado a los bomberos —dice Laura—. ¿Dónde está Sarah? —pregunta perdiendo su frialdad y aparente tranquilidad al ver que el cuerpo que arrastro no es el de su amiga.

—No estaba dentro, mira en el coche.

Sale disparada en dirección al coche, dejo el cuerpo junto a los vehículos y voy detrás de ella. Me quito la toalla de la cara, miro en el maletero y está vacío, así como los asientos traseros. Sarah no está.

—¿Dónde está? —pregunto exasperado—. Te juro que no estaba dentro de la casa.

Miro en dirección a la casa. Me siento tentado de volver a entrar, pero allí no había nadie.

—¿Qué crees que ha pasado? —pregunta Laura histérica.

—No lo sé, pero estoy seguro de que ha sido provocado.

—Pero si ese es el tal Guillermo… ¿Quién lo ha hecho? ¿Dónde está Sarah?

Laura corre hacia el cuerpo del cabrón y le da la vuelta. Yo me quedo junto al coche, el corazón me va a mil. No lo entiendo, no entiendo nada.

El teléfono vibra en mi bolsillo, pero me siento petrificado. No puedo moverme, no lo comprendo. ¿Dónde está Sarah?

Miro a Laura, le está haciendo una RCP a ese cabrón. No entiendo nada, todo da vueltas a mi alrededor, nada de lo que veo tiene sentido. Laura intenta reanimar a ese hijo de puta.

Sarah no está y la idea de que la ha matado atenaza mi corazón. Miro hacia el lago oscuro, la luna llena se refleja sobre él al igual que las llamas. La luna, las llamas y las luces de mi coche dejan que vea la escena con claridad. Aun así, sigo sin comprender nada. Es como si mi cerebro hubiera dejado de funcionar, solo siento dolor en el pecho, un dolor que me asfixia.

Me acerco a Laura.

—¿Qué cojones estás haciendo?

—En un incendio mueren más por asfixia que por las llamas. Aunque puede que su muerte sea por otra causa. Mira.

Miro al individuo. Es la primera vez que lo veo en persona. Lo identifico por las fotos. No hay duda de que es ese cabrón. Me fijo en su pecho lleno de sangre, me arrodillo delante de él y rasgo su camisa de cuadros azules. Tiene una herida en el pecho, en el lado opuesto al corazón. Es una herida de bala, alguien le ha disparado. Alguien ha disparado al captor de Sarah y se la ha llevado. ¿Quién?

A pesar de que está muerto, Laura sigue haciendo compresiones cardíacas, suministrándole oxígeno con el boca a boca. Voy a vomitar. Mi móvil vibra en el bolsillo de mi tejano y, sintiéndome como en un sueño, lo saco a cámara lenta. Es Natalia. Eso me reanima, así que me pongo en pie y descuelgo.

—Natalia.

—¡Eric! Menos mal —suena alterada, nunca la he oído tan alterada—, he hablado con Mariona.

—¿Le has preguntado por Sarah? —demando desesperado.

Los últimos acontecimientos me han descolocado del todo. Recuerdo el Mercedes con el que nos hemos cruzado. Sarah iba dentro, él le ha disparado al hijo de puta y se ha llevado a mi Sarah. Pero no sé quién es él, qué quiere o por qué lo ha hecho. Ni siquiera sé cómo sabía lo que estaba pasando.

—Eric, escúchame, no sé cómo decirte esto…

La oigo titubear y eso es lo que menos necesito en este momento.

—Dime qué ha pasado, porque ahora mismo me siento muy perdido.

—Escucha, Mariona dice que Willi no era su enemigo. Me ha dicho que cuidaba de ella, que la protegía. Nunca la tocó, nunca le hizo daño. Dice que la mantenía a salvo de alguien.

—¿A salvo de alguien? —miro el cuerpo de Guillermo, Laura sigue intentando reanimarlo.

—No ha querido decirme de quién. Dice que él no mató a tu hermano. Escúchame, Eric: ese hombre no mató a tu hermano, insiste que él las salvó a ella y a Roser.

—¿Síndrome de Estocolmo? —busco sentido a lo que me dice.

—Podría pensarse que sí por cómo lo defiende, pero no creo que sea eso. Ayer hablé con el médico, no ha sufrido abusos de ningún tipo —me explica—. A pesar de la falta de alimento de los últimos días, ha estado alimentada. He leído el expediente que te pasó Torres, Estefanía me envió una copia. Ese hombre no es estable, pero es pacífico —asegura—, no es un asesino. Imagino que debes estar muy alterado, pero no le hagas daño. Es posible que se haya llevado a Sarah para protegerla —se queda en silencio un segundo—. Sé que esto no es fácil para ti, pero no fue él. Seguramente ha querido llegar hasta Mariona para protegerla y, al verse impedido, se ha llevado a Sarah temiendo que le pasara lo mismo que a Mariona. Puede ser inestable, pero no es violento. No le hagas nada, Eric.

—Está muerto.

—¿Cómo que está muerto? —alza la voz—. ¡Lo has matado! —me acusa.

—No, yo no lo he matado. Hemos seguido el coche. Estaba en la casa donde Sarah y yo vinimos hace dos semanas, donde al parecer empezó todo. La casa estaba en llamas, pero he entrado y he sacado su cuerpo. Tiene un tiro en el pecho y no hay rastro de ella. No está y no sé dónde debo buscarla ahora.

Me apoyo en el coche y aparto el móvil de mi oreja. Lo que dice Natalia descuadra todavía más mis esquemas e intento aclarar mis ideas. Cuando fuimos al hotel, no pensamos encontrarla allí. Estaba allí, pero no era eso lo que buscábamos, sino la persona que dio acceso al asesino de Carlos a la habitación. Guillermo, fue él quien le dio acceso a esa habitación, pero no fue el asesino.

Las piezas empiezan a encajar, poco a poco lo veo claro. La madre de Sarah ayudó a Mariona.

Sarah y yo llegamos a la conclusión de que habían abusado de ella. Roser, siendo su ginecóloga, debió verlo. De otra manera, Mariona no le contaría su secreto a ella antes que a sus amigas, no puede haber otro motivo. Sin embargo, ahora no presenta daños. No fue Guillermo, ahora lo entiendo. La persona que mató a Carlos y violó a Mariona es otra y es la misma que se ha llevado a Sarah.

Cuelgo la llamada, me subo al coche y arranco. Esto sigue un patrón: el asesino no conoce nuestros pasos. Seguro que, para él, la aparición de Mariona ha sido un descubrimiento. Es posible que fuera una de las personas que nos cruzamos en el hospital, eso explicaría por qué Mariona se ha alterado tanto y después ha estado dispuesta a hablar con Natalia.

Sarah teorizó sobre la posibilidad de que fuera alguien de su familia. Freno en seco y doy marcha atrás. Cuando estuve en el psiquiátrico con Sarah, apenas hablé con su madre. Me habló de mi hermano, después me dijo que nada es inútil y después me hizo prometerle que protegería y cuidaría de Sarah, incluso cuando todo acabara.

Pensábamos que todo había acabado, pero no es así. Solo ha acabado para Mariona y justo acaba de empezar para Sarah. Ese hijo de la gran puta me saca media hora de ventaja, pero sé dónde debo ir, la madre de Sarah me lo dijo. Me dijo que nada era inútil y hemos recorrido cuevas inútilmente hasta dar con el viejo observatorio de pájaros. Allí murió mi hermano y su asesino no debe tener ni idea de que conocemos su escondite. Quiero saber a quién me enfrento. Me bajo del coche.

—Dame el número de Nayara —le digo a Laura, que se ha puesto en pie.

—¿Qué ocurre? —pregunta Laura sin comprender.

—Nos hemos equivocado de persona —me mira sin comprender. Saco la cartera y cojo una de mis tarjetas. Se la doy—. Dile a tu amiga que me llame, voy a buscar a Sarah.

—Voy contigo —me sigue.

—No, tú no vienes —paro delante de ella—. No vas a venir conmigo, no voy a poner a nadie más en peligro. Sé dónde está Sarah, iré a por ella y me encargaré de todo. Dile a tu amiga que me llame.

Me subo al coche y arranco. En cuanto me incorporo al camino sin asfaltar, me cruzo con los bomberos, una ambulancia y los Mossos. Les cedo el paso y sigo hacia mi objetivo. Me lleva media hora de ventaja más o menos, así que piso el acelerador.

Me estoy incorporando a la A-2, dirección Lleida, cuando mi móvil vuelve a sonar.

—¿Dónde está Sarah? —pregunta Nayara en cuanto descuelgo.

—Sé dónde está, estoy de camino.

—Tienes que encontrarla —dice con voz llorosa.

—¿Quién ha ido al hospital a ver a Mariona?

—¿Cómo?

Esta chica va a hacer que se me agote la poca paciencia que me queda. Soy impaciente, pero sé que con esta tía voy a llevar mi impaciencia a límites desconocidos.

—Nos hemos encontrado con gente y Laura ha saludado a tus padres. ¿Quiénes eran los demás?

—¿Qué importa eso?

—Importa, dime quiénes eran —le digo tajante.

La oigo resoplar con impaciencia. ¿Será posible?

—Mis padres, la madre y el hermano de Mariona, sus tíos, el alcalde de Boira y el cura del pueblo.

—¿El cura? —no comprendo. ¿Qué pinta el cura en este momento? Yo no soy creyente, pero no me encaja en la ecuación. ¿El asesino es el cura?

—Yo que sé. Lo han traído no sé por qué, pero siempre lo hemos odiado. De pequeñas nos daba muchos capones. A Mariona no, pero a Sarah y a mí nos tenía fritas —la oigo hacer pucheros—. Tienes que traérmela, por favor. Siento lo que te he dicho, pero tráemela. Eric, por favor, te lo suplico.

—¿Alguien se ha marchado?

—¿Cómo lo sabes?

—¿Quién se ha ido? ¿El cura?

—No, el señor Montaner. Ha dicho que Mariona estaba muy nerviosa, que había demasiada gente y que volvería mañana.

—¿Ese quién es?

—Es el alcalde. El padre de Mariona y él trabajaron juntos muchos años. Eran vecinos y amigos íntimos de toda la vida.

—¿Qué coche conduce?

—¡Yo que sé! ¿A qué viene esto? ¿Por qué estás perdiendo el tiempo en lugar de buscar a Sarah?

—¿Puede que conduzca un Mercedes?

—Hace años, sí. Uno azul oscuro, pero ahora no tengo ni idea.

—¡Ha sido él!

—¿Cómo? ¿De qué estás hablando? Ha sido el de mantenimiento, ese tal Guillermo. Trabajó en el instituto, todos los chicos se reían de él, lo maltrataban o lo ignoraban. Todos excepto una, que siempre tenía que ser amable. Pues mira por dónde le ha salido la amabilidad y la bondad —oigo que arranca a llorar y suspiro intentando mantener la calma mientras salgo de la autopista y me incorporo a la C-13—. Mariona siempre fue buena con él, no merecía lo que le ha hecho.

—¿Dónde está el padre de Mariona?

—Murió el año pasado. ¿Puedes explicarme qué está pasando?

—Cuando los hemos encontrado, la madre de Mariona iba apoyada en alguien. No era su hijo.

—Seguramente el alcalde —baja la voz—. Mi madre dice que las malas lenguas cuentan que están liados y que ya lo estaban cuando el padre de Mariona vivía.

¡Genial! Menudo culebrón: alcalde de pueblo viola a menor de edad mientras se folla a su madre y asesina al novio de la chica.

Recuerdo el momento en el que me he cruzado con él. Era un señor de más de cincuenta, con el pelo canoso y una importante barriga. Ese cabrón me ha reconocido. Por eso se me ha quedado mirando. Debí darme cuenta, lo he tenido justo delante y han sido dos veces las que lo he dejado escapar.

Soy un completo estúpido, un inútil integral. ¡Si a Sarah llega a pasarle algo será solo culpa mía! Acelero a pesar de que voy cruzando pueblos con una velocidad máxima de 40 y 50 km/h. Voy a más de 80 y no pienso detenerme. Son casi las dos de la madrugada y la carretera está desierta. Cuando salgo de ella, no estoy seguro de por dónde debo seguir. Guardé la posición en el navegador y, aunque no me marca el camino a seguir, al menos me dice a qué distancia estoy.

Sigo por el camino hasta que veo la bifurcación. Espero que Sarah esté bien, espero que no le haya hecho nada. Como la haya tocado, esto se va a poner muy feo. Me da igual que tenga un arma.

Subo la pendiente de la montaña a todo gas y apago las luces, aunque no vea por dónde voy. Dejo el coche en medio del camino. Si intenta huir, no llegará a ningún lado y el factor sorpresa estará de mi parte. Él tiene un arma, yo solo fuerza y sed de venganza, no puedo hacer nada contra una pistola. Cojo la linterna y el extintor del asiento del copiloto. No es la mejor arma, pero es de lo que dispongo.

Subo la pendiente inclinada corriendo, procurando ser sigiloso. Al llegar a la cima, mi respiración está acelerada y mi corazón va con un fuerte ritmo cardíaco. No estoy seguro si por el esfuerzo físico o por lo que está pasando aquí arriba y por lo que va a pasar en breve. Me acerco al viejo observatorio y veo el Mercedes aparcado en la puerta. Dentro de la casa se ve luz. Miro por las ventanas, pero no veo nada.

Sin embargo, oigo un grito de Sarah y todo mi dominio y precaución desaparecen. Solo me importa ella.

20

Cara a cara

Desesperación. La desesperación es un sentimiento y, como todo sentimiento, cada persona lo siente a su manera. Nunca me he sentido tan desesperado como al escuchar el grito de Sarah.

Me embarga el deseo irrefrenable de ir a por ella y ponerla a salvo mientras la rabia corre como una hoguera por mi sistema nervioso. Después de mucho tiempo, hay algo que me preocupa o me importa más que yo mismo o mis negocios: Sarah. Ella y su bienestar se han convertido en mi prioridad. No porque le haya hecho una promesa a su madre, no porque me sienta responsable de ella, o quizá sí, pero no por obligación. Me siento responsable de ella porque me importa, porque Sarah me importa más de lo que nadie me ha importado en años.

Soy irascible, contesto a las provocaciones y provocarme es muy fácil, pero la persona que me la ha quitado es además el asesino de mi hermano. Ese tío ha llevado mi rabia y mi odio a otro nivel, y ahora va a saber de lo que soy capaz, va a saberlo de primera mano.

No me preocupa mi seguridad, solo ella. Vuelve a gritar y, sin dudarlo un segundo, golpeo la puerta con mi pie derecho; le doy una patada y se abre. Ha sido una estupidez, lo sé, el cabrón está armado. Sé que ser tan impulsivo puede costarme la vida… O peor, la de Sarah, pero mi desesperación por ella no me deja ver nada más que eso. Oírla gritar ha provocado un cortocircuito en mi cerebro.

Debo ponerla a salvo, esa es mi misión: cuidarla y protegerla. Soy un cóctel de sentimientos negativos, estoy lleno de rabia, odio, ira, cólera y deseos de venganza. Todo ese odio me hace imprudente, pero no me importa mi seguridad. Ahora mismo solo me importa ella.

La escena me parece dantesca. Sarah tiene las muñecas unidas y atadas con cuerda y él se las sujeta por encima de la cabeza con una mano mientras, con la otra, la manosea. Ver sus manos sobre su cuerpo provoca una llamarada de ira que me recorre por completo.

Está medio tumbado sobre ella, sujetándola y sometiéndola contra su voluntad. Mi corazón se acelera todavía más a punto de salírseme del pecho y mis manos empiezan a temblar. Su mirada de chocolate se cruza con la mía una fracción de segundo y no necesito más que el tiempo de exhalar un suspiro para verla. Tiene los ojos llenos de lágrimas por derramar y la cara llena de otras ya derramadas. Está pálida de terror, pero aun así, me sigue pareciendo preciosa, como el día que la conocí. Me pregunto cómo he sido tan estúpido para no ver lo muchísimo que me importa, hasta ahora.

El cabrón se gira y me mira. Acto seguido, voy a por él intentando no darle tiempo a reaccionar, pero no soy suficientemente rápido… Coge el arma que tiene al lado del colchón sucio donde ha tumbado a Sarah en medio de la sala y dispara. El ruido es ensordecedor y oigo que Sarah vuelve a gritar.

Siento cómo la bala lacera la piel de mi brazo izquierdo y después impacta contra la pared. Me detengo. Miro mi brazo y lo miro a él de nuevo. Es la primera vez que recibo un disparo y no sé si es por la adrenalina o la rabia que corre como el veneno, pero apenas me duele.

Lo miro y le sonrió con arrogancia. Voy a destrozar a este tío…, voy a arrancarle la piel a tiras. Deja de apuntarme y apunta a la cabeza de Sarah, que sigue mirándome aterrada.

—¡No! —alzo la voz deteniéndome.

Sarah entrecierra los ojos esperando el impacto y yo me fijo en el asesino de mi hermano. Le odio, le odio como no pensé que podría odiar nunca a nadie. Lo tengo delante, en un movimiento podría romperle el brazo con el que sujeta el arma, incluso el cuello; pero no puedo moverme. No obstante, no pienso permitir que le haga a Sarah lo mismo que a mi hermano. Me da igual salir de esta con vida o no, siempre y cuando ella esté bien. Eso es lo único que importa.

Hemos encontrado a Mariona y, junto a Sarah, se ocuparán del cuerpo de mi hermano. Eso es lo más cerca de estar en paz con él que voy a estar. Si para salvar a Sarah debo morir, estoy dispuesto a hacerlo. Pero no poniendo en riesgo su vida, su vida vale más que la mía e infinitamente más que la del asesino violador que le apunta con el arma.

—Apúntame a mí, a ella déjala. ¡Apúntame a mí! —le digo al cabrón.

No sé cómo voy a sacar a Sarah de esta. La desesperación sigue corriendo como un caballo galopante y no soy capaz de ver la opción segura o acertada. Él me sonríe con la misma arrogancia que he utilizado yo hace unos segundos. ¡Detesto a este hombre! Mis manos siguen temblando locas por estrechar su cuello.

—¡Suéltala! —digo dando un paso adelante.

—¡Quieto! —hace un movimiento con la pistola apuntando a su cabeza y me paralizo—. Si no quieres que le dispare, te quedarás quieto donde estás y mostrándome tus manos —dice con voz nasal y un fuerte acento catalán.

Me quedo quieto donde estoy y, el hijo de puta, deja de apuntar a Sarah para apuntarme a mí.

—¿Cómo me has encontrado? —me pregunta.

—He seguido tu hedor.

Se echa a reír y el sonido es desagradable y perturbador. Miro a Sarah, que no aparta la vista de mí.

—Cuando nos cruzamos en el hospital, por un momento creí ver un fantasma, pero está claro que no eres la misma persona que maté hace ocho años —hace una pausa y vuelvo a centrar mi mirada en él. Me está resultando inútil intentar mantenerme en mi sitio. Quiero saltar sobre él y sacarle la verdad a puñetazos, mientras oigo sus huesos romperse con cada golpe, pero me mantengo quieto—; es obvio que era tu hermano. Él no me miraba como tú lo haces…, él solo suplicaba, como una niña llorona. Tú no pareces de los que suplica o llora… Pero si esta zorra te importa, acabarás haciéndolo. Como él, llorarás, suplicarás y te humillarás y serás una vergüenza como tu cobarde hermano.

No aguanto más, no soporto que siga hablando, no puedo permitir que diga esas cosas de Carlos. Mi hermano ni era un cobarde ni una vergüenza, sino mucho mejor que él y que yo. No merecía morir.

—¡Basta! —doy un paso hacia él dispuesto a cerrarle la boca.

—¡No! —oigo gritar a Sarah.

Dispara y, esta vez, la bala no solo me roza, sino que impacta en mi pierna izquierda. El dolor es tan grande que me hace dar un par de pasos atrás. Grito de dolor y caigo al suelo lleno de cristales. Duele tanto que se me saltan las lágrimas, pero eso es lo que él quiere y no voy a darle el gusto. Sarah se levanta e intenta golpearlo con las dos manos, pero él se la saca de encima con suma facilidad y le da un golpe con la culata de la pistola. Cae de nuevo sobre el colchón, inconsciente.

—Si vuelves a tocarla, te mataré —le digo lleno de rabia entre dientes.

Se ríe, humillándome. No sé cómo lo haré, pero debe pagar por lo que le hizo a mi hermano, por herir a Sarah y por humillarme. Encontraré la manera de hacerle pagar, tiene que haber un modo.

—No estás en posición de amenazarme, guapito de cara.

—Deja el arma y acércate, pelea conmigo. Estoy herido, eso te da ventaja. ¡Veamos quién es el cobarde! —intento provocarlo.

—No soy ningún estúpido, no voy a dejar el arma —niega con la cabeza y mira a Sarah—. Es guapa, me gustan algo más jóvenes… —vuelve a mirarme y me duele el estómago de intentar controlar mi rabia—, pero todavía recuerdo lo divertido que fue follarme a Mariona mientras esa maricona de tu hermano suplicaba porque la soltara —vuelve a mirar a Sarah.

Ni soñarlo, no pienso dejar que vuelva a acercarse tanto a Sarah. Me apoyo en el suelo lleno de cristales dispuesto a levantarme y un cristal se clava en la palma de mi mano. Miro el suelo y vuelvo a mirarlo a él. Cojo uno de los cristales de mayor tamaño y lo escondo en la parte de detrás de mi pantalón mientras me levanto. No puedo apoyar la pierna izquierda, me duele horrores. Miro el tejano lleno de sangre, al igual que el suelo, que también está manchado.

—¡No vas a tocarla! Estás en un callejón sin salida. Mataste a mi hermano y hoy has matado a otro hombre. Estás perdido.

—No lo creo. La otra vez dejé demasiados cabos sueltos, pero eso no volverá a pasar. Guillermo se está haciendo a fuego rápido. Roser lo ha hecho muy bien. Aunque lamento no poder cumplir mi promesa de no acercarme a su hija mientras ella mantuviera la boca cerrada —le echa una mirada a Sarah—, pero ella solita se lo ha buscado. En cuanto a ti —me mira—, estás muerto. Solo debo decidir si te mato antes o después de follármela. Debo decidir cuál de los dos será el primero en morir.

—¿Qué pasa con Mariona?

Intento ganar tiempo, solo necesito tiempo para que se me ocurra qué hacer con él. Vuelvo a mirar a Sarah y sigue con los ojos cerrados.

—Mañana volveré al hospital a hacerle una visita y le cerraré la boca para siempre.

—Hay más gente que sabe lo que has hecho. ¿No creerías que soy tan estúpido como para venir solo? La policía está en camino.

—Eso es un farol, muchacho. Si la policía estuviera al corriente, ya estarían aquí. Eres tan estúpido como pareces, tanto como tu hermano, y morirás como él.

Vuelve a apuntarme con el arma y se acerca a mí con lentitud.

—Debería matarte primero pero, sinceramente, me gustaría revivir lo que pasó entonces —sigue acercándose sin dejar de apuntarme. Mientras lo hace, cojo el cristal que he escondido en mi pantalón. Solo necesito que se acerque un poco más y lo tendré justo donde lo quiero—. Se me pone dura de recordar cómo me follé a Mariona delante de los ojos atormentados de tu hermano. Creo que voy a repetir. Después lo maté delante de ella y de esa entrometida de Roser. Fue muy divertido ver cómo todos se subyugaron ante mí. Ahora debo conformarme solo con vosotros.

Me sonríe con arrogancia y mi rabia no me permite seguir parado donde estoy. Me abalanzo hacia él, cayéndole encima por el dolor de mi pierna. Le clavo el cristal en el cuello y la sangre brota al momento. Los dos caemos al suelo y oigo el disparo. Al segundo, siento el dolor cerca de la clavícula, pero eso no me detiene, no creo que vaya a sobrevivir. Debo matarlo, no puedo permitir que hiera a Sarah.

Golpeo su mano y la pistola cae fuera de nuestro alcance. Sus ojos me miran con terror y ahora soy yo el que sonríe.

—Mira mis ojos hijo de puta —digo girando su cara hacia mí. Las heridas me duelen horrores, pero más dolor he sentido todo este tiempo sabiendo que mi hermano había muerto sin saber por qué—. Los ojos de mi hermano son los ojos de la persona que va a matarte, como tú hiciste con él.

—No, por favor. No me mates —dice con una mirada aterrada.

No puedo creer que tenga tan poca dignidad, no comprendo cómo es posible que después de todo lo que ha dicho sea capaz de suplicar. Mete el dedo en la herida de mi pecho en un último intento de detenerme, pero me da igual el dolor; la rabia y la venganza son más fuertes.

Quito el cristal de su cuello y vuelvo a clavarlo más profundamente, lacerando su piel. Voy a apuñalarlo una tercera vez, pero la sangre sale mucho más rápido. Estoy seguro de que he cortado su yugular. Dejo caer el cristal y me quedo mirando cómo la vida escapa de sus ojos oscuros y yo quiero ser lo último que vea cuando muera, que me mire y vea a mi hermano. Abre la boca como si quisiera decir algo, pero las palabras no salen y el charco de sangre cada vez es más grande.

En dos minutos está muerto. Me dejo caer en el suelo, lejos del charco, y me arrastro hasta el colchón donde está Sarah. Toco sus mejillas. Tiene la piel fría como la de un muerto. Sonrío tristemente… Pronto el que estará muerto seré yo. Estoy perdiendo demasiada sangre y siento cómo las fuerzas me abandonan.

Si no consigo despertarla, no podré volver a hablarle. Necesito mirarla a los ojos por última vez, necesito oír de sus labios que está bien. Quiero acariciarla y reconfortarla, decirle que todo ha acabado. Necesito que ella sepa de mi boca que la persona que tanto daño nos ha hecho ha muerto. Desato las cuerdas de sus manos y la tumbo boca arriba.

—Sarah. Vamos nena, despierta. Necesito que te despiertes.

La zarandeo con cuidado. La herida del pecho me duele horrores y pongo la mano sobre ella intentando que el dolor disminuya. Con la otra mano, no dejo de moverla y acariciar su cara hasta que abre los ojos.

—Por fin, Bella Durmiente —le sonrío.

—¿Qué ha pasado? —pregunta desorientada.

—Se ha acabado, Sarah. —le aseguro—. Está muerto. ¿Te ha hecho daño?

—No —me miente.

Sigo acariciando la piel suave y fina de su mejilla y le sonrío. Pequeña mentirosa…, no aprenderá nunca. No podré volver a reprenderla o provocarla, no podrá volver a exasperarme, aquí acaba mi camino y me gustaría ver el desafío una última vez en su mirada. Quisiera hacerla sonreír, pero he olvidado cómo se hace sonreír a la gente. He malgastado mi vida siendo un déspota y un gilipollas. Ella ha tenido tanta razón en todo lo que me ha dicho… No le importo a nadie y nadie me importa a mí ya. Solo ella, pero Sarah eso no lo sabe.

—Debiste esperarme en el hospital —la reprendo.

—Ya lo sé —se incorpora y me abraza. La estrecho con la mano que me queda libre, con fuerza.

Si pudiera elegir un sitio para morir, no encontraría otro mejor que entre sus brazos. Adoro cómo huele. Me gusta cuando el perfume empieza a desaparecer y puedo olerla a ella, y nunca se lo he dicho. Joder, solo le he dicho cosas malas. Nunca le he dicho nada agradable y, a pesar de que somos agua y aceite, como ella dice, hay muchas cosas en ella que me agradan. Que ella sea la última persona que veré me reconforta. Me hubiese gustado decirle que la amo, decirle que me he enamorado de ella como un pardillo, pero mi tiempo se ha acabado y solo conseguiría darle cargo de conciencia. Ella no siente lo mismo por mí, nunca podría sentirlo. Es inteligente a pesar de las veces que lo he puesto en duda delante de ella, es lista para que yo le guste después de cómo la he tratado. A pesar de que la he tratado mejor de lo que trato normalmente a la gente, eso no significa que la haya tratado bien.

Se separa de mí y se queda de rodillas mirando mis heridas.

—¡Hijo de puta! —grita mirándome la pierna.

Me empuja por el hombro tumbándome en el sucio colchón lleno de la sangre de mi hermano. Ahora tendrá la sangre de los dos, los dos moriremos en el mismo sitio y, al menos, la última persona que veamos será nuestra persona amada. Ese es el único consuelo que me queda. No me queda nada más. He cumplido la última voluntad de Carlos, lo he vengado y hemos liberado a Mariona, ya puedo irme.

—Eric, estás perdiendo mucha sangre —dice con voz acongojada.

—No importa —vuelvo a sonreírle. Quiero que ella me sonría, pero no lo hace.

—Claro que importa —niega con la cabeza.

Se pone a llorar. No quiero verla llorar, quiero ver esos preciosos hoyuelos que la hacen parecer tan joven, quiero ver sus labios sonriéndome por última vez. Quiero que me mire con el amor incondicional que miraba a su amiga, o al menos como miraba a Nacho. Ojalá pudiera hacerla sonreír como lo hacía él.

—No llores, Sarah. Por favor, no llores más.

Niega con la cabeza. Se seca los ojos mirando mi pierna y empieza a quitarme el cinturón.

—Podrías haberte decidido antes a desnudarme, ahora no creo que esté en posición de satisfacerte —digo en broma, apartándole el pelo que no me deja ver bien su rostro.

—No puedo creerme que te pongas a bromear en un momento así —dice tirando del cinturón para quitármelo.

—¿Quién ha dicho que bromee? —le digo de broma, sonriéndole—. ¿Alguna vez me has visto bromear?

Niega con la cabeza ignorándome, pasa el cinturón por debajo de mi pierna y hace un torniquete con él.

—Tenemos que llegar al coche. Buscaremos un hospital y te pondrás bien —dice con decisión.

—Solo estaré bien si me sonríes una última vez, eso es lo único que me hará sentir bien —le contesto intentando no gemir por el dolor que me está provocando en la pierna.

Me duele hasta respirar, pero intento esconder el dolor para que ella no lo pase peor. No quiero su compasión. Es una buena chica, es bondadosa y no quiero que lo pase mal por mi culpa.

—Por favor, Eric. Deja de bromear —dice presionando sobre mi pierna. Siseo de dolor y ella llora con más fuerza—. ¡Lo siento! Lo siento muchísimo. Debí hacerte caso, no debí moverme del hospital. No hubiera pasado nada de todo esto. Eric, lo siento, lo siento mucho.

Acaricio su cara y hago que se agache. No puedo seguir viéndola llorar, este dolor es una tortura y verla a ella llorar hace que sea peor, no quiero que siga sufriendo. La cojo de la cabeza y pongo su cara a la altura de la mía.

—Deja de llorar ya, Sarah —le digo en tono autoritario.

—No puedo —llora con más fuerza y me abraza. Su calidez hace que olvide el dolor, su abrazo hace que solo pueda sentirla a ella—. No quiero que te mueras. No puedo perderte, aún no. Tenemos que buscar ayuda.

Se levanta de encima de mí. Su calor me reconfortaba y, ahora que se ha alejado, siento frío. No quiero que se separe de mí, no quiero que se vaya. Intenta levantarme del suelo y la herida del pecho me duele aún más.

—Para, Sarah —le pido con una mueca intentando esconder el dolor—, no puedo levantarme.

—Pero tenemos que irnos —dice haciendo un puchero—. Te ayudaré a caminar, iremos al coche y te llevaré al hospital —pasa mi brazo por encima de su hombro y tira de mí, pero lo único que consigue es que grite de dolor—. Lo siento, perdona. Perdona. Lo siento, Eric. Perdóname —suplica.

Me deja en el colchón de nuevo y busca mi mirada mientras yo intento soportar el dolor lo mejor que puedo. La miro a los ojos. Tiene la cara magullada, seguramente de cuando se ha caído en el bosque. Miro sus grandes ojos de color chocolate. Mirarla me relaja, pero el dolor no remite, no pasa.

—Lo siento, Eric —vuelve a repetir.

—No es culpa tuya —le contesto.

Acaricio su mejilla y mis dedos manchan su rostro de sangre. Agacho la cabeza y miro el polo blanco que me he puesto antes de salir al hospital, que ahora ya es de cualquier color excepto blanco. Está negro del hollín, con una gran mancha roja donde intento parar la hemorragia del tercer disparo. El primero apenas me ha rozado el brazo y el de la pierna ha dejado de sangrar. Vuelvo a mirarla a ella. Está mirando cómo crece la mancha de mi polo. La cojo de la barbilla y hago que me mire a los ojos.

—No importa, Sarah.

—Necesitamos ayuda, yo no puedo hacer nada —sigue llorando. Me pregunto si no se le acabarán nunca las lágrimas.

Rebusca en mis bolsillos, coge algo y vuelve a mirarme a los ojos.

—Ahora vengo, aguanta un poco —dice poniéndose de pie.

No puedo creer que vaya a dejarme aquí tirado. Sí, me lo merezco. No le he puesto las cosas fáciles y no la he tratado debidamente, pero aun así, yo soy la mala persona, no ella. Ella no es mala, aunque supongo que he tensado demasiado la cuerda.

—¿Vas a dejarme aquí tirado? —le pregunto con una voz tan suplicante que ni siquiera creo que sea mía.

—No tardaré, espérame aquí.

¿Qué coño significa que la espere aquí? ¿A dónde se cree que voy a ir? Incluso estando moribundo tiene el talento de exasperarme. Tiene un máster en eso. Se aleja de mí sin dudarlo un instante y, cada paso que da en dirección opuesta a mí, duele como sal en una herida abierta. Antes de salir, me mira un instante. Deseo decirle que no se vaya, pero antes de que pueda abrir la boca ya ha salido por la puerta abierta.

Apoyo la cabeza contra el asqueroso colchón. Deseo decirle que la quiero y muchas cosas más. Pensaba que era mejor no decírselo, no decirle lo que siento por ella, lo que ella me hace sentir, pero soy demasiado egoísta para no decirlo, demasiado cabrón para no hacer lo que es mejor para mí o lo que yo quiera, y quiero que lo sepa.

La espera es interminable. No sé cuánto tiempo lleva fuera, pero empiezo a dudar que se haya largado con mi coche y me haya dejado aquí tirado de verdad. No podría culparla. Por enésima vez, recuerdo el momento de la terraza y de nuevo me siento idiota por no haberla besado.

Cierro los ojos concentrándome en ese momento, intentando emular que estoy allí de nuevo con ella, imaginando cómo serían sus besos y el sabor de sus labios. Estoy seguro de que sus labios sabrían a algo similar a la fresa, dulce y a la vez con ese punto ácido. Así es Sarah, dulce pero con genio. Es casi tan fácil de provocar como yo, y me fascina provocarla, ver por dónde saldrá la siguiente vez.

Siento mucho frío. Al final, no podré hacer lo que quiero, como hago siempre. Al final, voy a morir sin confesarle que la amo.

Intento volver a abrir los ojos, pero ya no puedo.

21

Claridad

Arranco el coche e intento subir la cuesta, pero estoy tan nerviosa que el coche se va para atrás. Piso a fondo y salgo chirriando rueda por el camino de grava. Subo la pendiente hasta la puerta, espero que la ayuda llegue pronto. Debería haber llamado a la policía para que mandaran una ambulancia, pero he preferido llamar a Estefanía. Eric siempre cuenta con ella. Es muy eficiente, espero que envíe a todo el mundo, que se encargue de todo y la ayuda llegue pronto. Yo debo estar con él, necesito que sepa que estoy a su lado, darle fuerzas para que aguante. No puedo dejar que Eric muera, no puedo permitir que eso ocurra.

Paro el motor y solo puedo oír el ruido de los insectos nocturnos. Se me pone la piel de gallina, es el mismo sonido del bosque donde Guillermo me alcanzó. Todavía no sé cómo me ha encontrado Eric, pero le debo la vida, y lo que más anhelo es poder salvar la suya, solo así estaremos en paz. Él no puede morir, esa idea perfora mi corazón dolido después de todo lo ocurrido.

Vuelvo al interior de la casa y veo el cadáver del alcalde de Boira. Observo que tiene los ojos abiertos mirando al techo. Está pálido y un gran charco de sangre de su garganta rodea más de medio cuerpo. Me pone enferma, es la primera persona muerta que veo y espero que sea la última.

Me arrodillo delante de Eric.

—Eric, ya estoy aquí.

No abre los ojos y los nervios se instalan en mi estómago, creo que voy a volver a vomitar. La mancha de su pecho cada vez es más grande en su polo sucio. La idea de que esté muerto me aterroriza.

¡No puede estar muerto, no puede dejarme así, sin más, no puede!

Él es fuerte, tiene que ponerse bien. Pongo mi chaqueta sobre la herida y presiono para que no salga más sangre. Le toco el brazo y está muy frío y húmedo. Pongo la cabeza sobre su pecho llorando de nuevo. Oigo el cadente latir de su corazón y llego a la conclusión de que, si no aparece pronto alguien, no va a sobrevivir. No soy médico, no sé cómo ayudarlo, pero soy veterinaria y sé que no le queda mucho tiempo. Se está desangrando.

—Eric —levanto la cabeza de su pecho—. Por favor, Eric, despierta —muevo su brazo.

El peso del mundo cae sobre mí, la sangre se me congela y mi pecho se mueve muy deprisa. No contesta y la locura de quererlo hace mella en mí.

Le miro a la cara. Tiene los ojos cerrados, pero sus labios se curvan en una sonrisa. Empiezo a pensar que es masoquista, nunca le he visto sonreír tanto como esta noche. Le abrazo aunque no quiero hacerlo. Estoy loca porque siga conmigo, lo necesito.

—Has vuelto —dice con voz ronca.

Lo suelto para mirarlo. Abre los ojos y hace de su mirada una prisión de la que no quiero salir. Sus ojos azules brillan como faros y su expresión es de devoción, nunca antes me había mirado así.

—Claro que he vuelto. Pronto vendrán a ayudarnos, te llevaremos a un hospital y te pondrás bien.

—Pensé que me habías dejado.

¿Es inseguridad lo que oigo en su voz? Eric no es una persona insegura, es duro y fuerte.

—No podría dejarte así. De todos modos, no estoy lista para hacerlo. Aún no.

Me acaricia la cara de nuevo y su tenue caricia eriza el vello de mi piel. Siento cómo esa corriente eléctrica zumba de un cuerpo a otro. Me gusta, me gusta demasiado la ternura con la que me toca, la expresión de sus ojos cuando me mira y la curva de sus labios al sonreírme.

—Eres preciosa, Sarah.

¿Cómo? Está peor de lo que pensaba. Está delirando, confuso, está perdiendo la lucidez. Observo la sangre que hay en el suelo y sobre el colchón preguntándome cuánta ha perdido. No estoy segura, hay mucha, sobre todo de la pierna. No sabría medirla, quizá un litro o litro y medio. Cada vez está más pálido y sus labios se están secando. Creo que está sufriendo un shock hemorrágico porque tiene todos los síntomas, a excepción de la mirada perdida, ya que la suya no se aparta de la mía.

—Debí besarte aquella noche —dice despacio, parece que le cuesta hablar. Debería detenerlo, pero me gusta demasiado lo que dice—. No he pasado un día sin arrepentirme de no haberlo hecho.

Acaricia mis labios con el dedo pulgar. En sus ojos vuelvo a ver ese hambre, ese deseo. No sé si esto es real, si está delirando y el delirio le hace hacer y decir estas cosas.

Desear que sea real es otra locura, pero ha quedado claro que estoy loca. Me he enamorado de él y esa es la mayor locura de todas. Lo miro y acaricio su pelo. Eric es inteligente, seguro de sí mismo, muy atractivo y fuerte. Tan fuerte que llega a ser potente y sexual, pero no debo creerlo.

Tiene muchas cualidades que me gustan, pero también otras que no aguanto, como su mal humor, su irascibilidad, lo mal educado y cruel que puede llegar a ser… Pero todo eso ya no existe, porque cuando me sonríe lo olvido. Me recuerdo que no puedo olvidar que nosotros no estamos hechos para estar juntos. Agua y aceite, no somos polos opuestos atrayéndose, somos agua y aceite y nos repelemos.

—¿Por qué querrías hacerlo? Sentías lástimas de mí y ese beso hubiera complicado más las cosas.

—Estoy enamorado de ti, Sarah —parece que le cuesta hablar, no creo lo que ha dicho—, lo estoy desde el día que me plantaste cara en La Llacuna —coge una fuerte bocanada de aire. Mientras, el miedo a perderlo me mata—, pero no he sido capaz de verlo hasta que te han alejado de mí.

Lo miro confusa, no puedo creerlo, pero mi corazón se hincha feliz. ¿Me quiere? ¿Por qué? Sus ojos pestañean liberándome de su embrujo, parece que le cuesta mantenerlos abiertos. Su respiración también se está acelerando. Su mano cae como un peso muerto y deja de acariciarme la cara y los labios. Siento un miedo terrible. ¡No puede irse! Tiene que recuperarse y decirme si es verdad lo que acaba de decir. No puede morirse, un hombre tan arrogante debe plantarle cara a la muerte y decirle que se vaya a la mierda. No puede irse.

—Eric —me pongo sobre él sin dejar de presionar su herida—. Por favor, Eric, solo tienes que aguantar un poco más. Pronto nos ayudarán.

Lo miro, pero mantiene los ojos cerrados. Pongo mi oreja contra su corazón y los latidos se oyen flojos. No obstante, son rápidos. Desearía hacer algo para ayudarlo. Soy veterinaria, algo debería poder hacer, pero no me atrevo a separarme de él un instante y perderlo para siempre.

—No puedes morirte, Eric. No puedes dejarme —le suplico entre lágrimas.

Sigue sin reaccionar y me abrazo a su cuerpo inerte. Solo puedo llorar y llorar. Me duele la cabeza y creo que yo también puedo desmayarme en cualquier momento. Lo abrazo con fuerza intentando que su cuerpo entre en calor, porque es un gran bloque de hielo junto a mí: está muy frío y cada vez tiene la piel más pálida.

—Pronto todo pasará, Eric. Necesito que aguantes un poco más, no puedes rendirte ahora, ya casi ha pasado. Te pondrás bien y yo cuidaré de ti, pero tienes que aguantar un poco más.

Siento que besa mi cabeza y la levanto. Abre los ojos, pero no puede mantenerlos abiertos, no deja de pestañear y buscar mi mirada, por lo que me pongo justo delante de él.

—Eres un cabrón arrogante —digo cogiéndole el mentón para que me mire. Consigo que lo haga, pero su mirada se pierde—. Enséñale a esa puta de la muerte que no ha llegado tu hora. Plántale cara, Eric.

Ladea los labios en una media sonrisa, deja caer la cabeza y cierra los ojos de nuevo.

No vuelve a despertarse después de eso y el tiempo parece detenerse. Le hablo, pero no consigo nada con ello. Lo único que hago es abrazarme a su cuerpo duro como el metal. Me concentro en los latidos de su corazón pensando que, mientras este siga funcionando, tenemos una oportunidad.

Llevo tres días sin dormir y han pasado muchas cosas. Estoy muy cansada y fatigada, pero la adrenalina no dejará que me duerma. Si mi cuerpo quiere descasar, tendrá que desconectarse, porque mi cerebro y mi corazón no van a dejar a Eric solo.

Los párpados empiezan a pesarme a mí también, llevo desde que dormí la siesta en el hotel de Eric sin dormir. Recuerdo cómo sentí su cuerpo en ese momento y lo diferente que lo siento ahora, a pesar de estar tumbada prácticamente encima de él, intentando que el calor de mi cuerpo llegue al suyo. Quisiera volver a ese momento. Sentir su calor en mi espalda, su fuerte brazo rodeando mi cintura, su aliento pegado a mi oreja y su olor por todas partes. Tiene que salvarse y, entonces, tendrá que arreglar cuentas conmigo. Deberá decirme si es cierto que está enamorado de mí.

Oigo el sonido de un helicóptero acercarse. Cuanto más cerca está, menos puedo oír los ruidos nocturnos. He dejado las luces del coche de Eric encendidas, así que deberían vernos. No voy a moverme de su lado. Levanto la cabeza y lo miro.

—¿Oyes eso, Eric? Están aquí y harán que te pongas bien. Aguanta un poco más, por favor, solo un poco más.

Está inconsciente y no se mueve, pero sigue respirando. Esto ya casi ha acabado. Eric es fuerte, tiene que aguantar solo un poco más y todo habrá acabado. Me siento desesperada.

Un grupo de cuatro hombres entra en la estancia.

—¡Aquí! —grito.

Dos hombres se acercan a nosotros.

—¿Qué ha pasado? —me pregunta el primero agachándose.

—Le han disparado, ha perdido mucha sangre.

—De acuerdo. Nosotros nos encargaremos, señorita. Necesito que se aparte —dice el otro cogiéndome de los hombros con suavidad.

Miro a Eric, no quiero separarme de él, pero estos hombres han venido a ayudarlo. Son la ayuda que estábamos esperando, así que hago de tripas corazón, dejo que tire de mí y me aparto de Eric.

—Tiene dos heridas. La pierna ha dejado de sangrar, pero ha perdido mucha sangre. Es posible que haya tocado la femoral, no lo sé, hay mucha sangre. La herida del pecho no parece haber dañado ningún órgano. Ha estado hablando, ha estado consciente hasta hace un rato, creo que tiene un shock hemorrágico.

—¿Es usted médico? —pregunta el que me ha separado de él abriendo el botiquín.

—No, no lo soy, pero presenta los síntomas.

—De acuerdo, señorita. Ahora necesitamos que salga fuera.

—No, no puedo separarme de él —niego con la cabeza con tozudez.

—Necesitamos espacio, señorita. Vamos a estabilizarlo e iremos al hospital. Vaya al helicóptero.

—No, no voy a moverme hasta que lo haga él —digo tercamente, dejando claro que no me moveré.

—¿Sarah? —oigo la voz ronca de Eric.

Me agacho al otro lado de donde están los hombres y le cojo la mano.

—Estoy aquí, Eric. Estoy aquí —busco su mirada, pero la suya da vueltas a un lado y a otro—. Han venido a ayudarte y vamos a irnos en un helicóptero al hospital. Te pondrás bien.

Alguien me coge por los brazos y me separa de él.

—Debe salir de aquí, jovencita —me dice uno de los hombres que estaba con el señor Montaner.

—No, espere, él me necesita —le digo.

Intento quedarme con él, pero no me lo permite. Me levanta del suelo y me fijo en él; es más mayor que los otros dos, tiene el pelo canoso y los ojos verdes.

—Ahora estamos nosotros aquí, debe calmarse.

—¡No! —me aparto de sus manos—. No voy a moverme de su lado. Dejen de prestarme atención y ayúdenle.

—Está muy nerviosa y su presencia no le ayuda. Venga conmigo —vuelve a intentar cogerme.

—¡No voy a ir a ninguna parte! —lo desafío con la mirada.

—Como quiera.

Vuelvo a mirar a Eric y me clavan una aguja en el brazo. Miro al más mayor. Ha sido él, aún tiene la jeringa en la mano.

—¿Qué me ha dado? —pregunto confusa.

—Solo es un relajante. Cuando se despierte, estará en el hospital y su novio estará a su lado. No debe preocuparse.

—No es mi novio —digo en un hilo de voz.

No sé qué me ha dado, pero todo a mi alrededor empieza a desdibujarse, se nubla y voy a caer al suelo. No obstante, alguien me sujeta y oigo cómo le dice a otra persona que me lleve al helicóptero. Todo se mueve a mi alrededor e intento mantenerme despierta, pero caigo en un pozo negro.

Despierto desorientada. Mi cuerpo pesa una tonelada y mis párpados también. Hago lo imposible para abrirlos mientras oigo a alguien hablar, una voz de mujer. El olor es inconfundible, apesta a hospital. Abro los ojos y parpadeo. Poco a poco consigo mantenerlos abiertos. Suspiro e intento ver qué me rodea, pero es como ver a través de una cortina de agua, todo parece desdibujarse. Busco a Eric, él debería estar a mi lado. Sin embargo, no está.

—Estaré allí en media hora, una hora como mucho. Quiero que mantengas a la prensa al margen, es decisión de él.

Enfoco la vista en la mujer junto a la ventana. Tiene el pelo corto y plateado, está de espaldas y no sé quién es, aunque me da igual. Solo me importa saber dónde está Eric. La figura se gira hacia mí.

—Tengo que dejarte, nos vemos —cuelga el móvil y se acerca a mí—. ¿Cómo estás, Sarah?

La conozco. Es Estefanía, la ayudante de Eric. Él confía en ella y estoy aquí gracias a ella. Ella hizo que vinieran a buscar a Eric. ¿Dónde está él?

—¿Dónde está Eric? —pregunto con voz pastosa, me siento muy aletargada.

—Acaban de avisarme de que ha salido de quirófano. Lo dejarán un ratito en reanimación para que se despierte y después lo subirán a la habitación.

¿Quirófano? ¿Reanimación? No entiendo nada y el estómago me da un vuelco. Debería estar con él, debo cuidarlo. Intento levantarme de la cama, pero Estefanía, sin mucho esfuerzo, me mantiene tumbada.

—¡Shhhh! Tranquila, Sarah —intenta tranquilizarme sin soltarme.

—¿Él está bien? —demando con aprensión sintiendo cómo mi corazón se encoge.

—Claro que sí. Dentro de dos días estará dando voces a todos, como siempre —me sonríe.

—¿Cuánto tiempo he dormido? —pregunto viendo la claridad de la ventana.

—Algunas horas. Por si te interesa, tú también estás bien, te han puesto un par de puntos en la rodilla, te han hecho unas radiografías y un escáner. Estás bien —claro que estoy bien ¿de qué está hablando?—. Han llamado al móvil del señor Capdevila preguntando por ti. Natalia, su psiquiatra, también ha llamado; le he explicado lo ocurrido y me ha pedido que la llames.

—¿Qué ha pasado? ¿Qué tiene Eric? ¿Está bien? ¿Cuándo podré

verlo? —pregunto desesperada.

—Él está bien —me habla con paciencia y vuelve a sonreírme—. Le han hecho un par de transfusiones de sangre y la operación se ha alargado un poco más de lo previsto, pero haciendo la rehabilitación adecuada, su pierna quedará bien. No te preocupes, dentro de poco lo tendrás aquí.

—¿Por qué estoy yo aquí?

—Estabas muy nerviosa, te dieron un tranquilizante y te ha costado un poco despertar, eso es todo.

—¿Dónde estamos?

—En Barcelona. Oye —dice algo avergonzada—, no me gusta dejarte así, pero tengo asuntos del señor Capdevila que atender. Se ha filtrado información y debo controlar a los medios hasta saber qué quiere hacer él —se dirige al armario—. He traído ropa para los dos, la tienes aquí dentro. Si quieres, puedes darte una ducha, aún tardarán un rato en subirlo. Cualquier cosa, puedes llamarme.

Coge su bolso del armario y se acerca a mí. Me incorporo en la cama. Me siento mareada, así que me quedo sentada, no estoy preparada para levantarme. Acto seguido, me da el móvil de Eric.

—Todo está bien, no te preocupes. Haz esas llamadas antes de que a tu amiga le dé un ataque y dúchate. Cuando te des cuenta, él estará aquí —me sonríe con cariño, intentando darme ánimos.

Siento cómo en mi garganta se hace un nudo y, en tres segundos, estoy llorando. Ella me abraza.

—Ya ha pasado, todo ha pasado —me acaricia el pelo—. Lo has hecho muy bien, Sarah. Él se sentirá orgulloso de ti. No debes preocuparte.

—Gracias por todo —la abrazo—. Si no llegas a enviarnos ayuda, no sé qué habría sido de Eric.

—Ya está, Sarah. Todo ha acabado. Debes ser fuerte —se separa y me mira. Afirmo con la cabeza. Nunca podre agradecerle suficiente a esta mujer lo que ha hecho por Eric—. La policía está buscando el cuerpo de su hermano. Cuando lo encuentren, se pondrán en contacto conmigo. Hasta que el señor Capdevila no esté capacitado, no dejaré que hagan nada con él, ni siquiera a su padre.

—¿No deberíamos avisarlo?

—Hace años que no se hablan. He preferido no decirle nada, ya decidirá él qué hacer.

—De acuerdo —afirmo con la cabeza, ella lo tiene todo bajo control, lo conoce mejor que yo. Eso provoca una punzada de envidia e insatisfacción. Niego con la cabeza, no debo sentirme celosa.

—La policía quiere hablar con vosotros para esclarecer lo ocurrido. Cuando llegasteis anoche, estaban aquí. También Ramírez, el abogado del señor Capdevila. Pero hasta que no le den el alta, no tenéis que declarar.

Es impresionante, Estefanía es impresionante. Parece que lo tiene todo ligado para que, cuando Eric despierte, se haga su voluntad. Es una mujer increíble.

—Muchas gracias por todo —digo aún compungida.

Niega con la cabeza.

—Cuídate, Sarah. Cualquier cosa, llámame. Sea la hora que sea, puedes llamarme. Estaré para lo que necesites.

Me besa en la mejilla, me acaricia la cara de manera maternal y se va.

Me planteo llamar a Nayara, pero decido ducharme primero. Quiero saber cómo está Mariona, pero sé que está en las mejores manos. Cuando Eric esté aquí, no quiero estar en la ducha porque Nayara se ha enrollado más de la cuenta. Entro en el baño y veo el ungüento que me han puesto en la mejilla, ignoro mi imagen en el espejo y me ducho. Me visto con la ropa de diseño que Estefanía ha elegido para mí. Un pantalón tobillero y una blusa cian con una ropa interior muy sexy. Tiene estilo esta mujer.

Vuelvo a la habitación y llamo a Nayara. No tengo ni idea de en qué hospital estamos, pero estoy segura de que no es un hospital público, todo tiene demasiado brillo.

Hablo con Nayara más de media hora y, cuando consigo calmarla y asegurarle que estoy bien, le explico todo lo ocurrido. Ella me cuenta que Mariona está despierta, esclarece cómo Laura y Eric fueron en mi busca y cómo encontraron el cuerpo de Guillermo muerto. Pobre hombre, solo quería proteger a Mariona y después a mí. Gracias a él, Mariona y mi madre sobrevivieron. Debería llamar a la policía para aclarar lo sucedido ya.

Cuando desperté después de que me golpeara en el bosque, ya estaba en la casa del lago. Al principio le tenía mucho miedo, lógicamente. Me aseguró que no me haría daño, que debía protegerme como había hecho con Mariona, y pensé que estaba desequilibrado, que lo mejor que podía hacer era seguirle el royo hasta encontrar la forma de huir.

Pronto me sentí fascinada y horrorizada por su historia, él lo sabía todo. Me dio todas las respuestas que estaba buscando. Me explicó cómo encontró por casualidad a Mariona en el hotel y cómo se preocupó al verla con un chico mayor y decidió llamar al ayuntamiento para hablar con su padre. Al no encontrarlo, habló con el señor Montaner, alcalde de Boira; este le aseguró que quería ayudar a Mariona y él lo creyó.

Juntos, entraron en la habitación de ella, fueron a buscarla y, con horror, comprobó que se había equivocado. No debió confiar en él y se dio cuenta al momento de llegar a la casa del lago y ver cómo este maltrataba a las dos mujeres.

Lloró avergonzado de no haberse interpuesto entre el Monstruo y ellas. Lo consolé y me confesó que tenía miedo. Él no mató a Carlos. Es más, para él fue muy duro ver lo que el señor Jaume Montaner le hizo a Mariona y al hermano de Eric.

Su historia era de terror. La de Mariona o mi madre es la misma, pero solo él me la ha explicado de forma explícita y sin tapujos.

Cuando me di cuenta, mi miedo por él había desaparecido, solo podía compadecerme por lo que le había tocado vivir; al igual que a mi madre, le había tocado ser un espectador del odio y la maldad del otro.

Todo lo que me explicó fue horrible: cómo violó a Mariona delante de todos, cómo después fue haciendo cortes por el cuerpo de Carlos, torturándolo hasta la muerte, cómo Mariona y mi madre no dejaban de llorar y él no fue lo suficiente valiente para encarar al Monstruo.

Él mismo enterró a Carlos, no muy lejos de la casa. El Monstruo y él se fueron, pero él volvió. Solo podía llevarse a una, solo podía esconder a una; sin dudarlo, eligió a Mariona, ella había sido amable con él cuando estuvo trabajando en el instituto. Dejó a mi madre cerca de la carretera, donde alguien la encontrara, y se llevó a Mariona. Sabían que el señor Montaner lo cercaría hasta dar con ella. Por eso la escondió con tanto ahínco; como esperaba, el alcalde la buscó, pero no dejó que la encontrara.

Me aseguró que, de haber sabido lo que iba a pasar, nunca habría hecho esa llamada. Lo creí, lo miré a los ojos y supe que no me mentía, solo era una víctima más, pero al menos gracias a él ha quedado algo que salvar.

Guillermo Muela murió protegiéndome. Murió en el intento de

que yo no tuviera que pasar por lo mismo que mi amiga. Fue valiente y encaró al Monstruo, como él lo llamaba, pero el Monstruo tenía un arma y gasolina para quemar la casa.

Nayara me pide que llame a mi padre, él sabe lo que ha pasado y que estoy a salvo, pero ha estado muy nervioso; está preocupado por mí y es comprensible. Le digo que le dé el número de Eric para que me llame y le pido que me pase a Mariona. No puedo moverme de aquí y me gustaría al menos hablar con ella por teléfono. Contesta que Natalia está en la habitación con ella y que no puede interrumpir. Si ella no puede interrumpir, yo sí. Natalia quería que la llamara, así que lo hago.

—Hola, soy Sarah —digo en cuanto descuelga el teléfono.

—Estaba esperando tu llamada. ¿Cómo estáis?

Vuelvo a mirar el reloj, hace una hora que Estefanía se ha ido y nadie ha entrado aquí para decirme nada. Delante de Nayara me he mostrado fuerte porque ella me necesitaba; si llego a derrumbarme habría querido venir y prefiero que esté ahí con Mariona. Ella la necesita más que yo, pero con Natalia no tengo por qué disimular o fingir, así que me derrumbo.

—Yo estoy bien, pero Eric no lo sé —empiezo a llorar—. Estefanía ha dicho que estaba en el postoperatorio, que en cuanto despertara lo subirían, pero aún no lo han hecho —no entiendo por qué no cstá aquí ya. Desesperada lloro con más fuerza—. Puede que él no esté bien, quizás haya alguna complicación, me da miedo pensar que le haya pasado algo.

—Tranquilízate, he hablado con Estefanía y dice que se pondrá bien.

—Ya lo sé, pero no vuelve y quiero verlo, necesito comprobar que sigue vivo, que sigue conmigo.

—Él seguirá contigo mientras le dejes estar contigo, Sarah —asegura ella confundiéndome—. No tengo ninguna duda de ello, llevo tratándolo muchos años.

No estoy segura de lo que eso significa, solo deseo que no se equivoque. Oigo una voz que no es la suya.

—¿Esa es Mariona? —le pregunto.

—Sí, quiere hablar contigo, estábamos charlando un rato. Le he explicado que has tenido que ausentarte contra tu voluntad, pero que pronto vendrás a verla.

—¿Puedo hablar con ella? —pregunto con aprensión.

—Si te relajas y tienes cuidado con lo que le dices, sí.

—De acuerdo, no diré nada que le haga daño, quiero hablar con ella.

—Muy bien, te la paso.

—¿Sarah?

Dios, su voz, es justo como la recordaba; mis ojos se empañan de lágrimas una vez más. No sé cómo aún me quedan lágrimas después de esta noche, pero así es.

—¡Mariona! ¿Cómo estás cielo?

—Estoy bien, con muchas ganas de verte. Nayara me dijo que fuiste tú quien me sacó de allí, recuerdo haber escuchado tu voz, tu calor dándome palabras de aliento y consuelo, pero creía que solo lo había soñado. Cuando desperté y no estabas, pensé que me lo había imaginado.

—Ojalá hubiera estado ahí cuando despertaste —digo llorando.

—No llores Sarah, pronto nos veremos —asegura—. No quiero volver a Boira. Nayara me ha dicho que puedo instalarme con vosotras en Barcelona. Mi madre no estaba de acuerdo, pero Natalia ha hablado con ella; tengo ganas de volver a la vida. Natalia me está ayudando y creo que es posible.

Me gusta escucharla hablar así, se nota que está positiva, no sé cómo alguien puede superar todo lo que le ha pasado a ella, pero Mariona lo superará, estoy segura de ello, ha demostrado ser muy fuerte, ha luchado mucho y seguirá haciéndolo.

—Claro que sí cariño, Nayara y yo cuidaremos de ti. Cuidaremos unas de otras, como siempre hemos hecho.

—Os he echado mucho de menos —oigo en su voz la congoja e intento controlar mis lágrimas.

—Y nosotras a ti —le contesto emocionada.

—Tengo muchas ganas de verte, Nay ha cambiado tanto... Me he perdido tantas cosas… —oigo como su voz se quiebra de nuevo—. Pero no quiero lamentarme, pienso vivir la vida muy intensamente.

—Nadie volverá a hacerte daño Mariona. Nunca más —le digo con decisión.

Hablamos algunos minutos más, pero Natalia le pide que se despida alegando que, si seguimos hablando, cuando nos veamos no tendremos nada que contarnos. Vuelve a ponerse al teléfono y me dice que seguramente le den el alta al día siguiente; me pide que tenga paciencia y, que si quiero dejar a Eric para ver a Mariona, la avise para que ella se quede con Eric. Mariona está a salvo y Nayara está con ella. Aunque me muero por verla, no puedo dejar aquí a Eric herido, herido por mi culpa, por mi causa, por mí.

En cuanto cuelgo el teléfono, llegan mensajes de un número que Eric no tiene guardado en la memoria del móvil. Me pregunto si será mi padre y vuelven a llamar. En efecto es él y está algo más que preocupado, está histérico. Paso más de media hora dándole largas para no decirle dónde estoy, asegurándole que estoy bien, que estoy aquí por Eric, que yo me encuentro bien. Me hace muchas preguntas, le explico lo sucedido y no da crédito a mis palabras; no puede creer lo que le cuento del señor Montaner. Se conocen de toda la vida, en Boira todo el mundo se conoce. Sé que cuando la verdad se expanda, que lo hará, se creará una gran conmoción en la comunidad.

Un servicio de catering me trae la comida, es cosa de Estefanía sin duda, esa mujer está en todo, pero tengo el estómago cerrado. Dejo la bandeja a un lado y salgo a hablar con una enfermera, que me asegura que traerán a Eric de un momento a otro.

Me quedo en el pasillo a esperar, paseando de un lado a otro, incapaz de estar parada un minuto más. No dejo de mirar la hora y el reloj parece tener algún problema conmigo, ya que no avanza como debería.

Dos camilleros se acercan con una camilla, corro hacia ellos con el corazón en un puño; allí tumbado está Eric, imponente a pesar de estar con los ojos cerrados, todavía algo pálido y herido. Anhelo que abra los ojos y me mire, me da igual que su mirada sea la de hielo o la cálida mirada de los últimos días. Solo quiero que me mire a los ojos y me diga que está bien.

El médico que los acompaña se queda conmigo en la puerta de la habitación y me explica cómo ha ido la operación. Tenía quemaduras de tercer grado y tres heridas de bala, la del brazo apenas le rozó y la del pecho tampoco ha dañado nada a su paso. La peor herida era la de la pierna, me dice que ha tenido suerte de que no se haya dañado la femoral, de ahí que haya podido sobrevivir; dice que no ha dañado ningún hueso, solo el tejido muscular, por lo que con unas semanas de reposo y después la adecuada rehabilitación no tiene por qué quedarle ninguna secuela.

—Todavía estará unas horas desorientado y somnoliento, así que debe dejarle descansar.

Afirmo con la cabeza, no pienso molestarlo, solo quiero que esté bien, que pronto esté dando gritos como Estefanía a dicho.

Entro en la habitación. Los camilleros han salido mientras yo hablaba con el médico; por fin lo tengo a mi alcance, es lo que llevo ansiando desde que me separaron a la fuerza de él.

Me pongo junto a él en la cama, todavía se le ve un poco pálido; deseo acariciarlo como el día que parecía dormir en el coche, comprobar cuan áspera es su barba incipiente, incluso inconsciente es sexy, es para matarlo. Debería estar penado que alguien pueda ser tan atractivo incluso dormido.

No debo molestarlo, pero mis manos hormiguean locas por tocarlo, por acariciarlo ahora que está dormido y no puedo molestarlo. Con timidez acerco la mano a su cara, acaricio su pelo oscuro perfectamente despeinado, como siempre. La bajo por su rostro hasta al nacimiento de su barba y la toco sutilmente a contrapelo: es dura y áspera como siempre imaginé.

—Estás aquí —dice con voz ronca, dibujando una sonrisa en su rostro.

Doy un salto y aparto mi mano, avergonzada porque me ha pillado. El médico ha dicho que estaría desorientado y somnoliento, así que seguramente sepa que estoy aquí, aunque no realmente quién soy.

—¿Cómo te encuentras? —le pregunto.

Empieza a pestañear hasta abrir los ojos y me pongo delante de él, en su campo de visión. Su mirada del color del cielo se centra en la mía.

—Por momentos pensé que no volvería a verte —dice sin dejar de sonreír mientras me mira—. Me alegro que no haya sido así, pero creo que soy un cabrón arrogante capaz de plantarle cara a la muerte.

Así que me oyó. Me pregunto qué más me oiría decir, qué más dije que no quería que él supiera.

—Deberías subirle el sueldo a Estefanía. Ha sido muy eficaz —intento cambiar de tema.

—Siempre lo es. Si no, no llevaría tanto tiempo trabajando para mí. ¿Cómo estás?

Niego con la cabeza, es evidente que se encuentra mejor. Vuelve a sonar como la persona segura de sí misma que es. Menos mal que ha vuelto. Si no, no sé qué hubiera hecho.

—Estoy bien. He hablado con Mariona por teléfono y eso me ha hecho muy feliz —le sonrío.

—Me gusta que seas feliz —levanta la mano con una calma deliberada y me retira un mechón detrás de la oreja, dejando la mano ahí.

Siento cómo mi piel se sonroja. No sé a qué viene mi timidez o su amabilidad. La verdad es que no sé qué decir a eso… ¿Yo también quiero que tú seas feliz? Me siento estúpida y torpe y solo quiero preguntarle si es cierto lo que dijo, si de verdad está enamorado de mí.

Su respuesta, sea cual sea, me da pavor. Me da miedo que no lo sienta, porque yo sí que estoy enamorada de él. A pesar de eso, también me da aprensión que lo esté. ¿Eric y yo juntos? No, no lo creo. Agua y aceite, me recuerdo.

—¿Te duele?

—Ya no. Cuando te sonrojas eres adorable —ladea la cabeza y acaricia mi ruborizada mejilla—. ¿Qué piensas, Sarah?

—Creo que tengo mucho en lo que pensar, tú debes descansar. El médico ha dicho que estarías desorientado y que tenías que descansar. He prometido que cuidaría de ti y debo hacerlo.

Entrecierra los ojos mirándome, expulsa el aire por la nariz y veo cómo sus ojos se enfrían. Analizo mi frase buscando qué ha podido molestarle ahora. No tengo ni idea.

—¿Por eso estás aquí? —me acusa de algo. Aparta la mano de mi cara y la pone delante de mí—. Deberías irte con tu amiga. Dame mi móvil, le pediré a Estefanía que envíe a alguien a recogerte.

Me lo quedo mirado anonadada. Niego con la cabeza, no entiendo nada. ¿A qué viene este cambio? Lo conozco lo suficiente para saber que está enfadado, pero no tengo ni idea de qué es lo que le ha molestado. Es tan irascible que me cuesta seguirlo. A veces me resulta imposible saber qué es lo que le ha irritado.

—¿Quieres que me vaya? —le pregunto sin comprender.

Deja caer la mano y gira la cabeza mirando hacia la ventana. Yo sigo mirándolo a él.

—Sí —dice cuando creo que no va a contestar—. Quiero que te vayas.

Eso me sienta como una patada en la boca del estómago. Busco su mirada, pero él la esquiva.

—Intenta dormir un poco —digo sentándome en el sillón.

—Lárgate, Sarah. No quiero ni necesito tu compasión.

¿Compasión? ¿De qué está hablando? Deseo mandarlo a la mierda, juro que lo mandaría a la mierda, pero me callo. Creo que Eric es capaz de sacar lo peor de mí. Tiene la habilidad de herirme como nadie, de hacerme sentir insignificante con solo abrir la boca.

Lo miro desde el sillón, cierra los ojos y no deja de resoplar. No sé si le duele algo o le molesta mi presencia. Prefiero mantenerme callada. Espero que no le duela nada, pero de ser así que lo diga, no pienso preguntarle y que vuelva a humillarme.

Me siento estúpida aquí sentada cuando él me quiere lejos. Después la desagradecida soy yo. Debía estar loca al pensar que Eric sentía algo por mí. Es incapaz de sentir y debería grabármelo a fuego antes de que me haga mucho daño.

22

Declaración de intenciones

Despierto desorientada de nuevo. No estoy segura de dónde estoy, qué ha pasado o por qué me he despertado con lo cansada que estoy. Tengo jaqueca. Me desperezo y froto mis ojos intentando ubicarme. Empiezo a recordar y me duelen las cervicales, no sé si del sillón o por la discusión. Delante de mí hay una enfermera rubia con sobrepeso que hace de escudo entre Eric y yo. Le está cambiando el gotero y, cuando acaba, sale de la habitación sin decir nada. No le presto atención al borde de Eric y voy detrás de ella.

En el pasillo la alcanzo y le pregunto cómo está el enfermo. Eric está bien y, si todo sigue igual, mañana le darán el alta y nuestros caminos inevitablemente se separarán para siempre. ¿Qué posibilidades hay de que eso no sea así? ¿Qué puede unirnos ahora que todo ha acabado? Nada.

Intento convencerme de que eso no me importa. Ahora tengo a Mariona y ella me necesitará más de lo que nunca nadie me haya necesitado. Tendrá que volver a empezar, y ocho años perdidos son muchos años. No va a ser fácil.

Me quedo en el pasillo y llamo a la policía. Pido que manden al agente al cargo de la investigación al hospital. Necesito esclarecer lo sucedido, necesito que sepan que Guillermo no mató a Carlos y que me salvó la vida. Tienen que saber que Eric mató al alcalde de Boira en defensa propia. Necesito que se sepa la verdad. Mientras vienen, bajo a la cafetería a por una Coca-Cola, esperando que eso me despeje.

Al volver a la planta de Eric no entro en la habitación, sino que pregunto en el mostrador si hay algún cambio, a pesar de que solo me he ausentado cinco minutos. No quiero entrar y que vuelva a echarme a patadas. Que no me quiera a su lado duele, duele mucho.

Vienen los mismos policías con los que hablamos en La Llacuna. Me quedo en la puerta de la habitación de Eric y les relato todo lo sucedido y todo lo que Guillermo me explicó. No me dejo nada.

Quieren interrogar a Eric, pero no les dejo entrar. Cuando se van y vuelvo a la habitación, Eric está sentado en la cama.

—¿Qué crees que estás haciendo? —le pregunto acercándome a él.

—He oído lo que has hablado con los polis.

—Lo siento, Eric —me lamento acercándome a él, lamento que me haya escuchado—. Siento lo de tu hermano. Han encontrado su cuerpo y Estefanía se ha encargado de ello.

Me quedo a un metro de él. Quiero decirle que debe tumbarse, no creo que sea bueno que tenga la pierna colgando de la cama. Quiero preguntarle cómo se encuentra, pero no lo hago, no le digo nada. Me quedo en silencio mirando sus ojos, que perforan mi alma de una manera que él no puede ni imaginar.

—¿Por qué sigues aquí, Sarah? —me pregunta.

Me quedo delante de él y miro hacia la ventana. El sol cae a plomo, no me había dado cuenta de que he hablado tanto rato con la policía. No debería estar aquí, Eric no me quiere aquí. Soy patética y ridícula, pero soy incapaz de irme.

No puedo dejarlo solo. Quiero estar con él, lo necesito y, aunque es imposible, siento que él me necesita a mí. Así que me da igual parecer tonta o estúpida, no voy a moverme de donde estoy.

—¿Qué pasa, no tienes un nuevo insulto para hoy? —me provoca.

No voy a entrar al trapo. Estoy agotada, siento que mi cabeza es una enorme olla a presión a punto de estallar. Sigo mirando las vistas de la ventana. No son comparables a las de la habitación de Mariona o a los sitios donde me he visto rodeada en las últimas semanas. Esto es completamente diferente, es oscuro y frío como el metal, como los edificios que tengo delante.

—¿Quieres que me levante y ver cómo hago que me mires y me hables?

Cabezón, sería capaz de intentar ponerse en pie con la pierna vendada y herida.

—¿Qué quieres, Eric? —le pregunto sin mirarlo—. Lo que

tienes que hacer es tumbarte.

—Mírame, Sarah —le ignoro—. Por favor, mírame.

En mi rostro se dibuja una sonrisa etérea que yo intento disimular. Su tono no es el autoritario de siempre, es una petición, y ese «por favor» es música para mis oídos; pero no voy a dejar que vea mi satisfacción, así que sigo con mi pose molesta. Lo miro.

Por favor, estoy perdida en él. Cuanto más lo veo, cuanto más lo trato, más me atrae, más me gusta, más me pierdo en él aunque me exaspere. No sé qué será de mí, no sé en qué momento perdí la cabeza hasta el punto de enamorarme. Creo que es lo más estúpido que haré nunca y ojalá pudiera hacer algo al respecto. Pero no puedo, mi cuerpo responde a él y, lo que es peor, mi corazón también.

—¿Qué pasa?

—Ven aquí, anda. No quiero que discutamos —dice cogiéndome de la muñeca, acercándome a él.

—Tú y yo no sabemos hacer otra cosa —dejo que me ponga entre sus piernas.

—No siempre tiene que ser así. Estás cansada —dice acariciando mi cara.

Es una afirmación, no una pregunta. Aun así, afirmo. Su tono meloso me pone en guardia, no creo que tenga ni idea de lo difícil que es para mí seguir sus cambios. Cuando me habla así, mi corazón se acelera. Estúpido de él…, cree que Eric puede ser diferente, cuando en realidad somos agua y aceite.

—¿Por qué no te has ido? —vuelve a preguntar.

No entiendo por qué tiene tantas ganas de echarme cuando no hay nadie más aquí.

—¿Por qué quieres que lo haga? Si prefieres que haya otra persona aquí contigo, llámala y me iré. Pero no te dejaré solo —contesto a la defensiva. Su cercanía hace mella en mí e intento apartarme.

—¿Por qué no? —me retiene justo donde estoy.

¿De verdad tengo que contestar a eso sin mentir? Aparto la mirada de sus ojos azul claro. No soy capaz de ser sincera con él, no puedo decirle que le quiero. Abrirme ante Eric sin escudos me aterra, es capaz de destrozarme sentimentalmente con solo mirarme. No puedo decirle la verdad, así que me encojo de hombros.

—Sarah… —dice en tono de advertencia—. Sabes que no soy paciente, así que dime.

—¿Por qué debo contestar siempre a tus preguntas? ¿Por qué no contestas tú a las mías por una vez?

—Pregunta lo que quieras —me coge del mentón y hace que vuelva a mirarlo a los ojos.

Su mirada sigue siendo cálida. Aún no está molesto, pero pronto lo estará. Ese es su estado de emoción por excelencia. Muchas preguntas rondan mi cabeza, pero me dan miedo las respuestas. Soy una cobarde.

—Gracias por venir a buscarme, por salvarme —me encojo de hombros levemente.

—¿Por eso estás aquí? ¿Gratitud? —pregunta acariciando mi nuca y poniendo mis nervios de punta.

—No.

—¿Por esa promesa? —ladea la cabeza.

—No —contesto segura—. Esa promesa me la he hecho a mí misma y no es por eso.

—¿Entonces por qué, Sarah?

—¿Qué más te da? —pregunto quitándole importancia—. Quiero estar aquí, contigo —niego con la cabeza. ¡No quería decir eso! No es mentira, pero él no necesitaba saberlo.

—¿Es porque te preocupas por mí, Sarah? —me pregunta en tono meloso, con su voz rasgada.

Me quedo callada y él sigue tocándome mientras un calor se instala en mi bajo vientre. Sus ojos profundos, su cercanía, su calidez, su atractivo… Estoy perdida en él y no sé si se da cuenta de cómo mi pecho sube y baja descontrolado por él. Suelta mi muñeca y me coge de la cintura. Acerca mi cuerpo al de él aún más.

—¿Es porque te importo? —demanda bajando su voz una octava.

Su aliento roza mi cara. Me fijo en su boca. Me encantan sus labios llenos y quiero probarlos, hace demasiado tiempo que quiero. Quiero saber cómo besan, si serán fieros y duros como él o tan cálidos como es su mirada en este momento. Humedezco los míos, imaginándome mordisqueándole el labio inferior, succionándolo entre mis labios y dientes. Es tan rellenito y parece tan suave…

—Dime la verdad, Sarah. Por favor, quiero saberlo —me suplica en un susurro que, de no estar pegada a él, no hubiera podido escuchar, pero sí leerlo en sus labios. Vuelvo a mirarlo a los ojos.

—Sí, me importas. Y estoy preocupada por ti —miro sus ojos esperando ver su reprobación—. Por eso no quiero irme, quiero estar contigo. Cuando te den el alta, ya podrás deshacerte de mí. Es lo que deseas desde que nos conocimos, pero deberás esperar un poco para poder huir de mí. No estoy lista para dejarte.

—¿De qué tienes miedo, Sarah? —me pregunta en el mismo tono hipnótico y meloso.

—De ti —contesto sin pensar.

Necesito distancia, debo separarme de él. Su rostro está demasiado cerca del mío y me embriago de él. Su aliento me roza, apenas está a diez centímetros de mí. Quiero liberarme, pero su mirada me mantiene presa. Sigue acariciando mi nuca. Sus ojos han cambiado sutilmente y, aunque siguen siendo cálidos, puedo ver un chispazo de anhelo en ellos y un hambre silenciosa, escondida.

Sin previo aviso, se inclina y posa sus labios sobre los míos con suavidad. Me quedo quieta, estática, no puedo moverme, no quiero moverme. Sus labios fríos envían oleadas que recorren todo mi ser y solo puedo disfrutar, solo puedo sentir cómo su beso toca mi corazón. Estrecha mi cintura y me acerca a él haciendo que todos mis miedos desaparezcan, que todo lo que me preocupa o asusta se volatilice.

Abre los ojos y empieza a separar sus labios de los míos. Pero yo, sin titubeos o vacilación, paso los brazos detrás de su cuello y le devuelvo el contacto. Nuestro beso se vuelve apresurado en segundos y la suavidad o la calidez desaparecen, viéndose eclipsadas por el anhelo y la desesperación de ambos. Nuestras lenguas se rozan, se buscan y se hacen el amor.

Me pego contra su cuerpo y lo estrecho con fuerza, quiero hacer con mi cuerpo todo lo que estoy haciendo con la lengua. Lo necesito más cerca, lo necesito por todas partes. Debí hacer esto antes. Baja su mano hasta mi cintura y la estrecha con ambas manos, intentando acercarme más a su cuerpo.

Mis piernas chocan contra la cama y solo deseo saltar esa barrera, ponerme encima de él y sentirme rodeada de nuevo por él. No recuerdo haberme sentido nunca así, no creo que nunca me haya sentido tan desesperada y caliente por un único beso.

—Te deseo, Sarah —gime sobre mi boca, calentando mi cuerpo

como un volcán.

Yo también lo deseo a él, pero su boca hace la mía prisionera y no puedo decírselo. Su mano derecha baja hasta mi culo, lo acaricia, lo aprieta y solo quiero subirme a la cama y montarlo. Quiero que me llene, quiero tocarlo por todas partes. Ansío que me toque, que calme la hoguera que ruge en mi interior.

Alguien carraspea a mi espalda. Siento que un cubo de agua helada cae sobre mí, pero no apaga el calentón monumental que siento. Nuestras bocas se separan y giro la cabeza para mirar hacia la puerta, muerta de vergüenza de que alguien nos haya pillado así.

—¿Llegamos en un mal momento? —pregunta Natalia sonriendo.

Junto a ella está Laura, con una expresión de sorpresa más grande que ella. Rápidamente, siento cómo toda la sangre va a mis mejillas y enrojezco como un tomate. Eric acaricia mi mejilla izquierda con la yema de los dedos.

—Adorable —susurra, aunque no estoy segura de haberlo imaginado.

Me giro y vuelvo a mirarlo. Está sonriendo y me mira con una expresión de devoción que toca mi alma, no creo que nadie me haya mirado así jamás. Agacho la cabeza azorada, puedo ver el deseo entre sus piernas y otra oleada de calor me recorre. No cabe duda de que está tan excitado como yo.

No quiero que ellas vean su excitación con esa ridícula bata de hospital que le han puesto. Vuelvo a mirarlo a los ojos y, el muy engreído, en un gesto casi imperceptible con los ojos, señala donde estaba mirando y vuelve a mirarme con perversión y con una sonrisa de pura arrogancia. Volteo mis ojos mirando al cielo y él se pone a reír. A reír de verdad; suelta una carcajada sonora que hace temblar mi alma.

—No es un mal momento —dice Eric mirando detrás de mí, hacia la puerta.

Me giro y miro a Laura, que sigue con la boca abierta. Eric pone sus manos sobre mis caderas y me deja de espaldas a él. Así, yo me apoyo en la cama tapando su erección con mi cuerpo. Lo que hay ahí abajo no le interesa a nadie, solo a mí.

—Quién lo diría… —interviene Laura acercándose—. ¿Cómo estás, nena? —me pregunta.

—Estoy bien, me siento bien —le sonrío.

—Obviamente —suelta una carcajada y suspiro negando. No puedo evitar sonreír con ella.

Ignora que estoy pegada a Eric, así que tira de mí y me rodea. Me abraza con fuerza.

—He estado preocupadísima por ti —dice pegada a mi oído—. Cuando vi aquella casa en llamas…

—Lo sé.

—No vuelvas a meterte en algo así, nunca —me advierte mirándome preocupada.

Niego con la cabeza y me suelta. Examina mi cara y mi cuerpo buscando heridas. Roza mi cara donde me rasqué con el suelo, me pregunta si me duele y le aseguro que no. Le pregunta a Eric como está y él le contesta que está bien. Vuelvo a sentarme entre las piernas de Eric y él pone las manos sobre mis muslos, acariciándome arriba y abajo.

—Mañana le dan el alta a Mariona —me explica Laura—. Nayara me ha enviado para tenerlo todo listo para cuando ella llegue, se muere de ganas por veros.

—¿A mí también? —demanda Eric a mi espalda.

Me giro extrañada por el tono inseguro de su voz, él me devuelve la mirada y me sonríe. No me engaña, veo algo oculto en su mirada. Eso me desconcierta y miro a Natalia, que interviene:

—Sí, quiere veros a los dos, Eric.

Laura se gira hacia Natalia y esta afirma con la cabeza. Me pregunto qué se traen entre manos.

—Voy a ir a la cafetería, tengo hambre —dice Laura girándose hacia mí—. ¿Me acompañas?

No, no quiero separarme de Eric y me giro hacia él interrogante. ¿Él quiere que me vaya? Es obvio que Natalia quiere hablar con él a solas.

—Quédate conmigo —me pide Eric besándome la cara.

Me deshago por él cuando me besa la comisura de los labios y vuelve a sonreírme. Siento que me derrito entre sus brazos. Sus manos están apoyadas en mis piernas y él las acaricia arriba y abajo con sutileza.

—Venga, Sarah —insiste Laura—. Tienes muchas cosas que contarme.

—En otro momento, Laura. Prefiero quedarme, a no ser que Natalia quiera hablar con Eric a solas.

—Quiero hablar con Eric de cosas que hemos tratado en nuestras sesiones, pero si a él no le importa que te quedes, me parece bien que lo hagas.

—Sarah se queda —vuelve el tono autoritario, aunque lo suaviza añadiendo—: Si ella quiere quedarse.

—Como quieras; en ese caso, me iré a casa. ¿Nos vemos mañana? —me pregunta Laura.

—Claro.

Se acerca y me besa la mejilla.

—Que te mejores, Eric —le dice.

Eric se lo agradece y mi amiga sale de la habitación, dejándome con él y Natalia.

—Deberías tumbarte —le digo a Eric—. No creo que sea bueno para tu pierna que estés en esta posición.

Se tumba en la cama y yo le ayudo. A pesar de que no me necesita, tampoco me aparta para que no lo haga. Natalia cruza la habitación y se sienta en el sillón, deja su maletín en el suelo y nos mira. Eric reclina la cama y yo la rodeo, sentándome a la altura de su barriga, delante de Natalia.

—¿Cómo está Mariona? —le pregunto antes de que hable con Eric de lo que crea oportuno.

—Ella está bien… —duda un momento—. En realidad, está demasiado bien.

—¿Eso es malo? —la interrumpo preocupada.

—No, claro que no, pero me preocupa un poco. Deberá seguir una terapia, por supuesto.

—Hazlo, Natalia. Y pásame a mí todas las facturas —interviene Eric—. ¿Sabe lo que ha pasado?

—Sí, le he dicho que Guillermo y Jaume Montaner están muertos. Lógicamente, la primera muerte le ha impactado mucho. Pero, al saber que su agresor estaba muerto, no ha podido esconder su júbilo —me resulta extraño que Mariona se alegre de la muerte de alguien, pero ese cabrón se lo merecía, estoy de acuerdo—. De todos modos, está resuelta a mudarse con vosotras a Barcelona.

Afirmo con la cabeza. ¡Será fantástico tenerla en casa! No veo el momento de mirarla a la cara y que me diga cómo está. Quiero estar con ella y ayudarla a incorporarse a la vida, hacérsela lo más fácil posible. Recuerdo que, cuando eso ocurra, Eric ya estará lejos, y ese pensamiento eclipsa mi felicidad.

—Nosotras cuidaremos bien de ella —afirmo intentando esconder mi desasosiego.

Eric atrapa una de mis manos con la suya y la acaricia. Me resulta extraña su suavidad, su sensibilidad. Miro nuestras manos y vuelvo a mirarlo a él. Parece que no quede nada del maleducado sin sentimientos que conocí. Su mirada azul es un océano en calma. Vuelvo a mirar a Natalia.

—Como he dicho, tiene muchos deseos de veros a los dos —mira a Eric y yo también lo hago, pero Eric no dice nada y ella sigue hablando—. Ella no te culpa de nada, Eric. Conozco tus sentimientos, hemos hablado de ello en innumerables ocasiones. Quiere verte, no te culpa de nada, ya que nada de lo que pasó fue culpa tuya. Quiere darte las gracias por ayudar a Sarah, por rescatarla y por matar al Monstruo, como ella lo llama.

Guillermo también lo llamaba el Monstruo. Me siento mal, no merecía morir y él murió por mí. Mi vida no valía más que la suya. Sin embargo, él se sacrificó por mí.

Debo enterarme de cuándo se oficiará su funeral, quiero ir a darle las gracias y presentar mis respetos por ese hombre, por ese héroe que no solo salvó mi vida, además salvó las vidas de Mariona y de mi madre.

Natalia se queda con nosotros un buen rato más y, en ese tiempo, el servicio de catering que Estefanía ha contratado nos trae la cena. No obstante, los tres seguimos hablando como si nada. Natalia le explica a Eric que a su hermano ya le han practicado la autopsia y que Estefanía se está encargando de todo para que él tome las medidas oportunas cuando tenga el alta.

Yo les explico a los dos lo que ya le conté a Nayara por teléfono, que es todo lo sucedido antes de que Eric apareciera. Eric no deja de tocarme. Me toca la mano, la cara, el brazo… Quiere mostrarme su apoyo mientras alguna lágrima escapa de mis ojos al recordar lo sucedido.

Natalia se marcha y me ofrece acercarme a casa para que pueda descansar. Eric insiste en que debo hacerlo, pero no me voy, y mi cabezonería gana a la suya por una vez. Quiero quedarme aquí, quiero que me diga por qué me ha besado y qué ha significado tremendo beso para él. Necesito saber si es cierto lo que dijo, pero no estoy segura de ser lo suficientemente valiente para soportar la verdad.

Cenamos hablando de Mariona casi todo el tiempo. Yo me siento en el sillón que Natalia ha dejado libre y él no se mueve de la cama. No volvemos a tocarnos. Cuando acabamos de cenar, busco en las bolsas que Estefanía dejó para nosotros, estoy segura de que encontraré lo que busco. No me decepciona en absoluto: hay dos cepillos de dientes, uno rosa y otro azul. Como tengo intolerancia al color rosa, me cepillo con el azul.

—Se supone que ese es mi cepillo —dice Eric detrás de mí.

Doy un brinco. No lo he oído levantarse o acercarse. Ya le han quitado el gotero y le han dado una muleta, de la cual debe ayudarse durante un tiempo para caminar. Dejo de mirarme en el espejo y lo miro de arriba abajo. Está ridículo con esa bata, me siento tentada a dar una vuelta alrededor de él y comprobar si se le ve el culo. Siento mucha curiosidad por esa parte de su anatomía. Me río, negando con la cabeza, mientras lo miro sin dejar de cepillarme los dientes.

—¿De qué te ríes? —me pregunta. Sin cortarme un pelo, lo señalo de arriba abajo. Escupo el exceso de espuma de mi boca—. ¿Te estás riendo de mí? —me pregunta fingiendo que se ha ofendido, lo conozco lo suficiente para saber que no es así, sus ojos siguen siendo cálidos. Afirmo con vehemencia—. Te arrepentirás de haberlo hecho —me advierte y yo alzo las cejas con chulería.

Se apoya en el marco de la puerta, me sonríe y mi corazón se detiene. Verle sonreír es derretirse por él. Cuando lo hace, en sus mejillas aparecen esas marcas de expresión que le hacen parecer otra persona. Tiene los ojos brillantes y maliciosos, pero parpadeo y salgo de su embrujo.

Acabo de lavarme los dientes y me aclaro la boca. Cuando me estoy incorporando, me coge de la muñeca y, al segundo siguiente, su cuerpo tiene al mío prisionero contra el lavabo y su lengua está dentro de mi boca, enviando oleadas de calor a todo mi cuerpo.

Eric es agresivo y exigente, al igual que sus besos. Pero además, son apasionados y ardientes. Me siento como un cubito de hielo en medio de una hoguera. Me coge de las caderas y pega su cuerpo al mío, dejando claro la enorme erección que tiene debajo de esa estúpida bata.

Lo único que me apetece es subirme al lavabo y abrirme de piernas, quiero que calme el calor que siento en mi parte más íntima, porque estoy tan excitada que siento calambrazos allí donde tanto lo anhelo. Me cuelgo de su cuello y sigo besándolo con el mismo arrojo, moviendo mis caderas como si fuera una gata en celo. Una de sus manos sube por mi espalda hasta mi nuca y la otra baja por mi trasero.

Me gusta cómo me toca, me gusta sentir su deseo pegado al mío. La mano que tiene en mi culo intenta colarse entre mis piernas, pero la falda de tubo limita el acceso. A pesar de que quiero llorar por no sentir su caricia, es mejor así: estamos en un hospital, no es el sitio más adecuado. Creo que Eric no opina lo mismo y su mano baja por mi pierna, se cuela dentro de mi falda y sube por mi muslo desnudo.

Me siento como una hoguera. Debo detenerlo o no tendré suficiente autocontrol para hacerlo, así que cojo su muñeca y, al momento, su mano se detiene. Nuestros labios se separan y nos miramos a los ojos completamente pegados el uno al otro.

—No podemos hacer esto —digo en una súplica ansiosa.

Sus ojos me miran interrogantes y hambrientos. Yo también me siento hambrienta de él, estoy dispuesta a llegar al final, me siento ansiosa por hacerlo, siento pura codicia y avaricia por él. Saca la mano de debajo de la falda y su mirada se enfría. Mi negativa no le ha gustado nada y lo entiendo. Yo tampoco quería detenerme.

—No te enfades, Eric. Lo deseo tanto o más que tú, pero este no es el momento ni el lugar.

Niega con la cabeza y expulsa el aire por la nariz. Deja de tocarme y se apoya contra el lavabo, está cabreado.

—Creo que es tan buen momento y lugar como cualquier otro —vuelve a negar con la cabeza—. Creía que querías lo mismo que yo. Me resultas muy difícil de comprender, supongo que porque nunca me interesa nadie lo suficiente como para intentarlo. ¡Joder, Sarah! —se altera. No quiero que volvamos a discutir, estoy cansada de pelear con él—. Me lías, me mandas señales confusas y me tienes loco. Será mejor que nos vayamos a dormir.

Se aparta de mí y da un paso atrás que siento como una enorme grieta de kilómetros entre los dos.

—No te enfades, Eric —demando en un tono de voz suplicante mirando el hielo de su mirada.

—¿Has acabado en el baño? —ignora mi petición.

—Sí.

—Entonces vete, necesito utilizarlo.

Doy un paso adelante, hacia a él, y alzo la mano para acariciar su rostro e intentar borrar su ceño fruncido, pero Eric se aparta de mí como si fuera alérgico a mi contacto. Trago saliva intentando ignorar el nudo de mi garganta y dejo caer la mano. Lo miro, herida como me siento, y salgo del baño. Doy un respingo al oír el portazo que da a mi espalda. Miro la puerta cerrada y me siento en el incómodo sillón.

Me quito los zapatos mientras pienso que me parece increíble que se haya cabreado así. Me recuerdo que Eric es volátil e irascible, no debería sorprenderme a estas alturas, pero aun así me duele que cada vez que siento que estamos en sintonía lo estropee.

Tarda una eternidad en salir del baño y los nervios aprietan mi estómago. Pongo la tele para distraerme, pero no puedo apartar la mirada del baño. Cuando lo veo salir, finjo ignorarlo y se mete en la cama.

—Has tardado una eternidad. Estaba pensando en llamar a los bomberos, por si te habías caído en la taza.

—He tenido que esperar a relajarme para poder mear, no puedo hacerlo cuando me la ponen tan dura como tú lo has hecho, encanto —no me gusta nada la chulería con la que me llama encanto.

Una chispa se enciende en mí al oír sus palabras y enrojezco intentando ignorar la excitación. Lo miro con los ojos como platos, sorprendida por lo que acaba de salir por su boquita. No está de broma. Es obvio que me culpa a mí de su rigidez, cuando ha sido él quien me ha besado a mí. Quiere pelea, pero no pienso darle el gusto, así que le ignoro y miro en dirección a la tele, pero ni siquiera me molesto en mirarla o prestarle atención.

Creo ver una fugaz sonrisa en sus labios por el rabillo del ojo, pero no vuelvo a mirarlo para comprobarlo, porque eso es lo que él espera.

Eric no vuelve a increparme, coge su móvil y se pasa el tiempo con él. Mientras, yo lo miro de reojo preguntándome con quién se estará escribiendo e intento ignorar la rabia que fluye en mí. Cuando ya no aguanto más la situación, reclino el sillón molesta y apago la luz y la tele.

La luz de su móvil se refleja en su rostro y puedo ver que sonríe mirando en mi dirección. Se ríe de mí, así que le doy la espalda e intento dormir.

Doy vueltas a un lado y otro, no puedo dormirme a pesar de que estoy agotada. Eso me desespera y me pone de los nervios. Cuando ya no aguanto más mis nervios, resoplo e intento decidir si sería mejor pedirle a la enfermera de guardia algo para dormir o coger una Coca-Cola de la máquina y pasar la noche en vela a base de cafeína. Ya dormiré en casa, en mi cómoda, vacía y fría cama.

Recuerdo que mañana habrá acabado todo: mañana le darán el alta a Eric y ya no volveré a verlo. Dos lágrimas silenciosas bajan por mis mejillas. Me pongo en pie, dispuesta a salir de la habitación. Pensaba que Eric dormía, sim embargo escucho cómo me dice:

—¿Adónde vas, Sarah? —mi corazón se acelera del susto.

—¡Mierda, Eric! Me has asustado, pensaba que estabas dormido —intento verlo, pero no hay suficiente luz y me pongo junto a él en la cama—. ¿Te encuentras bien? ¿Te duele algo?

—¿Adónde vas? —demanda ignorando mis preguntas.

—No puedo dormir, voy a ir a por algo para beber.

Me coge la mano, no sé cómo la ha visto en la oscuridad.

—Métete en la cama conmigo —no es una petición, oigo la dureza y la autoridad en su voz.

—¿Estás de coña?

—Ya has dormido conmigo, puedes fiarte. Te juro que no te meteré mano, necesitas descansar.

Dudo durante un minuto. Recuerdo cuando desperté entre sus brazos, aunque sé que no debería hacerlo. Estamos en un hospital y la cama es estrecha, pero no quiero perder la oportunidad de dormir con él, aunque solo sea dormir.

—No quiero hacerte daño en la pierna.

—Mi pierna está bien —resopla—. No seas cabezona y métete en la cama de una vez, no voy a tocarte.

Suspiro, me siento en la cama y me tumbo de lado, dándole la espalda. Eric pasa la mano por encima de mi cintura. Creo que me va a abrazar. Ay, pero qué ilusa soy…, qué más quisiera yo… En lugar de eso, sube las barras de seguridad.

—Esta cama es pequeña, no quiero que te caigas huyendo de mí.

—Yo no huyo de ti, Eric —me quejo.

—Buenas noches, Sarah.

—Buenas noches.

A pesar de que creo que no voy a poder dormirme, en cuestión de minutos me siento pesada y adormecida. Cuando estoy en ese lugar mágico entre la vigilia y el sueño, me doy la vuelta y aspiro el aroma de su pecho. No quiero perderlo. Eric rodea mi cintura y me besa la frente, pero no sé si ya estoy soñando.

83

Despedida

Ha llegado el momento de la despedida y no estoy lista. Eric tiene un cabreo que no cabe en sí mismo y yo me siento inquieta y no sé dónde meterme. Estefanía ha venido esta mañana con algunas novedades.

La policía se reunirá con él en su despacho esta misma mañana, tal y como él quería, según las palabras de su ayudante. No sé cuándo habló con Estefanía para que preparara el encuentro, pero ella, con su eficiencia, lo tiene todo listo. La mala noticia es que la prensa está a las puertas del hospital esperándolo.

—Será mejor que salgan por separado —le dice Estefanía a Eric.

—¿Por qué habríamos de hacerlo? —demanda Eric poniéndose la americana enfadadísimo.

—Si la prensa le ve salir con Sarah, generará todo tipo de preguntas sobre quién es ella y cuál es su implicación, y lo que es peor: su relación. Eso solo conseguirá que se interese la prensa rosa. Sé de un par de revistas que estarían encantadas de ponerlos en portadas. Ya puedo leer los titulares, ya sabe cómo funciona.

Eric se coloca bien la americana con malos modos, como si la culpa de lo que está pasando la tuviera la prenda de ropa. Había olvidado que siempre usaba traje. Sonrío con tristeza desde mi posición, sentada en el sillón, alejada de ellos mientras discuten. Recuerdo cuando choqué con él en el portal de su casa. Su expresión es la misma, de cabreo y asco. Con el ceño fruncido, su fuerte y cuadrada mandíbula apretada al extremo y sus ojos congelados. La única diferencia es que ahora su tez se ve más morena a causa del sol.

—¿Cómo cojones ha pasado esto? —le grita a Estefanía, que no se amilana por su reacción. Debe estar acostumbrada a sus estallidos de genio.

—No lo sé, no lo comprendo. Le aseguro que ayer estaba todo bajo control —se defiende ella.

—¿Crees que ha sido la policía?

—Es posible, pero no lo sé.

—¡Joder! —exclama, me echa una ojeada y vuelve a mirar a Estefanía—. ¿Qué pasa con Sarah?

—Hay dos coches esperándonos. Lo ideal sería que Sarah saliera primero y después nosotros. He hablado con su asesor de imagen y aconseja que sería conveniente que diera la cara ante los medios. Debería explicar que se encuentra bien y que no puede hacer declaraciones hasta hablar con la policía. Después, debería dar una entrevista a algún periódico serio e importante, aprovechando la ocasión para dar a conocer sus últimos negocios.

—De acuerdo, arregla lo de la entrevista para cuando acabe con la policía. Quiero acabar con esto hoy mismo. Déjanos un momento a solas.

Estefanía, sin dudar un solo segundo, saca su BlackBerry del bolsillo de su bolso de marca y se va al pasillo tecleando.

—Qué locura —le comento a Eric poniéndome en pie.

—De locos, sí —niega con la cabeza y yo le sonrió para que se sienta mejor.

—Lamento lo que está pasando —me quedo delante de él, niega de nuevo y coge mi mano.

—Hasta esta tarde no le dan el alta a Mariona —comenta. He oído cómo Estefanía se lo decía, pero aun así, afirmo—. Había pensado que podíamos aprovechar ese tiempo para hablar. Quizá comentar lo que pasó ayer, hablar de nosotros... —aprieta mi mano y su gesto se suaviza— . Para aclarar las cosas, simplemente.

Mi corazón se acelera, nervioso y asustado por lo que implica aclarar las cosas.

—¿Por qué no vienes a casa cuando acabes tus reuniones y esas cosas? —le ofrezco.

—¿Quieres que lo haga?—acaricia mi mejilla con suavidad, con la otra mano.

—Claro, de todas maneras Mariona quiere verte —su gesto se enfría imperceptiblemente. Le cojo la muñeca y mantengo su mano en mi cara, me gusta la sensación que esta envía a mi cuerpo—. Me gustaría que vinieras, quisiera que estuvieras a mi lado. Hemos pasado por todo esto juntos, acabémoslo juntos.

—Cuando acabe iré para allí —dice volviendo a la calidez—. ¿Qué harás tú mientras tanto?

—Pasaré por el trabajo. Tengo que ver a Dani, le debo una explicación a mi jefe.

—Hay un coche esperándote abajo, pueden llevarte y después acercarte a casa.

Eric vuelve a ser amable y su mirada hace mella en mí. ¡Oh, Dios! Estoy enganchada a él hasta la médula. No quiero separarme de él, aunque nos veamos en unas horas. Me arrepiento de todos los momentos en que lo provoqué a propósito para que me tratara mal y busqué que no fuera amable para no enamorarme de él inútilmente.

—¿Es raro, no? —bajo la voz poniéndome de puntillas.

—¿Qué es raro, Sarah? —demanda con voz rasgada. Se inclina hacia abajo poniéndose a mi altura.

—Separarnos. Que cada uno vaya por su camino después de tantos días con el mismo objetivo.

Me sonríe con satisfacción y yo le devuelvo la sonrisa, pero siento la mía triste. No quiero dejarlo. Sigue acariciando mi cara y su dedo pulgar se desplaza hasta mi boca, dibuja el contorno de mis labios con la yema de su dedo, enviando oleadas de calor a mi cuerpo. Se inclina, pero duda un momento mirando mis ojos. Creo que va a besarme. Cierro los ojos esperando un contacto que no llega.

—Debo irme, Sarah —dice pegado a mi boca. Su aliento me acaricia, abro los ojos y sigue igual de cerca, pero no me besa.

—Vale —digo aturdida, parezco tonta—. ¿Nos veremos esta tarde, verdad? ¿Vendrás?

—Claro que iré, quiero que aclaremos las cosas —duda un momento—. Lamento lo que pasó anoche. Debemos aclarar las cosas entre nosotros, no quiero más malos entendidos.

—Yo tampoco.

—De acuerdo, baja con Estefanía y luego nos vemos.

Dudo de nuevo. Tengo miedo a que no se presente, si no viene a casa no sé qué voy a hacer.

Me obligo a separarme de él, me coge de la muñeca y me abraza. Ese abrazo me sabe a despedida y me deja un mal sabor de boca. Trago saliva, intentando bajar el nudo que siento en la garganta. Me aferro a él como una garrapata, quiero alargar el momento el máximo tiempo posible. Me besa la cabeza y se separa de mí. Voy hacia al pasillo y, en la puerta, vuelvo a mirarlo. Él tampoco parece demasiado entero, pero no es tan idiota e inseguro como yo para estar a punto de llorar. Me voy antes de hacerlo.

Me paso todo el camino rememorando todo lo que he pasado con él, tanto lo bueno como lo malo, y siento un aguijonazo en el corazón. No estoy segura de lo que pasará esta tarde, pero no veo llegar el momento. El coche me deja en el trabajo y le digo que se marche. Tengo mi bolso con mis pocas pertenencias, las ha traído Estefanía esta mañana, puedo llegar a casa sola. Entro en el trabajo y al primero que veo es a Aleix, que está hablando con un chico nuevo detrás de la barra. En cuanto me ve, sale y corre hacia mí.

Estoy muy cabreada con él por jugar con los sentimientos de Nayara.

—Ni se te ocurra abrazarme —le advierto al ver sus intenciones.

—¿Qué pasa?

—Te has pasado. Te advertí que no le hicieras daño a Nay. Eres un imbécil, procura no acercarte a mí si no quieres que te parta la cara. Hablo en serio —enfatizo mi amenaza señalándolo con el dedo.

Aleix me observa como si fuera un perro de dos cabezas y yo lo miro como si quisiera estrangularlo, que es justo lo que merece, por ser tan patán e insensible.

—Te veo cambiada. ¿Dónde has estado? —levanta la mano para acariciar mi mejilla magullada, pero me aparto de su mano y él la deja caer—. Estás morena.

—No es de tu incumbencia dónde he estado —le digo cortante—. ¿Está Dani?

—Está en su despacho —me giro con intención de irme y me coge del brazo, con suavidad, nada que ver con cómo solía cogerme Eric. Miro su mano y lo miro a él, advirtiéndole que me suelte y lo hace—. No me mires así, Sarah. Estoy muy arrepentido por lo que pasó con Nayara. Metí la pata… La he estado llamando para disculparme, pero no me contesta. Quiero otra oportunidad, me gusta. Es cierto que al principio solo quería provocar alguna reacción en ti, además he estado muy preocupado por ti, como todos, y ella no quería decirme dónde estabas. Pero ya no me interesas, la extraño.

—No deberías haberla utilizado. Estaba muy equivocada contigo, creí que eras un buen chico.

—La echo de menos, solo estaba preocupado por ti, ¿podrías decírselo?

—No —contesto muy segura—. No voy a decírselo, porque no te creo. Si ella te interesara lo más mínimo, me habrías preguntado cómo está. No lo has hecho, no te preocupa, porque ella no te importa.

—Ayer hablé con Laura. Después de cantarme las cuarenta, me explicó que estaba muy herida por lo que había hecho, por eso necesito que tú hables con ella.

¿Aleix ha hablado con Laura? Eso me suena a cuento chino, cuando llegue a casa le preguntaré.

—Lo pensaré.

Me voy al despacho de Dani y lo dejo allí plantado. No sé qué debo hacer. Nay lo ha pasado mal por su culpa. Quizá Eric podría pasarse por aquí y hablar con él. Podría usar ese don suyo para saber si miente o es sincero. Aleix siempre me ha caído muy bien y Nayara está muy colgada de él.

Llamo a la puerta del despacho de Dani y la abro.

—Hola, Dani —lo saludo con un punto de vergüenza—. ¿Se puede?

—¡Sarah!—exclama levantándose de la silla—. Adelante, entra.

Le sonrío y entro cerrando la puerta a mis espaldas. Se para delante de mí, me da dos besos y me abraza. Me quedo estática, no entiendo por qué Dani me abraza. Siempre hemos tenido muy buena relación, pero no recuerdo que nunca me besara y mucho menos que me abrazara.

—¿Cómo estás? —se separa de mí y me mira muy de cerca. Se fija en mi mejilla y después me mira de arriba abajo, mientras yo intento averiguar qué pasa aquí.

—Estoy bien, solo quería disculparme por dejarte tirado de esa forma y recoger mis cosas. Siento lo que pasó, Dani.

—Lo comprendo —dice para mi total sorpresa.

—¿Lo comprendes? ¿Qué es lo que comprendes? —sonrío con

incredulidad.

—Ayer por la noche tu amiga Laura pasó por aquí. Estuvimos un buen rato hablando y me contó todo lo sucedido. Por supuesto, había visto la noticia en el periódico, pero no sabía que eras tú quien había encontrado a esa pobre chica.

—Vaya… —no sé qué decir.

—Entiendo que ahora debes centrarte en ella unos días. Puedes tomarte unos días de vacaciones e incorporarte en un par de semanas, que es lo que necesito para despedir a la persona que he cogido para sustituirte. Siempre he estado contento con tu trabajo. Cuando me dejaste tirado estaba enfadado, pero ahora entiendo tus motivos y no quiero que te vayas. El puesto es tuyo, si aún lo quieres.

Estoy muy sorprendida, quiero seguir trabajando aquí hasta que encuentre trabajo en alguna clínica. ¡Quiero dar saltos de alegría! Debo darle a Laura las gracias por echarme un cable, yo no se lo hubiera explicado a Dani.

—Eso sería genial, Dani. No lo esperaba, la verdad. Ya sabes que estoy a gusto aquí.

—Pues te llamaré para que te incorpores —afirmo con la cabeza—. Ahora, cuéntame cómo estás.

Paso un buen rato en el despacho de Dani hablando. Al final, quedamos en que me incorporaré con la jornada normal, no con la que hacía para no tener que estar en casa. Mariona me necesita y Carlos se ha ido. Cuando salgo de su despacho, Aleix vuelve a avasallarme, pero lo esquivo y me voy.

Doy un paseo por el centro de Barcelona dándole vueltas a la cabeza. Después, cojo el metro y voy a casa. El camino a casa me parece extraño, irreal.

Al llegar, todo se intensifica, me siento rara. Antes de entrar, acaricio la fuerte puerta, recordando lo que pasó la última vez que estuve aquí. Eric fue muy duro conmigo aquella noche, pasé mucho miedo, creí que me haría daño. Sin embargo, ahora me gustaría que estuviera aquí. Es una locura, solo llevo un par de horas alejada de él y ya lo extraño.

Abro la puerta y me miro en el espejo del recibidor. Aleix y Dani tienen razón, algo ha cambiado en mí, yo también me siento diferente al mirarme en el espejo. Dejo las llaves y cierro la puerta.

—¿Hay alguien en casa? —pregunto adentrándome en el piso.

Carla sale corriendo de su habitación, que está justo delante del recibidor, y me abraza con fuerza preguntándome cómo estoy. No sabía que había vuelto a casa, pero me alegro de que esté aquí. Juntas vamos al comedor y allí nos reunimos con Laura. Me explican cosas de sus vacaciones. Carla me habla del italiano que conoció en Ibiza, parece que vuelve a estar enamorada. Es muy enamoradiza y sensible.

No puedo dejar de mirar la hora preguntándome cómo le irá a Eric o cuánto va a tardar. Me inquieta que no venga. No debería sentirme insegura, así que intento convencerme de que vendrá. Comemos viendo la tele y hablando.

De repente, el presentador dice el nombre de Eric Capdevila en el avance y le quito el mando a distancia de la mano a Carla antes de que cambie de canal. Le doy volumen.

—¡Es Eric! —exclamo al verlo en la pantalla plana del salón.

—¿Ese es Eric? —pregunta Carla asombrada.

Le doy una ojeada, está impresionada, no me sorprende. Eric impresiona mucho. Tiene un cuerpo hecho para el pecado, una mirada penetrante y una personalidad perturbadora. Afirmo con la cabeza volviendo a mirar la pantalla. Nos quedamos calladas mirando la tele, esperando que den la noticia.

—*Vamos con otros asuntos... Como ya les explicábamos ayer, esta tarde le dan el alta a Mariona Prat. Después de estar retenida durante ocho años contra su voluntad, la joven por fin será libre. Nuestra compañera Anna Cantón está allí para explicarnos las últimas novedades.*

Conectan con una reportera morena que está en la puerta del hospital.

—*Estamos a la puerta del hospital de La Llacuna, donde está ingresada la joven después de que fuera hallada en ese agujero bajo el hotel donde vivió un largo cautiverio. Fuentes cercanas nos confirman que el estado de Mariona, dadas las circunstancias, es bueno. La chica tiene ganas de salir del hospital e intentar retomar su vida después de ocho años de infierno* —escucho a la reportera anonadada, pensando de dónde sacan esa clase de informaciones—. *Después de que ayer saliera a la luz la muerte de Jaume Montaner, alcalde de Boira, lugar de procedencia de la joven, todavía se especula sobre la relación o participación de este en el secuestro de la joven de veintitrés años. Además, esta mañana ha salido a la luz el nombre del conocido empresario Eric Capdevila. El empresario catalán ha sido dado de alta del hospital donde ha hecho unas breves declaraciones.*

Entra un video donde se ve a Eric impecablemente vestido y siento que mi corazón se detiene al verlo en la pantalla. Todos los reporteros lo acosan con sus micrófonos y grabadoras. Estefanía está a su lado. Es tan sumamente masculino que se aprecia solo en su apariencia.

—*Mi estado de salud es bueno* —aclara con voz rasgada—. *Lamento decirles que en este momento no puedo hacer ninguna declaración. Todavía estoy a la espera de declarar lo sucedido a la policía. Por lo tanto, no puedo dar ninguna información que pueda alterar la investigación policial. Aun así, les agradezco su preocupación y atención.*

—*¿Es cierto que se ha encontrado el cuerpo de su hermano desaparecido hace ocho años?*

Eric mira al reportero como si quisiera estrangularlo, le da una ojeada a Estefanía y mira hacia adelante.

—*Como he dicho, no puedo hacer declaraciones. Pero confío en que la policía pronto pueda aclarar lo sucedido hace tantos años. Ahora, si me disculpan, tengo una cita con el agente al cargo.*

—*¿Está usted implicado en la muerte de Jaume Montaner?*

—*Señor Capdevila, ¿fue usted una de las personas que localizaron a Mariona?*

Los reporteros le lanzan una pregunta tras otra. Eric les ignora e intenta hacerse paso entre los periodistas ansiosos. Estefanía le ayuda y él se apoya en la muleta para ayudarse a caminar.

Devuelven la conexión a la reportera que está en la puerta del hospital.

—*Todavía no sabemos cuál es la implicación del empresario en el caso, esperamos que pronto podamos esclarecer todo lo sucedido. Mientras tanto, seguimos esperando poder ver a Mariona Prat.*

Vuelven a conectar con el plató donde sale el presentador. Este cambia de tema y apago la tele. No sé cómo funcionan estas cosas, pero no comprendo cómo la prensa tiene toda esa clase de información.

—¿Así que ese es Eric? —demanda Carla mirándome con ojos brillantes.

—Sí, ese es —vuelvo a mirar la hora. Son casi las tres y media de la tarde… ¿A qué hora vendrá?

Me siento ansiosa, muy nerviosa. En parte es por ver a Mariona, pero sobre todo por Eric. Sé que no debería sentirme así, pero quiero tenerlo cerca de nuevo.

—¿Qué te parece, Carla? —le pregunta Laura.

—Tenías razón. No debía estar tan mal con semejante espécimen. Está muy bien, Sarah. Quédatelo.

—¿Que me lo quede? No es un perro, es una persona —la corrijo—. Además, no depende de mí.

—¡Te gusta! —exclama Carla.

Ojalá solo fuera eso. Me quedo callada.

—Sarah, no seas tonta —interviene de nuevo Laura—. Él te gusta, te gusta mucho y deberías ver cómo se puso cuando desapareciste.

—¿Qué pasó? —pregunto excesivamente interesada

—Se volvió loco. Estaba desesperado por encontrarte. ¡Destrozó la habitación del hotel! Pasé un poco de miedo, la verdad. Fue muy violento, no esperaba que estallara de esa forma —me explica mirándome con sus expresivos ojos azules—. Cuando llegamos a la casa del lago, a pesar del fuego y las llamas, entró a buscarte sin dudarlo. Estaba muy preocupado por ti. Creo que él también siente algo por ti, y yo con estas cosas no suelo equivocarme. Así que deja de mirar el reloj de una vez, date una ducha y ponte guapa. Ponte algo que diga: "quiero que me lo arranques con los dientes".

Me empiezo a reír y Carla se levanta del sofá y tira de mí.

—Vamos, te ayudaré a elegir la ropa.

Vamos a mi habitación y me sorprendo al ver allí la maleta con todas las cosas que Eric compró para mí para que no tuviera que ir con la misma ropa tantos días.

Entre las dos, eligen la ropa como si fuera una muñeca. La loca de Carla quiere que me ponga el explosivo vestido rojo que él eligió para mí, pero ni en broma me pongo algo así, es demasiado descarado.

Debería estar preocupada por Mariona en lugar de estar pensando en algo tan frívolo como qué debo ponerme, pero estoy nerviosa por Eric. No puedo dejar de pensar que Eric quiere que hablemos de "nosotros". No sé qué va a pasar y eso me hace sentirme ansiosa.

Me doy una ducha y me pongo la ropa que mis amigas han

elegido para mí. El corsé me parece excesivo, así que lo cambio por un body negro de tirantes con encaje.

Ahora, sola en mi habitación, la sensación de extrañeza aumenta. Me siento fuera de lugar, es como si algo no encajara. Pero la que no encajo soy yo. Han pasado muchas cosas sobre las que aún debo pensar, pero no puedo sacarme a Eric de la cabeza. Debería no ser tan egoísta y pensar en mi amiga Mariona, en lo que se le viene encima y en cómo voy a ayudarla, pero no puedo dejar de darle vueltas en la cabeza a Eric.

Me estoy secando el cabello boca abajo cuando alguien me coge del brazo dándome un susto de muerte, y no me queda más remedio que apagar el secador para escuchar lo que me está diciendo.

—¿Me has oído? —pregunta Carla, que parece histérica.

—¿Qué pasa?

—¡Eric está subiendo! —exclama, definitivamente histérica.

Mi corazón se acelera, Eric está aquí. Los nervios de Carla me ponen más nerviosa. Me quedo quieta.

—¡Date prisa! —me grita Carla viendo mi total falta de reacción.

Carla sale del baño y cierra la puerta. Me miro en el espejo y dejo mi pelo tal como está, en hondas, no tengo tiempo para alisarlo.

Empiezo con el maquillaje. ¡Esto es estúpido! Eric me ha visto de todas las formas posibles: recién levantada, sin dormir, sin maquillar, cubierta de barro y suciedad, con el maquillaje corrido… Pero aun así, quiero sentirme bien y quiero que él me vea guapa. Hago lo que puedo en el menor tiempo posible.

En la puerta, hago dos inspiraciones intentando relajarme y salgo a su encuentro. Los tres están de pie en medio del comedor hablando. Él se ha quitado la americana y Laura la tiene entre sus brazos.

Me acerco despacio, observándolos. Eric mira hacia al pasillo y nuestros ojos se encuentran. Me dedica una cálida sonrisa que hace que mi corazón salte y el cosquilleo de mi estómago se instala más abajo al verlo sonreír. Con piernas temblorosas, me acerco mirándolo, centrando toda mi atención en él. Se separa de mis amigas y va a mi encuentro.

—Eric —es cuanto puedo decir.

—Sarah, estás muy guapa.

Se inclina y me besa la mejilla con suavidad, de una manera muy dulce. Cuando sus labios se separan de mi rostro, nos miramos a los ojos durante un largo momento.

—Os dejaremos que habléis a solas —dice Laura. Me fijo en ella y arrastra a Carla hacia su habitación. Vuelvo a mirar a Eric.

—¿Cómo está tu pierna?

—Está bien.

Hace mucho calor en casa. A pesar del aire acondicionado, estoy muy acalorada.

—¿Hablamos arriba, en la terraza? ¿Podrás subir?

—Te sigo —vuelve a sonreírme.

¡Que no me mire y me sonría así o juro que me tiro encima de él! Dejo de mirarlo y salimos al balcón. Subimos por la escalera metálica de caracol hasta la terraza. Hace un perfecto día de verano, el cielo está despejado y hace calor, pero no es solo el sol el que calienta mi sangre.

Vamos hasta la mesa de la terraza y nos sentamos en una silla. Eric camina con la ayuda de una muleta.

—Te he visto en las noticias. ¿Cómo ha ido con la policía?

—Simplemente he explicado mi versión de los hechos, que coincide con la tuya. Además, también le tomaron declaración a Laura y Mariona. Tenían mi informe médico y las huellas de ese cabrón en el arma, saben que fue en defensa propia y no van a imputarme ningún delito.

No tengo ni idea de cómo puede sentirse después de haber matado a una persona.

—¿Estás bien?

—Claro que sí —sus ojos se enfrían—. Mató a mi hermano, le hizo daño a mucha gente, amenazó con matarte, te hizo daño a ti… Si estuviera en la misma situación, volvería a hacerlo sin vacilar.

—También mató a Guillermo y él me salvó la vida, murió intentando defenderme de él —al recordar lo ocurrido se me hace un nudo en la garganta—. Tengo que enterarme de cuándo será su entierro, me gustaría ir.

La calidez vuelve a su mirada azul y me acaricia el brazo, imagino que intentando reconfortarme.

—Me enteraré de cuándo será su entierro y, si me lo permites, me gustaría acompañarte.

Eso me garantiza volverlo a ver de nuevo, al menos una vez más. Por supuesto que quiero que me acompañe.

—Gracias, Eric. Gracias por todo.

—No tienes nada que agradecerme. Si me lo pidieras, haría cualquier cosa por ti.

La profundidad de su mirada sincera remueve todo mi interior y me pongo de pie incapaz de seguir mirándolo. Me acerco a la balaustrada de la terraza y miro hacia la calle.

«Si me lo pidieras, haría cualquier cosa por ti». ¿Qué significa eso?

—No huyas de mí, Sarah —advierte justo detrás de mí.

Apoya las manos en la balaustrada. De nuevo, estoy presa entre sus brazos. Por supuesto, no voy a quejarme por ello. Mi única queja es que ni siquiera me haya rozado al hacerlo.

Ha llegado el momento, quiero saber la verdad. Quiero que me diga qué siente por mí, si es que en realidad siente algo.

—¿Por qué me besaste? —intento que la aprensión por su respuesta no se refleje en mi voz, pero es imposible, mi voz me traiciona y tiembla.

—Sarah —acaricia uno de mis rizos apartándolo de mi oído, pega sus labios a mi oreja y me roza con su aliento—; mírame, nena.

Un escalofrió me recorre de arriba abajo. Un leve temblor que espero que él no haya notado me domina un momento. Me giro y lo miro a los ojos, está muy cerca de mí y su cuerpo calienta al mío en segundos. No sé qué mierda le pasa, no entiendo por qué responde así, parezco un adolescente salido.

—Si no querías que te besara… ¿Por qué me dejaste? ¿Por qué respondiste así?

Me quedo callada mirándolo como una tonta, anonadada con su belleza. Eric es muy hermoso. Si me dejara llevar sin pensar en las consecuencias, sin pensar en cómo me afecta, lo cogería de la corbata y tiraría de ella hasta que sus labios se encontraran con los míos. Le besaría del mismo modo en que lo hicimos anoche. Pero no puedo hacerlo, tengo miedo. Mis sentimientos por él me asustan.

—Joder, Sarah. No te quedes callada. ¿Si no querías que pasara por qué lo permitiste?

—Yo he preguntado primero —no voy a permitir que evite mi pregunta.

—No seas idiota, Sarah. No estamos en el colegio.

¡Bum! Como una bofetada. Ha perdido la paciencia conmigo. El tono de su voz envía una oleada de frío a mi cuerpo y su mirada lo hace a mi alma. No pienso amilanarme por eso, no voy a permitirle que vuelva a tratarme como un trapo. Eso se acabó.

—No me menosprecies —le advierto.

—Me exasperas —dice frustrado.

—Ya lo sé, tú a mí también —en mi voz se oye un claro lamento que me hace sentir humillada.

Quiero separarme de él, pero sus brazos son una barrera para que no huya. No quiero mostrarle cuán vulnerable soy, lo vulnerable que él me hace ser. Eric y yo no encajamos y no creo que lo hagamos nunca. Me he enamorado de él y saber que nunca nos entenderemos duele. Aparto la mirada y me sorprendo cuando se acerca aún más a mí y me abraza. Quedo sepultada en sus grandes brazos. Apoyo la cabeza en su fuerte pecho, tengo ganas de llorar mientras él me acaricia el pelo.

—No quiero perderte, Sarah. No soporto que huyas de mí —dice pegado a mi oreja.

—No, no iba hacerlo —tartamudeo.

Se separa lo suficiente para mirarme los ojos, levanto la cabeza y lo miro. Él me suelta y acaricia mi rostro.

—Sé que soy difícil, Sarah, pero tú también lo eres, al menos para mí. Te he dicho lo que siento por ti, te lo dije la otra noche. Intento demostrarlo con cada acto, aunque no lo creas. A veces pienso que tú también sientes algo por mí. Tu cabezonería en no dejarme solo en el hospital, a pesar de que estabas destrozada, cómo luchaste por mí cuando creías que iba a morir, cómo me pedías que no te dejara, tu forma de mirarme, tu arrojo al besarme…

Se queda callado mirándome a los ojos. Intento descifrar si ha dicho lo que creo que ha dicho o lo he malinterpretado todo. Me parece inverosímil que me quiera, me parece incoherente que se haya enamorado de mí. ¿Acaso no me ha pasado a mí lo mismo? Pero aun así, tengo que cuestionarme si estoy en lo cierto.

—Dijiste que estabas enamorado de mí —casi parece una pregunta a pesar de que no lo es.

—Y lo mantengo. Estoy enamorado de ti, Sarah —sus ojos mandan oleadas de amor a mi persona—. Lo estoy desde que tuviste cojones de plantarme cara en esa habitación de hotel —me acaricia el rostro con deleite y, por un momento, me siento en una nube.

No estoy segura de cómo debo sentirme, tengo ganas de dar saltos de alegría. Eric me quiere, siente algo por mí, pero no puedo regodearme en eso. Mi cerebro me dice que dolerá, que no me fíe, que saldré escaldada si me dejo llevar por mis sentimientos. Sin embargo, mi corazón se hincha feliz y satisfecho con las palabras de Eric.

—Pero, Eric —me interrumpo—, tú y yo somos como agua y aceite, no estamos hechos para estar juntos.

Desearía que no fuera así. A pesar de las cosas que me exasperan de él, yo también estoy enamorada de él. ¿Por qué? No lo sé. Me he esforzado para que no sucediera, he hecho lo imposible por borrar las huellas que ha ido dejando en mí, pero no he conseguido nada más que negarme a la evidencia de que estoy colada por él hasta los huesos.

—Eso dices siempre. Pensé que, cuando le das calor, ambos líquidos se mezclan. Pero estaba equivocado —le sonrío sin creer que haya pensado en eso. Calor es justo lo que siento yo cuando me besa o me toca—. Por eso busqué por internet… Resulta que, si añades jabón, la mezcla es efectiva.

—Si tú y yo somos el agua y el aceite… ¿Quién se supone que es el jabón?

Me arrepiento al momento de haber formulado la pregunta. Ha sonado igual de estúpida a como me siento yo.

—No tiene por qué ser una persona, puede ser un sentimiento —niega con la cabeza como si habláramos en diferentes idiomas. Suspira y su aliento roza mi cara enviando nuevas oleadas de calor a mi cuerpo. Aún no puedo creer que Eric sienta algo por mí—. A pesar de haberte dicho cuáles son mis sentimientos por ti, tú sigues callada, hiriendo mi orgullo y haciendo que me humille ante ti.

Eso no es cierto. Yo no pretendo hacer que se humille ni herir su orgullo. ¿Cómo puede ser tan retorcido? Él, justamente él, me acusa de todo lo que he tenido que aguantar yo por su parte.

—¿Por qué dejaste que te besara? —me pregunta acercando su cuerpo al mío.

Deja que me acerque a él y lo miro a los ojos. Intenta mostrar su seguridad habitual, pero ya no me engaña. Me fijo en su boca, maravillada, extasiada al recordar el sabor de sus besos. Acaricio sus labios con el dedo pulgar y los trazo. Tiro de su corbata y le obligo a agacharse mientras yo me pongo de puntillas. Vuelvo a mirarle a los ojos, rozo mis labios con los suyos, lo busco y le provoco con la mirada a seguir mi juego…, pero cuando contesta, me aparto exasperándolo, apreso su labio inferior entre mis dientes y tiro de él con suavidad.

—¿Por qué me torturas, Sarah? —pregunta sobre mi boca.

Vuelvo a capturar su labio y, en esta ocasión, lo succiono y lo lamo. Cuando su boca intenta besarme de nuevo, vuelvo a apartarme. En sus ojos se instala el hambre.

Adoro tener el poder de provocarlo de esta manera.

—¿Qué quieres de mí, Eric? —sigo jugando al gato y al ratón con su boca, alternando mi mirada entre sus labios y sus ojos llenos de pasión y anhelo.

—Lo quiero todo, nena. Lo quiero todo, siempre y cuando sea sincero.

Siento que su mirada me atraviesa, sus palabras me hacen vibrar. Me estoy metiendo en la boca del lobo. Sé lo que quiero: lo quiero a él. Pero no le quiero con libertad, le quiero con reservas, no quiero que me haga daño. La idea de dejarlo ir y no volverlo a ver lacera mi corazón. Me siento en una encrucijada.

—¿Tú eres sincero conmigo al decir que estás enamorado de mí? —le cuestiono.

—Yo no sabía lo que era el amor. Pero después de conocerte a ti, ya no me quedan dudas.

Sus respuestas son aire para la hoguera que arde en mí. Busca mi boca y casi me atrapa, pero no se lo permito. Este juego me hace sentir caliente y poderosa, aunque me cuesta no corresponderle.

—¿Volveremos a vernos? —dejo de jugar y lo miro a los ojos. Siento la aprensión que provoca el miedo a su respuesta.

—Depende de ti, encanto —me sonríe con suficiencia. El miedo a su respuesta debe reflejarse en mi cara y él se está creciendo—. ¿Qué quieres tú, Sarah? —acaricia mi cara con los pulgares, no le contesto y él sigue hablando—. Si fuera por mí, quisiera verte todos los días, a todas horas. Debo ser masoquista, pero quiero seguir exasperándome por ti cada día de mi vida —me sonríe de nuevo, creo que a causa de la cara de tonta que debo tener después de oírle decir cada día de mi vida. Las tornas cambian, ahora es él el que juega con mi boca, mientras yo le busco desesperada por ahogarme en un beso—. Has dicho que aún no estás lista para dejarme, yo no creo que lo esté nunca. Entiendo que pienses que no estamos hechos para estar juntos, no soy idiota, lo entiendo e incluso lo comparto, pero no quiero alejarme de ti. No quiero. Prefiero pasar los días peleando contigo, que lejos de ti.

Mi corazón se ha detenido a medida que iba hablando y ahora se pone en marcha a toda máquina. No puedo creer lo que ha dicho, no puedo creer que Eric haya sido capaz de abrirse así a mí. Las palabras de Natalia suenan en mi cabeza: «Él seguirá contigo mientras le dejes estar contigo». Puedo oírla claramente de nuevo. Pero además, ahora entiendo lo que quería decirme.

—Cada día de tu vida son muchos días, Eric —le advierto.

—Depende de ti, Sarah. Yo sé lo que quiero. Quiero pensar que tú sientes algo por mí, pero aún estoy esperando a que contestes a mi pregunta —su boca busca la mía, la roza y después se aparta. Yo le busco a él mientras una oleada de desesperación e insatisfacción me recorre. No me gusta este juego, no pienso volver a jugar a él—. ¿Qué quieres tú, Sarah?

Deja de jugar y se pone serio, yo también lo hago. Lo miro a los ojos, los ojos que me seguían en mis pesadillas. No quiero que me busque o me cerque, quiero que vaya conmigo de la mano; quiero que, de alguna manera, nuestros caminos se unan y no vuelvan a separarse. Es una locura más, pero si Eric me quiere en su vida me va a tener en ella, porque yo lo amo. Tengo razones sobradas para no hacerlo, pero no puedo gobernar en mis sentimientos y estoy enamorada de él.

Tiro de su corbata y me pongo de puntillas. Nuestras miradas quedan alineadas, le acerco a mi boca y, mirándolo a los ojos, le digo lo que siento:

—Te quiero, Eric.

Lo beso, lo beso como si no hubiera mañana, con Eric puede que no lo haya. Al momento, Eric responde a mi beso y me estrecha con fuerza contra su cuerpo. Nuestras respiraciones aceleradas se encuentran, nuestras lenguas desesperadas se rozan y siento que mi corazón va a salirse de mi pecho de un momento a otro.

Me da igual lo que esté por venir y alejo mis miedos. Si esto es un sueño del que algún día deberé despertar, lo haré. Pero cuando mire atrás, no me veré a mí misma perdiendo la oportunidad de disfrutar del amor que siento por él.

Amo a Eric y no voy a permitir que mis sentimientos por él me provoquen temor, solo voy a disfrutar cada momento con él como si fuera el último.

—¡Corre Sarah, están subiendo! —me grita Laura desde el balcón.

Dejo de besar a Eric y le sonrío feliz. ¡Mariona está en casa! Le cojo de la mano para que baje conmigo, coge su muleta y me sigue con cierto recelo.

Cuando llegamos abajo, no puedo esperar en el comedor como los demás. Suelto a Eric y voy a la puerta del ascensor. En cuanto esta se abre, veo a Mariona que viene con Nayara y Natalia. Mariona se quita las gafas de sol y me quedo quieta mirándola, incapaz de moverme.

Es mi amiga de toda la vida. En sus ojos verdes veo un segundo de duda, pero después me sonríe. Se acerca a mí y me lanzo a sus brazos, loca por sentirla conmigo.

Nos fundimos en un abrazo húmedo a causa de las lágrimas de las dos. Su cuerpo es pequeño y sigue manteniendo su pecosa cara de niña. La estrecho con fuerza.

—Te he echado mucho de menos —lloro abrazándola, me aparto un poco de ella sin dejar de abrazarla y la miro a los ojos—. ¿Cómo estás?

—Me moría de ganas de verte, Sarah. Estás guapísima —sonríe—, eres toda una mujer. Me ha dicho Nayara que ya eres veterinaria, como siempre soñaste —vuelve a sonreírme.

—Tú también podrás cumplir todos tus sueños, cielo. Ya lo verás.

—Me alegro tanto, me siento tan feliz de poder veros a las dos —dice cogiendo la mano de Nayara—. Gracias por sacarme de allí, Sarah. Nunca podre agradecértelo lo suficiente.

—No debes agradecerme nada. Que estés aquí y que estés bien es el mejor regalo que la vida podría habernos dado.

Volvemos a fundirnos en un abrazo en el que Nayara se une a nosotras, mirando la herida de mi cara con gesto preocupado.

—Vamos para dentro, chicas —interviene Natalia.

Entramos en casa, suelto la mano de Mariona y me adelanto hacia al comedor. Sé que esto no será fácil para Eric. Él se ha sentido culpable durante ocho años y tiene miedo de que ella también lo culpe. A pesar de que no lo ha admitido, después de la conversación que mantuvo con Natalia en el hospital sé que es así.

Me pongo junto a él y le sonrío. Me devuelve la sonrisa, pero sus ojos se ven inquietos y cojo su mano demostrándole que estoy con él. Nayara y Mariona entran de la mano. Natalia las sigue.

Mariona está preciosa, lleva un vestido de gasa verde a juego con sus ojos. La veo muy entera y eso me tranquiliza. Está algo delgada y menuda y, desde luego, muy pálida. Pero sonríe, sus ojos tienen ese brillo especial que te da la felicidad. La sonrisa se le congela en la boca cuando su mirada se centra en Eric. Para a una buena distancia de nosotros.

—Mariona, él es Eric —interviene Natalia.

—Sé quién es —la interrumpe Mariona. Se acerca a nosotros y tiro de Eric para que él también se mueva—. Eres igual que Carlos, así sería Carlos ahora. Gracias por ayudar a Sarah y por salvarme.

Mariona le abraza y Eric suelta mi mano para devolverle el abrazo. Me resulta extraño que se abracen sin conocerse de nada, pero no abro la boca. Natalia los mira con suspicacia. El abrazo me parece eterno, todas las presentes los miramos en silencio. Quiero que se suelten, me parece excesivo. Inevitablemente, y muy a mi pesar, siento una punzada de celos.

Cuando al fin se separan, me fijo en cómo Mariona mira a Eric con los ojos brillantes. Esa mirada no me gusta nada. Eric no es Carlos, espero no tener que recordárselo. No quiero herirla, pero tampoco quiero que se confunda.

—Lamento por lo que has pasado, espero que puedas perdonar que no os ayudara cuando Carlos me lo pidió. De haberlo hecho, él seguiría aquí. Es algo con lo que cargaré toda mi vida.

Mariona vuelve a acercarse a él y le coge la mano.

—No fue culpa tuya. Estoy segura de que Carlos, allí donde esté, piensa igual que yo —Mariona se emociona, y yo me siento lo peor por sentir celos por ese abrazo y por ser tan poco empática con mi amiga después de todo lo que ha pasado—. Creo que serás tú quien se encargará del funeral —Eric afirma—. Me gustaría que lo hiciéramos juntos. Si no tienes inconveniente, me gustaría ayudarte.

—Por supuesto que no, me encantaría que me ayudaras.

—Gracias —le contesta Mariona volviéndolo a abrazar, para mi consternación.

Sé que no debo preocuparme, Mariona siempre fue la niña más buena y cariñosa del colegio. A Eric le gusto yo, aunque Mariona sea diez veces más bonita. Él está enamorado de mí y ella no se interpondrá.

Eric deja de abrazarla y se acerca a mí. Rodea mi espalda con el brazo y me besa la cabeza mientras me apoyo en su pecho inspirando su aroma. Estrecho su cintura. Me siento genial entre sus brazos.

Mariona nos mira con duda, creo que no le ha gustado lo que ha hecho Eric. O, tal vez, puede que sufra de paranoia, pero esa es la impresión que me da. Para ella todo debe ser muy desconcertante. Debo apoyarla y ayudarla en todo lo que necesite, no ponerme en plan novia celosa cuando ni siquiera tengo el título de novia.

Además, ninguno de los dos se lo merece. Ella sabe que Eric no es Carlos.

—Me alegra mucho que te quedes aquí con nosotras, Mariona —le digo sin soltarme de Eric.

—No podía volver a Boira. A pesar de que el Monstruo ya no esté allí, no quiero volver. Prefiero estar aquí, con vosotras —Nayara vuelve a cogerla de la mano—, con mis amigas.

De repente, me acuerdo de mi madre. Me gustaría que fuéramos juntas a verla, estoy segura de que a mi madre le gustará verla y saber que está bien. Meto la mano en mi bolsillo y saco la medalla de mi madre. Ella quería que se la diera a Mariona. No me lo dijo claramente, pero sé que se refería a ella.

Me acerco a Mariona y se la doy.

—Mi madre me pidió que te la diera con sus mejores deseos.

Mariona mira la medalla y vuelve a abrazarme con ojos llorosos.

—Gracias por encontrarme, Sarah.

Le devuelvo el abrazo. Soy una tonta por haber sentido esa punzada de celos cuando abrazó a Eric. También me sentí algo celosa de Natalia cuando la conocí, y se ha portado genial conmigo y con Mariona. No volveré a sentirme celosa de Mariona nunca más.

—Nosotras cuidaremos de ti, juntas superaremos todo lo sucedido —le digo pegada a su oreja, sin dejar de abrazarla.

Epílogo

Dos semanas después

—¡Vaya! —exclama mirando las pocas cartas que ha dejado sobre la mesa, parece que en sus ojos de noche puedo ver estrellas brillar. Está emocionada. Me estoy perdiendo algo, pero no sé el qué—. Dame tu mano —extiende la suya sobre la mesa. Con desconfianza, pongo mi mano con la palma hacia arriba sobre la suya—. ¿Qué tenemos aquí? —tira de mi mano hacia ella y la observa con suma atención tanto rato que consigue incomodarme—. Vaya, vaya —pasa el dedo índice por mi mano.

—¿Vaya, vaya? —pregunto. Miro a Laura de reojo, incómoda. Ella sonríe mirándome—. ¿Qué pasa?

—Eres una persona muy especial. Ya vi algo en tu aura cuando entraste —vuelve a mirarme a los ojos con una curiosidad que no me gusta nada—. Tú no eres normal. ¿Qué te hace diferente?

—No soy diferente —aparto la mano ofendida, no sé por qué me molesto tanto—, soy normal.

—Veamos qué dicen las cartas —echa un par más y vuelve a mirarme. Me perfora con sus ojos oscuros—. De normal no tienes nada —sonríe y su boca me da grima ¿De qué está hablando? Creo que me estoy mareando—. Nada de nada, querida. Tú tienes un don y es poderoso.

—¿Qué clase de don? —pregunta Laura.

Miro a Laura sin creer que se esté tragando los embustes de esta farsante.

—Es un canal —contesta mirando a Laura—. Puede comunicarse con los muertos —aclara poniendo su mirada en mí—. Por

348

tu cara, veo que es algo que está aletargado. Seguramente no eres ni consciente de ello. Es una lástima —y parece que lo dice con sentimiento—. Si aún no ha despertado, puede que no lo haga —la miro interrogante y ella vuelve a mirar las cartas—. Ya eres un poco mayor.

¿Que soy mayor? ¿Entonces qué es ella? Me doy una patada mental por creerme estas cosas. Me mira de nuevo y niega con la cabeza como si pudiera leerme el pensamiento. Seguramente se refleja en mi cara la incredulidad por lo que estoy oyendo. Sigue poniendo cartas sobre la mesa.

—Esta semana recibirás una noticia que te alegrará mucho, pero no te veo feliz —niega con la cabeza mirando las cartas—. Veo un hombre moreno, pero vuestra relación no está nada clara —comenta tirando las cartas. Si se cree que le voy a decir que tengo novio, la lleva clara. Se supone que ella es la pitonisa—. Una mujer se interpone entre vosotros. Está dispuesta a todo por separaros y va a hacerte mucho daño —me mira y yo trago saliva, ¿está hablando de Mariona? Porque Mariona es incapaz de hacer daño a nadie. Vuelve su vista hacia las cartas y sigue poniéndolas sobre la mesa—. Por suerte para ti, aparece otro hombre. Te gusta —tira otra carta y la señala mirándome—, te gusta mucho —añade afirmando con la cabeza, como si quisiera así enfatizarlo—; él podría ser tu alma gemela… Tendrás que elegir y, si consigues alejarte del primero, este puede hacerte muy feliz.

Pamplinas. No debo creer en estas cosas, he decidido apostar por mi relación con Eric y no voy a fijarme en otro tío. Llevo sola más tiempo del que recuerdo y, ahora que al fin he vuelto a enamorarme, no voy a dejarlo escapar. Es imposible que deje de sentir lo que siento por Eric y lo sienta por otra persona.

—Los vas a tener haciendo cola —aplaude Laura mirándome, riéndose de mí.

Le dedico una mirada nada amistosa y ella se tapa la cara para no soltar una carcajada.

—¡Vaya! —¿Otra vez con el vaya? Volteo los ojos—. Hay una persona que te busca, una persona pequeña. También es especial —me mira de nuevo—. A diferencia de ti, es muy consciente de su poder. Está a punto de encontrarte. Quiere que la ayudes, de ti depende hacerlo o no, pero te necesita.

¿Qué significa eso? ¿Una persona pequeña? ¿Una especie de enano o algo así? Primero lo de ese supuesto don, después lo de Eric y ahora esto. No puedo dar ningún crédito a esta mujer.

—Lo siento, bonita —dice levantando la cabeza y mirándome con esos ojos oscuros. Se me ha pasado todo el buen rollo que llevaba en el cuerpo. Ahora me siento inquieta y estafada—. Veo una muerte.

—¿Cómo? —pregunto mientras un escalofrío que me recorre de arriba abajo.

—Sí, la muerte de una mujer. Es algo repentino e inesperado, estabas muy cerca de ella.

—¿De quién? —pregunto con aprensión.

No creo en lo que dice. No puedo creerlo. Pero aun así, sus palabras me han puesto en guardia. Vuelve a mirar hacia la mesa y tira las pocas cartas que le quedan en la mano. Su rostro se oscurece al mirar las cartas y las amontona como si no quisiera ver lo que hay en ellas.

—¿Qué pasa?

—Eso es todo —contesta mezclándolas de nuevo.

—¿Cómo que eso es todo? —demando enfadada. No es que la crea, pero ya que me ha fastidiado la noche, al menos que acabe—. ¿Qué hay de las últimas cartas?

—No hay nada más. Tenéis que marcharos —deja la baraja sobre la mesa y coge la cajita de madera donde ha guardado el dinero de Laura. Le tiende el billete de veinte euros.

—¿Por qué? —pregunta Laura cogiendo el billete.

—Quiero que os vayáis.

—¿Qué ha visto? —pregunta Laura alzando la voz, ella tampoco tiene muchas ganas de reírse.

—Eso es todo. Ahora, debéis salir de aquí.

Me pongo en pie tan deprisa que me mareo a causa de los chupitos, la cerveza y el vino que llevo en el cuerpo. Me apoyo en la silla y, cuando recupero el control de mi cuerpo, cojo el antebrazo de Laura y la obligo a levantarse.

—Vamos, Laura —me doy la vuelta—. Es una tomadura de pelo, solo quiere sacarte más dinero.

—Estás muy equivocada, bonita —dice la pitonisa poniéndose en pie también. Nos giramos y la miramos—. Puedes creer lo que quieras, pero en breve descubrirás que todo lo que te he dicho es cierto, porque todo pasará pronto. Yo que tú, ayudaría a quien te pida ayuda. Por el camino puede que te ayudes a ti misma, que llegues a conocerte como está claro que no haces ahora. Pero debes tener cuidado —me advierte—. Cuando todas estas cosas ocurran, recuerda que debes protegerte, estarás en peligro, no confíes en nadie.

Agradecimientos:

A la primera persona que quiero darle las gracias es a ti, sí, a ti, por darnos una oportunidad, a mi novela y a mí.

Agradecerle a mi familia, especialmente a mi madre, que siempre estén a mi lado, que a pesar de todo no hayan desistido nunca. Hay una frase que leí en mi adolescencia, esa época oscura y difícil, que marcó mi forma de apreciar el amor de cuantos me rodean: *Quiéreme cuando menos lo merezca, será cuando más lo necesite.* Gracias, por no daros por vencidos conmigo, por quererme en mis buenos momentos, pero también hacerlo en los peores. A las Peral, a las Bruixes y los demás: Os quiero.

A mi prima Miri, por su dedicación, por corregirme, por ser mi prima, mi amiga y mi hermana, por escucharme incluso dormida. T'estimo.

A mis primeras lectoras, por darme su punto de vista y ayudarme a creer en mí: Ana, Luisi, Dolors y Encarna. Gracias por dedicarme vuestro tiempo, por darme mi primera oportunidad. A mi madre y a mi tía Juana, por leer TODO lo que he escrito, algún día el ciego verá la luz.

A mi gordito por darle forma a mi Gato negro y sus buenos consejos, por demostrarme que con dedicación y paciencia, todo puede conseguirse. Eres mi referente.

A Alicia Vivancos por tan maravillosa portada, has sabido captar a la perfección el rostro de mi historia. Gracias por tu dedicación y paciencia.

A mis chicas del Enrich por aguantar dos meses de nervios, parloteo incesante, mono tema, suspiros, idas de olla… Todo sin mandarme a la mierda. ¡Bendita paciencia la vuestra!

Por último y no menos importante, a mi Pollito. Joni, he sido una montaña rusa emocional, o un globo, me inflo y me vengo muy arriba, pero fácilmente me desinflo. Gracias por aguantar mis neuras, mis cambios de humor, por darme espacio y tiempo, por tenderme la mano siempre que la necesito, por tus buenos consejos, (aunque no siempre te haga caso, no significa que no te escuche). Te quiero papi.

Gina

Gina Peral nació un doce de diciembre en Vilanova i la Geltrú (Barcelona).
Tímida, creativa e impaciente, es amante de la literatura romántica, el cine y los animales.
Se define como una soñadora experta.
Agua y Aceite fue su debut, con el que esperaba llegar a muchos lectores y hacer realidad el mayor de sus sueños: Ser Escritora.
En 2016 cerró la trilogía *Los secretos de Boira* con *Frío y Calor* además de *Noche y día.*

www.ingramcontent.com/pod-product-compliance
Lightning Source LLC
Chambersburg PA
CBHW071516260626
47170CB00002B/387